Abigail Padgett arbeitete früher als Detektivin für das Gericht von San Diego und ist heute Anwältin für psychisch Kranke.
Sie interessiert sich lebhaft für die Erhaltung der Kultur der amerikanischen Ureinwohner.

Von Abigail Padgett sind außerdem erschienen:

Der schweigsame Zeuge (Band 67038)
Bo Bradley und das Strohmädchen (Band 67039)

Dieses Buch wurde auf chlor- und säurefreiem Papier gedruckt.

Deutsche Erstausgabe März 1996

Titel der Originalausgabe: »Turtle Baby«

Originalverlag: Warner Books, New York
Umschlaggestaltung: Agentur ZERO, München
Umschlagillustration: Cornelia Niere, München
Satz: Franzis Druck, München
Druck und Bindung: Clausen & Bosse, Leck
Printed in Germany
ISBN 3-426-67071-2

5 4 3 2 1

Abigail Padgett

Bo Bradley und das Schattenkind

Krimi

Aus dem Amerikanischen
von Ingeborg Ebel

Knaur

Für Jean

Danksagung

Für die Maya-Schriftstellerin Rigoberta Menchu, da mich ihr Werk inspiriert hat.

Für Dr. Kay Redfield Jamison von der Johns Hopkins University School of Medicine, wegen ihrer Arbeiten über das manisch-depressive Syndrom.

Für Dennis Tedlock, den Übersetzer des *Popol Vuh* der Maya, da er eine Brücke zwischen zwei Welten geschlagen hat.

Für Douglas Dennis, da er mich fachmännisch über das Wesen des Strafvollzugs in Louisiana beraten hat.

Prolog

Tagbringer

Die Dunkelheit hinter den Hügeln wurde fahl und silbern, wie das vom Himmel gebürstete Haar einer alten Frau. Die Milchstraße, die die Maya *Sac be* nannten, verblaßte und schwand dahin. Wo vorher diese breite, weiße Straße am Himmel gewesen war, herrschte jetzt nur noch eine feuchte, graue Kälte. Eine vorübergehende Überempfindlichkeit, in der die Ängste der Nacht fast, doch nicht ganz vergessen sind.

Chac war der Milchstraße die ganze Nacht barfuß auf den Straßen von Tijuana gefolgt. Ein glatter, brauner Stein, so groß wie ein Laib Brot, hing vom *mecapal*, das ihr in die Stirn schnitt, in einer Schlinge zwischen ihren mageren Schulterblättern. In der Dunkelheit durfte sie den Stein nicht niederlegen. Soviel war klar. Das war eine Regel, die sie sich selbst auferlegt hatte und weder erklären noch in Frage stellen konnte. Der Stein – mit seinem Gewicht in dem gewebten Band um ihre Stirn – verwurzelte sie und ihr Baby, Acito, in der Welt. Diese Welt, das Jetzt. Ein so einsamer Ort, daß sie sich mit zweiundzwanzig manchmal uralt und hohl vorkam. Verbraucht. Von allem, außer Acito, losgelöst. Nichts als der Geist einer zerstörten Maya-Indianerin, die unter dem Nachthimmel dem Band einer Straße folgt.

Aber das war gut so. Die Last des Steins hielt sie von der Droge fern, diesem weißen Pulver, das wie ein warmer, blinder Wind durch ihre Adern geflossen war. Sie hatte seit über zwei Jahren kein Heroin mehr gespritzt, aber die

Angst, die sie jetzt erfüllte, machte sie so hungrig danach, daß ihre Knochen förmlich schrien. Angst vor der Einsamkeit, die sie ertragen hatte und deren sie sich nicht bewußt gewesen war, noch ehe Acitos schwarze Augen ihr sagten, wie hübsch sie war. Wie sehr sie gebraucht wurde.
Chac hatte nie gewußt, daß sie allein war, bis diese Augen alle Mauern um sie herum verschwinden ließen und sie zurückriefen. Und jetzt existierte nichts mehr außer der Angst in ihr, ihn zu verlieren. Und genau das würde jetzt – es sei denn, sie war klüger und vorsichtiger als je zuvor in ihrem Leben – geschehen. Sie würde ihn verlieren.
Doch der Stein hielt ihre Füße auf der Straße aus zerfurchtem Sand, und ihr Mund atmete für Acito Dunkelheit ein und aus, genau so wie ihr Mund Luft für ihn geatmet hatte, als er eingerollt in ihrem Bauch gelegen hatte. Sie würde nicht aufgeben, würde nicht zusammenbrechen. Nur noch ein paar Tage, und sie konnte mit ihrem Baby entkommen. Dort gab es Geld. Nur noch ein paar Tage.
Und jetzt war die Morgendämmerung gekommen; sie durfte ihre Last ablegen. Sie hatte eine weitere Nacht geschafft. Zwischen zwei schwieligen Füßen, die unter einer Wellblechwand sichtbar wurden, spritzte auf die mit Schlaglöchern übersäte Straße eine Flüssigkeit. Die Stadt namens »Aunt Jane« erwachte.
Chac nahm den geflochtenen Gurt von ihrer Stirn und legte den Stein aus seiner Stoffschleife in der Nähe eines Haufens alter Reifen auf den Boden. Sie hatte Hunderte von Steinen auf den Straßen von Tijuana zurückgelassen. Jeder war ein Beweis ihres Überlebens und ein Gebet für die Zukunft ihres Sohns. Jeder von ihnen war eine ehrenvoll getragene Bürde der Zeit, wie es einer Maya-Frau geziemte.
»Meine weiße Nonne« hatte ihr Vater, Tomás, sie nach der volkstümlichen Bezeichnung für die cremefarbenen Orchi-

deen genannt, die in den Regenwäldern des Petén in Guatemala wachsen. »Meine kleine weiße Nonne.«
Und ihre Mutter, Joseña, hatte sie *mi chica linda*, mein hübsches Mädchen, genannt, damit sie wußte, daß sie ein hübsches kleines Mädchen und nicht nur ein Tier war, das geboren worden war, um auf den glühendheißen Feldern der *fincas* zu schuften. Ihre Mutter, die die purpurrot bestickte, weiße *huipil* ihres Dorfs in der Nähe des Atitlán-Sees getragen hatte, obwohl sie aus Cobán stammte, wo die traditionell weite Bluse aus Spitze besteht und in vielen Farben bestickt ist.
»Was du bist, ist in deinem Herzen verborgen«, hatte Joseña Bolon ihrer neunjährigen Tochter erzählt, nur ein paar Tage ehe die Kugel eines Soldaten Joseñas Herz durchbohrt hatte. »Das Kleid, das du trägst, ist die Maske deiner Seele. Wenn du das, was in dir ist, geheimhalten willst, bedecke dein Äußeres wie alle anderen Menschen und errege kein Aufsehen.«
Chacs Mutter hatte ihr Spanischsprechen und -lesen beigebracht und ihr erklärt, daß eine Frau, die ihren Körper einem Mann verkauft, sich mit Schande bedeckt. Eine Schande für die Seele der Frau, die einem Wasserspiegel gleicht, einer Brücke zwischen der physischen und der geistigen Welt.
Der schwingende Rhythmus ihrer Arme, als sie in Richtung von Chris Joes kleiner Behausung schritt, erinnerte Chac daran, daß sie – trotz allem, was passiert war – noch immer lebte. Sie hatte ihre Seele auf eine Art und Weise entehrt, die sich ihre Mutter nicht hätte vorstellen können. Sie hatte ihren Körper an Hunderte gesichtsloser Männer verkauft, die stanken und vor Schweiß trieften und dann verschwanden. Sie hatte für diese Männer gesungen und ihre Beine gespreizt, während ihr Geist in einem Himmel geschwebt

hatte, den sie sich aus einer Nadel in den Arm gepumpt hatte. Aber nichts davon hatte ihr geheimes Ich, ihr verstecktes Inneres berührt. Niemand hatte dieses Ich je berührt, außer Acito, der die Augen von Chacs Vaters geerbt hatte.

Mit diesen Augen hatte ihr Acito gesagt, daß sie wieder diese weiße Orchidee war, die *monja blanca.* Sie war seine Mutter. Acito hatte ihr das Leben geschenkt, genauso wie sie ihm das Leben geschenkt hatte. Durch dieses Geben waren sie aneinander gebunden, dadurch waren sie Ebenbürtige, obwohl er unerfahren und hilflos war. Doch er wartete darauf, daß sie seiner Welt einen Sinn gab.

Und das würde sie tun. Bald. Sie hatte schon Geld gespart, das unter dem Namen Elena Rother auf einer Bank in San Diego lag. Sie hatte diesen Nachnamen in Erinnerung an einen Missionar gewählt, der wie ihre Mutter von guatemaltekischen Soldaten ermordet worden war. Die Maya hatten seinen Körper zur Beerdigung nach Oklahoma zurückgeschickt, sein Herz aber, das sie liebten, hatten sie herausgeschnitten und für immer in der Nähe des Atitlán-Sees bestattet.

Bald würde sie einen Vertrag mit einer amerikanischen Schallplattenfirma haben und genug Geld, um sicherzustellen, daß Acitos Bauch nie vor Hunger oder von Millionen weißer Würmer anschwellen würde, die, wie Chac gesehen hatte, ihren kleinen Bruder an einem heißen Nachmittag, während ihre Eltern auf der *finca* arbeiteten, getötet hatten. Damit der Aufseher nichts merkte, hatte die Familie ihn nachts in einer Pappschachtel neben einem der Felder begraben. In dieser Nacht hatte sich Joseña Bolon die Hände wund gebissen, um ihr Schluchzen zu ersticken, und am nächsten Tag wieder zwischen Kaffeestauden Unkraut gejätet. So, als wäre nichts geschehen.

Die amerikanische Plattenfirma würde genug Geld zahlen, um Acito ein Zuhause, Sauberkeit und Sicherheit zu geben. Das Geld würde ihm einen Schulbesuch ermöglichen, wo er Amerikanisch und Spiele lernen würde. Er würde an einem Ort aufwachsen, wo es keine weißen Würmer gab, wo keine Soldaten kommen und seiner Mutter ins Herz schießen würden. Nur noch ein paar Tage.
Bis dahin würde Chac ihre Angst wie einen Stein auf ihrem Rücken tragen und ihren Sohn versteckt halten, wo niemand ihn finden konnte. Fern von ihr. Jenseits der Grenze, in den Vereinigten Staaten, wo Menschen mit brauner Haut in versteckten Netzen quer durch die beiden großen Städte San Diego und Los Angeles lebten und bei Nacht weiterzogen und immer leise weitererzählten, wo sie sich aufhielten, wo sie morgen sein würden. Chac würde ihren Sohn in diesem Netz jederzeit finden, aber die meisten Anglos würden ihn nicht einmal sehen. Dort war Acito in Sicherheit, davon war sie überzeugt.

1

So soll es geschehen; du mußt gehen.

Popol Vuh*

»Wie sieht das aus?« fragte Bo Bradley. Sie kniete auf ihrem Schreibtisch im Büro des Jungendamtes des San Diego County. »Kannst du dieses Saxophon nicht *hören*?«

Bos Kollegin und spanischsprechende Ermittlerin in Fällen von Kindesmißhandlung, Estrella Benedict, drehte sich um und betrachtete das zwölf mal achtzehn Zentimeter große Foto eines schwarzen Mannes mit Hosenträgern und einer altmodischen Krawatte, der Saxophon spielte. »Wer ist das denn nun schon wieder?« fragte sie seufzend. Damit drückte Estrella Desinteresse aus, das, als Bo das Foto zwischen andere auf ihre Pinnwand heftete, beinahe als Feindseligkeit aufgefaßt werden könnte, dachte Bo.

»Das ist Charlie Yardbird Parker, der wahrscheinlich größte Jazzkomponist und Altsaxophonist aller Zeiten. Ihn nur anzusehen weckt meine Sehnsucht nach New Orleans.« Bo setzte sich auf die Kante ihres Schreibtischs und starrte auf die gelbgeränderte Akustikplatte der Decke. »Feuchtheiße Nächte, Riffs aus hundert muffigen Türöffnungen, der Geruch von Bourbon, Zichorienkaffee …«

»Bo!« sagte Estrella mit erstickter Stimme und betupfte sich die Oberlippe mit einem Papiertaschentuch.

»… vermischt mit scharfen kreolischen Gewürzen und Langusten, die in Salzwasser kochen.«

* Buch des Rates. Heiliges Buch der Quiché-Indianer in Guatemala. (Anm. d. Übers.)

»Bitte, hör auf, über *Essen* zu reden!« Estrella hatte sich beide Hände vor den Mund gepreßt und sah Bo wütend aus feuchten dunklen Augen an. Unter ihrem pfirsichfarbenen Teint waren ihre Wangen plötzlich blaß geworden. Beunruhigt glitt Bo von ihrem Schreibtisch und durchquerte den winzigen Raum mit einem großen Schritt. »Estrella, bist du krank? Du siehst aus, als müßtest du dich übergeben. Da ist der Papierkorb. Ich hole ein nasses Handtuch und wickle es dir um den Kopf. Mach dir keine Sorgen. Ich fahre dich nach Hause und hole Henry ab, damit er später dein Auto mitnehmen kann. Soll ich Madge rufen? Estrella, was ist mit dir los?«

In den drei Jahren, seit die beiden ein Büro teilten, hatte Estrella Benedict derart vor Gesundheit gestrotzt, daß der Gedanke, sie könnte einmal krank werden, absurd erschien. Sie hatte nie auch nur eine Erkältung gehabt. Bo zog die Möglichkeit in Betracht, daß ihre beste Freundin sterben könnte. Wahrscheinlich hat sie eine Lebensmittelvergiftung, dachte Bo. Oder vielleicht etwas Schlimmeres. Irgendeine exotische Krankheit, die sie sich von den Wanderarbeitern geholt hat, mit denen Estrella beruflich ausschließlich zu tun hatte. Vielleicht hatte sie Malaria. Oder Lepra. Ein schwaches, aber ermutigend vertrautes Lächeln umspielte ihre weißrandigen Lippen.

»Übertreib's nicht, Bo«, warnte Estrella. »Ich sterbe nicht. Ich brauche nur ein Coke oder ein 7-Up, irgend etwas Kohlensäurehaltiges, okay? Und es würde mir helfen, wenn du aufhörtest, gekochte Krebstiere zu beschreiben.«

»Ich hole dir ein Coke«, erklärte sich Bo einverstanden, lief durch die Tür hinaus und durch das weitläufige Labyrinth mit Teppichböden ausgelegter Korridore, die von der Eingangshalle der Gerichtsermittler abzweigten, an dem Adoptionsbüro, dem Schreibbüro, der Registratur und der verglasten Notrufzentrale für Kindesmißhandlungen vorbei zur menschenleeren Cafeteria. Der Getränkeautomat war wie üblich außer Betrieb.

»Das ist ein Notfall«, sagte sie zu der summenden Maschine und steckte die linke Hand geschickt in das Auffangfach, ertastete einen Halter und verbog die Aluminiumstange so weit, daß sie eine Dose greifen konnte. Sprite. Das tat's auch.

Bos Abteilungsleiterin, Madge Aldenhoven, saß auf Bos Bürostuhl, drehte ihn jedoch nicht in Richtung Tür, als Bo mit der gestohlenen Limonade zurückkam. Eine neue Akte lag im Schoß der Abteilungsleiterin und bedeckte teilweise ihren Faltenrock mit Steppnähten aus khakifarbenem Twill, dessen Strenge durch einen roten Schal im Schottenmuster um die Taille aufgelockert wurde. Zu ihrer flotten weißen Bluse und den leichten Slippern fehlte Madge nur noch der Tropenhelm, um den Miss-Jean-Brodie-Look zu vervollständigen, den Bo beneidenswert fand.

In diesem Leben, dachte sie versonnen, wird *meine* überhaupt nicht schlanke Taille kein bunter Schal mehr zieren. Daran änderte auch das Medikament nichts, das ihr Dr. Broussard nun zur Behandlung ihrer manisch-depressiven Affektpsychose verordnet hatte. Ein Mittel namens Depakote, das eigentlich aus einem Säurederivat bestand. Es besaß – zumindest für Bo – weniger Nebenwirkungen als Lithium, aber ihr Gewichtsproblem blieb. Eine ärgerliche Tatsache, doch nicht das Ende der Welt.

»Ein acht Monate alter Junge. Vergiftet«, erklärte Madge Estrella gerade. »Wahrscheinlich durch ein Reinigungsmittel. Eine klare Fahrlässigkeit seitens der Aufsichtspersonen – Natalio und Ynéz Cruz –, in deren Obhut sich das Baby befand. Die beiden haben bei der Aufnahme im St.-Mary's-Hospital angegeben, die Mutter des Babys sei eine Sängerin namens Chac in Tijuana, die Acito – so heißt der Junge –

vor drei Monaten in ihre Obhut gegeben habe. Mehr wissen sie nicht über die Frau. Sie besucht das Baby regelmäßig und war erst heute morgen da. Das St.-Mary's-Hospital hat das Baby, das glücklicherweise überlebte, in Gewahrsam genommen, aber wir müssen sofort eine Petition einreichen. Es läßt sich nicht absehen, wann die Mutter wiederauftaucht. Ich möchte, daß Sie die Voruntersuchung noch heute abschließen.«

»Klar«, antwortete Estrella. Als sie die Hand nach der Akte ausstreckte, sah Bo, daß die schmalen Goldreife um Estrellas Handgelenke zitterten. »Oh, entschuldigen Sie mich bitte. Ich komme gleich zurück.«

Estrella warf den Aktendeckel aus Manilahanf auf ihren Schreibtisch zurück und lief aus dem Büro. Sekunden später hörten Bo und Madge Aldenhoven, wie die Damentoilette im Flur verriegelt wurde.

»Ist Estrella krank?« Madge gelang es, die Frage irgendwie ominös klingen zu lassen.

»Wahrscheinlich hat sie Gicht«, antwortete Bo und rammte ihre Hände in die Taschen des langen, hellbraunen, gestrickten Hosenrocks, der zusammen mit den leichten Sandalen eine Illusion von Schlankheit suggerieren sollte oder ihr das Aussehen verlieh, Stummelbeine zu haben. Bo war sich nicht sicher, welches Bild zutraf. »Ich habe gehört, sie grassiert gerade.«

Madge seufzte. »Ich nehme doch an, daß Sie Medikamente nehmen, Bo, und daß das kindische Verhalten, das für eine Frau in Ihrem Alter so ungehörig ist, nicht auf Ihre Behinderung, unter der Sie angeblich leiden, zurückzuführen ist.«

Bo konnte sich nicht entscheiden, ob sie Anstoß an der Formulierung »Frau in Ihrem Alter« oder an der weitaus ernsteren Verunglimpfung des Begriffs Geistesstörung nehmen sollte, die diese Krankheit auf eine gleiche Stufe mit einem angeborenen Hüftgelenksleiden stellte. Seit sie sich öffentlich zu den fünfzehn Millionen Amerikanern bekannt hatte, die unter schweren Depressionen oder manisch-depressiven Affektpsychosen litten, beherrschte eine neue frostige Kühle das schon angespannte Verhältnis zu ihrer Vorgesetzten.

»Die Tabletten liegen in meiner Handtasche, oberste Schublade links«, leierte Bo herunter. »Da Sie so interessiert sind, will ich Ihnen erklären, daß dieses spezielle Medikament, das eigentlich eine Säure ist, die hemmenden Eigenschaften einer anderen Säure zu ergänzen scheint, die im Gehirn vorhanden ist und die Gamma-Aminobuttersäure heißt ...«

»Dafür habe ich keine Zeit, Bo«, sagte Aldenhoven barsch und stand von Bos Stuhl auf. »Sagen Sie Estrella, daß ich diesen Fall sofort jemand anderem übertragen muß, wenn sie ihn nicht übernehmen kann. Ich wünsche, daß diese Petition noch heute eingereicht wird.«

»Warum? Wir haben achtundvierzig Stunden, um die Voruntersuchung abzuschließen. Das Baby ist in Sicherheit. Wozu die Eile?«

Aber Madge Aldenhoven war schon gegangen.

Bo starrte ein Foto von Georgia O'Keeffe über ihrem Schreibtisch an, bis Estrella, die jetzt wieder ihren normalen Teint hatte, zurückkam.

»Estrella, du mußt die Grippe oder sonstwas haben. Ich glaube, du solltest nach Hause gehen. Madge sagte ...«

»Bo, ich habe Neuigkeiten«, sagte Estrella, deren Akzent sich vor Nervosität verstärkte. »Ich ... Henry und ich ...« Sie lehnte sich gegen den Schreibtisch und nahm Bos Hand. »Wir möchten, daß du die Taufpatin wirst.«

»Taufpatin«, wiederholte Bo verständnislos. »Du gehst zur

Toilette, kommst zurück und erzählst mir, daß du und dein Mann wollen, daß ich Taufpatin werde. Teufelsaustreibung, so was in der Art?«
»Ich meine *die* Taufpatin«, versuchte es Estrella noch einmal, während sie mit ihrer freien Hand unbewußt den Gürtel ihrer mohnroten Hemdbluse berührte.
Diese subtile Geste fand Bo absolut poetisch.
»Estrella«, rief sie, sprang auf und umarmte ihre Freundin. »Du bist schwanger! Seit wann weißt du es? Mein Gott, das ist *großartig*. Henry ist bestimmt begeistert. Er wollte schon die ganze Zeit Vater werden. Kein Wunder, daß du dich heute morgen übergeben mußtest. Es heißt doch, daß diese Übelkeitsanfälle nach einer Weile vergehen, nicht wahr?«
Estrella versuchte ein mutiges Lächeln und brach dann in Tränen aus.
»Ach, Bo, es ist furchtbar. Ich fühle mich einfach schrecklich. Mir ist schon seit Tagen schlecht. Gestern abend haben wir den Schwangerschaftstest gemacht, und er war positiv, und Henry ist so glücklich, und meine ganze Familie ist wahnsinnig vor Freude, und ich sollte das auch sein, aber ich möchte mich einfach nur im Bett verkriechen und nie mehr aufstehen, und ich weiß nicht, ob ich weiterarbeiten kann, und ich habe diese unheimlichen Träume. Es ist entsetzlich. Mit mir muß etwas nicht stimmen, weil ...«
»Ach«, unterbrach Bo ihre Freundin und führte Estrella zu ihrem Stuhl. Sie öffnete die Dose Sprite. »Das kommt mir irgendwie bekannt vor. Hormonale Veränderungen durch eine Schwangerschaft und das alles.«
Estrella trank einen Schluck Sprite. »Hm?«
Bo grinste verschwörerisch das Foto von Edgar Allan Poe auf ihrer Pinnwand an. »Es ist nicht dasselbe, aber *wir* ...« – sie wies auf die Collage aus Fotos über ihrem Schreibtisch – »... können dir eine Menge davon erzählen.«

»Bo, ich bin nicht verrückt, sondern schwanger«, widersprach Estrella und schnitt dann eine Grimasse über diesen Fauxpas. »Entschuldige. Ich wollte nicht *verrückt* sagen. Du weißt, was ich meine. Diese Leute, die du da sammelst, waren alle ...«
»›Verrückt‹, gelegentlich«, räumte Bo ein. »Gemütskranke und Patienten der besten damaligen Nervenkliniken. Auch ein paar Selbstmörder waren darunter. Ich bin der Ansicht, das alles ist nur eine Frage des Grades. Was du durchmachst, hat etwas mit der Veränderung deiner Chemie zu tun. Sie beeinflußt dein Gehirn, aber daran wirst du dich in einem Monat oder so gewöhnen. In der Zwischenzeit helfe ich dir.«
Estrella betrachtete eine tote Fliege in einem hauchdünnen Spinnennetz, das die obere Ecke des Bürofensters zierte. »Du kannst überhaupt nichts tun. Ich habe mich selbst in diese Lage gebracht, aber ...« Sie preßte die Handballen gegen ihre Augen und verschmierte Mascara zu einer schmalen Maske. »Ich will damit sagen, daß ich dachte, ich wollte es so haben, aber jetzt ...«
»Du siehst aus wie der Lone Ranger.« Bo grinste. »Natürlich willst du dieses Baby. Versuch einfach, alle negativen Gedanken zu ignorieren, bis du die Möglichkeit hast, dich der neuen Situation anzupassen.«
»Wie kann ich meine Gedanken ignorieren?«
»Das ist äußerst schwierig«, stimmte Bo zu. »Poe trank, O'Keeffe malte, Hemingway jagte sich eine Kugel in den Kopf. Dir schlage ich vor, einen Tag im Bett mit einem Stapel Illustrierter zu verbringen. Wir treffen uns um halb vier wieder hier im Büro. *Ich* mache für dich die Voruntersuchung in diesem Fall.«
»Seit wann sprichst du denn spanisch?« Estrellas Blick gab dem Begriff »skeptisch« einen neuen, tieferen Sinn.

»Das ist nicht nötig. Ich muß nur die Berichte vom St.-Mary's-Hospital holen, den erforderlichen Blick auf das Kind werfen und mir das Haus ansehen, in dem es bei diesen Leuten gelebt hat. Außerdem kann ich so gut wie jeder andere sagen: *Dónde está otra cerveza?* Vertrau mir.«

»Wo ist noch ein Bier? Was für eine nützliche Phrase für die Ermittlung in einem Fall von Kindesmißhandlung. Bo, das funktioniert nicht.«

Bo schnappte sich den Ordner und stopfte ihn in die Aktentasche, die auf ihrem Schreibtisch lag. »Doch, es wird klappen. Meine Fälle sind bearbeitet. Madge erzähle ich, daß ich mir dieses neue Familienzentrum ansehe, das auf halbem Weg nach Los Angeles liegt. Und du fährst nach Hause und entspannst dich bis halb vier. Dann kannst du anhand meiner Notizen die Petition aufsetzen, zum Gericht gehen und den Antrag einreichen. Damit ist dein Tag gelaufen.«

Jetzt lächelte Estrella sogar. »Dafür bin ich dir etwas schuldig, Bo.«

»Wie oft habt ihr, du und Henry, mir über harte Zeiten hinweggeholfen, Estrella? Zehnmal? Zwanzigmal? Wie wär's mit: ständig während der letzten drei Jahre? Ich weiß, daß es nicht leicht ist, mit jemandem wie mir befreundet zu sein. Laß mich einmal etwas für dich tun, okay?«

Estrella warf wieder einen flüchtigen Blick auf die schon lange tote Fliege. »Sei vorsichtig, Bo. Man kann nie wissen, wann einer dieser so offensichtlich leichten Fälle schwierig wird. Und du hast vom Umgang mit Mexikanern keine Ahnung. Ich sollte dir diese Untersuchung nicht überlassen ...«

Bo fuhr sich mit beiden Händen durch ihr silberweiß werdendes kastanienbraunes Haar und klemmte mit einer Spange aus Kirschholz ihre widerspenstigen Locken zusammen. »Deine Chemie spielt verrückt. Zuviel Östrogen oder so was. Geh nach Hause und vergleiche Windelpreise bei einem großen Glas Limonade. Leg dich in die Sonne, falls sie je rauskommt. Mach ein Nickerchen. Wir sehen uns um halb vier.«

Auf dem Parkplatz warf Bo ihre Aktentasche auf den Beifahrerschalensitz eines fast neuen Pathfinder mit Vierradantrieb. Sie hatte den Wagen vom Versicherungsgeld für ihren BMW gekauft, den sie vor erst einem Monat zu Schrott gefahren hatte. Dunstig verschleiertes Sonnenlicht fiel auf die beigerosa Motorhaube, eine Farbe, die der Hersteller »champagner-perlenfarbig« nannte. Bo wischte mit dem Daumen einen Staubfleck von der linken Türverkleidung. Estrellas Fall war leicht. Wenigstens einmal was anderes. Ein acht Monate altes Baby, das versehentlich ein Waschmittel oder so was getrunken hatte. Und kein Morast mörderischer Intrigen.

2

Die kleine Schildkröte

Im Pathfinder angegurtet, fuhr Bo gemächlich vom Parkplatz des Jugendamtes. Es hatte keinen Sinn, Madge mit einem angeberischen Fahrstil zu ärgern. In der Konsole zwischen den grauen Ledersitzen zeigten nicht einer, sondern zwei Schalthebel die Bereitschaft des Fahrzeugs an, Bo überall hinzubringen. Ins Gelände. In die Wüste, wo ein uraltes Schweigen, das andere Menschen entweder erschreckte oder langweilte, ihr quecksilbriges Gehirn unweigerlich mit Frieden überflutete.

Bald fahre ich in die Wüste, versprach sie sich. Sie wäre schon gefahren, hatte aber bis vor kurzem ein billiges Mietauto gehabt, bis der kleine Wagen vor einer Woche von der Polizei auf einer Auktion versteigert wurde. Dar Reinert, der für Kindesmißhandlungen zuständige Detective, der mit ihr kürzlich an einem großen Fall gearbeitet hatte, hatte sie auf den Verkauf aufmerksam gemacht. Wahrscheinlich aus einem Macho-Cop-Schuldgefühl heraus, dachte sie, weil er nicht *wirklich* geglaubt hatte, daß sie damals in Gefahr gewesen war. Ha.

»Nur ein paar Jahre alt«, hatte er ihr väterlich am Telefon erzählt. »Wurde benutzt, um Fracht von einem kleinen Behelfsflugplatz in die Stadt zu transportieren, den unsere Leute in der Wüste bei Borrego entdeckt haben. Die Radkappen sehen wie Brotkrusten aus, sind aber aus Chromstahl, den ich für Sie mit einem Hammer glätten kann. Wollen Sie das Auto?«

Bo wußte, daß die »Fracht« Drogen, fliehende mexikanische Gangster und vereinzelte Leichen gewesen waren, aber das war ihr egal. Ein Vierradantrieb würde ihr Schlüssel zum irdischen Nirwana sein und war das kleine Opfer an symbolischen Prinzipien wert. Und der hohe Benzinverbrauch war Strafe genug.

»Ich will es haben«, hatte sie dem Detective gesagt.

Und obwohl Ende Juni zu spät war, um in der dürren Wildnis, die San Diego umgab, Trost zu schöpfen, wollte sie wenigstens einmal hinausfahren. Nur einmal, ehe die vernichtende Hitze im Juli, August und September einen schon ausgetrockneten menschlichen Körper in einem Tag zur Mumie machen konnte.

Das hatte Bo erlebt. Bei einem ihrer ersten Fälle ging es um ein davongelaufenes vierzehnjähriges Mädchen, über das beim Jugendamt schon eine Akte existierte. Das Mädchen war durch wiederholte Anrufe beim Notdienst für Kindesmißhandlung aktenkundig geworden, in denen es behauptete, von seinen Eltern mißhandelt zu werden, weil diese ihr nicht erlaubten, mit einem zwanzigjährigen, von der Navy ausgemusterten jungen Mann auszugehen, der wegen Ausstellens von ungedeckten Schecks vorbestraft war.

Das Mädchen, Stacey, war mit dem jungen Verbrecher, Ron, durchgebrannt, um einen romantischen Motorradausflug in die Wüste zu unternehmen. Endlich allein, hatten die beiden die Freuden des Sex auf einer öligen Plane genossen und mit vier Sechserpackungen Bier und einer Tüte Barbecue-Chips gefeiert. Als Ron, wie er später erklärte, Staceys Vorschlag, mit ihm am nächsten Tag zusammenzuziehen, ablehnte, sprang sie auf seine Yamaha Virago 535 und raste wütend in die Wüste. Er machte sich keine zu großen Sorgen, weil er erst mal seinen Rausch ausschlafen wollte.

Als er am folgenden Morgen erwachte und Stacey noch immer nicht zurückgekommen war, hatte er angenommen, sie sei mit dem Motorrad irgendwo in einen Graben gefahren und per Anhalter nach San Diego zurückgekehrt. Angst davor, wegen Vergewaltigung einer Minderjährigen angeklagt zu werden, hinderte ihn daran, ihre Familie anzurufen, um sich zu erkundigen, ob sie nach Hause gekommen sei. Als Staceys verzweifelte Eltern ihn endlich ausfindig machten und fragten, war es schon Stunden zu spät.
Beamte des Sheriffs entdeckten die Leiche an diesem Abend neben dem umgestürzten, einhundertachtzig Kilo schweren Motorrad, das das siebenundvierzig Kilo wiegende Mädchen einfach nicht mehr hatte aufrichten können. Kojoten hatten ihren Körper zuerst gefunden. Was davon übriggeblieben war, bemerkte Bo, als sie Staceys Vater für die Identifizierung zum Leichenschauhaus brachte, war eine gefleckte Hülse, die wie eine verhutzelte alte Frau aussah. Sie hoffte, daß der Vater die Kaktusdornen nicht sah, die in den Händen seiner Tochter steckten und von ihrem letzten verzweifelten Versuch zeugten, etwas Trinkbares zu finden.
An die Hintertür des Pathfinder hatte der Vorbesitzer ein Drahtgestell angeschweißt, in dem ein 5-Gallonen-Kanister für Wasser steckte. Ein häßliches Ding, das Bo jedoch im Hinblick auf Staceys Ableben begrüßte. Fünf Gallonen Wasser reichen im Notfall in der Sommerwüste mindestens zwei Tage. Eine Menge Zeit, wenn man auf der Suche nach einem verirrten Camper ist.
Bo bog von der Linda Vista Road in die Genesee Avenue ein und fuhr langsamer, um ein leerstehendes Grundstück voller Disteln zu bewundern. Die blauen Blumen trockneten jedes Jahr an ihren graugrünen Stengeln und behielten eine Farbe, die Bo an die Waldteiche am Cape Cod erinnerte. Dasselbe unergründliche Violett. Als Malerin – neben

ihrem Beruf, mit dem sie ihre Miete verdiente – stellte sich Bo ein Gemälde vor, in dem blaue Disteln die ganze Leinwand bedeckten. Vielleicht würde sie auf dem Rückweg halten und einen Strauß für Estrella pflücken, um das bevorstehende glückliche Ereignis zu feiern. Allerdings waren die stacheligen Blumen wahrscheinlich voller Ameisen oder Ohrwürmer oder voller Larven von Tausendfüßern. Vielleicht sollte sie lieber ein paar Nelken im Blumengeschäft beim Krankenhaus kaufen.

Als Bo endlich einen Parkplatz vor dem St.-Mary's-Hospital gefunden hatte, hegte sie ernsthafte Zweifel an dem neuen Medikament, von dem Dr. Broussard behauptet hatte, es könne besser wirken als Lithium. Die Nebenwirkungen schienen weniger spürbar zu sein. Diese unangenehme Schwerfälligkeit, die alle anderen Medikamente bewirkten, war etwas weniger lästig. Aber noch immer wurde sie von diesen eigentümlichen Gedanken, so charakteristisch für manisch-depressive Affektpsychosen, geplagt. Objekte schienen intensiver als gewöhnlich versteckte Aspekte enthüllen zu wollen. Bo betrachtete den Asphaltbelag des Parkplatzes, dachte an tote Dinosaurier, die zu Rohöl zerfielen, aus dem Asphalt hergestellt wurde, und seufzte.

»Ich kann mir nur vorstellen«, erzählte sie einem Publikum von unsichtbaren Dinosauriern zu ihren Füßen, »wie ein Leben ohne diese endlosen Szenen aus den PBS-Specials sein könnte.«

Der Zustand des Babys namens Acito wurde noch immer überwacht, wie Bo bei den Schwestern auf der Station des vierten Stocks erfuhr, nachdem es vermutlich eine giftige Substanz zu sich genommen hatte, die heftigen Durchfall und Erbrechen verursacht hatte. »Auszuschließen ist: Autoimmunhämolytische Anämie«, stand auf ihrer Kopie des

Krankenberichts. Was bedeutete: »Nicht auszuschließen ist: Autoimmunhämolytische Anämie.« Bo stieß einen kritischen Pfiff wegen des medizinischen Jargons aus, der absichtlich Verwirrung stiften sollte.

»Welches Gift könnte eine autoimmunhämolytische Anämie verursachen?« fragte sie die Schwester, die ihr freundlicherweise den Krankenbericht kopiert hatte.

»Das weiß ich nicht.« Die junge Frau lächelte. Sie hatte einen Haarschnitt, der zu kurz und zu schick für eine Schwesternhaube war, sollte sie überhaupt eine besitzen. Bo versuchte sich daran zu erinnern, wann Schwestern aufgehört hatten, diese gestärkten weißen Relikte zu tragen, und kam zu der Schlußfolgerung, daß der Zeitpunkt wahrscheinlich ein Geheimnis war. »Aber manchmal ist sie ein Symptom der Malaria.«

»Malaria? Ich dachte, dieses Baby hätte irgendeine giftige Substanz getrunken.«

»So sieht es aus«, antwortete die Schwester und lehnte sich gesprächig über den Counter. »Wir halten Blutkonserven bereit, falls der Junge eine Transfusion braucht. Bei der Einlieferung war er ziemlich krank.«

Ziemlich krank. Die übliche Umschreibung für »dem Tode nahe«. Bo atmete scharf ein und fühlte, wie ihr am Haaransatz der Schweiß ausbrach. Die Halle mit den leuchtenden Farben, den ausgestopften Tieren und den Disney-Bildern war eine Fassade, eine Kulisse. Dahinter wurden verzweifelte Kämpfe ausgetragen. Nichts Neues, aber die Wirklichkeit schien merkwürdig schockierend.

»Danke«, sagte sie zu der Schwester. »Ich werfe nur einen Blick auf das Baby und verschwinde dann wieder.«

Und du gehst direkt zu einem Telefon, rufst Dr. Broussard an und sagst ihr, daß dieses Medikament ungefähr soviel Wirkung hat wie ein Pfefferminzbonbon. Du bist hier nicht auf der Suche nach Do-

kumentarmaterial. Hör auf, alles aus dramatischen Kamerawinkeln zu betrachten.

Acito schlief. Die winzigen, terrakottafarbenen Finger seiner rechten Hand umklammerten den großen Daumen eines Pflegers für Sonderfälle, den Bo von früher her kannte. Der linke Arm des Babys war an einer weißen Plastikstütze festgeklebt, in ihn schlängelte sich ein intravenöser Tropf.

Bo betrachtete die Flasche, die von einem Stahlgestell am Kopfende von Acitos Kinderbettchen hing. Pädialyt. Gatorade ohne Geschmack für ausgetrocknete kleine Menschen. Ein Liter dieses chemisch angereicherten Wassers stand immer in Bos Kühlschrank. Ihre alte Foxterrierhündin, Mildred, neigte dazu, ranzige Delikatessen zu verschlingen, die sie am Strand aufstöberte, was jedesmal ein Chaos in ihrem Magen und Darm zur Folge hatte. Glücklicherweise liebte Mildred Pädialyt. Unter den Foxterriern von San Diego war sie wahrscheinlich am wenigsten für eine Störung ihres Elektrolythaushalts anfällig.

Bo beobachtete die Luftbläschen, die durch den intravenösen Schlauch zur Flasche hochtrieben. Ein schneller Tropf. Die Ärzte pumpten einen Haufen Flüssigkeit in Acito, um ein Gift zu verwässern. Der speziell ausgebildete Pfleger, Rudy Palachek, hatte alamierend tiefe Sorgenfalten auf seiner breiten, gebräunten Stirn.

»Was hat der Kleine, Rudy?« flüsterte Bo.

»Der Junge wäre, verdammt noch mal, fast gestorben«, knurrte der Exmarine, »und wo ist seine Mutter? Dieser kleine Kerl braucht jetzt seine Mama und nicht einen Haufen fremder Leute.«

Diese Worte enthielten eine Verurteilung, die wie eine Flagge im Wind knatterte. Rudy Palachek konnte abwesende Mütter nicht ausstehen.

»Ich mache nur die Voruntersuchung für Estrella«, sagte Bo leise. »Ich weiß nichts über seine Mutter, nur daß sie anscheinend in Tijuana lebt. Wird der Kleine wieder gesund?«

»Scheint so«, flüsterte Palachek, als sich das Baby im Schlaf reckte und das Gesicht verzog. »Aber seine Gedärme werden sich für eine Weile anfühlen, als hätte er Stacheldraht verschluckt. Wenn Sie einen Augenblick hierbleiben, könnte ich schnell aufs Klo gehen.«

»Klar«, entgegnete Bo, den Blick auf das Baby in dem Kinderbett gerichtet. Seine rötlichbraunen Beine waren lang und noch rundlich, glatt und ohne Narben. Über dem Elastikbund einer Wegwerfwindel, die mit über Monde springenden Kühen verziert war, hob und senkte sich bei jedem Atemzug sein runder Bauch. Die kleine braune Hand, die Rudys Daumen festgehalten hatte, lag jetzt auf Rippen, die unter gesunder, straffer Haut kaum sichtbar waren. Bo rollte ihn sanft auf die linke Seite, um zu überprüfen, ob sein Rücken Male von Mißhandlung trug.

Menschen, die Babys mißhandeln, das wußte sie aus ihrer Berufserfahrung, schlagen sie in der irrtümlichen Annahme, daß Schläge auf Nieren oder Rückgrat keinen wirklichen Schaden anrichten können, auf den Rücken. Acitos Rücken war ohne Male, aber die Bewegung hatte seinen Schlaf gestört. Verschlafen öffnete er die schwärzesten Augen, die Bo je gesehen hatte, und blinzelte mit langen, fedrigen Wimpern.

»Tut mir leid«, sagte sie, als er sich zappelnd aufsetzte. »Ich mußte mich nur vergewissern, daß dich niemand geschlagen hat. Es ist ein lausiger Job, aber jemand muß ihn schließlich tun, richtig?«

Acitos Gesicht war ungewöhnlich. Der rosigbraune Teint war durch die Krankheit rostfarben verblaßt, unterschied sich aber unverkennbar von der Parade von Babys, die Bo dauernd sah. Er war nicht nur anders als schwarze und weiße Babys, sondern auch anders als Latino-Babys.

Er ist wahrscheinlich ein Indianer, dachte Bo, und stammt von einem dieser heruntergekommenen mexikanischen Stämme ab, die auf den Straßen von Tijuana betteln. Eine höhere Stirn, ausgeprägtere Wangenknochen, glänzenderes rabenschwarzes Haar, das so glatt und widerborstig war, daß es ihm vom Schädel abstand und ihn wie eine indianische Version der Little-Rascals-Figur namens Alfalfa aussehen ließ.

Und seine Nase. Obwohl der Knorpel noch weich war, konnte Bo die zarten Umrisse einer Krümmung auf dem Nasenrücken erkennen. Eine Barbra-Streisand-Nase. Bo fing unwillkürlich an, den Kehrreim aus *People* zu singen, und biß sich dann auf die Lippe. Diese Ballade rangierte hoch auf ihrer persönlichen Liste von *wirklich gräßlicher Lyrik.* Jetzt würde ihr die Melodie den ganzen Tag im Kopf herumgehen.

In seinem Bemühen, sich aufzusetzen, war Acito auf seinen mit Heftpflaster verklebten Arm gerollt und konnte sich mit dem rechten Arm nicht aus seiner knienden Position hochstemmen. Vor Anstrengung wackelte er mit seinem bewindelten Hintern. Schläfriges Babygemurmel wurde zu gereiztem Geschrei.

»Ich weiß, es ist das Letzte«, sagte Bo, als sie ihn aus dem Kinderbettchen hob und dabei vorsichtig auf den Tropf achtete. An ihre Brust geschmiegt, wimmerte er wie ein Baby, das viel jünger war als acht Monate. Eine rückläufige Entwicklung, dachte Bo, weil er krank ist. Alle Kinder verhalten sich so, wenn es ihnen nicht gutgeht. Erwachsene auch, was das betraf. Seine rechte Hand krallte sich in den Wollstoff von Bos Bluse und dann in ihr Haar. Irgendwie

war es offensichtlich, daß dies weder der Stoff noch das Haar war, nach dem er sich sehnte.
Bo atmete den leicht süß-sauren Geruch ein, den die kleine Gestalt in ihren Armen verströmte, und küßte den Kopf des Babys. »Ich weiß, du willst deine Mom haben«, sagte sie in das weiche, schwarze Haar. »Du hast Angst und bist krank, und niemand sonst kann dich trösten. Vielleicht versuchen wir, sie zu finden, hm?«
Ein hoffnungsvoller Schauder der Freude schien Acitos kleinen Körper zu beleben. Bo kam der Gedanke, daß sie gerade dem kleinen Indianer, der – falls er Worte in irgendeiner Sprache verstand – zumindest keine amerikanischen Worte verstand, eine Art Versprechen gegeben hatte. Ein äußerst wichtiges Versprechen, das er auf irgendeiner primitiven Stufe zu verstehen schien. Ein Versprechen, das sie würde halten müssen.
Als Rudy Palachek zurückkam, schlief Acito wieder und sabberte auf Bos Bluse.
»Er zahnt.« Der stämmige Pfleger grinste, als er Acito aus Bos Armen nahm. »Sehen Sie?« Er deutete auf zwei perfekte Schneidezähnchen in dem sonst zahnlosen Unterkiefer des Babys. »Aber die oberen Zähne tun ihm weh.« Bo sah die fast durchsichtige weiße Kante eines Zahns aus dem Oberkiefer ragen und daneben eine Erhebung, wo der andere Zahn unmittelbar vor dem Durchbruch stand.
»Noch etwas, womit er fertig werden muß.« Sie nickte. »Haben Sie eine Ahnung, was er zu sich genommen haben könnte? Clorix, Fliesenreiniger oder irgendeinen geheimen Vorrat an Tequila?«
»Nichts dergleichen«, antwortete Palachek, hüllte Acitos Schultern in eine kleine Heizdecke und setzte sich mit ihm in einen Schaukelstuhl. »Andy sagte mir, die Toxikologen

scheinen die Substanz nicht analysieren zu können. Es ist irgend etwas Ungewöhnliches.«

Andy war Dr. Andrew LaMarche, Kinderarzt und Chefarzt der Abteilung für Kindesmißhandlung des Krankenhauses, ein alter Marine-Corps-Kamerad von Rudy Palachek und für Bo ein rätselhafter Mensch. Bei der Erwähnung von Andrew LaMarches Namen fing ihre Kopfhaut an, sich wie ein warmer Hut anzufühlen, der unerklärlicherweise schrumpfte. Sie hoffte, diesen Teil der Ermittlungen abschließen zu können, ohne ihm zu begegnen.

»Danke, Rudy«, sagte sie und stopfte Acitos Akte in ihre Tasche, als sie aus dem Zimmer ging.

Eine Tasse Kaffee wird mir vor der Fahrt nach San Ysidro, San Diegos südlichster Gemeinde direkt an der mexikanischen Grenze, guttun, beschloß Bo. Und die Cafeteria des Hospitals versorgte Ermittler in Fällen von Kindesmißhandlung kostenlos mit Kaffee.

Bo ging mit federnden Schritten in die Cafeteria und blieb auf halbem Weg zum Kaffeeautomaten abrupt stehen. Rechts von ihr waren in der Theke Rohkostsalate neben Wassermelonenscheiben auf zerstampftem Eis unter einer Plastikhülle aufgereiht. Die Wassermelonenscheiben waren mit kunstvoll arrangierten Petersiliesträußchen verziert. Links von ihr saß Dr. Andrew LaMarche in einem strahlend weißen Laborkittel und einem ebenso weißen Frackhemd mit einer Frau an einem Tisch, die Bo nur als phantastisch aussehend beschreiben konnte.

»Bo!« grüßte er, stand auf und streckte ihr seine Hand hin, als erwarte er von ihr, daß sie über die Chromstange klettern würde, die Besucher der Cafeteria von der Delikatessentheke trennte.

Seine Begleiterin stand ebenfalls auf und wischte sich nicht vorhandene Krümel vom Oberteil eines flotten Seidenkleides mit einem Muster des Art deco, das niemand tragen konnte, der mehr als ein Kleiderständer wog. Bo verdrängte das Bewußtsein über den dunklen Speichelfleck auf ihrer Bluse, der mittlerweile die Farbe von getrocknetem Schlamm angenommen hatte, und die silbergrauen Strähnen ihres roten Haars, die Acitos Finger heruntergezerrt hatten.

Du siehst aus wie eine Heuraufe auf Füßen, Bradley. Aber mach dir nichts daraus.

»Vielen Dank, daß Sie mir so viel Zeit gewidmet haben, Dr. LaMarche.« Die Frau lächelte und wandte sich zum Gehen. »Ich hoffe, dieses Thema ausführlicher mit Ihnen diskutieren zu können, wenn unser Programm erst mal steht.« Ihre elegante Nase kräuselte sich zu einer entwaffnend spöttischen Grimasse. »Zwangsläufig wird es Brüche geben, die wir kitten müssen.«

Brüche? Bo fürchtete, daß das idiotische Lächeln, das ihr Gesicht verzerrte, gefroren wirken könnte. Sie fühlte tatsächlich die Kälte, bis sie merkte, daß der Ballen ihrer linken Hand, die sie bei LaMarches Begrüßung vor Überraschung nach hinten geschwungen hatte, einen Zentimeter tief in zerstampftem Eis steckte.

»Andy«, seufzte sie, »wir müssen aufhören, uns auf diese Weise zu begegnen.«

Bei Kaffee und einem Stück Wassermelone, das sich Bo verpflichtet gefühlt hatte zu kaufen, weil sie die Kerne über den ganzen Teller verstreut hatte, erklärte sie ihre Rolle in Acitos Fall. Andrew LaMarche nickte anerkennend. »Ich freue mich so für Estrella und Henry«, sagte er leise. »Aber es wäre sicherlich eine gute Idee, wenn Estrella doch jemand anderen diesen Fall bearbeiten ließe. Er könnte kompliziert werden.«

»Warum?« fragte Bo. »Das Baby ist an eine Flasche Toilettenreiniger oder an Marihuanakekse geraten oder hat ein paar Kügelchen gegen Küchenschaben geschluckt. Was ist daran kompliziert, außer der Tatsache, daß die Beamten von der Einwanderungsbehörde den Jungen nach Mexiko werden deportieren wollen und niemand weiß, wie die Mutter ausfindig zu machen ist? Estrella hat dauernd mit denen zu tun.«

»Die Sache könnte ernster als das sein.« Andrew LaMarches graue Augen blickten sorgenvoll. »Das Gift, um das es hier geht, konnte bisher nicht analysiert werden, ist aber eindeutig ungewöhnlich. *So* ungewöhnlich und tödlich, daß wir diese Vergiftung nicht als Unfall abtun können. Zumindest nicht, bis wir mehr darüber wissen.«

Bo starrte den Mann, dessen überraschenden Heiratsantrag sie erst letzte Woche abgelehnt hatte, an. Er sah noch immer wie ein Gesandter vom Hofe Königin Viktorias aus, distinguiert und arrogant wie ein Leichenbestatter der High-Society. Eine goldene Kragennadel unter seiner handgewebten grauen Leinenkrawatte reflektierte das fluoreszierende Licht der Cafeteria. Bo empfand bei dem Gedanken, er könnte unter Streß zusammenbrechen und peinlich exzentrisch reagieren, ein panikähnliches Gefühl. »Wollen Sie damit etwa andeuten, daß Sie den Verdacht haben, jemand habe versucht, Acito zu *töten*?« Sie runzelte die Stirn. »Das ist verrückt.«

»Mir wurde geraten, diesen Begriff nicht leichtfertig zu gebrauchen.« Er lächelte unter seinem ergrauenden, militärisch gestutzten Schnurrbart. »Wollen wir mal sagen, ich empfehle Vorsicht und eine gründliche Untersuchung. Da es bisher nicht genügend Beweise gibt, um die Polizei einzuschalten, muß diese Aufgabe dem Jugendamt zufallen. Sie verstehen doch, warum dieser Fall für Estrella im Augenblick zuviel sein könnte?«

Bo dachte an das eigenartige Baby im vierten Stock, das krank und einsam fremden Geräuschen und ungewohnten Berührungen ausgesetzt war. Warum sollte jemand ein kleines Indianerbaby ermorden wollen, das allein schon durch den Wandel der Kulturen und internationalen Grenzen keine Chance hatte?

»Ach, übrigens«, unterbrach LaMarche ihre Überlegungen, »die Lady, die gerade gegangen ist, ist die Verwalterin finanzieller Mittel, die die Ausbildung Freiwilliger für unsere Kinder-Aids-Abteilung garantiert. Eine sehr wichtige Arbeit. Ich war entzückt zu sehen, daß Sie ein bißchen eifersüchtig waren.«

»Ich war nicht eifersüchtig«, entgegnete Bo und ließ den Deckel ihres Plastikkaffeebechers zuschnappen. »Irgendwas, aber nicht eifersüchtig. Ich wünschte, Sie würden mit diesem Spiel aufhören, Andy. Wir müssen von Zeit zu Zeit zusammenarbeiten.«

»Das ist kein Spiel, Bo. Gehen Sie heute abend mit mir essen?« Er äußerte die Bitte, als wäre sie völlig normal. Als wäre er nicht ganz versessen darauf, Bo auf eine so verschrobene Weise den Hof zu machen, daß sie sich wie eine altmodische Puppe mit einem Sonnenschirm vorkam.

»Tut mir leid, heute ist Donnerstag«, antwortete sie und stand auf. »Mein Pokerabend.«

Auf dem Parkplatz des Krankenhauses ging Bo nachdenklich rauchend neben dem Pathfinder auf und ab. Sie hatte beschlossen, im Innern des Wagens nicht zu rauchen, wenigstens so lange, bis der Glanz des Neuen verblaßt war. Sie würde das kleine Auto blitzblank halten, eine Oase der Sauberkeit auf Rädern. Es sollte eine Art Statement sein.

Aus einem langsam vorbeifahrenden Auto, dessen Fahrer

offensichtlich auf Bos Parkplatz scharf war, hörte sie einen alten Patty-Smith-Song, der versprach, die ersten zwei Zeilen von *People*, die ihr ständig im Kopf herumgingen, zu verdrängen. Sie schaltete ihr Radio ein und suchte die Skala nach *Because the Night* ab und fand den Sender, obwohl etwas anders war.

Die Musik war dieselbe, die Whiskystimme klang ähnlich, doch die Worte waren spanisch. Während Bo fasziniert einem Phänomen von San Diego, das allgemein »Mexikanisches Radio« genannt wurde, lauschte, fuhr sie vom Parkplatz des Krankenhauses auf die Interstate 805 in Richtung Grenze. Der nächste Song war ein Roy-Orbison-Hit namens *Crying*, den sie in der siebten Klasse geliebt hatte. Sie sang auf amerikanisch mit und fragte sich, ob die spanischen Worte dieselben waren und wie das möglich war. Erstrecken sich Copyrights nicht über nationale Grenzen? Vielleicht nicht.

Als sie die letzte US-Ausfahrt in San Ysidro erreichte, hatte ein ihr unbekannter Song angefangen. Ein ergreifendes Lied, das nur von einer Gitarre und einer Art Flöte begleitet wurde. Die Stimme der Sängerin war voller kontrollierter Kraft. Eine ausgebildete Stimme, die bewußt an Gefühle appellierte. Bo wünschte sich, sie könnte die Worte verstehen. Eines, das mehrere Male wiederholt wurde, lautete *corazón*. Und am Ende des Liedes hätte Bo schwören können, *mi Acito* zu hören.

»Nein«, sagte sie zu dem Rundfunksprecher, dessen dröhnende Stimme etwas mit Zahlen verkündete. »Das bilde ich mir ein, oder Acito ist nur ein geläufiger Kosename wie Liebling.«

Das mußte es sein, versicherte sie sich, als sie in der Nähe eines unscheinbaren Apartment-Komplexes in San Ysidro parkte, wo ein Ehepaar namens Natalio und Ynéz Cruz für

ein acht Monate altes Baby gesorgt hatte, das nicht ihm gehörte.
»Hier ist Rrrrahdio Rrrromántico«, schmachtete der Moderator in stark akzentuiertem Amerikanisch, »wo die Geheimnisse des Herzens verborgen sind.«
Bo schaltete die Zündung aus und stieg aus. Die Straße war sandig. Eine viertel Meile entfernt schoben sich deutlich sichtbar die Ausläufer Tijuanas von der Talgrenze empor. Geographisch gesehen waren die beiden Städte eins. Aber welche barg das Geheimnis, das ein Indianerbaby an das Ufer der High-Tech-Medizin des Westens geworfen und es dort allein zurückgelassen hatte? Bo sog Luft durch die Zähne ein und starrte zu der mexikanischen Stadt hinüber, die nichts als ein wirres Netz von Straßen in der Ferne war. Das Geheimnis liegt dort drüben, dachte sie. In Tijuana, wo sie legal nicht ermitteln durfte.

3

Ein Waldmann, ein »duende«

Chac streckte sich auf Chris Joes unbequemem Feldbett mühsam aus und versetzte dem Kopfkissen einen Fausthieb. Eigentlich war es kein richtiges Kopfkissen, sondern ein Seesack voller alter Kleider. Er roch nach Eukalyptus, denn Chris Joe hatte Blätter davon hineingetan, damit seine T-Shirts gut rochen. Er tat so, als wäre der Gebrauch von Pflanzen und Kräutern etwas völlig Neues. Als ob die Maya nicht schon lange vor Geburt des Gottes der Christen Heilpflanzen benutzt hätten.

Chac seufzte. Sie hatte geschlafen und wußte, daß sie zu früh aufgewacht war, aber irgend etwas stimmte nicht. In ihren Ohren summte es. Eine beklemmende Furcht ließ sie an diesem bedeckten Vormittag frösteln. Sie hatte geträumt, konnte sich aber nicht an den Traum erinnern. Oder war das hier der Traum?

»Schlaf weiter«, sagte er, ohne sich nach ihr umzudrehen. »Es ist alles in Ordnung.«

Sie zwang sich, kurz die Augen zu öffnen, und beobachtete ihn. Er war ein seltsamer Junge, ein Gringo mit dem langen Haar einer Frau und schlanken, bleichen Händen, die eine Gitarre wie die Seele eines Spatzen zum Singen bringen konnten. Während sie ihn beobachtete, nähten diese Hände winzige, glitzernde Sterne auf die Ärmel einer weißen Bluse, die er ihr aus einem sonnengebleichten Bettuch geschneidert hatte. Silberne Blitze, eine Reihe nach der anderen, auf flügelgleiche Ärmel. Das Licht, das durch die

offene Tür eintrat, brach sich auf dem Flitter, und sie mußte die Augen wieder schließen.
Der Traum war noch immer Wirklichkeit.
Tomás, ihr Vater, stand am Rand eines kleinen Maisfeldes in seinen rot und weiß gestreiften Hosen und spielte die Rohrflöte, als große Wolken über dem nahen Wald auftauchten. Das kleine Feld in der Nähe des Atitlán-Sees in Guatemala gehörte ihrer Familie, und die Blätter der Maiskolben und der Kürbisse schienen zu flüstern.
Im dunklen Wind hielt Chac Acito ihrem Vater hin, damit er ihn sehen konnte. Damit er diese bestimmte Deformation erkennen konnte, an der alle Maya erkennen, wie gesegnet ihr Baby war, den Göttern gleich, obwohl Chac gefehlt hatte.
Und als Tomás das Mal an seinem Enkel sah, waren dort plötzlich hundert andere Indianer, und sie konnte das Herz ihrer Mutter im Wind hören. Aber noch etwas war da. Ein *duende* (Kobold), etwas Totes vom Friedhof oder ein anderer böser Geist, der sich vom Norden durch den Wald auf sie zubewegte. Ein Geräusch verriet die Anwesenheit des *duende.* Er übertönte die Musik ihres Vaters und wurde zu einem schrillen Geschrei, dann zu einem häßlichen Lied, dessen Worte sie nicht verstand, wie das Geplärr aus den Lautsprechern der evangelischen Kirche in Panajachel.
Tomás und die anderen verschwanden, sie flohen das Geräusch. Und Chac merkte, daß das Dröhnen in ihren Ohren der Schlag ihres Herzens war. Der *duende* wollte Acito holen!
Das Baby schien nichts zu wiegen, als sie floh, über die Ranken der Kürbisse stolperte. Einige der Ranken waren Schlangen, die sie wütend anstarrten. Die Wut in diesen Augen ließ ihre Beine erstarren, so daß sie nicht mehr lau-

fen konnte; und plötzlich lag Acito nicht mehr in ihren Armen. Nichts als ihr Herz lag in ihren Armen, von Entsetzen groß.

Ein bitterer Geruch gleich gereizten Wespen ging von dem bösen Geist aus, der sie jagte, und Chac sah einen seiner weißen Füße durch das schattige Unterholz laufen. Der Fuß war rückwärts gerichtet! Der *duende* lief mit seinen schrecklichen, verkehrt sitzenden Füßen auf sie zu und schrie und schrie. Da flogen Papageien auf und hoben sich schwarz gegen den Himmel ab.

»Chac, wach auf. Du träumst. Es ist nur ein Traum. Wach auf.«

Schweiß rann ihr über den Rücken, als sie sich im Feldbett aufrichtete. Ihre Kopfhaut war naß, und ihre Augen brannten vom Salz.

»Acito«, schluchzte sie, als der junge Gringo sie in die Arme nahm. »Er wollte Acito holen.«

Von seiner flachen, muskulösen Brust strömte eine vertraute Wärme aus. Die vergangenen drei Monate hatte dieser Junge die Last ihres Lebens auf sich genommen, wie ein Maya *cargo* akzeptiert – eine Verantwortung auf sich nimmt, für die es keine Belohnung gibt, außer dem Fortschreiten der Zeit. Chris Joe war fünf Jahre jünger als sie und kein Indianer, aber er akzeptierte *cargo*. Er trug ihr Leben. Daß er ihr außerdem die Gefühle entgegenbrachte, die ein Mann seiner Frau entgegenbringt, war für sie etwas, das sie nicht merken wollte.

»Acito geht es gut«, beruhigte er sie. »Du hast ihn erst heute morgen gesehen, und es geht ihm gut. Das war nur ein Traum.«

Chac sah in seine blaßblauen Augen und runzelte die Stirn.

»*Estupido!*« zischte sie. »*Mi sueño …*«

»Sprich amerikanisch, Chac.« Er grinste und wandte sich

wieder seiner Arbeit an der Bluse zu. »Bald mußt du nur noch amerikanisch reden. Sogar wenn du besoffen bist!«
»Ein Traum«, sagte sie und betonte das Wort zornig, »ist manchmal die Wahrheit, die man in Bildern sieht. Und in diesen Bildern gab es Schlangen und einen *duende* mit einem rückwärts gerichteten Fuß. Und Acito lag nicht mehr in meinen Armen!« Ihre schwarzen Augen wurden in panischer Angst ganz stumpf. »Ich muß ausgehen ...«
»Was regst du dich über einen Traum so auf?« entgegnete er, ohne sie anzusehen. »Das geht an die Nieren, aber du weißt, daß ich dich nicht aufhalte. Geh doch, und lies einen Haufen Scheiße in der Gosse auf. Mach einen Haufen Kohle. Wenn es dir dann zum Bewußtsein kommt, wirst du daran verrecken, es sei denn, du hast überhaupt noch Zeit genug, dich zu Tode zu kotzen. Aber geh nur.«
Zitternd streckte Chac ihre Hände aus, dann ballte sie sie zu Fäusten. »Ich habe so eine beschissene Angst«, sagte sie ganz ruhig.
»Das weiß ich«, entgegnete er. »Aber in ein paar Tagen wirst du frei sein wie ein Vogel. Sobald du diesen Vertrag unterschrieben hast, kannst du *fliegen*, stimmt's nicht? Und jetzt koche ich dir einen Tee zur Beruhigung. Kamille und Ginseng. Das beruhigt die Nerven.«
»Und fliegst du auch, Chris Joe? Du bleibst doch bei mir und spielst deine Musik wie jetzt, nicht wahr?«
Er wandte sich von der abgestoßenen Kochplatte ab, auf der er das Wasser zum Kochen brachte. »Ich bleibe bei dir, solange du mich brauchst«, sagte er. An seinem entschlossenen Blick und seinem Kinn sah Chac den Mann, der in dem Jungen steckte, und ihr Entsetzen machte einem leichten Unbehagen Platz.
Er würde ihr helfen. Doch ihr Unbehagen signalisierte ihr eine Gefahr, eine Gefahr, vor der ihr Traum sie gewarnt

hatte. Der *duende* mit seinen abscheulichen Füßen war der Geist irgendeines Wesens, das verrückt geworden war. Und jemand, der sich im Dschungel Guatemalas verirrt hatte und tagelang im Kreis herumwanderte, konnte diesen *duende* sehen und darüber verrückt werden. So etwas würde nur den Einsamen passieren, den Menschen, die niemand kannte.

Vor der offenstehenden Tür hing ein geblümter Vorhang, und durch den Spalt unten konnte Chac sehen, daß eine bleiche Sonne durch die niedrig hängenden Wolken gebrochen war und jetzt auf den Feldweg schien. Sie sah den Schatten eines Vorbeigehenden. Hörte Kinder rufen. Sah die Nase eines braunen, neugierigen und freundlichen Hundes. Alles war normal, doch es verbarg etwas so Entsetzliches, daß man es nicht sehen durfte. Chris Joe würde das niemals begreifen, aber Chac wußte: Er würde kommen. Heute hatte er den ersten Schritt auf sie zu gemacht.

4

Die Straßenkreuzung

Natalio und Ynéz Cruz waren nicht zu Hause, als Bo an die Tür klopfte, die zu der Adresse gehörte, die in Acitos Akte stand. Wie das junge Mädchen Bo durch die geschlossene Fliegengittertür auf amerikanisch erklärte, hatten sie eigentlich nie dort gelebt. Sie seien Verwandte von jemandem namens Bernardo, der auch nicht hier wohne. Sie seien dafür bezahlt worden, sich um Acito zu kümmern, und manchmal hätten sie das Baby hier versorgt. Aber jetzt seien sie nicht mehr hier. Niemand in der spärlich möblierten kleinen Wohnung erwarte sie zurück. Natalio und Ynéz würden nicht mehr hierherkommen. Niemals.

Bo hielt dem Mädchen ihre Dienstmarke unter die Nase, so wie die Cops es immer im Fernsehen machen.

»Ich bin vom Jugendamt«, sagte sie und bemühte sich um einen offiziellen Ton. »Ich muß in die Wohnung und nachsehen, wie das Baby hier versorgt wurde.«

Im Zimmer saß ein Mann auf einem an der Wand stehenden Klappstuhl. Er trug einen Cowboyhut aus Stroh und überschüttete Bo sofort mit einem Schwall emotionsgeladener spanischer Worte, von denen sie nur *carta verde* verstand, was er mehrmals aussprach. Neben ihm stand eine Frau. Sie umwand Trinkhalme aus Plastik mit buntem Garn und nickte zu seinen Worten. In ihren Augen waren Wut und gleichzeitig Angst zu lesen. Sie stellte Götteraugen her. Dieser wie Kompasse geformte Wandschmuck wurde überall in Tijuana verkauft.

Carta verde, dachte Bo. Dann fiel ihr Carta Blanca ein, das mexikanische Bier, das ihr nur halb so gut schmeckte wie Dos Equis, was zwei X bedeutete. Und Carta Blanca bedeutete »weiße Karte«, was bedeutete also *carta verde*? Natürlich: grün. Der Bursche da regte sich über die Green Cards auf!

»Ich komme nicht von der Einwanderungsbehörde«, sagte sie und schüttelte heftig den Kopf. »Das Jugendamt ist nicht *la migra*.«

Estrella redete die ganze Zeit über *la migra* – die Bezeichnung der Mexikaner für die amerikanische Einwanderungsbehörde, die regelmäßig illegale Wanderarbeiter aufgriff und wieder über die Grenze nach Tijuana schaffte. Die Vorgehensweise glich zwar dem Versuch, als wolle man das Meer mit einem Eimer ausschöpfen, trotzdem stellte *la migra* eine Quelle unablässiger Angst für die Tausende Latinos ohne Papiere in den USA dar.

Das junge Mädchen öffnete eine Tür und deutete auf einen Haufen auf dem Boden liegender Decken in der Küche. Die Decken waren von hochkant stehenden Zementblöcken umgeben, die wahrscheinlich auf einer Baustelle geklaut worden waren, dachte Bo. Ein richtiges Laufgitter. Bo nickte zustimmend. Die scharfen Kanten der Zementblöcke waren mit Handtüchern umwickelt, die man mit Klebeband befestigt hatte. Dem acht Monate alten Baby hatte es an nichts gefehlt.

Bo nahm ihre Polaroidkamera und ging zögernd in die kleine Küche, um eine Aufnahme von Acitos Lebensraum zu machen. Auf dem Boden lag ein Paket mit Windeln und auf den Decken eine blaue Babyflasche aus Plastik, halb voll mit einer Flüssigkeit, die wie Apfelsaft aussah. Neben der Flasche lag eine Statue, die Unsere Liebe Frau von Guadeloupe darstellte. In einer Ecke des Laufgitters lag auf einem zerkauten Gebetsbild, das einen Heiligen darstellte, den Bo nicht kannte, ein Kruzifix aus Plastik, das im Dunkeln leuchtete. Der Heilige warf einen ekstatischen Blick gen Himmel, während flammende Pfeile seinen Körper durchbohrten. Acitos Spielzeug hatte ausschließlich aus Devotionalien bestanden.

Nimm die Flasche mit, Bradley. Vielleicht ist Lysol drin, kein Apfelsaft.

Als Bo sich Acitos kleinem Verschlag näherte, merkte sie, daß sie von zwei Frauen beobachtet wurde, die anscheinend aus dem daneben liegenden Schlafzimmer gekommen waren: einer älteren Frau mit einem Umschlagtuch und einer Schwangeren unbestimmbaren Alters. Die beiden starrten Bo an, als wollte Bo eine Granate auf sie abfeuern. Bo lächelte töricht, machte einen Schritt über den Zementblock, um die Flasche an sich zu nehmen, da spürte sie, wie etwas unter ihrem Schuh zermalmt wurde. Bei dem Geräusch bekam die alte Frau große Augen. Sie eilte an Bos Seite und nahm einen Rosenkranz, der zwischen den Decken gelegen hatte.

»Entschuldigen Sie«, fing Bo an. »Ich wollte nicht ...«

Doch die Frau schimpfte jetzt auf spanisch erbarmungslos auf Bo ein. Der Mann war aufgestanden und schlug mit seinem Cowboyhut aus Stroh nach Bo. Er roch durchdringend nach Haaröl. Die Schwangere bekreuzigte sich, lehnte sich mit der Stirn gegen die Wand und fing an zu wimmern. Bo kletterte aus Acitos Verschlag und stürzte zur Tür.

»Was soll das, zum Teufel?« rief sie und umklammerte noch immer die Babyflasche.

»Dieser Rosenkranz war ein Geschenk meiner Urgroßmutter«, erklärte der Teenager und stieß Bo nach draußen. Dann verschloß sie die Fliegengittertür. »Das war, als hätten Sie ... sie hatte ihn auf dem Sterbebett.«

Aus der Sprechweise des Mädchens erkannte Bo die Verachtung aller Heranwachsenden für die bodenlose Dummheit aller Erwachsenen. Hinter der Tür schrie die alte Frau immer wieder ein Wort, von dem Bo geschworen hätte, daß es »Tampa« lautete.
»Hat ihre Mutter in Florida gelebt?« fragte Bo wider Willen.
»Weiß ich nicht«, antwortete das Mädchen. »Ihre Mutter ist tot.«
Bo verstaute die Babyflasche und die Kamera in ihrem Wagen und mußte sich eingestehen, daß diese erste Befragung eine Katastrophe gewesen war. Doch wenigstens hatte sie für Estrella einen Schnappschuß. Einen Schnappschuß von ein paar Zementblöcken und ein paar Decken. Nicht gerade ein Dokument, das einen Preis gewinnen würde.
Ein paar Tauben zu ihren Füßen hörten auf, an einem Einwickelpapier für Kaugummi herumzupicken, und flogen plötzlich südwärts, als hätte sie jemand gerufen. Bo sah den Vögeln nach, wie sie nur eine halbe Meile entfernt über die Grenze flogen und in den Himmel über Tijuana stiegen. Es sah so leicht aus.
»Warum eigentlich nicht?« sagte sie zu ihrer rechten Hand, als sie den Motor startete. Irgendwo da drüben war Acitos Mutter. Eine Nachtklubsängerin namens Chac, hatte Madge gesagt. Und die meisten Etablissements dieser Art in Tijuana waren im Touristenviertel. Auf der Avenida Revolución. Nur ein paar Häuserblocks von der Grenze entfernt.
Es wäre lächerlich, dachte Bo, nicht ein paar Nachforschungen nach der Mutter anzustellen. Sie brauchte nur die Adresse herauszufinden, wo die Sängerin arbeitete. Natürlich inoffiziell.
Sie wußte, daß ihre Kompetenzen an der mexikanischen

Grenze endeten. Als Beamtin des Jugendamts darf ich keinen Fuß über diese Grenze setzen, dachte sie, während sie zu einem der Parkplätze an der Grenze fuhr, aber als Privatperson schon. Dazu brauche ich nicht einmal einen Paß oder irgendeinen anderen Ausweis. Und wenn ich wieder zurückwill, genügt es, den Beamten in korrektem Amerikanisch zu versichern, daß ich eine US-Bürgerin bin. Soviel zur Sicherheit dieser Grenze. Sie war viel zu leicht zu überschreiten.

Bo fand einen Parkplatz in der Nähe der Stelle, wo Busse Passagiere ausluden, die nach Mexiko wollten. Ein kurzer Marsch an einem eisernen Zaun entlang führte nach Mexiko.

Durch den Zaun hindurch beobachtete Bo die Drogenhunde der amerikanischen Zöllner, die aus Mexiko kommende Autos durchschnüffelten.

Nach dem zweiten Drehkreuz änderte sich alles. Das war immer so, aber heute kamen ihr die Veränderungen unheilvoll vor. Mexiko – was immer das auch war – fing an diesem Drehkreuz an. Eigentlich war es unmöglich, doch die Luft roch anders. Sie roch nach Staub und etwas scharf, wie verbranntes Plastik. Bo beschleunigte ihre Schritte, um zwei kleinen ausgemergelten indianischen Mädchen aus dem Weg zu gehen, die mit in Zellophan eingewickelten Päckchen Kaugummi auf sie zukamen.

»*Chiclé*?« sagten die Mädchen. Ihre schwarzen Augen waren so ausdruckslos wie die von Vögeln. »*Chiclé, señorita*?«

Auf dem Boden dieser Haupttouristenstraße, die nach Tijuana führt, schienen Stoffbündel an der Mauer zu lagern. Das waren die Mütter dieser bettelnden Kinder, die meisten mit einem Baby an ihrer Brust. Jede dieser Gestalten hielt Bo flehend die Hand hingestreckt, als sie vorbeiging. Yaqui-Indianer. Ein Volk aus der Steinzeit, das vom Abfall dieses

Jahrhunderts lebte. Acito könnte zu ihnen gehören, dachte Bo. Nur daß keines dieser Kinder eine solche Nase hatte. Eine derart gekrümmte Nase.
Bos Aufmerksamkeit wurde kurz von einem Karren abgelenkt, der mit Windspielen aus Quarz in der Form von Papageien beladen war, und schon hielt ein etwa zweijähriger Junge in einem schmuddeligen Pullover ihr Knie umklammert. Er blickte zu ihr hoch. Seine Nase lief, und in seinem dumpfen Blick konnte sie Erschöpfung lesen. Sie konnte ihn nicht abweisen.
»Hier«, sagte sie seufzend und drückte ihm die Münzen ihrer Börse in die klebrige Hand. Es würde nichts nützen, aber sie bekäme Alpträume, wenn sie ihm nichts gab.
»Ich hasse diesen Ort«, sagte sie und lächelte einen Mann an, der ihr folgte und immer wieder sagte: »Taxi? Taxi? Taxi?«
»Ich habe ihn immer gehaßt, und heute ist es sogar noch schlimmer. Nein, danke. Kein Taxi.«
Alle möglichen Händler belebten die Straße. Mestizinnen verkauften billigen Schmuck, den sie auf dem Boden ausgebreitet hatten. Vor den Imbißständen roch es nach gegrilltem Fleisch und Tortillas.
Das Gewirr der Straßenhändler endete plötzlich vor einer weiträumigen Plaza, in deren Mitte ein großer Brunnen prangte, der jedoch nach Bos Wissen nie funktioniert hatte. Die Plaza war von neuen, einstöckigen Gebäuden umgeben, die Geschäfte beherbergten, in denen amerikanische Touristen alles kaufen konnten, was ihr Herz begehrte. Schnaps. Mexikanische Versionen von Designerkleidung, komplett mit falschem Warenzeichen ausgestattet. Und Medikamente, die man in den USA nur auf Rezept bekam, für die hier aber kein Rezept nötig war.
Indianern war der Aufenthalt auf der Plaza verboten. Da

gab es keine Straßenverkäufer. Bo seufzte. Die Plaza kam ihr wie ein plumpes Raumschiff vor, das inmitten des biblischen Syrien gelandet war. Zu sauber. Zu ruhig. So wie Amerikaner es liebten.

Am Ende der Plaza ging es zu einer Überführung, die zur Avenida Revolución führte. Die erst kürzlich fertiggestellte Treppe aus Zement bröckelte bereits. Das ist Tijuana, sagte sie sich und fragte sich gleichzeitig, ob die reine Feststellung des Zerfalls schon eine Form der Kritik enthielt. Gebäude in Tijuana wurden immer nur zur Hälfte fertiggestellt und dann so belassen. Wenn man es überhaupt nicht erwartete, verwandelten sich geteerte Straßen in Schlammwüsten. Die schlampige Architektur der Stadt schien einem ungeliebten Ziel zuzustreben, das man dann aus Trotz wieder aufgab. Hier war ständig alles in Bewegung. Gebäude zerfielen und wurden auf sinnlose Weise wieder aufgebaut.

Das ist nichts als eine typische Grenzstadt, Bradley. Laß dich davon nicht berühren.

Aber es berührte sie. Es berührte sie immer. Bo wußte nicht, warum. Vielleicht weil der unverhüllte Anblick der Armut einem immer Schuldgefühle einflößte. Doch schlimmer noch waren dieser alles erstickende Lärm und dieses Gedränge, unablässig und überall. Eine sinnliche Überbelastung, die für den normalen Amerikaner nur ermüdend war, Bo aber erschreckte und sie dramatischen Reaktionen ausliefern könnte, trotz ihrer Medikamente.

»*Kate Harding*, 1892«, murmelte sie vor einem Verkaufsstand, wo mindestens tausend gleiche, in häßlichem Gelb bemalte Töpfereien feilgeboten wurden. »Der britische Schoner *Lily*, 1901«, sagte sie zu einer überdachten Passage, wo zwei Männer standen und Veloursdecken verkauften, auf denen Panther Antilopen rissen, ein Aztekenpaar

sich einer Umarmung hingab und das Abendmahl abgebildet war.
Das Herunterbeten von Schiffsnamen, die vor Cape Cod gesunken waren, tröstete sie. Ihre irische Großmutter, die außergewöhnlichen Liebhabereien frönte, hatte Bo und ihre kleine Schwester, Laurie, oft auf der Veranda des Sommerhauses der Familie auf ihrem Schoß gewiegt und dabei die Namen der versunkenen Schiffe gesungen. Nie konnte Bo diese Aufzählung vergessen, und manchmal rezitierte sie insgeheim die vertrauten Silben, einfach, um sich zu beruhigen. Diese Namen erlaubten es ihr, gelassen über die Avenida Revolución zu schlendern, wo man einfach alles kaufen konnte.
»Ich kann es nicht fassen!« unterbrach sie ihre geistige Übung, die gerade bei der *Andrea Doria* angelangt war, als sie etwa einen Block entfernt die Markise einer Bar entdeckte.
Shooters, 1.50 $, stand auf einem Schild. *Jeden Abend Tanz. Erleben Sie live unseren Schallplattenstar – Chac.*
Das war zu einfach. Der Name war so ungewöhnlich; es konnte keine zwei Sängerinnen desselben Namens geben. Ein unbehagliches Gefühl beschlich Bo. Sie schüttelte es ab. Ein Gefühl, als verfolge sie einen Weg, der zu keinem Ziel führte, als hätte sie dort nichts zu suchen. Doch dieses Gefühl war ihr nicht unvertraut.
Du wirst heute abend mit Dr. Broussard essen, Bo. Du wirst ihr von diesem neuen Medikament erzählen, das nicht zufriedenstellend wirkt. Finde jetzt diese Adresse heraus und geh dann.
Bo nickte, weil sie diesem vernünftigen Rat folgen wollte, notierte sich die Adresse und blieb in dem Eingang der Bar stehen, den ein Vorhang verdeckte. Darunter konnte sie Zigarettenkippen auf einem braunen, beschädigten gekachelten Boden sehen und ein Stuhlbein. Es roch nach

Tequila, *shooters* genannt, wenn kostümierte Kellner sie einem die Kehle runterjagten. Hier also arbeitete Acitos Mom.

Bo erinnerte sich, daß sie dem Baby versprochen hatte zu versuchen, seine Mutter zu finden. Wie konnte sie jetzt wieder gehen? Vielleicht war Chac jetzt in der Bar und wußte nicht, daß ihr kleiner Sohn dem Tode nahe gewesen war. Von drinnen hörte Bo Stimmen und ein paar amerikanische Worte.

»Warum eigentlich nicht?« Sie grinste einen in der Ecke stehenden schwarzgestreiften Esel an, der einem Zebra ähnlich sah. Seine langen Ohren steckten in Löchern eines geblümten Sombreros, und er wackelte mit ihnen, als Bo den Vorhang zur Seite schob und in die Bar ging.

Ein mit Weihnachtsbaumlichtern geschmückter Gang zwischen gegenüberliegenden Geschäften führte ins Innere. Ein paar Meter weiter lag ein Haufen Bauschutt, darauf stand ein Sägebock mit einem Schild, auf dem *Peligro* stand. Bo hatte das Wort schon auf den Straßen Tijuanas gesehen. Es bedeutete Gefahr.

»Ich kann einfach nicht glauben, daß du nicht weißt, wo sie ist«, sagte eine männliche Stimme mit britischem Akzent und einem Unterton, den Bo nicht richtig identifizieren konnte.

Die Stimme kam aus einem großen Raum am Ende des Gangs. Die Hälfte des Raums war voller Tische; dahinter erstreckte sich eine Tanzfläche. Sie wurde von einer hölzernen Rampe begrenzt, die auf golden angestrichenen Ölfässern ruhte. An der linken Wand erstreckte sich eine lange Bar, die auf Paletten ruhte, die mit Zierdeckchen aus Plastik und herunterhängenden Metallstreifen geschmückt waren. Hinten gähnte ein Loch, davor lag Bauschutt.

»Eine Margarita, Señorita?« fragte der Barmann in weißem

Hemd und rotem Kummerbund. Er schien glücklich zu sein, Bo zu sehen. Ja, richtig entzückt.
»Nein. Lieber einfach ein Coke, bitte«, antwortete sie. Aus irgendeinem Grund schien es klug zu sein, nichts zu sagen, einfach dazusitzen und sich zu fragen, warum ein mexikanischer Barmann über ihre Anwesenheit vor Freude strahlte. Am Ende der Bar arbeitete ein etwa dreißigjähriger Mann an einem Verstärker. Er hatte langes, dunkles Haar, das er zu einem Pferdeschwanz gebunden trug, und einen Gauchohut aus Leder auf.
»Die Show morgen abend ist wichtig«, sagte er nachdenklich. »Sie weiß, was auf dem Spiel steht.«
»Señorita Chac läßt *nie* eine Vorstellung aus«, sagte der Barmann zu Bo, als hätte sie ihn danach gefragt. Hektisch rieb er mit einer roten Serviette an einem trockenen Glas herum.
Bo spielte mit dem Stückchen Limone in ihrem Coke und ließ es einfach geschehen. Diese außerordentliche Intensität ihres Bewußtseins – auch wenn sie mit Medikamenten ärztlich kontrolliert wurde – war eine Gabe als Begleiterscheinung ihrer Krankheit, die sie ebenso zerstören konnte. Der Barmann, so nahm sie an, verteidigte Chac und wußte, wo sie war. Er hatte vor dem Mann mit dem Pferdeschwanz Angst und war froh, daß ein Gast sozusagen als Puffer diente.
»Ich möchte Waren für ein kleines Importgeschäft in Idyllwild einkaufen«, sagte sie, da sie bemerkt hatte, daß der Mann mit dem Pferdeschwanz ein kostbar gearbeitetes Silberarmband mit geometrisch eingelegten Steinen trug. »Ich interessiere mich für qualitativ guten Silberschmuck. Könnten Sie mir ein paar Händler empfehlen?«
Die Frage hatte Bo an den Barmann gerichtet. Gleichzeitig holte sie einen Kugelschreiber aus ihrer Tasche und griff nach einer Papierserviette.

»*Sí*, Silber«, entgegnete er begeistert. »Hier gibt's viel gutes Silber zu kaufen.«
Und während er eine Reihe von Händlern nannte, schrieb Bo auf die Papierserviette: *Acito in peligro. Donde esta Chac?* Acito in Gefahr. Wo ist Chac? Das Spanisch klang dramatisch, aber die Nachricht war unmißverständlich.
»Habe ich die Straßennamen richtig geschrieben?« Sie lächelte und schob dem Barmann die Serviette hin. Dann sagte sie: »Oh, gerade *danach* habe ich gesucht. Ja, genau danach.« Sie tat so, als würde sie Pferdeschwanz erst jetzt bemerken und schlenderte zu ihm. »Woher haben Sie dieses wunderschöne Armband?« sagte sie begeistert.
»Aus Venezuela«, antwortete er. »Aber woher es genau stammt, weiß ich nicht mehr.« Er lächelte und enthüllte dabei leicht unregelmäßige Zähne in einem tiefgebräunten Gesicht. Seiner Aussprache nach mußte er Australier sein, erkannte sie jetzt.
»Eine sehr schöne Arbeit«, murmelte sie und ging wieder. Was hatte ein Australier mit einem teuren Geschmack mit einem vergifteten Indianerbaby zu tun, das seit heute morgen ihr Herz erobert hatte? Und warum hatte der Barmann vor diesem offensichtlich netten Burschen Angst?
»Vielen Dank für Ihre Hilfe«, sagte sie und lächelte den Barmann an, als sie ihre Tasche und die rote Serviette nahm und ging.
Draußen streichelte sie den zebragestreiften Esel und las, was auf der Serviette stand. Eine Adresse war darauf vermerkt und die Worte *muy peligroso.* Sehr gefährlich. In den Augen des Besitzers des Esels, der auf einem bemalten Karren hockte und jeden Tag Touristen mit Sombreros fotografierte, konnte sie nur Haß lesen.

5

Die Sonne, die wir sehen, ist nicht die richtige Sonne. **Popol Vuh**

Dewayne Singleton warf eine Handvoll Zypressenzapfen in die Luft und lauschte, als sie auf dem felsigen Grund aufschlugen. Manchmal konnte man Dinge hören, die sie auf diese Weise sagten. Manchmal hörte man ein richtiges Wort. Diesmal war das Wort »ut-ut«, was überhaupt nichts bedeutete. Jedenfalls Dewayne Singleton nichts bedeutete.

Vielleicht glich es dem Geräusch von Füßen, von jemandem, der hinkt und vor seiner Zelle in Wade auf und ab marschierte. Einer der Wächter hatte so gehinkt. Er hatte behauptet, sein Knie beim Baseball verletzt zu haben und daß der verdammte Staat Louisiana ihm nicht genug gezahlt hätte, damit er es hätte operieren lassen können. Der Wächter redete manchmal mit ihm, denn er wußte, daß niemals jemand an Besuchstagen in das Gefängnis mit den lockeren Sicherheitsvorkehrungen in der Kisatchie National Forest Preserve in der Nähe der Grenze von Louisiana und Arkansas kam. Jedenfalls besuchte nie jemand Dewayne Singleton.

»Ut-ut«, das klang auch ähnlich dem rasselnden Atem der Hunde, nachdem sie eine Weile gelaufen waren. Meistens waren es Bluthunde, die bellend hinter Dewayne herrannten und ihn unter einer großen alten Kiefer stellten, obwohl er seine Socken mit Jodoform getränkt hatte. Das Zeug, das sie einem in der Krankenabteilung des Gefängnisses auf die Messer- und Axtwunden schmierten. Er würde mit dem Desinfektionspulver auch seine Achselhöhlen einreiben und

sein Haar und seinen Schritt und sich die Ärmel und Hosenbeine mit Klebeband zubinden. Dann konnten die Hunde nichs mehr riechen. Ein alter Choctaw-Strafgefangener hatte ihm das verraten. Er hatte behauptet, die Hunde würden einen erst dann riechen, wenn sie einem auf dem Schoß säßen.
Deshalb staubte sich Dewayne von Kopf bis Fuß mit Jodoform ein, als er mit seiner Gruppe den Rand des Straßengrabens der asphaltierten Straße säuberte, die zum Gefängnis führte, und wartete auf seine Chance. Als einer der Gefangenen eine Mokassinschlange im Graben entdeckte und der Wächter vom Pferd stieg, um sie zu erschießen, sprintete Dewayne in den dichten Kiefernwald. Erst nach zwanzig Minuten hörte er die Hunde hinter sich. Da kletterte er auf einen Baum.
Der alte Choctaw-Indianer hatte recht gehabt. Dewayne nickte in der warmen Brise, die von den unbewohnten Bergen an der mexikanischen Grenze zu ihm herüberwehte. Weil die Hunde weitergelaufen waren. Und jetzt war Dewayne weit weg – in Kalifornien.
»Ut-ut«, flüsterte er in den Wind, in Richtung Mexiko. Die Silben kamen zurück, eine in jedes Ohr. »Al-lah«, sagten sie jetzt, und er wandte sich nach links und warf sich, mit dem Gesicht nach unten, zu Boden. Links, das war der Osten, denn Mexiko lag im Süden. Es war viel einfacher, hier draußen herauszufinden, wo Mekka lag, als in Wade. Die hoch unter der Decke liegenden, schmalen Fenster schlossen die Sonne aus, doch nicht Allahs Botschaft. Die Botschaft, die er seiner Frau dort unten in Mexiko überbringen mußte.
Als ihr Ehemann war es seine Aufgabe, sie zu beschützen. Ihr zu sagen, was Allah ihm in einem Gefängnis namens Wade Correctional Center, sechzig Meilen von Shreveport

in Louisiana entfernt, verkündet hatte. Daß der Engel Jabril, den die Ungläubigen Erzengel Gabriel nennen, kommen würde. Hierherkommen würde. Weil Allah zornig war. Der Engel Jabril würde eine Menge Leute hier töten, weil ihre Lebensweise Allah mißfiel.
Mit auf den Boden gepreßtem Gesicht betete Dewayne und versuchte, sich an die Frau zu erinnern, die er vor langer Zeit geheiratet hatte. Wochenlang war er damals in Tijuana betrunken gewesen und hatte versucht, seine Kopfschmerzen loszuwerden. Sie war eine gerissene Lady, aber sie war auch eine Hure. Aus Scham darüber stiegen ihm Tränen in die Augen, und er stieß mit der Stirn so lange auf einen scharfkantigen Stein, bis er Blut roch.
Dann stand er auf und kroch zu dem Kreis aus Steinen, wo er gestern abend ein Eichhörnchen gebraten hatte. Mit beiden Händen rieb er Asche in den Schnitt. Diese Wunde, so stellte er sich vor, sei Allah wohlgefällig und würde seine Aufopferung und Hingabe zeigen. Und sie würde seiner Frau und jedem Menschen beweisen, daß Allah der einzig wahre Gott war. Er hoffte, sie verstünde es. Denn falls sie es nicht verstand, müßte sie sterben.

6

Die gelbe Straße, im Süden

Bo betrachtete die hingekritzelte Adresse auf der roten Papierserviette in ihrer Hand. Sie konnte sie nicht entziffern. Calle sowieso stand darauf und eine Hausnummer. Sie stand neben dem bemalten Esel, und ihr wurde bewußt, daß sich ihr Wissen über Mexiko ausschließlich auf Speisen und Angst beschränkte, mehr nicht.

Für Estrellas Bericht war die Adresse mehr als ausreichend. Tatsächlich würde das Herausfinden dieser mexikanischen Adresse Estrella bei Madge ein paar dringend benötigte Pluspunkte einbringen, denn Madge wußte genau, wie schwierig es war, solche Ergebnisse bei Ermittlungen in Mexiko zu erzielen. Vielleicht lud Madge Estrella sogar zum Lunch ein, was Estrella aber in ihrem momentanen Zustand kaum schätzen dürfte.

Es war erst halb eins.

»Der englische Schoner *Sparrowhawk*«, begann Bo ihre Litanei wieder. »In der Nähe von Nauset gesunken, Mitte Dezember, im Jahr 1626.« Die Sonne brannte umbarmherzig auf die Avenida Revolución nieder, die von Menschen wimmelte. Bo dachte an die *Sparrowhawk*, ein kleines Schiff, das nur etwas zwanzig Leuten Platz bot. Sie waren alle von England über die eisige, dunkle See gekommen, hatte ihre Großmutter erzählt, und hatten tödlichen Stürmen und Krankheiten getrotzt und der Gefahr, Hungers sterben zu müssen, wenn sie erst einmal angekommen waren. Und das waren nur Engländer gewesen. Durfte eine Irin in vergleichsweise sicheren Umständen weniger Mut zeigen?

»Taxi!« rief sie einem verrosteten Plymouth aus dem Jahr 1973 zu, der langsam über die Avenida fuhr, und gab dem Fahrer die rote Serviette.

»*Sí*«, sagte er nickend, als Bo auf den Rücksitz kletterte. Dann bog er nach links in die Avenida Benito Juárez ein, in Richtung Ensenada. Bo starrte durch ein Loch im Boden aufs Pflaster. Vielleicht war ihre Entscheidung unklug gewesen. Vielleicht war die Adresse in Ensenada, das etwa hundertzwanzig Kilometer weiter südlich lag. Vielleicht war sie sogar im Süden Ensenadas, wohin sie ohne ein Visum sowieso nicht käme. Wo Banditen noch immer gutgläubige Gringos überfielen.

Dumme Gringos, die, falls sie nur einen Rest Verstand besäßen, sich jetzt in San Ysidro aufhielten und nach Schnäppchen Ausschau hielten. Der Fahrer bog wieder nach links ab und fuhr nun nach Süden, in die Berge von Tijuana. Die Straße, durch das Loch betrachtet, bestand jetzt nur noch aus Lehm. Bo schaute aus dem Fenster und fragte sich, ob sie dieses unüberlegte Abenteuer ihrer manischen Impulsivität oder einem falschen Stolz zuschreiben sollte. Wie auch immer, jedenfalls sah die Landschaft jetzt wie die Kulisse für *Früchte des Zorns* aus.

»Danke«, sagte sie, als der Wagen hielt. Sie bezahlte den Fahrer und bahnte sich einen Weg durch abgemagerte Hühnchen, die um sie herumtrippelten. Der Fahrer hatte auf eine von beiden Seiten mit verfallenden Mauern begrenzte Gasse gedeutet. Als sie einen Blick in einen der Hinterhöfe warf, sah sie eine blitzblanke Sau, die mit einem Seil an einen uralten Ford gebunden war, der keine Räder mehr hatte. In den Radlöchern wuchsen rote Geranien. Die Gasse war düster und der Boden teilweise mit vergammelten Plastikstücken oder verrosteten Planken bedeckt. Bo kam sich wie im Mittelalter vor.

»Ich suche eine Frau namens Chac«, sagte Bo zu einem Mann, der in einem großen Korb neben einer verhängten Tür saß. Er schien sie nicht zu hören, aber eine Frau mittleren Alters in Sandalen aus Plastik kam aus der Tür und deutete die Gasse entlang, wobei sie vier Finger hochhielt. Vier Türen weiter. Bo blieb davor stehen. Wie klopfte man an einen Vorhang?

»Ist da jemand namens Chac?« rief sie dem geblümten Stoff zu.

»Wer will das wissen?« lautete die Antwort. Bo war sich sicher, Angst aus der Stimme herausgehört zu haben. Warum hatte jeder, der mit diesem Fall zu tun hatte, Angst?

»Mein Name ist Bo Bradley«, sagte sie zu dem blonden Jungen, der nun mit nacktem Oberkörper im Türrahmen stand. »Ich arbeite für das Jugendamt in San Diego und habe hier keine offiziellen Befugnisse. Aber ich muß Chac wegen ihres Sohns, Acito, sprechen. Ist sie da?«

Bo hatte die letzten drei Worte betont. Sie hoffte, daß die Betonung drohend geklungen hatte. Der Vorhang neben dem schlanken Jungen bewegte sich, und eine junge Frau trat auf die Gasse. Eine schlanke junge Frau mit rötlichbrauner Haut, geflochtenem schwarzen Haar – so schwarz, daß es blau schimmerte – und dieser klassischen Nase, die Bo sofort erkannte.

»Ich bin Chac«, sagte die junge Frau. »Was haben Sie über mein Kind, Acito, gesagt?«

»Das könnte eine Falle sein«, murmelte der Junge.

»Sie sind eine Maya«, sagte Bo begeistert. »Die Nase Ihres Jungen ... Ich weiß nicht, warum ich nicht gleich daran gedacht habe ...«

»Was ist mit meinem Baby?« Chacs schwarze Augen füllten sich mit Tränen, als sie sich hektisch ihr weißes T-Shirt in ihre schwarzen Jeans stopfte.

»Er liegt im Krankenhaus, aber es geht ihm gut«, erklärte Bo. »Im St.-Mary's-Hospital für Kinder, in San Diego. Der Junge wurde vergiftet. Bisher konnte noch nicht herausgefunden werden, mit was. Das passiert Kleinkindern manchmal. Aber es wird bestens für ihn gesorgt. Und er wird wieder ganz gesund.«

»Acito wurde vergiftet?« keuchte Chac und klammerte sich an den Türrahmen. »Mit was wurde er vergiftet? Erst heute früh war ich bei ihm in San Ysidro. Da war er noch nicht krank. Ich glaube Ihnen nicht.«

Das Amerikanisch der Sängerin war altmodisch.

»Sie sprechen ein wundervolles Amerikanisch«, sagte Bo überrascht. »Wo haben Sie es gelernt?«

»In Antigua, in einer Klosterschule namens Institutio Indígena Nuestra Señora del Socorro«, antwortete Chac, als wäre der Name der Schule eine ausgezeichnete Referenz. »Ich habe dort den Beruf einer Lehrerin erlernt, und ich habe eine Aufenthaltsgenehmigung für die USA«, fügte sie ungehalten hinzu. »Mein Sohn ist Bürger der USA. Sie haben kein Recht, mir meinen Sohn wegzunehmen! Ich gehe zum amerikanischen Konsulat ...«

»Warten Sie«, unterbrach Bo Chac. Falls das stimmte, war die Sachlage eine ganz andere. Und ein Anruf des Konsulats in Tijuana bei Madge Aldenhoven könnte Bo und Estrella den Job kosten. »Natalio und Ynéz Cruz brachten Acito ins Kinderkrankenhaus, weil er sehr krank war. Seitdem sind sie verschwunden, aber dem Baby geht es gut. Das Krankenhaus hat Ihren Sohn sozusagen in Gewahrsam genommen und hat das Jugendamt benachrichtigt, weil kein Elternteil erreichbar war, aber wenn Ihr Kind wirklich amerikanischer Staatsbürger ist ...«

»Kommen Sie rein«, sagte Chac seufzend. »Ich zeige Ihnen meine Papiere.«

Der blonde Junge runzelte die Stirn und zog seine verschossenen Jeans über seine schmalen Hüften hoch; er war schlaksig, wie es Halbwüchsige oft sind. Er hielt den Vorhang zur Seite und starrte Bo böse an. Dann warf er sein langes Haar mit einer Kopfbewegung zurück, die distanzierte Verachtung ausdrücken sollte. Doch die Geste bewies nur, daß ihm noch ein paar Jahre bis zur Mündigkeit fehlten.

»Danke«, sagte Bo und betrat einen großen Raum, der mit Sperrholz verkleidet war. Das Dach bestand aus einer Segeltuchplane, der Boden aus gestampftem Lehm.

»Woher haben Sie diese Adresse?« fragte er mit leicht nasalem Tonfall. Ein Amerikaner. Und er stammte vom Land.

»Vom Barmann des Lokals, wo Chac singt«, antwortete Bo. »Er schien Angst zu haben ...«

Chac hatte in einem hellen Rucksack herumgekramt, den sie unter einem Feldbett hervorgezogen hatte. »Hier«, sagte sie, warf den Rucksack aufs Bett und reichte Bo einen Umschlag. »Das ist meine Heiratsurkunde. Mein Ehemann ist Amerikaner, deshalb ist mein Sohn auch Amerikaner. Sie müssen mir unser Baby zurückgeben.«

Unser Baby? »Sind Sie Acitos Vater?« fragte Bo den blonden Jungen, der eine Gitarre genommen hatte und sie sorgfältig stimmte. Bei der Frage zuckte er zusammen und erzeugte einen Mißklang.

»Nein, nein. Chris Joe ist nur ein Freund«, antwortete Chac und schritt rastlos in dem Raum auf und ab. »Lesen Sie die Dokumente.«

Chris Joes Wangen wurden blutrot, als er *Midnight in Moscow* intonierte. Er spielte die Melodie in einem Tempo, das sicherlich nicht von dem Komponisten beabsichtigt worden war, dachte Bo. Die Saiten seiner Gitarre waren mit Seide umwickelt. Chacs Worte hatten ihn verletzt. Langsam konn-

te sich Bo ein Bild von der Situation machen. Der Junge liebte die Indianerin und versteckte seine Gefühle hinter einem wütenden Ausdruck musikalischer Virtuosität. Es war offensichtlich, daß Chris Joe wünschte, er wäre der Vater. Chac schien das nicht zu merken.
Bo faltete das Dokument langsam auseinander. Sie nahm sich Zeit, um sich alles einzuprägen: die beiden jungen Menschen, das Zimmer. Irgendein Drang schien beide zu beherrschen. Ein Gefühl des Unbehagens, wie man es am Abend vor einer langen Reise hat. Aus Chacs Rucksack, den sie nachlässig auf das Bett geworfen hatte, waren Gegenstände gefallen: Make-up, eine Haarbürste, ein Portemonnaie und eine längliche Schachtel. Bo betrachtete die Schachtel genauer. Ein Haarfärbemittel für schwarzes Haar. Warum sollte sich eine gesunde junge Frau mit natürlichem schwarzem Haar das Haar färben?
»Ja, ja. Ich verstehe«, sagte Bo nickend. In dem Dokument stand, daß María Elena Bolon, Guatemaltekin, einen Dewayne L. Singleton geheiratet hatte, einen Bürger Louisianas. Die standesamtliche Trauung hatte vor zweieinhalb Jahren in Mexiko stattgefunden. Bo schrieb sich die Information auf. »Und Sie sind María Elena Bolon?« fragte sie.
»*Sí*«, antwortete Chac und beugte sich vor, um noch etwas aus ihrem Rucksack zu nehmen. »Hier sind meine Papiere.«
Unter der braunen Haut am Innenarm der Frau sah Bo verblassende violette Narben, die nur eins bedeuten konnten. Vielleicht war das der Grund, warum sie sich das Haar färbte. Bo hatte Heroinsüchtige gekannt, deren Haar vorzeitig ergraut war, und Heroin war die logische Erklärung für diese Narben. Deshalb trugen Abhängige immer lange Ärmel, auch im Sommer.
Bo notierte: »Mutter drogenabhängig, Baby auf HIV te-

sten.« Aids. Falls Chac mit anderen Junkies dieselbe Spritze vor oder während ihrer Schwangerschaft benutzt hatte, konnte sie sich und ebenso ihr Baby infiziert haben. Die Narben waren alt, verheilt. Aber Chac konnte sich schon vor Jahren angesteckt haben. Bo dachte an das schwarzäugige Baby in seinem Krankenhausbettchen und seufzte. Das Leben ist doch immer ein Haufen Scheiße, dachte sie.
María Elena Bolons Papiere waren in Ordnung.
»Warum haben Sie Ihren Namen geändert?« fragte Bo. Ihr fiel ein Wandbrett auf, das über einem beschädigten Tisch angebracht war und auf dem Einmachgläser standen, die mit Etiketten versehen waren. Auf den Etiketten standen Pflanzennamen. Und auf dem Gitarrenkasten, der auf dem Tisch lag, waren in Weiß Buchstaben eingekratzt: »C. J. Gavin, Henderson, KY, GHOST PONY RULES!«
Chris Joe verdrehte die Augen und stimmte eine neue Melodie an. Sie klang klagend und wie Folklore. Bo erkannte, daß er für Chac einen musikalischen Hintergrund schuf.
»Ich bin Sängerin«, sagte die junge Frau und nickte bekräftigend zu der Musik. »Sängerinnen gebrauchen Künstlernamen. Meiner ist ein Maya-Gott. Und was möchten Sie sonst noch wissen?«
Bo hatte noch hundert Fragen parat, beschränkte sich aber auf das Wesentliche. »Wo ist Acitos Vater, dieser Dewayne Singleton?«
»Das weiß ich nicht. Er hat mich verlassen, ehe Acito geboren wurde.«
»Haben Sie keine Ahnung, wo er sein könnte? Wir müssen mit ihm Kontakt aufnehmen. Wenn ein Kind unter Pflegschaft steht, müssen beide Eltern benachrichtigt werden.«
»Nein«, antwortete Chac ausdruckslos.
Chris Joe hatte die Gitarre wieder in den Koffer gelegt und eine Flöte aus Holz zur Hand genommen. Als er diese trau-

rige Melodie spielte, die Bo vage bekannt vorkam, fing Chac an, auf spanisch zu singen. Oder wenigstens teilweise auf spanisch. Ihre Stimme klang wie die eines Engels. Eine geschulte Stimme, die unsichtbares Feuer aus der vibrierenden Luft formte. Am Ende des Liedes sagte Chac: »Mi Acito.«

»Das ist das Liebeslied für meinen Sohn«, flüsterte Chac. »Er ist mein Herz. Verstehen Sie das? Ich darf ihn nicht verlieren!«

Bo fühlte Tränen in ihren Augen. Das war das Lied, das sie im Radio gehört hatte. Es jetzt live zu hören war wie Zauber. Sie war verzaubert. Ihr war schwindelig.

Verschwinde hier, Bradley. Das ist zu unheimlich!

»Acito ist eigentlich nicht mein Fall«, stammelte sie und ging zur Tür. »Sie müssen sich mit meiner Kollegin, Estrella Benedict, in Verbindung setzen. Sie wird Ihnen sagen, was zu tun ist. Hier ist die Telefonnummer.«

Bo gab Chac ihre Karte vom Jugendamt, schob den Vorhang beiseite und stolperte auf die Gasse. Der alte Mann saß nicht mehr in seinem Korb, auch die Sau war verschwunden. Während ihres Wegs zu einer asphaltierten Straße und einer Bushaltestelle sah Bo nichts als zusammenstürzende Mauern, hinter denen unvorstellbare Gefahren verborgen waren. Sie hoffte nur, daß diese Dinge hinter den Mauern – was immer es auch war – sie ignorieren würden, wenn sie nur starr geradeaus schaute.

7

Chi Pixab, der Ort des Rates

Als Bo um drei Uhr nachmittags wieder ins Büro kam, hatte Madge Aldenhoven ihre gewohnt schlechte Laune.

»Ich habe einen neuen Fall auf Ihren Schreibtisch gelegt. Und wo ist Estrella?« rief sie aus ihrem Büro, ohne aufzusehen, als Bo an der Tür vorbeiging. Aktenberge türmten sich auf Madges Schreibtisch, drei Stühlen und auf dem Boden. Sie schien unter den Papiermassen geschrumpft. Bo mußte an Edgar Allan Poes Kurzgeschichte *Das Faß Amontillado* denken. An eine Madge Aldenhoven, die für immer hinter Wänden von Akten in ihrem Büro gefangen wäre und schließlich zu einem mit Spinnweben behangenen Skelett werden würde, mit drei Kugelschreibern in ihrem Haar aus Zuckerwatte. Das Skelett, spann Bo ihre Geschichte weiter, würde erst nach Jahrhunderten von Archäologen gefunden, nachdem San Diego durch ein Erdbeben verschüttet und vom Kontinent getrennt worden war. Die Archäologen würden glauben, Madge sei die Hohepriesterin eines Kults gewesen, der Papier angebetet hätte.

»Ich weiß nicht, aber sie kommt sicher bald zurück.« Bo lächelte Madges Türrahmen an. »Warum?«

»Dr. LaMarche hat vor einer Stunde angerufen«, sagte Madge zu einer Schachtel Kleenex auf ihrem Schreibtisch. »Das mexikanische Baby wurde nicht aus Versehen vergiftet. Estrella muß sich um die Laborberichte kümmern.«

»Ich rufe im St.-Mary's-Hospital an und lasse sie mir rüber-

faxen«, sagte Bo und ging um die Ecke in ihr eigenes Büro. Drinnen preßte sie ihre Stirn gegen die Wand und dachte an den kleinen Indianer. Er war so stark und konnte sich bereits ohne Worte verständlich machen. Wie konnte nur jemand ihm Böses wollen?
Die Nachricht war deprimierend, aber das waren die meisten, die im Jugendamt von San Diego eingingen. Manchmal ermordeten die Leute Kinder, die eine Last oder ein ständiges Ärgernis waren. Aber warum sollte jemand Acito ermorden wollen? Und wer? Eine der bezahlten Pflegepersonen in der kleinen Wohnung in San Ysidro? Das hielt Bo für unwahrscheinlich. Acito hatte für diese Menschen eine Quelle dringend benötigten Einkommens dargestellt, und außerdem ... warum hätten sie ihn dann ins Krankenhaus gebracht?
Chac hatte erklärt, ihren Sohn erst heute früh besucht zu haben. Hatte Chris Joe sie begleitet? Wollten die Mutter und der außer Landes lebende Hinterwäldler ein sie belastendes Kind aus dem Weg haben? Bo mochte das Bild nicht, das in ihrem Kopf Gestalt annahm. Das Bild, das auch die Polizei sich machen würde. Das Bild einer sich nach oben kämpfenden Sängerin mit einer Vergangenheit als Drogenabhängige. Und das Bild eines talentierten jungen Musikers, voller Wut auf diese Welt, doch Chac auf eine Weise ergeben, die leicht entgleisen konnte. Die Polizei würde annehmen, daß einer der beiden es getan haben konnte. Bo hatte einen üblen Geschmack im Mund.
Sie nahm eine Schachtel Zigaretten aus ihrer Tasche und legte die Zigaretten zu einem Zickzackmuster auf ihren Schreibtisch. Fünfzehn Gesichter von der Pinnwand über ihr betrachteten ihr Tun mit Anteilnahme. William Faulkner runzelte die Stirn. Ernest Hemingway sah finster aus. »Ungeheuerlich«, murmelte Mary Shelley über Bos Kopf.

»Ihr alle seid verrückt«, sagte Bo zu den Fotografien, als Estrella die Tür öffnete.
»Ach, du meine Güte. Du baust Zäune aus Zigaretten und redest schon wieder mit diesen verdammten Fotos. Hast du etwas über diesen kleinen Indianer herausgefunden, oder hast du hier den ganzen Tag gesessen und mit Toten geredet?«
Estrellas Stimmung war kaum besser geworden.
»Er ist ein Maya«, sagte Bo, »und ich habe viel für dich erreicht. Ich habe sogar Acitos Babyflasche und die Adresse seiner Mutter in Tijuana, aber nichts in diesem Fall deutet auf versuchte Kindstötung.«
»Ach, Scheiße!« reagierte Estrella ungewöhnlich heftig. Sie fing an zu weinen und schlug mit der Faust auf Acitos Akte, die Bo ihr auf den Schreibtisch gelegt hatte. »Ich *kann nicht.* Ich kann es einfach nicht tun!«
»Was nicht tun?« fragte Bo überrascht. »Ich kann dich vor Gericht vertreten, wenn du nur die Formulare ausfüllst. Das ist kein Problem.«
Estrellas Gesicht schien in einzelne Teile zu zerfallen, sie schien förmlich zu zerbrechen.
»Ich hatte beschlossen«, sagte Estrella flüsternd, »daß ich dieses Baby nicht haben wollte. Ich habe den ganzen Tag zu Hause darüber nachgedacht. Ganz egal, was Henry und meine Familie davon halten. Aber ich kann es nicht.« Jetzt schluchzte sie. »Ich kann einfach nicht abtreiben lassen.«
Bo machte ihren Mund auf, klappte ihn dann aber wieder zu, da ihr bewußt wurde, daß alles, was sie sagen konnte, entweder idiotisch oder unangemessen sein würde. Statt dessen setzte sie sich auf den Schreibtisch ihrer Freundin und legte ihr die Arme um die zuckenden Schultern.
»Wände gegen den Wind«, sang sie leise einen irischen Segen und sah dabei gedankenverloren aus dem Fenster.

»Und ein Dach gegen den Regen.« Ein schwarzweißer Vogel kam aus der hellen, gläsernen Luft geflogen und schritt im Schatten eines Eukalyptusbaums auf und ab. »Und Tee neben dem Feuer ...« Bos Stimme verklang. War der Vogel etwa eine Elster? Gab es Elstern in Südkalifornien? Bridget Mairead O'Reilly hatte ihre Enkelinnen gelehrt, was die Anwesenheit von Elstern bedeuten konnte.

»Weißt du eigentlich«, sagte Estrella und schluchzte gleichzeitig, »daß die Eltern meines Vaters sechs Kinder in einem *Lastwagen* großgezogen haben, mit dem sie als Erntehelfer den ganzen Westen bereisten? Und daß meine Mutter auf einem Ohr taub ist, weil sie als Kind an Mittelohrentzündung erkrankte und meine Großeltern kein Geld für einen Arzt hatten?«

»Das wußte ich nicht«, murmelte Bo und beobachtete den Vogel.

»Weißt du, daß ich die einzige in der Familie bin, die aufs College gehen durfte und einen solchen Job hat? Ich *liebe* meinen Beruf, Bo. Er ist wichtig, denn manchmal kann ich Menschen helfen. Ich mag es, wenn ich helfen kann.« Tränen hatten dunkle Flecken auf Estrellas weinroter Seidenbluse hinterlassen. »Ich will nicht aufhören zu arbeiten.«

Der schwarzweiße Vogel streckte seinen schlanken Kopf dem Himmel entgegen.

»Einer bedeutet Kummer und Leid«, rezitierte Bo flüsternd die erste Zeile des Spruchs, den ihre Großmutter jedesmal aufsagte, wenn die ersten Elstern in Cape Cod auftauchten, um dort den Sommer zu verbringen.

»Kannst du dir einen einzigen plausiblen Grund vorstellen, warum ich diesen unterbezahlten Job aufgeben sollte?« fragte Estrella.

Eine zweite Elster war auf einem tiefhängenden Ast des

Eukalyptusbaums gelandet. »Zwei stehen für Freude und Heiterkeit.«
»Und Henry wird den besten Vater abgeben, den sich ein Kind nur wünschen kann ...«
»Drei bedeuten Hochzeit.« Bo lächelte, als ein dritter Vogel sich zu dem auf dem Boden gesellte und anfing, sein Gefieder zu putzen. Würde eine vierte Elster kommen, wäre diese ganze Diskussion rein akademischer Natur.
»Ich wünschte mir«, sagte Estrella und schniefte, »das alles wäre nicht so verdammt kompliziert.«
»Und vier bedeuten Geburt!« Bo grinste in sich hinein, als ein vierter schwarzweißer Vogel in dem duftenden Baum landete. »Ich weiß, daß du das Problem lösen wirst«, sagte sie zu Estrella und winkte den Vögeln zu. »Du bist eine kluge Frau, du wirst damit fertig!«
Estrella freute sich über das Kompliment. Sie öffnete Acitos Akte und nahm ein paar Formulare aus ihrer Schreibtischschublade. »Warum winkst du aus dem Fenster?« fragte sie, als wäre Bos Verhalten völlig normal.
»Ich winke den Elstern zu«, antwortete Bo und errötete. »Ich glaube, jetzt fliegen sie wieder weg.«
»Es gibt in San Diego keine Elstern, Bo.«
»Nein, gewöhnlich nicht«, stimmte Bo zu.

Eine Stunde später schob Bo Bachs Toccata und Fuge in d-Moll in die Stereoanlage ihres Armaturenbretts und drehte die Musik voll auf. Ihr neuer Fall war eines von diesen Hunderten Neugeborener, deren Mütter drogenabhängig waren. Ein Crack-Baby. Sie war in das kleine Krankenhaus im Süden des Landes gefahren und hatte mit der Mutter gesprochen und sich das Kind angesehen. Crack-Baby-Fälle waren alle gleich. Und alle traurig. Eine Eingabe vor dem Jugendgericht würde bewirken, daß das Kind der Mutter

genommen wurde, während sie eine Entziehungskur machte. Aber keine Maßnahme konnte die bereits entstandenen Schäden wiedergutmachen.
Crack-Babys waren alle retardierte Kinder, vom Säuglingsalter an konnten sie mit normalen Babys nicht Schritt halten. Morgen würde Bo die schriftliche Eingabe machen, aber ihre Gedanken waren bei Acito und ihrem seltsamen Benehmen in Tijuana.
»Meine beste Freundin ist eine Latina, und trotzdem ist Mexiko für mich ein Land des Grauens«, sagte sie zu der Sonnenblende, die ihre Augen vor der tiefstehenden Sonne des Spätnachmittags abschirmte. »Denn ich breche in Tränen aus, wenn irgendeine Barsängerin, die vielleicht heute morgen versucht hat, ihr Kind zu vergiften, ein gefühlvolles Lied singt. Meine Reaktion auf diese Situation läßt doch sicher etwas zu wünschen übrig, oder?«
Mildred, Bos alte Foxterrierhündin, saß auf dem Beifahrersitz und kaute auf einem Hundeknochen herum und sagte nichts. Ehe Bo zu dem Krankenhaus gefahren war, hatte sie ihren Hund zu Hause abgeholt, und jetzt rollte sie nach Osten über die Interstate 94, auf einen kleinen, in der Hochebene gelegenen Ort namens Jamul zu.
»Hah-mool«, sang sie die Silben so laut, daß die mächtigen Orgelakkorde übertönt wurden. Sie fragte sich, was das Wort bedeutete. Vielleicht wußte Dr. Broussard es. Die französisch-kanadische Psychiaterin hatte große Begeisterung an den Tag gelegt, als sie sich mit sechzig in der Nähe von San Diego niederließ, dieser Gegend, die ein Schmelztiegel vieler Kulturen war. Sie lernte jetzt Spanisch und Steinmeißeln neben ihrer Forschungsarbeit, die sich – innerhalb einer Gruppe – mit außerirdischen Phänomenen befaßte.
Verglichen mit Eva Broussards Leben ist mein eigenes ent-

setzlich langweilig, dachte Bo. Andererseits war Langeweile im Leben eines Menschen, der an einer manisch-depressiven Psychose erkrankt ist, wohl notwendig. Irgendwie schon.

Nur vierzig Kilometer von San Diego entfernt lag Jamul in den Bergen, in einem dünnbesiedelten Landstrich voller Felsblöcke. Bo konnte verstehen, warum Eva und ihre Gruppe hier über sechshunderttausend Quadratmeter Land gekauft hatten. Die Sicht von hier oben war überwältigend und die Luft kühl und klar.

Bo bog von der Interstate 94 ab und fuhr langsam die steile Straße hoch, um den Anblick der tiefstehenden Sonne zu genießen, die Tausende weißer Felsblöcke vergoldete. Neben der Straße wuchsen Krüppeleichen, durch die die Sonnenstrahlen wie Blitze drangen. Nichts rührte sich, nur ein Falke drehte am Horizont seine Kreise.

Bo seufzte und tauschte Bach gegen eine Vivaldi-Kassette aus: das Konzert für zwei Flöten, Streicher und Baß in C-Dur. Die ekstatische Musik erinnerte sie an Landschaften, in denen es keine kranken, verlassenen und vergifteten Kinder gab.

»Das ist nicht richtig!« sagte Bo zu Mildred, über ihren heftigen Ausbruch überrascht. »Alles in diesem Fall und alles, was an dieser Grenze passiert, ist nicht richtig. Ich verstehe das einfach nicht, aber alles hier ist aus dem Gleichgewicht geraten. Es ist verkehrt.«

Mildred sah Bo aus ihren braunen Augen betroffen an und schubste ihr ihren Hundeknochen mit der Nase neben das Bein.

»Puh!« sagte Bo. »Aber vielen Dank.«

Auf einem Feldweg, den Siedler aus dem 19. Jahrhundert »Mother Grundy« genannt hatten, weil sie »Madre Grande« nicht aussprechen konnten, schaltete Bo auf Vierradantrieb um und steuerte ihren Wagen mit Hingabe hügelaufwärts. Das Tor auf halbem Weg zu der ersten Hügelkette stand offen. Dahinter führte ein felsiger Pfad zwischen Geröll und Felsblöcken durch die Macchia höher hinauf.

Bo drehte das Flötenkonzert noch lauter und stellte sich vor, daß sich die Noten wie flüssiges Kristall über die goldenen Hügel ergössen. Der Pfad führte sie direkt zu Dr. Broussard, einer Mestizin aus dem Stamm der Irokesen, die Psychiaterin war und von vielen Menschen als exzentrisch angesehen wurde. Bo lächelte, denn sie vertraute dieser Frau mehr als allen Ärzten seit ihrer ersten Ärztin, Lois Bittner, die leider schon vor vielen Jahren gestorben war.

»Einige von uns können nur glücklich werden«, erzählte sie Mildred, »wenn sie einen fähigen Seelendoktor finden.«

Die Hündin nickte nur.

»Ich hörte Sie kommen«, rief ihr Eva Blindhawk Broussard von der Veranda ihrer aus Lehmziegeln erbauten Hacienda zu, die ziemlich verfallen wirkte. In Jeans und Mokassins sah sie so geschmeidig wie ein Windhund aus – trotz ihres weißen Haars, das ein kupferfarbenes Gesicht umrahmte. Sie war sechzig, doch man hätte sie für dreißig halten können. Bo nahm sich vor, mehr als zweimal im Jahr Sport zu treiben.

»Das Haus macht Fortschritte!« sagte Bo, nachdem sich die beiden umarmt hatten. Für sie war Dr. Broussard eher eine Schwester als ihre Ärztin. »Der Boden sieht toll aus.«

»Das sind mexikanische unglasierte Kacheln«, erklärte Eva Broussard. »In Tecate sind sie viel billiger, und ich fahre gern über die Grenze. Aber was mich immer wieder wundert, ist die Tatsache, daß jeden Tag so viele Handwerker über meinen Besitz marschieren.«

Bo wußte, daß diese Hügel von unzähligen Pfaden durchzogen waren, die Tausende unbekannter Arbeiter im Laufe der Zeit geschaffen hatten, weil sie über dieses Land zu Orten wanderten, die Hunderte von Kilometern entfernt sein konnten.

»Eine Gruppe guatemaltekischer Flüchtlinge hat die Kacheln verlegt«, sagte Eva. »Aber Sie sind nicht gekommen, um mit mir über Ziegel zu reden. Sie sagten am Telefon, daß Sie Probleme mit dem neuen Medikament haben?«

»Ich habe heute ein Frau aus Guatemala kennengelernt«, sagte Bo interessiert. »Eine Maya-Indianerin. Sie singt in einem Club in Tijuana. Ihr Baby wurde vergiftet, und LaMarche ist überzeugt, daß das Kind absichtlich vergiftet wurde, aber ich weiß nicht ...«

Im Westen lagen bereits einige der Hügel im Schatten, manche hatten purpurrote Ränder. Eva saß neben Bo auf der gefliesten Veranda und seufzte. »Die Maya«, sagte sie mit ihrer tiefen Stimme in ihrem faszinierenden kanadisch-französischen Akzent, »sind ein äußerst interessantes Volk. Sie unterscheiden sich sehr von den nordamerikanischen Indianern, auch von meinem eigenen Volk. Sie sind etwas Besonderes. Und ihre Kultur wurde auf äußerst brutale Weise fast völlig zum Erlöschen gebracht. Wie heißt dieses Baby?«

»Acito«, antwortete Bo. »Und die Mutter nennt sich Chac. Hat sein Name irgendeine Bedeutung? Sie sagte, ihr Name sei der eines Gottes.«

»*Ac* ist das Maya-Wort für Schildkröte. Und die Endung *ito* ist der spanische Diminutiv. Also bedeutet ›Acito‹ ›Kleine Schildkröte‹. Haben Sie den Jungen gesehen?«

»Ja. Heute im St.-Mary's-Hospital«, antwortete Bo.

»Und ist er eine kleine Schildkröte?«

Bo mußte an die kleinen Hände denken und das kohlschwarze Haar, das wie eine Kappe seinen Kopf umgab. »Ja«, sagte sie. »Ganz und gar.« Acito hatte einen Panzer, der hart genug zum Überleben war. Und auch der Ausdruck in seinen Augen glich dem einer Schildkröte, eines Wesens, das seine Mutter sucht.

»Die Maya glauben, daß manche Menschen einen *nagual*, den Geist eines Tieres besitzen«, sprach Eva weiter, während die Sonne tiefer sank und die Veranda plötzlich in Gold tauchte. »Diese Chac, Acitos Mutter, kennt und respektiert das Herz ihres Sohnes, da sie ihm einen derart passenden Namen gegeben hat.«

»Chac ist eine der Hauptverdächtigen«, flüsterte Bo und fuhr sich mit beiden Hände durch ihre Mähne.

Eva schüttelte den Kopf und stand auf. »Nein«, sagte sie. »Das ist unmöglich. Wir können keinen Menschen verletzen, dessen wahren Namen wir kennen. Nicht, ohne uns selbst denselben Schaden zuzufügen. Chac hat Acito nichts angetan.«

»Das weiß ich«, sagte Bo. »Aber ich weiß nicht, woher ich es weiß.«

»Warum stellen Sie ständig Ihre Intuition in Frage?« sagte Eva und warf einen Stock, hinter dem Mildred herrannte.

»Weil ich verrückt bin«, antwortete Bo leise. Sie hatte das abschätzige Wort für ihre Krankheit bewußt benutzt, das sonst niemand benutzen durfte. »Selbst wenn ich regelmäßig meine Medikamente nehme, weiß ich nie, ob etwas wahr ist oder ob ich nicht wahnsinnig übertreibe. Tijuana ist mir geradezu gespenstisch vorgekommen, und dann sang Chac ein Lied über Acito, und ich mußte weinen. Das hat mich derart verwirrt, daß ich sofort gehen mußte.«

»Nichts ist absolut wahr«, sagte Eva, reichte Bo beide Hände und zog sie auf die Füße. »Und daß Ihr Wahrnehmungsvermögen schärfer ist als das anderer Menschen, bedeutet noch nicht, daß das, was Sie wahrnehmen, nicht existiert. Es existiert.«

Eine Viertelstunde später, als Bo mit Eva, auf deren Schoß Mildred saß, zurück zur Hauptstraße und dem Restaurant *El Coyote* fuhr, war die Landschaft in glänzendes Gold getaucht.

»Das *chile verde* hier ist ausgezeichnet«, sagte Eva, während sie Bo und Mildred zum Patio führte, auf dessen Tischen Kerzen brannten. »Und sie tun nur wenig Tequila in die Margaritas. Was für Probleme haben Sie mit dem neuen Medikament? Können Sie nicht schlafen, sind Sie reizbar, oder haben Sie Wahnvorstellungen? Ich kann Ihnen zusätzlich noch etwas verschreiben.«

»Richtige Symptome treten nicht auf«, sagte Bo und entspannte sich. Ein fahler Mond erschien am Sommerhimmel. »Aber mir scheint, daß ich nicht so reagiere wie andere Leute. Estrella ist schwanger und aus der Fassung geraten. LaMarche benimmt sich wie jemand aus einem Fred-Astaire-Film. Und ein Song, den ich nicht verstehe, bringt mich zum Weinen. Nichts ist normal, erscheint mir normal.«

»Vielleicht müssen Sie einfach lernen, Ihre eigenen Reaktionen zu akzeptieren. ›Normal‹ ist ein relativer Begriff. Sie kennen doch die Symptome, die alarmierend sind. Wenn die nicht auftreten, was ist es dann?«

Bo zündete sich eine Zigarette an und grinste. Sie überdachte die Frage. »Ich bin es. Nur ich. Was immer das auch ist«, antwortete sie. Vielleicht könnte dieser bronzehäutige Junge mit dem Namen eines Tiers ihr helfen, das herauszufinden.

Aus dem Radio des Restaurants kam eine Melodie über den Patio geweht und verlor sich in den Bergen. Die geschulte, starke Stimme einer Frau, von einer Flöte begleitet.

»*Mi Acito*«, flüsterte die Stimme. »Meine kleine Schildkröte.«

8

Hunahpu Esel, eine Melodie

Als Bo am Donnerstag ins Büro kam, war die Hölle los. Sie hatte noch nicht einmal einen Schluck von der lauwarmen Flüssigkeit getrunken, die die Cafeteria des Sozialamts Kaffee nannte, als Madge in ihr Büro gestürmt kam, im Arm einen Stapel Akten. Bo ließ sich auf ihren Stuhl fallen und versuchte, sich auf die Situation zu konzentrieren. Ohne Kaffee war das unmöglich.

»Gestern abend gab es im Krankenhaus einen häßlichen Zwischenfall ...«, sagte Madge. »Ich glaube, es ist besser, wenn Estrella diesen Fall nicht übernimmt, deshalb ...«

Da läutete gedämpft das Telefon und unterbrach Madges Redeschwall. Genau aus diesem Grund hatte Bo die Klingel ihres Schreibtischtelefons mit Klebeband umwickelt. Vormittägliches Schrillen konnte sie einfach nicht ertragen.

»Jugendamt. Bo Bradley am Apparat«, sagte sie gähnend.

»Dr. LaMarche behauptet, daß Sie nicht glauben, daß die Mutter ihr Kind vergiftet habe«, dröhnte Detective Dar Reinert freundlich ohne Vorrede in ihr Ohr. »Er hatte ziemlich viel Ärger mit ihr gestern abend im Krankenhaus. Schließlich ließ er sie gehen, aber ich wette, daß sie nie wieder hier aufkreuzt. Was halten Sie davon?«

Dar Reinert war der Detective, der sich in San Diego um Fälle von Kindesmißhandlung kümmerte und der Bo zu ihrem Traumauto verholfen hatte. Doch diese Tatsache trug nicht zur Erhellung des Gesagten bei.

»Sie meinen wohl Estrellas Fall, diesen kleinen Maya-Jungen ...«, entgegnete Bo und beobachtete, wie Madge die

Ärmel ihres goldglitzernden, hüftlangen Pullovers hochschob. Sie sah darin aus, als wollte sie an der Tour de France teilnehmen.

»Das ist nicht mehr Estrellas Fall«, betonte Madge und legte demonstrativ Acitos Akte auf Bos Schreibtisch, während sie den Fall des Crack-Babys auf Estrellas Schreibtisch deponierte. »Die ganze Zeit schon versuche ich, Ihnen klarzumachen ...«

»Ich rufe Sie zurück, Dar«, sagte Bo in den Hörer. »Inzwischen können Sie für mich jemanden überprüfen ...« Bo fummelte in Acitos Akte herum und suchte nach den Namen, die sie gestern gehört hatte. »Einen gewissen Dewayne Singleton. Er stammt aus Louisiana, wo da, weiß ich nicht. Und einen Minderjährigen namens Chris Joe Gavin, aus Henderson in Kentucky. Danke, Dar.« Zu Madge sagte sie: »Wollen Sie mich mit einem Fall betrauen, wo die Leute nur Spanisch sprechen? Wo ist Estrella?«

»Estrella ist heute *morgen* krank.« Madge betonte das Schlüsselwort. »Und wie ich erfahren habe, spricht die Mutter Englisch. Estrella hat gestern eine hervorragende Ermittlungsarbeit geleistet, aber ich fürchte, daß dieser Fall ihre momentanen ... Fähigkeiten übersteigt.«

»Ihre Fähigkeiten?«

»Jede Frau, die einmal schwanger gewesen ist, weiß sofort, in welchem Zustand sich Estrella befindet, Bo. Das ist wirklich kein Geheimnis. Und nach dem, was gestern im Krankenhaus geschehen ist, haben wir beschlossen, daß es besser ist, wenn Sie mit den Ermittlungen fortfahren.«

»Weil ich nicht schwanger bin?« Bo mußte diese Frage einfach stellen. »Ich wette, daß Nick Paratore auch nicht schwanger ist. Er gehört ebenfalls zu unserem Team. Gerade bin ich ihm in der Cafeteria begegnet. Warum geben Sie ihm nicht diesen Fall? Und was ist gestern abend im

Krankenhaus passiert? Lassen Sie mich mal raten. Das Baby hat sich als winziger Werwolf entpuppt und alle Nachtschwestern gefressen. Stimmt's?«

Madge starrte zu Boden und biß die Zähne zusammen. »Die Mutter kam gestern abend ins St.-Mary's-Hospital und wollte ihren Sohn holen. Es kam zu einer Rauferei, als die Schwestern sagten, er müsse wegen des HIV-Tests noch im Krankenhaus bleiben und dann würde er bis zum Ende unserer Ermittlungen Pflegeeltern übergeben. Die Polizei wurde gerufen. Ich glaube, die Mutter ging auf Detective Dar Reinert los, aber er erlaubte ihr trotzdem, nach Tijuana zurückzukehren. Das war sicher ein Fehler, aber es spielt keine Rolle. Wenn wir den Vater nicht ausfindig machen können, können wir eine Adoption in die Wege leiten. Darum sollen Sie sich kümmern. Entweder Sie finden den Vater, oder wir beantragen, den Eltern das Sorgerecht zu entziehen. Sollte das Baby HIV-positiv sein, müssen wir versuchen, ihn bei speziellen Pflegeeltern unterzubringen. Ist er negativ, wird er zur Adoption freigegeben. Inzwischen wird Estrella Ihren Fall von gestern bearbeiten. Haben Sie noch Fragen?«

»Nein«, sagte Bo. »Keine Fragen.«

Außer einer, dachte sie. Warum wurde ich nicht zu Ihrer Inthronisation als Göttin eingeladen? Und wie schön, daß diese neue Position Ihnen nicht zu Kopf gestiegen ist.

»Gut«, sagte Aldenhoven und stolzierte aus dem Büro.

Bo preßte die Handballen auf ihre Knie und verzog das Gesicht. Die Maya-Mutter und ihr Kind, dachte sie, hatten sich zu nahe an eine Nation gewagt, die nur aus Systemen bestand. Aus bürokratischen Systemen, wie dem, für das sie arbeitete – Systemen, die nicht real sind, sondern nur aus einem Netzwerk von Regeln bestehen. Und niemals das Liebeslied einer Mutter ersetzen können.

»Ich reagiere wieder einmal maßlos«, sagte sie zu dem Foto

der Dichterin Anne Sexton an ihrer Pinnwand. »Wie üblich. Aber du würdest mich wenigstens verstehen, nicht wahr?« Das System verlangte, daß Chac ihr Baby genommen wurde, es sei denn, jemand würde es verhindern.

»Jugendamt, Bo Bradley«, knurrte sie wütend, als das Telefon wieder läutete. »Ach, hallo, Andy. Ja, ja … ich habe davon gehört.« Der schwarze ärmellose Rollkragenpullover, den sie zu einem rostbraunen Rock mit afrikanischem Muster trug, fühlte sich lebendig an, so als wollte er sie langsam ersticken. »Natürlich, ich komme gleich rüber«, sagte sie und zerrte an dem Kragen. Wenn sie es mit der Ungerechtigkeit der Justiz zu tun bekam, wurde sogar ihre Kleidung zur Bedrohung.

»Ich fahre zum Krankenhaus«, rief sie in Richtung von Madges Tür, »um Näheres über die Substanz zu erfahren, mit der Acito vergiftet wurde.«

»Das wird sich gut in dem Bericht machen, den wir dem Gericht vorlegen«, antwortete Bos Vorgesetzte mit jenem ruhigen Desinteresse, mit dem sich völlig Fremde an Bushaltestellen übers Wetter unterhalten. Einer Ruhe, die eine Bo Bradley mit ihrem manisch-depressiven Syndrom trotz sorgfältigster medikamentöser Behandlung nie empfinden würde. Oder auch gar nicht empfinden wollte, wie sie zugeben mußte.

Andrew LaMarche erwartete sie im Foyer des St.-Mary's-Hospitals, in den Händen Acitos Krankenberichte und ein Sträußchen Veilchen. Unter seinem gestärkten weißen Kittel trug er ein eierschalenfarbenes Hemd mit Oxfordkragen und eine handbemalte Seidenkrawatte: cremefarbene Astern auf graubraunem Grund. Dadurch wirkten seine grauen Augen fast blau.

»Für Sie«, sagte er und hielt ihr das Sträußchen hin. »Meine Lady.«

»Mein Gott, Andy«, entgegnete Bo. Sie freute sich, war sich aber gleichzeitig bewußt, daß jeder im Foyer sie beobachten konnte. »Danke. Sie sind hübsch, aber ...«

»Heute ist ein Sommertag«, beharrte er und geleitete sie in die mit Glas abgeschirmte Cafeteria. »Blumen vor der Arbeit. Ich möchte mich gern heute abend mit Ihnen treffen, Bo.« Er lächelte zuversichtlich, fast spitzbübisch.

Die Wärme seines Lächelns löste bei Bo – und das nicht zum erstenmal – einen leichten Taumel aus. Er hatte sich nicht nur als ein treuer Freund erwiesen, sondern war auch ein sie quälender potentieller Liebhaber, und er mochte es, die Situation zu komplizieren, indem er ihr auf altmodische Art den Hof machte.

»Andy, wir haben nun mal nicht dieselben Vorstellungen vom Leben«, sagte Bo, als er für zwei Kaffee zahlte und sie an einen der Tische aus Zement auf der Terrasse der Cafeteria geleitete. »Ich gehöre nicht zu den Leuten, die heiraten. Ich kann den Dingen immer nur kurz meine Aufmerksamkeit schenken.«

»Unsinn«, murmelte er.

»Andy, das war ein *Scherz*. Erzählen Sie mir jetzt etwas über dieses Gift.«

Er klappte die Akte auf und gab Bo Fotokopien mehrerer Seiten. »Es handelt sich um eine Substanz namens Abrin, die aus einer tropischen Pflanze gewonnen wird. Kommerziell wird dieses Gift weder bei uns noch in Mexiko genutzt, und es wäre sehr schwierig, es sich zu verschaffen. Man müßte diese Pflanze schon züchten und dann ernten. Das alles ist sehr ungewöhnlich, Bo. Und ich sehe keine Möglichkeit, daß ein Baby so etwas versehentlich geschluckt haben könnte.«

Bo fuhr sich mit der rechten Hand durchs Haar und spitzte die Lippen. Vor ihr tauchte das Bild von mit Kräutern gefüllten Gläsern auf und hielt sich hartnäckig. Chris Joe Gavin, der junge Gitarrist, hatte eine Vorliebe für getrocknete Pflanzen.

»Da die Mutter eine Maya ist, könnte sie Kenntnisse über tropische Pflanzen haben, vielleicht sogar primitive medizinische Kenntnisse«, gab Andrew LaMarche zu bedenken, hörte dann aber abrupt auf zu sprechen, als er sah, daß Bos grüne Augen bei seinen Worten dunkelgrün geworden waren.

»Warum sollte Chac Acito vergiften wollen?« fragte sie. »Sie liebt ihren Sohn. Sie hat sogar ein Lied für ihn geschrieben. Und was soll das heißen, primitiv? Damit meinen Sie wohl doch nicht diese aus Pflanzen gewonnenen Medikamente, die die Pharmaindustrie jetzt synthetisch herstellt?« Bo kramte in ihrer Tasche nach einer Zigarette, zündete sie an und blies Rauch über ihre rechte Schulter.

»Meine Schwester, Elizabeth, hat vor einigen Jahren das Rauchen aufgegeben«, sagte LaMarche zu einer rosafarbenen Topfpflanze auf dem Tisch. »Danach habe sie sich wie neugeboren gefühlt, sagte sie.«

»Dann grüßen Sie bitte Ihre Schwester, wenn Sie sie sehen«, murmelte Bo und klebte ihre Zigarette in den Mundwinkel, wie früher Humphrey Bogart in seinen Filmen. Ein Trenchcoat, dachte sie, wäre jetzt eine große Hilfe.

»Ich sehe sie bereits am Montag«, sagte er und betrachtete prüfend seine manikürten Fingernägel. »Ich fliege morgen nach New Orleans, weil ich dort in einem Fall als Sachverständiger aussage. Lafayette ist nicht weit entfernt. Vielleicht möchten Sie mich begleiten?«

»Ich habe einen Beruf, Andy. Und der schließt improvisierte Reisen aus. Außerdem, warum sollte ich Sie begleiten?«

»Um meine Familie kennenzulernen«, sagte er lächelnd.

»Ich möchte, daß Sie meine Schwester, ihren Mann und die Kinder kennenlernen.«

Das unverhohlene Begehren in seinen Augen ließ in Bos Kopf einen Film entstehen. Ein Hotelzimmer mit Balkon in New Orleans, altmodisch mit Plüschmöbeln ausgestattet, und Magnolienblüten, die langsam in der feuchtschweren Luft zu Boden sanken. Ein Saxophon, das Blues spielte, während auf dem Bett ... Sie könnte schnell am Wochenende noch versuchen, irgend etwas Raffiniertes und doch Sittsames zum Anziehen zu kaufen. Etwas, das farblich zu Magnolien paßte, wenn sie auch keine Ahnung hatte, welche Farbe Magnolien hatten.

Bo spürte, wie ihr heiß wurde und ihre Wangen anfingen zu brennen. Ihre Hand, die die nun leere Tasse hielt, zitterte.

Zum Teufel mit etwas Sittsamem, Bradley. Du denkst doch überhaupt nicht an Sittsamkeit. An was denkst du überhaupt?

»Vielleicht ist der Vorschlag etwas voreilig«, sagte er.

»Nein«, sagte Bo nachdenklich. »Eigentlich nicht.«

Da Bo ihre manischen Phasen kannte und wußte, daß sie von sexuellen Aufwallungen begleitet waren, analysierte sie ihre Gefühle für Andrew LaMarche und fand heraus, daß es diesmal etwas anderes war. Etwas Unbekanntes. Aber warum denn nicht? So etwas passierte eben. Es war einfach ein Geschenk des Universums, eine Sehnsucht danach, nicht mehr allein zu sein.

»Ich kann Ihrer Familie keinen Besuch abstatten«, sagte Bo. »Und ich werde Sie nicht heiraten, aber ich habe eine Idee.«

»Bo, ich möchte mit Ihnen leben, nicht nur ...«

»Ich rede nur von *heute abend*, Andy. Heute abend gebe ich Ihnen keinen Korb, Andy. Ich möchte gern nach Tijuana fahren und Chac singen hören. Vielleicht kann ich auch mit ihr reden und ihr raten, wie sie die Hürden überwinden kann, um Acito zurückzubekommen. Begleiten Sie mich?«

Etwas hatte sich geändert. Bo hatte mit Andrew die Rollen getauscht und jetzt die Zügel in die Hand genommen. Sie hatte eine Situation beendet, die für ihren Geschmack schon zu lange gedauert hatte. War es nicht das Vorrecht der Frauen, in einer solchen Situation die Bedingungen zu stellen? überlegte Bo.

Andrew LaMarche stand auf und zupfte seine Manschetten zurecht. »Ich begleite Sie gern, aber halten Sie das für richtig?«

»Absolut richtig«, sagte Bo und drückte ihre Zigarette in der Plastiktasse aus, ehe sie beides in den Abfallkorb warf. »Und jetzt muß ich arbeiten. Ich schaue nur noch mal nach Acito, ehe ich wieder ins Büro gehe.« Sie winkte mit den Veilchen. »Bis heute abend.«

»*Oui*«, sagte Andrew LaMarche in der Sprache seiner Kindheit, als er noch unter den Cajun gelebt hatte. Das tat er immer, wenn er unter Streß stand.

Bo fand Acito im Spielzimmer im vierten Stock. Man hatte ihn von seiner Infusion befreit, und er hämmerte glücklich auf einer Trommel herum. Das Laufgitter teilte er mit einem schwarzen Mädchen, dessen Frisur – das Haar war in Zöpfchen geflochten und mit Perlen verziert – stundenlange Arbeit erfordert hatte, stellte Bo bewundernd fest. Acito kümmerte sich nicht um sie; sein Interesse galt ausschließlich seiner Trommel.

»Du kleiner süßer Kerl.« Bo kniete und lächelte durchs Gitter. »Du willst ihr wohl sagen, daß nichts so wichtig wie dein Trommeln ist, wie?«

»Dogwugg«, sagte Acito, als Bo ihn in die Arme nahm und aufstand. »Woggiii.«

Bo nickte und streichelte ihn.
Das kleine Mädchen ließ sich sofort auf ihr Hinterteil plumpsen und bearbeitete die Trommel mit beiden Händen. Acito wand sich aus Bos Armen, damit er besser sehen konnte, und Speichel lief ihm aus einem Mundwinkel.
»Du zahnst noch immer«, sagte sie. »Das machst du sehr gut.«
Im Profil wirkte seine klassische Maya-Nase noch ausgeprägter. Bo stellte sich ihn mit Federn geschmückt in seiner traditionellen Kleidung auf einer Pyramide inmitten eines Dschungels vor, der von den spanischen Eroberern unberührt geblieben war. Und vielleicht besäße er sogar diese flache Stirn, von der Eva gesprochen hatte. Eine Deformation, die die Maya erreichten, indem sie den Schädel eines Kindes zwischen zusammengebundene Bretter klemmten. Denn diese Schädelform machte ein Kind den Göttern gleich.
Und weiter hatte Eva erzählt, daß jede Deformation von den Maya als eine Gnade angesehen wurde. Ein Wolfsrachen oder Klumpfuß, ein überzähliger Finger oder Schielen – jedes Abweichen von der Norm war ein Beweis der Gunst der Götter. Bo legte Acito wieder in das Laufgitter und hoffte, daß kein tückischer Virus die Zellen seines Körpers eines Tages zerstören würde. Erst am Montag würde das Ergebnis des HIV-Tests vorliegen.
Anstatt gleich ins Büro zu fahren, machte Bo einen Umweg über San Diegos Hauptstraße, den Old Cabrillo Highway, und grinste. Wenn sie sich um Andrew LaMarches Problem kümmerte, mußte sie gewisse Vorkehrungen treffen.
Innerhalb von fünf Minuten hatte sie die kleine Künstlerkolonie namens Hillcrest erreicht. Dort gab es Kaffeehäuser, Restaurants, Musikläden, Buchhandlungen und einen

Laden, der allerlei Accessoires für sexuell aktive Menschen feilbot.

»Ich suche etwas Konservatives«, sagte sie zu dem jungen Mann, der hinter einer beeindruckenden Auswahl an Kondomen stand. »Vielleicht ein Nadelstreifenmuster. Nichts Modisches.«

»Wow«, sagte der junge Mann. »Ich weiß nicht recht. Natürlich haben wir alle gängigen Modelle. Die Grundausstattung sozusagen. Das Sternenbanner. Natürlich auch den Regenbogen. Und dann hier – ein neues Modell. Ein Navajo-Design. Das ist momentan unser Bestseller. Aber Sie wissen doch sicherlich, daß diese Neuheiten nur als Show dienen? Die Männer stülpen sie über die eigentlichen Präservative.«

»Ich glaube nicht, daß mir das gefällt«, sagte Bo und versuchte, sich Andrews Reaktion auf einen derartigen Vorschlag vorzustellen. »Ein einziges muß seinen Zweck erfüllen.«

»Wir haben da ein sehr beliebtes japanisches Modell – unglaublich dünn und mit winzigen weißen Rosen versehen, aber es ist genauso haltbar wie die stärkere Ausführung.«

Erhaben gearbeitete Rosen, das klang faszinierend. Bo war sicher, sie würde ein dazu passendes Kleidungsstück ebenfalls mit Rosen und aus Seide finden.

»Davon nehme ich drei«, sagte sie und verstaute das Päckchen in ihrer Tasche.

Während der Fahrt zum Büro schaltete sie Radio Romántico ein und hörte sich *Unchained Melody* und einen alten Dolly-Parton-Hit auf spanisch an. Bo wußte nicht, was diese Piraterie sollte. Aber die Lieder machten ihr Spaß.

»Kannst du mir erklären, Estrella, warum die Mexikaner jeden Hit aus den fünfziger Jahren neu auf spanisch aufnehmen?« fragte sie, als sie wieder zurück war.

Estrella sieht aus wie der Tod in einer Keksdose, dachte Bo. Ihre Großmutter hatte diesen Satz oft benutzt, um bleiche, ausgemergelte Leute zu beschreiben. Er paßte jetzt auf Estrella.

»Woher soll ich das wissen?« antwortete Estrella. »Und wen kümmert das schon?«

Noch nie hatte Bo Estrella ungeschminkt bei der Arbeit erlebt, noch in Jeans und einem verblichenen Pullover. Also mußte sie etwas anderes probieren.

»Okay«, fing Bo an, »du bist deprimiert. Du kommst dir wie abblätternde Farbe an den Wänden eines dunklen Zimmers vor, das nie jemand betritt. Das kannst du niemandem verübeln, denn du würdest diesen Raum auch nicht betreten. Am liebsten wärst du tot, aber es würde solche Mühe machen, dich umzubringen, daß du nicht mal dazu die Kraft aufbringst. Stimmt's?«

»Es stimmt«, seufzte Estrella. »Jedesmal, wenn ich glaube, daß ich da rauskomme, zerbricht mir wieder alles unter den Händen. Ich weiß nicht mehr, was ich tun soll.«

»Als erstes mußt du dir klarmachen, daß dieser Zustand nur vorübergehend ist. Deine Chemie wird nach einer Weile wieder ins Gleichgewicht kommen und sich stabilisieren. In der Zwischenzeit brauchst du Zerstreuung. Du solltest dich etwas amüsieren.«

Estrellas Reaktion glich einer Flagge auf halbmast. »Ha«, murmelte sie nur.

»Ich meine das ernst«, sprach Bo weiter. Sie erwärmte sich für den Gedanken. »Andy begleitet mich heute abend nach Tijuana. Ich möchte noch mal mit Chac reden, und das kann ich am einfachsten in der Bar, wo sie singt. Wie wär's, wenn du und Henry mitkämt?«

»Du gehst wieder mit ihm aus?« Eine schwache Farbe kehrte in Estrellas Gesicht zurück. »Aber ich dachte ...«

Estrella schätzte Andrew LaMarche über alle Maßen. Um ihrer Freundin ihre Lebenslust wiederzugeben, holte Bo ein As aus dem Ärmel.

»Ich gehe nicht nur mit ihm aus.« Sie grinste und wedelte mit dem kleinen Päckchen, das sie gerade in Hillcrest gekauft hatte, vor Estrellas Nase herum.

»Wow! Und warum hast du deine Meinung über ihn geändert? Ach, Bo, das ist riesig! Und natürlich komme ich gern mit. Aber solltet ihr beide nicht allein sein?«

»Das sind wir dann später.« Bo griff nach einer Akte und hielt sie so verführerisch, als handele es sich um einen japanischen Fächer. »Später.«

9

Und als sie schauten, vertiefte sich ihr Wissen.
Popol Vuh

Trauer erfüllte Dewayne Singleton, als er dastand und die Menschen beobachtete, die über die Grenze hin- und hereilten. Sie sahen wie bekleidete Mäuse aus. Aber deswegen war er nicht traurig. Zu seinen Füßen wirbelten Staubwolken auf und zerfielen bei jedem Schritt zu nichts.

Fast hätte er deswegen geweint, aber er konnte doch nicht mit dem Marschieren aufhören, nur weil er kleine Staubwolken produzierte, die dann sterben mußten. So wie Allah auch nicht mit dem Gehen aufhören konnte, obwohl er bei jedem Schritt Menschen schuf. Vielleicht wurden die Menschen von etwas hochgeschleudert, das gerade vorbeiging. Etwas Großem, das nicht auf seine Füße achtete.

Die Trauer über diesen Gedanken war so groß, daß seine Knochen zitterten und weh taten, obwohl er nicht wußte, warum das so war. Allah konnte machen, was Er wollte, ohne sich um Dewayne Singletons Gefühle zu kümmern.

Selbst aus einer Entfernung von ein paar hundert Metern schien das Problem in Mexiko in der Luft zu rattern; es klang wie ein altes Radio, das man zwar nicht verstehen, aber trotzdem nicht überhören kann. Die Hure, seine Frau. Vielleicht lebte sie dort nicht mehr, aber er hielt es für wahrscheinlich, daß sie noch da war. Außer sie war erschossen worden. Das wäre möglich. Aber warum war er dann hier? Allah würde es wissen, solange Dewayne nur fünfmal am Tag betete. Das allein war wichtig.

Dewayne warf sich in den Staub neben der Grenze und wandte sein Gesicht Mekka zu. Fünf japanische Touristen einer Reisegruppe machten Fotos von ihm, ehe sie durch das Drehkreuz gingen, wo niemand nach ihren Pässen fragte.
Der Staub in meiner Nase riecht nach *poule d'eau*, dachte Dewayne. Huhn in Wasser gekocht. Wie die schwarzen Bläßhühner auf dem Bayou Teche mit ihren dicken Klauen. Seine Familie lebte von Bläßhühnern und einem Fisch namens *chou picque*. Der schmeckte ziemlich gut. Aber seine Familie betete Allah nicht an.
Tränen traten in Dewaynes Augen, als er sich erhob und seine Kleider abstaubte. Auch seine Familie würde Allahs Zorn vernichten, sie würde sterben müssen, wenn der Fluch, der von diesem Ort ausging, nicht aufgehoben wurde.
Die Sonne über ihm schwankte, sie wackelte wie ein Eigelb, dann hörte das auf. Dewayne beobachtete sie und dachte an Papa und Buster, an den Tag, als sie beide fortliefen.
»Du machst nichts als Ärger«, hatte Papa gesagt. »Verschwinde hier und komm nie zurück!«
Buster, sein jüngerer Bruder, hatte nichts gesagt, sondern ihn nur mit einem Brett geschlagen, bis seine Nase geblutet hatte. Dewayne wußte, daß Mama im Haus war und weinte und betete. Was immer auch geschah, Mama liebte Dewayne am meisten. Wenigstens Mama mußte er retten.
Hinter der Grenze hielt ein Mann eine Stange mit Glockenspielen, die im Wind läuteten. Dewayne spürte, wie sein Geist mit diesen Tönen davongetragen wurde, als er nach Mexiko ging.

10

Flötenklang, Vogelsang

Um neun Uhr abends glich die Avenida Revolución einem Jahrmarkt, auf dem fast alle Völker vetreten zu sein schienen. Aus Hunderten von offenen Türen drangen buntes Neonlicht und alkoholgeschwängerter Rauch. »Kostenlose Margaritas für die Ladies!« schrie ein Mann in einer Tür. Ein anderer rief: »Ihr erster Shooter, nur fünfzig Cent!«

Gruppen ausländischer Touristen schlenderten erwartungsvoll über die vollgestopfte Straße. Fünf käsige Collegestudenten, die bereits betrunken waren und Ponchos und Sombreros trugen, standen an einer Bushaltestelle und sangen: *Hava Negila.* Bo entging der haßvolle Blick eines mexikanischen Kellners aus einem nahe gelegenen Café nicht, den der Mann den Burschen zuwarf.

Sie hoffte, die jungen Zecher würden auf der Avenida bleiben. Dort war es sicher. Aber das würden sie wahrscheinlich nicht tun. Die dunklen Seitenstraßen boten manchmal tödliche Attraktionen. Drogen, Prostitution, pornographische Shows, von denen erzählt wurde, daß sich dort unter anderem Frauen mit deutschen Schäferhunden vergnügten.

In San Diego gab es Tausende junger Collegestudenten und Marinesoldaten. Diese Leute wußten, wie man sich in Tijuana benahm. Doch Fremde wurden manchmal mit Drogen vollgepumpt, geschlagen, beraubt und einfach in einer stinkenden Gasse liegen gelassen, wo sie am nächsten Morgen aufwachten. Oder auch nicht.

»Eine interessante Umgebung«, sagte Andrew LaMarche

und steuerte Bo um eine alte Frau, die auf dem Bürgersteig bettelte. »Ich weiß nicht recht, was ich davon halten soll.«
Bo legte ihm den rechten Arm um die Taille und fand die Geste tröstlich. »Ich liebe es, wenn Sie sich keine Meinung bilden können.« Sie grinste und genoß die Wärme seiner Hand auf ihrer Schulter. Im Juni waren die Nächte noch kühl, trotzdem trug sie ein hautenges, ärmelloses Oberteil aus schwarzer Seide mit Kapuze und dazu passende schwarze Gauchohosen. Zusammen mit ihren aufregenden goldenen Ohrringen, so hoffte sie, würde die dunkle Seide ihr eine Aura von Sinnlichkeit verleihen. Wenn doch nur Estrella nicht ständig gähnen würde.
»Wie weit ist es noch zu dieser Bar?« fragte Lieutenant Commander Henry Benedict, Estrellas Mann. »Ihr wißt doch, daß es in Tijuana Sperrbezirke für Angehörige der Navy gibt. Und ich habe bereits vergessen, wo ich meinen Wagen geparkt habe.«
Heute trug er zwar Zivil statt Uniform, sah darin aber auch sehr gut aus. Er war groß und stattlich, und in dem bunten Licht wirkte sein blondes Haar wie Rauschgold.
»Du hast deine Uniform nicht an, und außerdem ist es ganz in der Nähe«, sagte Estrella grinsend. »Und wie kannst du dich überhaupt mit deinem Unterseeboot zurechtfinden, wenn du dich schon hier verirrst?«
»Zum Glück ist mein Aufgabengebiet die Kommunikation und nicht die Navigation«, sagte Henry und grinste zurück, als Estrella ihm beide Arme um die Taille legte.
Bo sah ihre Freundin anerkennend an. Estrellas Make-up war perfekt, und sie trug einen schicken pfirsichfarbenen Blazer über hellbraunen Hosen. Estrella sieht phantastisch aus, dachte Bo. Wir alle sehen phantastisch aus, und sie freute sich, zu diesen Menschen zu gehören. Es war so

schön, Teil eines Paars zu sein, das mit einem anderen Paar ausgeht. Es war schön, einfach normal zu sein.

Es war zu schön.

Sei auf der Hut, Bradley. Du tappst in eine Falle, eine Falle, in der man seine Identität verlieren kann. Hast du deine Tabletten heute eingenommen? Ja.

»Da, das muß es sein.« LaMarche nickte in Richtung einer Tür vor ihnen, über der der Name »Chac« in bunten Lichtern wie Christbaumkerzen strahlte. Jetzt, bei Nacht, wirkte der kleine Club viel seriöser.

»He!« flüsterte Estrella, als sie zu viert die Bar betraten. »Wenn das Chac ist, dann ist sie gut.«

Jeder Tisch war besetzt, und die vier standen an der Bar, als die Sängerin eine traditionelle mexikanische Polka zu Ende sang. Sie tänzelte auf der schmalen Bühne wie ein rassiges Pferd. Ihr üppiges schwarzes Haar fiel gerade herunter und leuchtete blau auf, wenn sie sich trotz ihrer hohen Absätze graziös bewegte. Sie trug eine weiße Torerohose aus Satin, die so eng saß, daß man ihre Bauchmuskeln sehen konnte. Bo zog ihren Bauch ein und schwor sich noch einmal, bald Sport zu treiben. Vielleicht schon diese Woche. Vielleicht aber auch nicht.

Andrew bestellte einen Krug Margarita und ein Coke für Estrella. Er prostete Bo zu, als Chac ein neues Lied begann. Ein Fotograf mit einer Polaroidkamera machte von Paaren für einen Dollar das Stück Aufnahmen.

Am Ende der Bar entdeckte Bo den Australier, mit dem sie gestern gesprochen hatte. Er trug noch immer das kostbare Armband und schien damit betraut, die Musikanlage zu bedienen, denn Chac sang zu vorher aufgenommenen Bändern. Ohne den Gauchohut sah er weniger theatralisch aus; auf seine Weise sah er sogar gut aus – das Gesicht zerfurcht und eine weiße Strähne rechts inmitten der Masse seines dunklen Haars, das er zu einem Pferdeschwanz gebunden trug. Neben ihm stand eine schlanke Frau, deren Profil Bo an Nofretete erinnerte. Sie lächelte und beugte sich vor, um ihm etwas ins Ohr zu flüstern.

Dort, wo die Bühne die fehlende Rückwand begrenzte, saß Chris Joe Gavin auf einem Hocker, seine Gitarre in der Hand. Nachdem Chac die ersten Takte gesungen hatte, begleitete er ihre Melodie kontrapunktisch.

Chac sang spanisch, aber Bo glaubte, das Thema erkennen zu können, da ihre Stimme weit mehr als nur Sprache ausdrückte. Die Melodie und der Rhythmus eskalierten, und Chacs klare Stimme wurde rauh, dann heiser. Ein einziger Scheinwerfer tauchte ihren Kopf gegen die verräucherte Dunkelheit in helles Licht, und die Töne der Gitarre schienen sie zu elektrisieren.

Sie sang eine Elegie, eine Elegie voll erotischen Verlangens. Sie sang von der Sehnsucht eines Menschen, vollständig mit einem anderen zu verschmelzen. Bos Knie wurden weich, und sie stellte behutsam ihr Glas auf die Theke, damit es ihr nicht aus den Händen glitt. Andrew LaMarches Nähe war ihr so schmerzlich bewußt, daß sie sich nicht mehr rühren konnte. Auch nicht mehr atmen konnte.

Als die Musik ein Crescendo erreichte, fiel Chac auf die Knie und warf den Kopf in den Nacken. Ihr Haar war eine Kaskade glänzender, glatter Schwärze, naß an den Schläfen. Mit geschlossenen Augen sang sie den letzten, anhaltenden Ton, dann sank sie stumm über dem Mikrofon in ihrer Hand zusammen. Nach einer kurzen atemlosen Stille brach donnernder Applaus los.

Bo ließ ihren Kopf gegen die Brust des Mannes an ihrer Seite fallen und spürte, wie seine Lippen ihre Schläfe berührten.

»Wie gut, daß du heute einen Einkaufsbummel gemacht

hast«, flüsterte Estrella glücklich in ihr Coke. »Seht mal, ein paar Leute gehen. Wir sollten uns lieber nach einem Tisch umsehen, ehe du noch zusammenklappst.«
»Erst will ich zu Chac«, sagte Bo und zwang sich, sich zu bewegen. »Ich muß mit ihr reden.«
Bo winkte der jungen Sängerin im Gedränge zu. »Chac!« rief sie. »Bo Bradley. Erinnern Sie sich an mich? Könnten Sie zwischen zwei Auftritten an unseren Tisch kommen? Es gibt da ein paar wichtige Dinge, über die wir reden müssen.«
Die Sängerin signierte Musikkassetten am Ende der Bar. Neben ihr standen Chris Joe, der Australier und dessen Gefährtin, die im Licht ganz so aussah, als wüßte sie, wie man in Hollywood Karriere macht. Diese Attitüde. Offen, selbstsicher, teuer gekleidet. Keine der üblichen Nachteulen in Tijuana. Bo nahm eine 10-Dollar-Note und kaufte eine von Chacs Kassetten.
»*Sí, un momento*«, sagte Chac und schrak dann ängstlich zusammen, als im Gang vorn ein Tumult losbrach. Mit Lederjacken bekleidete Kerle stürmten den im Halbdunkel liegenden Gang und schrien auf spanisch durcheinander. Bo hörte eine Stimme etwas auf amerikanisch rufen. Irgend etwas über Allah und einen Fluch für alle Ungläubigen. Der Sprecher war unsichtbar, und die Worte paßten so gar nicht in das Dekor mit der allgegenwärtigen Christbaumbeleuchtung in Tijuana.
»Was soll das alles?« fragte sie Estrella über das Getöse hinweg, als sie sich wieder zum Tisch durchgekämpft hatte.
»Ach, nur irgendein Irrer«, antwortete Estrella und zuckte sofort zusammen, weil sie diese Worte gewählt hatte. »Wahrscheinlich ist das ein Tourist aus Saudi-Arabien, der zuviel getrunken hat. Du weißt ja, wie das hier ist.«
Bo runzelte die Stirn. »Du meinst, es handelt sich um einen Muslim? Die trinken doch nicht.«

»Dann ist es eben einer, der sich nicht daran hält.« Estrella lachte, als der Störenfried auf die Straße gezerrt wurde und sein Geschimpfe verklang.

LaMarche hatte einen Tisch vor der Bühne ergattert, und als sich Bo, Estrella und Henry setzten, kam Chac zu ihnen.

»Warum lassen Sie mich nicht zu Acito?« sagte sie und stellte ein riesiges Glas Tequila wütend auf den Tisch. Die Ärmel ihrer weißen Bluse waren über und über mit glitzernden Pailletten bedeckt, und das Vorderteil und Rückenteil des Kleidungsstücks liefen spitz zu.

Bo erkannte, daß die Bluse aus einem quadratischen Stück Stoff genäht worden war, das man aufeinandergelegt hatte. Es handelte sich um ein traditionelles Kleidungsstück der Maya-Frauen, nur daß es zusätzlich noch Ärmel besaß. Erst vor wenigen Monaten hatte es in einem Museum in San Diego eine Ausstellung dieser *huipiles* gegeben.

»Sie dürfen ihn mir nicht wegnehmen. Dazu haben Sie kein Recht!«

»Bitte, setzen Sie sich doch einen Moment«, sagte Bo. »Ich möchte Ihnen meine Freunde vorstellen, Estrella Benedict und ihren Mann, Henry, und Dr. Andrew LaMarche, den Chefarzt der Abteilung für Kindesmißhandlung des St.-Mary's-Hospitals.«

»Kindesmißhandlung!« fuhr Chac zornig hoch. Sie drohte Bo zitternd mit der Faust und hätte dabei fast ihr Glas umgestoßen. Doch Estrella fing es auf, ehe es kippen konnte, und schob der verzweifelten Sängerin den Salzstreuer zu.

»Wir möchten Ihnen helfen«, sagte Estrella auf spanisch.

»Auf die Kleine Schildkröte«, sagte Bo und hob ihr Glas.

Chacs Blick wurde weicher, als sie Zitronensaft auf ihren linken Handrücken träufelte, Salz darüber schüttete, ihren Handrücken ableckte und dann den Tequila hinunterstürzte.

»Sie kennen seinen Namen«, sagte sie und schauderte wegen des hochprozentigen Alkohols. »Woher haben Sie ...«
»Ich habe eine Freundin«, erklärte Bo. »Unter anderem ist sie Irokesin, und sie hat viel über die Maya gelesen.«
»Dann hat sie auch gelesen, daß eine Maya-Mutter ihrem Baby niemals etwas antut«, sagte Chac in fließendem Amerikanisch. »Und warum machen Sie diesen Aids-Test mit meinem Sohn, einem *Baby*?«
Chac war außerordentlich schön, und Bo wünschte, es gäbe eine Möglichkeit, diese Illusion bewahren zu können. Aber es gab keine.
»Gestern habe ich die Narben an Ihren Armen bemerkt«, sagte sie. »Sie sind alt und verheilt, aber Acito ist jetzt acht Monate. Vielleicht haben Sie während der Schwangerschaft Rauschgift genommen. Vielleicht haben Sie eine Spritze mit anderen Süchtigen geteilt. Falls Sie das getan haben, könnten Sie und Acito sich mit dem Aids-Virus angesteckt haben.«
»Wir müssen alle Kinder testen, deren Mütter Drogen genommen haben«, fügte Andrew LaMarche traurig hinzu. »Das ist Routine.« Er rutschte verlegen auf seinem Stuhl herum. »Und ich möchte Sie auch fragen, ob Sie Kenntnisse über Giftpflanzen haben. Wissen Sie, worüber ich rede, Chac?«
»Andy!« fuhr Bo dazwischen. »Sie weiß nichts über ...«
»Worüber redet er?« fragte Chac Bo. »Was für eine Pflanze?«
Über Chacs Schulter konnte Bo sehen, wie Chris Joe mit dem Australier redete. Dann stapelten sie Kassetten neben das Tapedeck. Die kleine Bühne war von vier Lautsprechern flankiert. Chacs Programm für ihren nächsten Auftritt, nahm Bo an. Da Chris Joe Chac begleitete, mußte er wissen, in welcher Reihenfolge die einzelnen Lieder gesungen wur-

den. Aber wer war dieser australische Cowboy mit der weißen Strähne im Haar und dem unbeschwerten Grinsen?
»Er redet von der Substanz, die Acito vergiftet hat«, erklärte Bo. »Sie stammt aus einer Pflanze. Einer tropischen Pflanze.«
»Ich weiß nichts über irgendeine Pflanze«, sagte Chac stirnrunzelnd.
Bo senkte ihre Stimme. »Glauben Sie, daß Chris Joe darüber etwas wissen könnte?«
»Chris Joe? Soll das heißen, Sie glauben ...« Chac warf einen zögernden Blick über ihre Schulter. »Chris Joe ist ein ... ein *curandero.*« Sie sah Estrella an. »Mit Pflanzen. Viele Leute hier gebrauchen Pflanzen. Es gibt Läden hier, in denen man Pflanzen kaufen kann.«
Estrella nickte. »Ein *curandero* ist eine Art Heiler, Bo. Arme Leute gehen noch immer zu solchen Heilern. Die wenigsten haben Geld für einen Arzt. Und dann gibt es hier überall *farmacias,* wo man Kräuter kaufen kann. Auf der Avenida und in jedem Dorf in Mexiko. Mich überrascht, daß dir das nicht aufgefallen ist.«
»Ich dachte, *farmacia* bedeutet Pharmazie.« Bo schalt sich wegen ihres kulturellen Mankos auf diesem Gebiet, verfolgte aber gleich ihr ursprüngliches Ziel wieder. »Hat Chris Joe Sie begleitet, als Sie Acito gestern morgen in San Ysidro besucht haben, Chac?«
»*Sí,* ja. Und er hat frischgepreßten Apfelsaft mitgebracht. Den Saft, für die Flasche, er hat vorher gekocht, damit er keine Keime hat.«
Die junge Frau war nervös und machte Fehler. Wahrscheinlich ist das die zweite Fremdsprache, die sie spricht, dachte Bo.
Bo wechselte das Thema und fragte: »Haben Sie als Kind in Guatemala Spanisch gesprochen?«
»Nein. Wir sprachen Tzutuhil. Das ist die Sprache der Maya

meines Volkes, in der Nähe des Atitlán-Sees. Mein Dorf heißt San Juan la Laguna. Warum? Was hat Tzutuhil mit dieser Pflanze zu tun, die Acito vergiftet hat?«

»Das weiß ich nicht«, gab Bo zu. »Ich bin wirklich beeindruckt, was Sie bisher geleistet haben, die Fremdsprachen, Ihre Karriere als Sängerin in Tijuana. Wie haben Sie das geschafft, Chac? Wie haben Sie diesen langen Weg von Guatemala bis hierher zurückgelegt? Ihre Songs werden im Radio von San Diego gespielt. Aber das alles muß doch sehr schwer gewesen sein, nicht wahr?«

Chac errötete leicht. Sie sah die beiden Männer am Tisch an und lächelte hart, ja geringschätzig. »Sagen Sie Ihrer Freundin«, sagte sie zu Estrella auf spanisch, »daß sie zu viele Fragen stellt.«

»Entschuldigen Sie«, sagte Bo kläglich, denn sie hatte die häßliche Wahrheit in Chacs Gesichtsausdruck erkannt. »Aber ich will Sie noch über diese Anhörung vor Gericht am Montag informieren.«

Bradley, als Diplomatin hast du völlig versagt. Wie, um Himmels willen, hat sie denn so weit kommen können? Wie kommt eine junge Frau, die nichts besitzt, zu irgend etwas? Hör dir mehr Country- und Western-Musik an, oder halt deinen Mund!

Die Lichter in der ohnehin trübe erleuchteten Bar wurden noch trüber.

»Ich muß jetzt gehen«, sagte Chac und stand auf. »Wo ist diese Anhörung?«

Bo gab ihr eine Visitenkarte mit der Adresse des Jugendgerichts von San Diego und ihrer Telefonnummer im Jugendamt darauf. »Um neun Uhr am Montag«, sagte sie. »Ziehen Sie sich so an, als würden Sie zur Kirche gehen. Nach der Anhörung bekommen Sie Acito nicht sofort zurück, doch wenn Sie nicht anwesend sind, würde alles noch schlimmer werden.«

»Ich bekomme mein Kind zurück!« rief Chac und ging zur Bühne. »Auf jeden Fall!«
»Sollten wir jetzt nicht gehen?« schlug Henry Benedict vor. »Mein Gott, Estrella. Ich weiß nicht, wie du mit solchen Dingen jeden Tag fertig wirst.«
Der Australier stand auf der Bühne, offensichtlich kündigte er Chac an. Selbst in seinem Spanisch konnte Bo den charakteristischen Akzent heraushören. Seine Begleiterin war nirgends zu sehen.
»Laß uns noch etwas bleiben«, sagte sie. »Estrella, was sagt der Mann?«
»Daß er Munson Terrell ist, Chacs Manager, und daß er stolz ist, uns einen neuen Star vorstellen zu dürfen, eine Maya-Sängerin, die kurz vor dem Abschluß eines Kontrakts mit einem Musikproduzenten in Hollywood steht.«
Noch während des Applauses nach Terrells einführenden Worten intonierte Chris Joe eine klassische Rock-'n'-Roll-Melodie, die von einer elektrischen Gitarre und Schlagzeug vom Band begleitet wurde. Chac fiel mit voller Stimme beim Refrain ein. Das Publikum war begeistert. Doch Bo war frustriert, sie konnte nur ein Wort verstehen, *libertad.*
»Was singt sie?« fragte Bo Estrella.
»Über die Freiheit. Sie singt: Meine Freiheit kannst du nicht haben, du mußt mich freilassen. So was Ähnliches.«
»Nein, nein, nein!« beendete Chac den kurzen Song. Sie schwitzte bereits.
»Ich will Estrella nach Hause bringen«, drängte Henry. »Sie soll es heute abend nicht übertreiben.«
»*Madre de dios*«, sagte Estrella seufzend. »Mir geht's gut. Hör endlich auf, über mich wie über ein Kind zu reden. Das kann ich nicht ausstehen, und wenn das die nächsten sieben Monate so weitergehen soll ...«

»Ich möchte auch gehen«, sagte LaMarche und sah Bo an. »An der Grenze könnte es Verzögerungen geben.«

»Bo Bradley! Warten Sie!« rief Chac von der Bühne. »Dieses Lied ... Sie müssen dieses Lied hören.«

Nach einer geflüsterten Beratung mit Chris Joe legte der junge Mann die Gitarre beiseite und nahm die Flöte, die Bo schon kannte. Während der ersten Noten stand Chac nur da, den Kopf gesenkt und eine Hand auf den Magen gepreßt.

In dem blauen Scheinwerferlicht wirkte sie bleich, kleine Schweißperlen standen auf ihrer Stirn. Seltsam, dachte Bo, daß sie schon nach so kurzer Zeit so sehr schwitzt.

»Sie singt jetzt Acitos Lied«, flüsterte Bo. »Estrella, kannst du es mir übersetzen?«

LaMarche gab Estrella einen Kugelschreiber, und sie nahm eine der roten Servietten des Clubs, um darauf zu schreiben.

Die Melodie war so faszinierend wie immer, doch die Faszination wurde jetzt noch größer durch die Beleuchtung und eine Aura der Verzweiflung, die von der zerbrechlichen Gestalt auf der Bühne ausging. Unwillkürlich mußte Bo an die französische Sängerin Edith Piaf denken, die seinerzeit der »Spatz von Paris« genannt wurde. Und ein Bild stieg vor Bos geistigem Auge auf: Chac als kleiner Vogel. Ein kleiner weißer Vogel mit großen schwarzen Augen.

Sie machte dem Fotografen ein Zeichen, gab ihm einen Dollar und sagte: »Ein Foto von Chac, *por favor.*« Sekunden später hatte sie das sich noch entwickelnde Bild in der Hand.

Chac sang jetzt nicht mehr, sondern sprach auf amerikanisch, noch immer von den Tönen der Flöte begleitet.

»Die Maya glauben, daß die *huipil*«, sie deutete auf ihre Bluse, »das Symbol der Frau ist, die eine Höhle ist und gleichzeitig die Oberfläche des Wassers. Die Frau ist der Gang«, flüsterte sie atemlos, »zwischen der Unterwelt und diesem Leben. Die Maya leben, damit die Zeit weiterläuft. Das ist unsere Aufgabe.«

Sie atmete schnell und flach, ein Zeichen großer Emotion. Ihr Gesicht war wie von Schmerzen verzerrt. »Und im Zentrum der Zeit«, sprach sie weiter, »schenkt eine Frau einem Kind das Leben. Niemand kann das verhindern. Niemand.«

Bo sah, daß Estrella weinte. Und Chac war bleich unter dem blauen Licht. Bleich wie der Tod. Als sie die letzte Strophe des Liedes sang, war ihre Stimme zu hoch, und seltsamerweise klang sie falsch. Ihre schwarzen Augen sahen wie poliert aus, und dann waren sie plötzlich leer. Das Mikrofon entglitt ihrer Hand.

»*Mi corazón*«, flüsterte sie und verdrehte die Augen. »*Mi Acito.*«

Bo sah einen weißen Vogel aus der Luft kommen und auf der Bühne zusammensinken. Chacs Arme versteiften sich kurz, als würde sie nach etwas Unerreichbarem greifen, und dann lag sie reglos da. Schaum auf ihrem Mund reflektierte das Licht in blauem Glitzern.

Ein ungeheurer Lärm brach los, und die Leute schrien: »Doktor! *Médico!*« Und Andrew LaMarche erklomm die Bühne und kroch zu der weißen Gestalt, die inmitten des blauen Lichts lag. Nach nicht mal einer Minute drehte er sich um und sah Bo an.

»Sie ist tot«, rief er. »Holt die Polizei.«

Bo sah, daß der Australier namens Munson Terrell auf der Bühne saß und Chacs Kopf wiegte. Hinten im Raum schob ein magerer, langhaariger junger Mann mit einer Gitarre den Vorhang beiseite und verschwand in der Dunkelheit.

11

Der Nachtfaltersammler

Bo erwachte aus einem unruhigen Schlaf und wußte nicht gleich, wo sie war. Sie sah sich in dem dämmrigen Zimmer um und erkannte hinter der offenstehenden Tür ihres Kleiderschranks das wohlvertraute Chaos. Mildred schnarchte in ihrem Korb neben dem Bett. Und draußen dröhnte ohne Unterlaß die Brandung des Pazifiks gegen die Sunset Cliffs. Daheim. Die Digitaluhr verkündete in grünleuchtenden Ziffern, daß die Morgendämmerung noch fern war: »4:23« stand darauf.

»Scheiße«, sagte sie, als sie merkte, daß ihre Bettlaken völlig zerknüllt waren und drei ihrer vier Kissen auf dem Boden lagen. Das vierte hielt sie krampfhaft vor die Brust gepreßt. In der Dunkelheit, hinter dem Ende des Betts, konnte sie die Szene in Tijuana nicht mehr sehen. Ein kleiner weißer Vogel, der gefallen war und unbeweglich dalag. Bo rieb sich die Augen, schwang ihre langen Beine über die Bettkante und stolperte auf den kleinen Balkon, der aufs Meer hinausging.

»Es ist richtig, zu weinen«, sagte sie zu der nebligen Brise, die vom Strand hergeweht kam. »Sogar gesund. Wer würde da nicht weinen?« Sie schlang die Arme um ihren Körper und weinte. Doch im Gegensatz zu der volkstümlichen Meinung, daß Weinen gesund sei, verursachte es bei Bo nur Kopfschmerzen, einen kratzigen Hals und brennende Augen. Sie fragte sich, warum die Leute das Weinen so priesen. Ihr bekam es nicht, aller Volksweisheit zum Trotz.

Sie ging in ihr Apartment zurück, zog ein Paar Jogginghosen an und ihr bestens gehütetes Geheimnis: Hausschuhe, die wie Gürteltiere aussahen. Leider hatte eins von ihnen nach einem Zusammentreffen mit Mildred seine Nase eingebüßt. Bo hatte die Schuhe vor ein paar Wochen auf einem Tauschmarkt gesehen und gegen etwas anderes eingetauscht, um sich die Exzentrik zu gönnen, etwas Derartiges zu besitzen. Wenn man die ganze Zeit so tat, als wäre man *nicht* exzentrisch, war das sehr ermüdend. Andrew, dachte sie amüsiert, würde alles darum geben, wenn er sie in diesem Aufzug sehen könnte.

Doch das konnte er nicht. Er war bei Chacs leblosem Körper in dem Club in der Avenida Revolución geblieben und hatte Henry gedrängt, Estrella und Bo nach Hause zu bringen. Da Bo entschlossen gewesen war zu bleiben, hatte sie eine Tirade über gönnerhafte Männer vom Stapel gelassen, die glauben, daß Frauen bei jeder kleinsten Aufregung in Ohnmacht fallen. Doch Estrella schien Bos These bestätigen zu wollen, denn sie war fast in Ohnmacht gefallen. In dem Gedränge war ihr schlecht geworden. Also war Bo nichts anderes übriggeblieben, als sich um die Freundin zu kümmern, während Henry den Wagen geholt hatte. Als er zurückgekommen war, hatte sich Estrella erholt, doch Henry wollte sofort fahren. Also hatte Bo die Hoffnung aufgegeben, gleich etwas über Chacs Tod zu erfahren, und war ins Auto der Benedicts gestiegen.

Bo machte sich eine Tasse Instantcappuccino, rieb sich die Schläfen und ging die Ereignisse der Nacht noch einmal durch. Acitos Mutter war tot. Aber warum hatte sie sterben müssen? Hatte der Streß über den Verlust ihres Kindes zu einem Herzversagen geführt? Oder hatte sie wieder Drogen genommen? Drogen gehörten auf beiden Seiten der Grenze im Nachtleben zu den alltäglichen Dingen. Chac hätte sie sich verschaffen können, ohne auch nur ihren Arbeitsplatz verlassen zu müssen. Bo verspürte einen beklemmenden Druck auf ihrer Brust. Ein bohrendes Schuldgefühl. Vielleicht hatte ihre Anwesenheit im Club die junge Frau zum Äußersten getrieben. Vielleicht würde Chac noch leben, wenn sie wie nette Angloamerikaner zu Hause geblieben wäre und sich eine Show im Fernsehen angeschaut hätte. Dann hätte Acito noch eine Mutter.

»Du hast es versaut, Bradley«, sagte Bo zu ihrem Spiegelbild in der Klappe des Mikrowellenherds. »Du hast deine Nase in etwas gesteckt, was du nicht kapiert hast, und dadurch alles noch schlimmer gemacht. Nun wird dieser kleine Junge bei Fremden aufwachsen. Nie wird er seine Mutter kennenlernen noch von ihr erfahren, was er ist: ein Maya. Von seiner Geschichte ist nichts mehr übrig als ein Wiegenlied. Du bist eine arrogante, ignorante, dich in alles einmischende Imperialistin. Du bist nicht besser als Madge Aldenhoven.«

Bo hielt die Tasse in beiden Händen und wackelte mit den Ohren. Manchmal halfen diese Bewegungen gegen den bohrenden Kopfschmerz. Aber heute klappte es nicht.

»Mildred?« rief sie leise ins Schlafzimmer. »Wie wär's mit einer kleinen Ausfahrt?«

Die Hündin legte eine Pfote über ihren Kopf und tat so, als würde sie nichts hören.

»Es gibt Leckereien«, sagte Bo und fischte aus dem Stapel Kleidungsstücke am Boden ihres Schranks ein mit Farbe verschmiertes Sweatshirt, das einmal avocadogrün gewesen war. »Zum Beispiel deine Erdnußbutterknochen und Leberpastete.«

Diesen Bestechungsangeboten konnte die alte Hündin nicht widerstehen. Sie stand steif auf. Nachdem sie einen der versprochenen Knochen bekommen hatte, massierte Bo die arthritischen Gelenke des Foxterriers und zog ihm

einen warmen Parka an, den Bo aus einer alten Daunenweste geschneidert hatte. Mildred hätte darin Modell für einen Hundekatalog stehen können, dachte Bo.
»Wir fahren nach Jamul«, erzählte sie der Hündin. »Damit wir darüber reden können, ehe alles noch schlimmer wird.«
Eva Broussard war bereits aufgestanden, als Bo um fünf Uhr früh auf dem Besitz in der Wüste ankam. Sie saß da, fertig angezogen für einen Ausflug in die Berge, und trank Kaffee. Wahrscheinlich störe ich jetzt, dachte Bo, sie will eine ihrer ausgedehnten Wanderungen unternehmen.
»Nein, es ist nur die letzte Gelegenheit, allein zu sein, ehe eine erste Gruppe aus New York heute nachmittag eintrifft«, erklärte die Ärztin. »Hier muß noch viel gebaut werden. Und das bedeutet Lärm. Ich muß eingestehen, daß ich die Einsamkeit liebe. Wissen Sie, Bo, wenn ich meine Forschungen hier beendet habe, möchte ich mich zurückziehen. An einen wirklich einsamen Ort. Aber Sie sind sicher nicht gekommen, um mit mir über meine Liebe zur Wüste zu sprechen oder einen Ausflug zu machen, wenn ich mir so Ihre Schuhe betrachte.«
Bo schaute noch zu, wie Mildred ein kleines Reptil jagte, bis es sich unter einem Felsen in Sicherheit brachte, dann starrte sie auf ihre Gürteltierhausschuhe und seufzte. »Chac starb gestern abend auf der Bühne des Clubs, in dem sie sang«, erzählte Bo Eva Broussard. »Wahrscheinlich an einer Überdosis. Sie hatte alte Narben an den Armen und offensichtlich mit dem Drücken aufgehört. Aber dann geschah etwas, das sie wieder dazu brachte. Estrella, Henry und LaMarche waren auch dabei. Es war schrecklich.«
»Falls sie dieselbe Dosis gespritzt hat, an die sie früher gewöhnt war, kann das tödlich sein«, stimmte Eva zu. Sie geleitete Bo und Mildred ins Haus und warf ein Holzscheit

aufs Feuer, das zu erlöschen drohte. »Doch Sie sind sich nicht sicher, ob das zu ihrem Tod geführt hat. Sie stellen nur Vermutungen an. Und Sie sind ziemlich durcheinander.«

»Im Ernst?« explodierte Bo. »Ich verspreche einem Baby, daß ich seine Mutter finde, und was tue ich dann? Ich jage ihr so viel Angst ein, drohe ihr mit dem Jugendamt und dem Jugendgericht, daß sie aus Versehen eine Überdosis nimmt und daran stirbt. Ich hätte Acito einfach holen und ihr geben sollen. Wir haben nicht das Recht, unsere Regeln Menschen wie Chac und Acito aufzuzwingen. Haben Sie eine Ahnung, wie ihr Leben vorher ausgesehen hat?« Bo tigerte vor dem Kamin auf und ab. Mit jedem Schritt machten die Gürteltiere ein flappendes Geräusch.

»Ich habe immer Verständnis für Ihre unorthodoxe Auffassung Ihres Berufs gehabt, Bo«, sagte Eva. Sie saß mit gekreuzten Beinen auf dem gekachelten Fußboden. »Als Psychiaterin kann ich Ihnen Medikamente verschreiben und Ihren mentalen Status stabilisieren. Aber Sie müssen allein die notwendigen Grenzen setzen. Das ist Ihre Pflicht. Und jetzt reagieren Sie auf diesen Tod zu heftig. Sie dramatisieren Aspekte, die reine Spekulation sind. Wenn Sie sich für den Tod dieser Frau verantwortlich fühlen und dieses Gefühl auch noch verinnerlichen, kommt Ihnen das sicher sehr nobel vor, aber es ist eine Tatsache, daß Sie einfach nur ...«

»Grandios sind?« vervollständigte Bo den Satz. »Ich wußte, daß Sie das sagen würden. Deshalb bin ich zu Ihnen gekommen.«

»Aber das habe ich nicht gesagt.« Eva Broussard lächelte und enthüllte dabei regelmäßige, gesunde Zähne. »Das haben Sie gesagt.«

Um acht Uhr war Bo im Büro. Sie trug ein Seidenkostüm, dazu eine weiße Rüschenbluse, die zu bügeln sie eine Dreiviertelstunde gekostet hatte. Mit teuren schwarzen Pumps und einer dazu passenden Handtasche suggerierte ihr Aussehen jene Art Kompetenz, die sie sich vorgenommen hatte, auch zu fühlen.

»Ich wußte nicht, daß Sie heute einen Gerichtstermin haben«, sagte Madge, als Bo das Büro ihrer Vorgesetzten betrat.

»Den habe ich auch nicht. Ich spreche heute wegen der Hauptrolle in *Auntie Mame* vor. Finden Sie diese Perlenohrringe zu konservativ?«

Eisiges Schweigen begleitete Bo bis zur Tür ihres Büros. Sie knipste die Schreibtischlampe an und setzte sich. Sie mußte eine Reihe Telefonate führen, um Acitos Vater zu finden. Oder auch nicht zu finden.

Da Chac tot war, war Acito bereits Halbwaise. Wenn der Vater nicht gefunden wurde, würde sie das Jugendgericht informieren, und dann konnte das Baby zur Adoption freigegeben werden. Doch zuerst mußte sie mit der »gebotenen Sorgfalt« vorgehen. Jeder Stein mußte auf der Suche nach einem Elternteil umgedreht werden, vor allem, wenn es nur noch einen gab. Ihr erster Anruf galt Dar Reinert.

»Bradley«, röhrte der Detective herzlich. »Dr. LaMarche hat mich vom Tod der Verdächtigen informiert. Ich habe mich mit der Polizei in Tijuana in Verbindung gesetzt. Sie glaubt, es handele sich um eine Überdosis. Es muß ja einen Riesenwirbel gegeben haben.«

»Ja, einen Riesenwirbel«, sagte Bo. »Hören Sie, Dar. Ich rufe an, weil ich nach dem Vater des Babys suche. Haben Sie irgendwas über diesen Dewayne Singleton herausgefunden?«

»Bei diesem Fall haben wir beide kein Glück«, antwortete er. »Ich kann ihn abschließen, wenn Sie ...«
»Den Fall abschließen? Wie können Sie das tun?«
»Kein Motiv, keine Zeugen, keine Verdächtigen. Dem Jungen geht's gut. Das Jugendamt kümmert sich jetzt um ihn.«
Bo verzog das Gesicht.
»Aber es *gibt* einen Verdächtigen, Dar. Dieser Junge, Chris Joe Gavin. Die Mutter hat mit ihm gelebt. Und er kennt sich mit Pflanzen aus. Er hätte Acito vergiften können.«
Wenn jemand versucht hatte, ein Baby zu vergiften, wie konnte die Polizei das ignorieren?
Dar Reinert seufzte. »Ich habe mich bei den Kollegen in Henderson in Kentucky informiert«, sprach er weiter. »Dieser Gavin wird als vermißt geführt. Letztes Jahr, da war er sechzehn, lief er seinen Pflegeeltern davon, aber er ist nicht straffällig geworden. Nur um mit ihm zu reden, müßten wir ihn von Mexiko ausliefern lassen, *falls* wir ihn überhaupt finden. Die mexikanischen Cops waren noch gestern nacht in seiner Bude. Sie haben nichts gefunden. Er ist sauber, Bo, und wahrscheinlich längst woanders. Praktisch existiert dieser Junge für uns nicht. Jetzt zu Singleton ...«
»Moment mal«, unterbrach Bo ihn. »Soll das heißen, Sie legen diesen Fall einfach zu den Akten?«
»Schauen Sie, Bo«, sagte Reinert in einem Ton, als würde er die Relativitätstheorie einer Kindergärtnerin erklären. »Wir wissen von keinem Verbrechen. Als meine Kinder klein waren, passierte ihnen alles mögliche. Eins aß die Wurmtabletten des Hundes. Außerdem wissen wir nicht einmal, in welchem Land dieses hypothetische Verbrechen nun eigentlich begangen wurde. Das allein herauszufinden würde uns Zeit und Leute kosten, die wir nicht haben, und die Cops in Mexiko haben sie ebenfalls nicht. Das ist eine Sackgasse. Basta. Aus.«

Estrella kam ins Büro. Bo nickte ihr zu und malte weiter an ihren Polizeimarken. Sie sahen scheußlich aus, wie die Uhren Dalís, über Babyfläschchen drapiert.

»Also, was haben Sie über Singleton?« sagte sie resigniert.

»Das wird Ihnen gefallen«, sagte Reinert, jetzt wieder mit seinem üblichen Schwung in der Stimme. »Der Bursche hat ein Strafregister in Louisiana. Zuletzt wurde er wegen Diebstahls verurteilt. Und raten Sie mal, was er gestohlen hat.«

»Pralinen oder vielleicht eine Languste?«

»Hör auf, über Langusten zu reden«, flüsterte Estrella.

»Heuschrecken«, kicherte Reinert. »Der Bursche hat dreitausend genetisch veränderte Käfer namens *Pachytylus pardalina* aus einem Labor der Universität in New Orleans gestohlen. Dort arbeitete er als Hausmeister. Aber warten Sie …«

Bo schlug eine unbeschriebene Seite in ihrem Notizbuch auf. »Ich will das mal klarstellen. Chacs Ehemann wurde wegen einer Straftat in Louisiana verurteilt. Heißt das, er sitzt im Gefängnis? Warum sollte er Käfer stehlen? Und wie kann das Stehlen von Käfern zu einer Anklage führen? Käfer sind billig, vor allem in dem Klima.«

»Diese aber nicht«, fuhr Reinert fort. »Das waren Käfer, mit denen experimentiert wurde, um sie später in der Natur auszusetzen. Dort sollten sie sich mit den normalen Käfern paaren und Nachkommen erzeugen, die keinen Reis mehr fressen. Aber das Beste an der Geschichte kommt noch. Sind Sie bereit?«

»Wahrscheinlich nicht«, antwortete Bo.

Reinert hatte mächtigen Spaß. »Der Junge muß verrückt sein. Hören Sie sich das an. Er hat die Viecher geröstet, sie mit karamelisiertem Honig umhüllt und sie im French Quarter in Voodoo-Läden als Vitaminpillen verkauft. Können Sie sich das vorstellen?«

Bo starrte die Fotos an ihrer Pinnwand über dem Schreibtisch an. Jedes Gesicht schien ihr Unbehagen über die eigentliche Bedeutung dieser »Vitaminpillen« zu teilen. »Dar, wissen Sie, ob er diesen, hm ... Vitaminen einen Namen gegeben hat?«

»Komisch, daß Sie fragen«, sagte Reinert und suchte raschelnd in seinen Papieren. »Es stand in dem Bericht, den sie rübergefaxt haben ... hier ist es. Johannes der Täufer. Er nannte sie Vitaminpillen Johannes des Täufers. Hat sie wohl nach seiner Freundin benannt, wie?«

Ach du meine Güte, dachte Bo.

»Eigentlich nicht, Dar. Haben Sie eine Adresse von ihm?«

»Sicher. Zu Hause ist er in R. R. 3, Franklin, Louisiana. Doch die jetzige Adresse lautet: Wade Correctional Center, Haynesville, Louisiana. Nur da ist er nicht.«

»Was heißt das? Da ist er nicht?«

»Floh vor acht Tagen, als er bei Außenarbeiten eingesetzt war. Natürlich haben sie ihn mit Hunden gehetzt. Aber umsonst. Der Bursche ist aus dem Knast entwischt.«

»Danke, Dar«, sagte Bo. »Jetzt bin ich genauso schlau wie vorher.«

Durch einen kurzen Anruf in Henderson beim Jugendamt erfuhr Bo den Namen der Sozialarbeiterin, die für Chris Joe Gavins letzte Pflegeeltern zuständig war.

»In Mexiko?« sagte die tiefe Stimme einer Frau namens Gracie Belker überrascht, nachdem Bo sie über Chris Joes Aufenthaltsort informiert hatte. »Was, zum Teufel, macht er in Mexiko?«

Gracie Belker war freundlich und mitteilsam. Christopher Joseph Gavin, erzählte sie Bo, lebte seit seinem zweiten Lebensjahr bei Pflegeeltern, seit seine Mutter zum ersten Mal wegen Autodiebstahls verurteilt worden sei. Seitdem habe sie wegen verschiedener Delikte immer wieder im Gefängnis gesessen und sich nie um ihren Sohn kümmern können. Trotzdem habe sie sich geweigert, ihn zur Adoption freizugeben. Chris Joe, sagte Gracie Belker, habe in fünfzehn Jahren bei nicht weniger als dreiundzwanzig verschiedenen Pflegefamilien gelebt. Die letzte, eine besonders liebenswerte Pflegefamilie namens Springer, habe ihn sogar in einen anderen Bundesstaat mitnehmen wollen, da sie umziehen mußten. Der älteste Sohn und Chris Joe seien wie Brüder gewesen und hätten eine Band namens Ghost Pony gegründet. Gracie Belker war der Ansicht, daß es Chris Joes Herz gebrochen habe, da die Springers ihn nicht behalten durften. Am Abend bevor er zu seiner vierundzwanzigsten Pflegefamilie wechseln sollte, sei er weggelaufen.

»Er ist ein guter Junge«, sagte Gracie Belker. »Trotz dieser häufigen Wechsel war er gut in der Schule. Wir hatten nie Ärger mit ihm. Fünf oder sechs Pflegeeltern wollten ihn adoptieren, auch die Springers, aber seine Mom hat das nicht zugelassen. Wahrscheinlich konnte er die Situation nicht mehr ertragen, wie?«

Bo dankte der Sozialarbeiterin aus Kentucky und seufzte. Mit siebzehn drohte Chris Joe Gavin wieder der Verlust eines Menschen, den er liebte. War sein Schmerz so groß, daß er lieber tötete, als noch einmal verlassen zu werden? Der Gedanke war beängstigend.

Mehrere Anrufe in Louisiana brachten Bo auch nicht weiter. Die Beamten des Gefängnisses hatten keine Ahnung, wo Dewayne Singleton sich aufhalten könnte, aber sie würden ihr gern Fotokopien seines Strafregisters schicken, sobald der Kopierer wieder repariert wäre. Der Sheriff von Franklin besuchte seine Schwester in Cocodrie, doch zwei seiner Deputies waren überzeugt, daß Dewayne nicht zu seiner Familie zurückgekehrt war, da die Familie ihn schon vor Jahren vor die Tür gesetzt hatte. Außerdem wisse jeder in der Stadt, daß er aus dem Gefängnis ausgebrochen sei. Und jeder Bürger hätte ihn angerufen, sollte sich Dewayne in der Stadt gezeigt haben. Und nein, seine Familie habe kein Telefon.

Kaum hatte Bo den Hörer aufgelegt, läutete das Telefon schon wieder.

»Bo?« sagte Andrew LaMarche fragend. »Ich bin unten im Empfang. Mrs. Aldenhoven hat mir nicht gestattet, Sie in Ihrem Büro aufzusuchen, obwohl Ihr Telefon ständig besetzt war. Ich muß mit Ihnen und Estrella reden. Können wir uns zum Lunch treffen?«

Seine Stimme klang selbst für diese Umstände ungewöhnlich scharf.

»Wir kommen gleich runter«, sagte Bo. »Aber was ist denn los?«

»Ich habe schlimme Neuigkeiten«, sagte er sanft. »Ich warte dann vor dem Gebäude.«

12

Fuchs und Kojote

Rombo Perry durchmaß die ganze Länge des neuen Wohnraums mit weit ausholenden Schritten und ging schlürfend zur Holländischen Tür zurück. Seine Socken waren völlig sauber geblieben, stellte er fest. Das kürzlich erst abgeschliffene und versiegelte Parkett spiegelte das Sonnenlicht wider, das durch die prächtige Zeder im Vorgarten nur gefiltert in den Raum drang. Auf die freien Stellen hatte Martin Immergrün gepflanzt, so daß sie keinen Rasen brauchten.

»Wann mußt du in der Klinik sein?« rief Martin St. John aus dem Büro. Er lag dort auf dem Boden, von aufgeschlagenen Kochbüchern umgeben. Sein Ton verriet nur oberflächliches Interesse.

Rombo starrte durch seine schwarzumrandete Brille wohl zum zwölften Mal innerhalb einer Viertelstunde auf die Straße. »Um halb eins. Das weißt du doch. Aber ich möchte gern dabeisein, wenn sie das Ding bringen. Ich kann einfach nicht glauben, daß wir eine Schrankwand gekauft haben, Martin. Das ist so altmodisch. Und wenn sie nun die Couch erdrückt, was sollen wir dann tun?«

»Die Couch wird es überleben, Rom«, sagte Martin grinsend. Er kam barfuß ins Zimmer geschlendert. »Aber du wirst es nicht überleben, wenn du nicht verschwindest, ehe der Lastwagen kommt.« Er hob beide Arme mit der Geste eines Ballettänzers über seinen dunklen Lockenkopf und verneigte sich dann. »Du mußt dir noch Schuhe anziehen.« Seine Hände fuhren streichelnd über das Parkett. Dann hob er den Kopf und lächelte spitzbübisch. »Die Jungfräulichkeit unseres Bodens wird von mit Nagelsohlen bewehrten Rüpeln geschändet werden, die unter dem Gewicht des in Handarbeit hergestellten Möbels stöhnen, das nur deshalb käuflich erworben wurde, um die Tatsache zu negieren, daß die industrielle Revolution bereits stattgefunden hat.« Er stand wieder auf und glättete den Saum seines grauen Sweatshirts. »Das kannst du nicht ertragen, Rom. Deine Patienten warten. Geh in deine Klinik.«

»Sozialarbeiter benutzen den Terminus ›Klienten‹ und nicht ›Patienten‹, sogar Sozialarbeiter, die in der Psychiatrie tätig sind. Außerdem haben wir in diesen Boden zwei Wochen Arbeit investiert.« Rombo seufzte. »Er ist perfekt. Glaubst du wirklich, daß der Ballettunterricht deinem Rücken hilft?«

»Aber ja«, antwortete Martin. »Das ist das allerbeste für den Rücken eines Bäckers. Jedenfalls hat Madame Anouschka das gesagt. Ich kann es gar nicht erwarten, bis ich den CD-Player angeschlossen habe, damit ich *Les Sylphides* hören kann. Das wird auch gut für Watson sein. Er soll doch einen guten musikalischen Geschmack entwickeln, nicht wahr?«

Watson, das war ein Golden-Retriever-Welpe, den Rombo und Martin gegen eine Dreijahreslieferung Vollkornbrötchen von St. Johns Catering-Firma eingetauscht hatten und der in knapp zwei Wochen von seiner Mutter entwöhnt werden würde.

»Und warum haben Bäcker Rückenschmerzen?« Rombo stieß durch seine schiefe Nase – ein Mann namens Billy Beloit hatte sie ihm in einem anderen Leben, als er im Mittleren Western noch Boxer war, gebrochen – ein mißbilligendes Schnauben aus. Seit Jahren schon versuchte er, Martin für Fitneß zu interessieren, doch sein schlanker Freund hatte bis dahin mit totalem Desinteresse reagiert.

»Das Berufsrisiko besteht im Kneten und Heben von Blechen. Diese Tätigkeit führt zur Überbeanspruchung gewisser Muskeln, während der Rest der Muskeln meines klassisch gut proportionierten Körpers atrophiert. Ich versuche Bo zu überreden, auch mit zum Ballettunterricht zu kommen. Die Musik wird ihr gefallen.«

Rombo schaute schon wieder aus dem Fenster. »Ich glaube, da kommt der Laster. Kommen sie und Andy am Sonntag zum Dinner? Oder sollen wir mit der Einladung warten, bis die beiden ihre Beziehung definiert haben?« sagte er liebevoll. »Die beiden sind doch völlig normal und werden ständig von ihren Freunden ermutigt. Könnten sie sich nicht endlich mal entschließen, Nägel mit Köpfen zu machen?«

»Das *ist* der Möbelwagen.« Martin nickte, als das Telefon läutete. »Ich gehe ran. Und du gehst zur Arbeit.«

Rombo öffnete die obere Hälfte der Holländischen Tür und entfernte das trockene Blatt einer Bougainvillea, das vom Nachbargarten herübergeweht worden war. »Ich gehe nicht eher, bis ich unser neues Möbelstück an seinem Platz an der Wand stehen sehe«, sagte er. »Und wenn sich die Türen nun nicht über dem Fernseher schließen lassen? Oder Löcher für die Lautsprecherkabel an der falschen Stelle gebohrt wurden?«

»Das ist für dich«, rief Martin aus dem Flur. »Die Klinik.«

»Was gibt's?« sagte Martin in den altmodischen Hörer des Wandtelefons, eine Imitation aus den zwanziger Jahren, die Freunde den beiden zum Einzug in die neue Wohnung geschenkt hatten. »Sicher. Das nehme ich an.«

Draußen fuhr ein glänzender Möbelwagen mit der Aufschrift »Pickwick Furniture« rückwärts in die Einfahrt.

»Ich kann es nicht fassen!« schäumte Rombo und versuchte gleichzeitig, in seine blankpolierten italienischen Slipper zu schlüpfen. »Die Cops haben einen Mann eingeliefert, den sie letzte Nacht an der Grenze aufgegriffen haben, weil er Autos auf der amerikanischen Seite aufhielt und die Leute vor einem Fluch warnte. Sie haben ihn die ganze Nacht im Gefängnis behalten, kannst du dir das vorstellen? Dann erst haben sie ihn in die Klinik gebracht, wo er von Anfang an hingehört hätte, *mittags*, wenn natürlich die Aufnahme nicht besetzt ist. Ich muß schnell weg und mich darum kümmern. Der Typ heißt Dee-wayne oder so ähnlich. Klingt nach den Südstaaten. Außerdem scheint er geschlagen worden zu sein, aber er ist nicht in der Lage zu erzählen, was passiert ist.«

»Habe ich dir schon einmal gesagt, daß du der außergewöhnlichste Bursche bist, den ich kenne?« fragte Martin und öffnete den unteren Teil der Tür für Rombo.

»Ich hasse es, wenn du sentimental wirst«, sagte Rombo errötend und zog einen leichten grauen Blazer über sein Polohemd an. Er nahm seine Schlüssel.

»Nein, das tust du nicht. Du liebst es.« Martin umarmte seinen Freund. »Ruf Bo an und frage sie, ob das mit Sonntag klappt.«

Aus dem Möbelwagen kletterten zwei Frauen in Tennisschuhen und entluden das erste Möbelstück aus Zypressenholz.

»Keine Angst«, sagte die eine strahlend zu Rombo. »Wir zerkratzen Ihren Fußboden nicht.«

13

Kein sauber vergossenes Blut ...
Popol Vuh

Chac wurde vergiftet, das steht außer Frage. Ich wußte es bereits, als ich mich über sie beugte. Sie roch nach bitteren Mandeln«, sagte Andrew LaMarche zu Bo und Estrella. Sie saßen in einem der vielen vietnamesischen Restaurants in der Nähe des Jugendamts, und Andrew aß Tintenfisch *kung pao.* »Doch in der Aufregung wußte ich nicht gleich, was dieser Geruch bedeutete, nur daß er Gift bedeutete.«

»Also haben Sie Chacs Glas genommen und den Rest des Inhalts untersuchen lassen. Andy, Sie sind ein Genie! Wären Sie nicht dagewesen, der Mord wäre unentdeckt geblieben. Jeder glaubte doch, Chac sei an einer Überdosis gestorben, auch die mexikanische Polizei.«

Estrella häufte den gerösteten Reis mit Schweinefleisch auf ihrem Teller mit ihren Stäbchen zu kleinen Hügeln an. »Ich sehe noch immer, wie ihr Schaum vor den Mund trat«, flüsterte sie. »Das wurde durch das Gift hervorgerufen, das nach Mandeln riecht, nicht wahr?«

»Wahrscheinlich«, antwortete LaMarche. »Der Geruch ist für eine Blausäurevergiftung charakteristisch. Doch der Schaum wurde durch ein zweites Gift verursacht, das ebenfalls in ihrem Glas gefunden wurde. Es stammt von einem Schierlingsgewächs ab, das in unseren Breiten vorkommt, wie mir der Toxikologe sagte. Die Pflanze sieht so ähnlich wie Petersilie aus und wächst wild in der Nähe von Flüssen oder auf feuchten Wiesen.«

»Im Umkreis von Hunderten von Kilometern gibt es hier

keine feuchten Wiesen«, sagte Bo. Sie hatte sich etwas Ausgefallenes bestellt, um Andrew LaMarche mit ihren kulinarischen Kenntnissen zu beeindrucken. Das Gericht schmeckte seltsam. Andrew kaute entschlossen auf seinem Tintenfisch herum, wenn auch die Wahl seines Menüs nicht gerade von Weltläufigkeit zeugte. Estrella schien etwas Beunruhigendes unter ihrem Reis entdeckt zu haben und runzelte die Stirn.

»Also gab es zwei Gifte in Chacs Tequilaglas«, sagte Bo. »Aber warum? Wäre denn ein Gift nicht ausreichend gewesen, sie zu töten?«

»Das ist sehr seltsam«, sagte LaMarche. »So als ob ihr Mörder Blausäure unbedingt verwenden wollte, aber nicht ganz auf die Wirkung vertraut hat.« Er beugte sich vor und klopfte mit seinem Stäbchen gegen einen roten Plastikdrachen, der an der Tischlampe hing. »Blausäure, mit anderem Namen auch Cyanwasserstoff, ist flüchtig, eine schon bei 26 Grad Celsius siedende Flüssigkeit. Und dieses bestimmte Salz der Blausäure scheint aus einer Frucht gewonnen worden zu sein. Der Toxikologe meint, wahrscheinlich aus Äpfeln.«

Bo entgegnete ungläubig: »Ein Blausäureapfel? Ach, Andy, das gibt es einfach nicht.«

»Das Fruchtfleisch eines Apfels ist völlig ungiftig, aber die Kerne enthalten Blausäure, Bo. Ein paar können niemandem schaden. Die Menge macht's. Einige Handvoll sind tödlich.«

»Bo?« sagte Estrella. Ihr Gesicht drückte absolutes Unbehagen aus.

»Stimmt mit dir was nicht, Estrella? Du hast kaum etwas gegessen. Möchtest du eine Weile an die frische Luft gehen?«

»Nein, nein. Das ist es nicht.« Kummer lag in Estrellas dunk-

len Augen. »Ich trage die Schuld an Chacs Tod, Bo. Wäre ich nicht gewesen, würde sie noch leben.«
»Ach, Estrella!« sagte Bo voller Wärme. »Ich fühle genauso. Als hätte ich niemals diese Untersuchung beginnen dürfen. Wir hätten Chac und Acito einfach in Ruhe lassen sollen. Aber ...«
Estrella atmete tief ein. »Das Gift war in ihrem Drink, richtig?« fragte sie. »Und sie hätte ihren Drink fast verschüttet, als sie dich anschrie. Wenn ich das Glas nicht aufgefangen hätte, wäre der Inhalt verschüttet, sie hätte es nicht getrunken, und ...«
Bo streichelte Estrellas zitternde Hand, und LaMarche schüttelte den Kopf. »Estrella«, sagte er eindringlich, »jemand wollte Chac töten. Wäre dieser Drink verschüttet worden, hätte es wieder einen vergifteten gegeben. Was mich irritiert«, fügte er stirnrunzelnd hinzu, »ist die Tatsache, daß beide, Mutter und Kind, von jemandem vergiftet wurden, der sich gut in natürlichen Giften auskennt. Das ist wirklich sehr sonderbar.«
»Sonderbar«, wiederholte Estrella und schauderte.
»Das Ganze liegt jetzt nicht mehr in unserer Hand, Estrella«, sagte Bo. »Das ist ein Fall für die Polizei, und ich bin sicher, daß sie Chacs Mörder findet. In der Zwischenzeit werde ich für Acito die Unterbringung bei Pflegeeltern beantragen. Was hat die Polizei gesagt, als Sie ihr das Ergebnis der Laboruntersuchung von Chacs Glas mitgeteilt haben, Andy?«
Inzwischen hatte der Kellner die Rechnung gebracht, und LaMarche rechnete umständlich das Trinkgeld aus. Als die drei endlich das Restaurant verlassen hatten, erging er sich in einem Monolog über das Einkaufszentrum, wo sie nun standen. »Es ist das erste Einkaufszentrum der Vereinigten Staaten und wurde in den vierziger Jahren errichtet, als ...«

»Andy!« unterbrach Bo ihn. »Was hat die Polizei gesagt?«

»Die Polizei von San Diego hat gesagt«, antwortete Estrella und kletterte in Bos Wagen auf den Beifahrersitz, »daß das Verbrechen in Tijuana stattfand, außerhalb ihres Zuständigkeitsbereichs, und deshalb Sache der mexikanischen Polizei sei.«

»Also?« drängte Bo und sah LaMarche fragend an, der sich angelegentlich an einem der Scheibenwischer seines kastanienbraunen Jaguar zu schaffen machte, der neben Bos Pathfinder unter einem Korallenbaum parkte. Auf dem Gehsteig hinter dem Baum ging eine Frau mit weiten schwarzen Hosen; sie hielt einen geblümten Schirm über ihren Kopf und trug ein Baby in einem Tuch auf ihrem Rücken. Das Baby sah so aus, als könnte es einen Wettbewerb gewinnen: »Wer sieht Buddha am ähnlichsten?«, wenn nur die drei asiatischen Supermärkte in dem Einkaufszentrum einen solchen Wettbewerb veranstalten würden.

»Hm«, sagte Andrew LaMarche und beobachtete das Buddha-Baby. »Die Polizei von San Diego hat sich mit ihren Kollegen in Mexiko in Verbindung gesetzt und wird ihnen heute nachmittag das Glas und den toxikologischen Bericht per Boten schicken.« Seine Stimme klang so, als wäre damit die Debatte beendet, eine Masche, die Bos Mutter auch immer versucht hatte, die Bo aber bereits mit fünf durchschaut hatte.

»Und was passiert dann?« beharrte sie und warf den Kopf in den Nacken.

Andrew LaMarche schien sich nicht wohl zu fühlen. »Ich nehme an, sie werden eine Untersuchung einleiten«, sagte er und zupfte an einem Schnurrbartende. »Wahrscheinlich nicht sofort ...«

»Was heißt das? Nicht sofort? Diese Frau wurde ermordet! Detective Reinert hat mir gesagt, daß die Polizei letzte Nacht

bei Chris Joe war und nach Drogen gesucht hat, daß sie aber nichts gefunden hat. Chris Joe ist verschwunden. Warum sucht die Polizei nicht nach ihm, stellt uns und allen anderen Gästen in der Bar Fragen? Was ist das für eine Untersuchung? Was soll das, Andy?«
Estrella seufzte und schloß die Beifahrertür. »Die Vorgehensweise der mexikanischen Polizei ist anders als bei uns«, sagte sie. »Wir müssen ins Büro zurück, Bo.«
Andrew LaMarche nickte zu Estrellas Worten, als enthielten sie eine tiefe und unbestrittene Wahrheit. »Kommen Sie heute abend zum Dinner zu mir, Bo?« sagte er mit plötzlicher Fröhlichkeit. »Ich koche.«
»Ach, natürlich! Das Dinner«, sagte Bo stirnrunzelnd. »Vor kurzem sind wir Zeuge eines grausamen Mordes an einer unschuldigen Frau geworden. Einer Frau, um die sich die mexikanische Polizei einen Teufel schert, wie Sie mir gerade erklärt haben. Ich hoffe doch, daß die Polizei wenigstens *versucht,* diesen Mörder zu finden. Oder täusche ich mich da? Ihr Baby, nun Halbwaise, illustriert auf besondere Weise den Satz: Fremder in einem seltsamen Land. Hinzu kommt, daß es unglücklicherweise jetzt in den Händen einer Behörde ist, die von Leuten wie Madge Aldenhoven beherrscht wird. Also können wir an nichts anderes als an unser Dinner denken.«
»Chac ist keine mexikanische Bürgerin«, sagte LaMarche und entfernte ein unsichtbares Stäubchen vom glänzenden Dach seines Jaguar. »Und die Polizei wurde auf Chac aufmerksam, ehe sie Karriere als Sängerin machte. Ich habe heute früh erfahren, daß sie öfter als einmal wegen Prostitution festgenommen wurde. Eine gefährliche Art, seinen Lebensunterhalt zu verdienen, Bo. Und ich fürchte, genau das ist der Grund, warum die Polizei hüben und drüben ...«

Bo spürte eine solche Wut in sich, daß es sie wie ein Zucken durchfuhr. Was nutzte es schon, wenn sie regelmäßig ihr Medikament nahm, um rational denken zu können, wenn die Welt bar jeder Vernunft war?

»Ach, dann ist es also völlig in Ordnung, wenn man Prostituierte ermordet?« schrie sie. Eigentlich schrie sie den Korallenbaum und nicht Andrew LaMarche an, doch der warf Estrella einen hilflosen Blick zu. »Chac hat mit ihrem Körper Geld verdient – Sex gegen Geld eingetauscht – in einer Welt, die ausschließlich auf die hormonellen Bedürfnisse von Männern zugeschnitten ist. Und allein deswegen gehören sie *und* ihr Sohn nicht mehr zu den Menschen. Ist das so richtig? Sie werden zu Tieren. Denn Menschen dürfen Tiere jederzeit töten, immer wenn es ihnen gefällt. Das ist doch so, oder nicht?«

Inzwischen hatten sich ein paar Leute versammelt, die langsam auf Bo zugingen. Sie kamen vom Parkplatz und aus den Türen verschiedener Geschäfte, dem Juwelier-, dem Fischgeschäft und einem Videoladen, der seine Filmtitel in asiatischen Piktogrammen anpries. Bo knallte ihre Faust wütend aufs Autodach und stieg dann in ihren Pathfinder.

»Okay, okay«, keuchte sie, ehe Estrella den Mund aufmachen konnte. »Ich bin nicht verrückt, Estrella. Wäre ich nicht in Boston als Kind ziemlich wohlhabender Eltern zur Welt gekommen, hätte ich keine Schulbildung, hätte ich keine Psychiater gehabt, die mich lehrten, wie ich mit meiner Krankheit umgehen muß – einer Krankheit, unter der Tausende von Frauen leiden, die auf der Straße landen –, könnte ich wie Chac sein! Ich habe noch nie im Leben Hunger gelitten, Estrella. Aber ich weiß genau, daß ich meinen Körper verkaufen würde, ehe ich Hungers stürbe und wenn es keine andere Möglichkeit gäbe, Nahrung zu bekommen.«

»Das weiß ich«, sagte Estrella resigniert. »Jede Frau weiß das. Wir reden nur nicht darüber.«

Als Bo ihren Wagen ausparkte, starrten sie und Estrella Andrew LaMarche an, der noch immer neben seinem Wagen stand. Auf gewisse Weise, dachte Bo, ist die Entfernung zwischen uns beiden und diesem bezaubernden Mann größer als die zwischen der Erde und dem entferntesten Stern der Milchstraße. Und die Tatsache, daß die Prostitution existierte, war ein Faktor, der zu dieser Distanz beitrug.

»Ich lasse nicht locker«, sagte Bo zu Estrella. »Ich finde heraus, wer Chac ermordet hat.«

»Dabei kannst du auf mich zählen«, entgegnete Estrella und tätschelte ihren Bauch. »Schließlich bekomme ich vielleicht eine Tochter. Was würde die wohl von ihrer Mutter halten, wenn ich mich da nicht engagiere?«

»Prima!« schrie Bo und drückte aufs Gas, so daß der Pathfinder mit quietschenden Reifen auf die Straße fuhr.

14

Die rote Straße

Bo ließ Estrella vor dem Haupteingang des Jugendamtes aussteigen.
»Sie hatten mehrere Anrufe«, sagte Madge, nachdem Bo das Gebäude durch die Hintertür, die auf den Parkplatz hinausführte, betreten hatte. »Und das St.-Mary's-Hospital kann den kleinen Indianer in die Obhut von Pflegeeltern entlassen, sobald Sie die notwendigen Schritte unternommen haben. Ich möchte, daß Sie das jetzt sofort tun, Bo. Dann können wir das Krankenhausbett schon zum Wochenende frei machen.«
Bo wußte, was Madge damit eigentlich sagen wollte: »Dann können wir unser Budget um zwei weitere Tage Krankenhauskosten entlasten.« Der Pflegesatz für einen Monat war geringer als ein Tag Aufenthalt im St. Mary's.
»Da gibt's noch ein paar Probleme«, sagte Bo und setzte sich auf einen Stapel Akten, die auf einem Stuhl neben dem Schreibtisch ihrer Vorgesetzten lagen. »Erstens sind die Ergebnisse von Acitos Aids-Test nicht vor Montag verfügbar. Dann erst kann ich entscheiden, ob er regulären Pflegeeltern übergeben wird oder besonderer Betreuung bedarf.« Sie hatte einen Kurs mitgemacht, den auch Pflegeeltern besuchten, die gewillt waren, Babys mit Aids zu betreuen. Diese Pflegeeltern mußten zum Beispiel beim Windelwechseln Handschuhe tragen. Auch durfte das Kind – wenn es Ausschläge hatte – nicht zärtlich in den Arm genommen werden. Diese Praktiken hatten Bo derart verstört, daß sie eine ganze Nacht nicht hatte schlafen können.

»Das hatte ich ganz vergessen«, sagte Madge traurig. Die beiden schwiegen kurz, und in diesem Moment geteilter Stille war ihre Feindschaft vergessen.

»Und ich habe das ethnische Problem noch nicht vollständig durchdacht«, sprach Bo weiter. »Er ist ein Indianer vom Stamm der Maya, doch gelten die Gesetze zum Schutz indianischer Kinder nur für amerikanische Indianer oder auch für andere? Und obwohl seine Mutter in Mexiko lebte, war sie keine Mexikanerin, sondern Guatemaltekin, und der mutmaßliche Vater ist amerikanischer Bürger, mit dem die Mutter verheiratet war. Also hat Acito eine doppelte Staatsbürgerschaft. Was für Pflegeeltern sind also für ihn angemessen?«

Wie Bo erwartet hatte, griff Madge nach dem auf ihrem Schreibtisch stehenden vier Pfund schweren Wälzer *Dienstvorschriften für Mitarbeiter des Sozialamtes* und runzelte die Stirn. »Ich überprüfe das«, sagte sie nickend. »Die Grundbedürfnisse dieses Kindes werden wahrscheinlich gestillt, wenn wir Hispano-Eltern finden, aber die indianische Abstammung ist delikat. Das muß ich mit einem Rechtsberater besprechen. Unternehmen Sie jetzt noch nichts. Und versuchen Sie, diesen Vater zu finden.«

In der strategischen Kriegsführung, die ihre Zusammenarbeit charakterisierte, hatte Madge Aldenhoven gerade ein kleines Gefecht verloren, dachte Bo. Es war kein bedeutender Sieg, aber er genügte, Bo die Größe ihrer Verantwortung für Acito, dessen Schicksal nun in ihrer Hand lag, klarzumachen.

Die Tatsache, daß er ein Ureinwohner Amerikas war, entließ ihn aus der Obhut des San Diego County. Für ihn war nun einer der ortsansässigen Stämme zuständig. Falls sein Vater nicht ausfindig gemacht werden konnte, würde Acito automatisch bis zu seinem achtzehnten Lebensjahr der Vormundschaft des Indian Child Welfare Council unterstehen oder so lange, bis er von einer indianischen Familie adoptiert würde. Aber, dachte Bo, während sie las, wer alles angerufen hatte, würde Chac das für Acito wollen? Hatte sie den weiten Weg von Guatemala zurückgelegt und einen Amerikaner geheiratet, damit ihr Sohn in einem Reservat aufwuchs?

Du hast keine Ahnung, was Chac gewollt hat, Bradley. Versuch dein negatives elitäres Denken da rauszuhalten. Bleib objektiv!

Falls Acitos Vater gefunden wurde, erübrigte sich sowieso jede offizielle Entscheidung hinsichtlich der Zukunft des Babys. Bo warf einen Blick auf ihre Dokumentation, die mit »geziemender Sorgfalt« erstellt werden mußte, und seufzte. Dewayne Singleton, wer immer das war, schien keinen gesteigerten Wert darauf zu legen, wieder in die Hände der Polizei zu gelangen. Ein Häftling, der ausgebrochen war und der ein höchst seltsames Strafregister hatte. Bo vermutete, daß er überhaupt nicht kriminell war.

»Wer von euch hätte auch Käfer geklaut?« fragte sie die Gesichter an ihrer Pinnwand. »Hat jemand von euch schon mal versucht, Heilung in der Bibel zu finden? Vielleicht versucht, Heuschrecken und Honig zu essen wie Johannes der Täufer? Es hat nicht funktioniert, wie? Aber was hättet ihr sonst tun sollen? Als ihr gelebt habt, gab es noch kein Lithium, kein Prozac, Zoloft oder Paxil. Kein Thorazin, noch Haldol und auch nicht Tegretol. Es gab nichts, das euren chemischen Dämon hätte bändigen können. Hättet ihr Bibel-Käfer als Medikament verwendet, hätte das einen Sinn gehabt. Aber dieser Typ hat bessere Ideen. Warum denkt er nur so?«

Das Gesicht von Virginia Woolf sah sie an. Es hing zwischen Cole Porter und Mark Twain. »Wir kennen unsere eigene

Seele nicht, wie können wir die Seelen der anderen da kennen?« hallten die Worte der Schriftstellerin in Bos Kopf wider.
»Wie wahr.« Bo nickte ihr zu. Virginia Woolf hatte ihrem Leben ein Ende gesetzt, indem sie sich in einem Fluß ertränkt hatte, ihre Manteltaschen voller Steine. »Aber ich muß wissen, ob ich recht habe. Ich muß wissen, ob Dewayne Singleton verrückt ist.«
Estrella öffnete die Tür. Dadurch entstand ein Luftzug, und die Fotos über Bos Schreibtisch bewegten sich raschelnd. Tschaikowsky und Edna St. Vincent Millay schienen nachdrücklich zu nicken.
»Hör auf, mit den Toten zu reden, und überleg lieber, wer Chac umgebracht haben könnte«, sagte Estrella. »Ich habe nachgedacht. Chris Joe ist für mich der Hauptverdächtige, doch wir dürfen andere Kandidaten nicht außer acht lassen. Was wissen wir über Chacs Manager, diesen Munson Terrell? Und war er nicht in Begleitung einer Frau? Wer ist sie?«
»Und der Barmann«, fügte Bo hinzu. »Schließlich hat er die Drinks gemixt. Die Frau war wahrscheinlich Munson Terrells Frau oder Geliebte. Und ich glaube, der Barmann heißt Jorge. Als ich am Mittwoch zum erstenmal da war, schien er nervös zu sein. Terrell fragte, wo Chac sei, und Jorge hat es ihm nicht gesagt, aber mir. Er schien vor Terrell Angst zu haben.«
»Wie könnten wir denn mit diesem Jungen reden, ohne daß Terrell merkt, daß wir ihn verdächtigen?«
Bo streifte unter dem Schreibtisch ihre Schuhe von den Füßen und suchte nach einem Gummiband, um ihr Haar zu bändigen. »Er ist nicht verdächtig«, sagte sie zu der Schublade, die alles mögliche enthielt, nur kein Gummiband. »Niemand steht wirklich unter Verdacht, da es keine

polizeiliche Untersuchung gibt. Hast du ein Gummiband?«

Estrella schnickte Bo eins zu. »Du mußt dir die Haare schneiden lassen«, bemerkte sie. »Was tun wir also?«

»Jorge spricht nicht gut Amerikanisch«, sagte Bo lächelnd. »Hast du nicht gesagt, daß du ein Gemälde von Elvis haben willst, als er noch nicht so fett war? Du könntest einfach nach Tijuana fahren …«

»Das mache ich, Bo, aber nicht die Mexikaner kaufen diesen Kitsch. Der wird nur für amerikanische Touristen mit schlechtem Geschmack hergestellt. *Viele* amerikanische Touristen mit *sehr* schlechtem Geschmack.«

Bo zuckte zusammen. »Entschuldige«, sagte sie und band ihr Haar mit dem Gummi zusammen. »Ich möchte nur mit den Leuten jenseits der Grenze nicht mehr viel zu tun haben. Estrella …« Sie sah der Frau ins Gesicht, deren Name Sanchez gewesen war, ehe sie Henry Benedict geheiratet hatte. »Was passiert da unten, jetzt, da wir diese Freihandelszone haben? Was passiert mit all den Indianern wie Chac, die aus Guatemala, El Salvador und Nicaragua nach Mexiko strömen? Werden sie Mexiko in ein riesiges Grenzland verwandeln?«

»Glaubst du, ich kann dir diese Frage beantworten, weil meine Großeltern da geboren wurden und ich Spanisch spreche?« entgegnete Estrella mit großen Augen. »Und ganz gleich, was mit Menschen wie Chac in Zukunft passiert, Schlimmeres, als ihr passiert ist, kann doch wohl nicht geschehen! Wir können die Zukunft Mexikos nicht ändern, aber wir können verhindern, daß jemand *in* Mexiko *jetzt* mit einem Mord ungestraft davonkommt. *Comprende?*«

»*Sí.*« Bo lächelte, denn Estrella hatte gerade mit ihrem einfühlsamen Pragmatismus die kulturelle Verschiedenheit

zwischen ihnen überbrückt. »Ich wünschte nur, wir wüßten, wie das zu bewerkstelligen ist …«
Das gedämpfte Läuten des Telefons unterbrach Bos Gedankenfluß.
»Jugendamt. Bo Bradley am Apparat«, meldete sie sich.
»Hallo, Bo«, sagte Rombo Perry. »Wie ich höre, versucht Martin, dich zum Ballettunterricht zu überreden. Wenn du willst, könnt ihr beide am Sonntag nach dem Dinner damit anfangen. Wie wär's? Möchtet ihr, du und Andrew, nicht zum Essen kommen?«
Irgend jemand redete im Hintergrund. Bo konnte die Worte nicht richtig verstehen, aber die sanfte männliche Stimme klang aufgeregt. Das war nicht verwunderlich, wenn man bedachte, wo Rombo arbeitete. Die psychiatrische Klinik war für Tausende Menschen, deren Chemie im Hirn nicht richtig arbeitete und die deswegen mit der Polizei in Konflikt gerieten, der letzte sichere Ort. Und einer dieser Menschen wollte offensichtlich mit seinem Sozialarbeiter reden.
»Natürlich. Gleich habe ich für Sie Zeit«, sagte Rombo zu dem Mann. »So gegen sechs, Bo? Martin probiert ein neues Gericht aus, und …«
»Der Engel Jabril«, sagte die Stimme im Hintergrund. »Ihr wißt es nicht, aber Allahs Fluch …«
»Ich muß mit meinem Klienten reden«, sagte Rombo zu Bo. »Könntest du mich wegen Samstag zurückrufen?«
»Leg noch nicht auf, Rombo«, sagte Bo und umklammerte den Hörer, wobei sie in Victor Hugos Augen starrte, »wer ist der Bursche, der da über Allah redet?«
»Ein Klient, Bo. Du weißt, daß ich darüber nicht reden darf, und …«
»Rom, gestern abend in Tijuana war da jemand in einer Bar, in der *meine* Klientin ermordet wurde. Jemand, der

etwas über Allah und einen Fluch schrie. Ich kann es kaum glauben, aber es könnte sich doch um denselben Mann handeln.«

Rombo Perry hatte die Sprechmuschel mit der Hand bedeckt, wie Bo aus der gedämpften Unterhaltung hören konnte. Aber in der einen Stimme erkannte sie klar den Südstaatenakzent wieder, den sie bereits den ganzen Vormittag am Telefon gehört hatte.

»Rom«, sagte sie laut, »heißt dieser Mann, mit dem du redest, vielleicht Dewayne Singleton? Falls das so ist, ist er der Vater eines Babys in einem Fall, den ich bearbeite. Ein Baby, das Halbwaise ist und zur Adoption freigegeben wird, wenn ich den Vater nicht finden kann. Sag mir nur, ob das sein Name ist. Dann begehst du doch keinen Vertrauensbruch, oder?«

Das tiefe Einatmen und dann der Seufzer sagten Bo alles, noch ehe Rombo geantwortet hatte. »Ach du meine Güte«, keuchte er. »Das ist ja geradezu unheimlich.«

»Ich komme sofort rüber zu dir, Rom«, sagte Bo. »Läßt du mich rein?«

»Das Jugendamt kann durch einen richterlichen Beschluß Einsicht in unsere Akten nehmen, Bo, aber du kannst hier nicht einfach reinschneien. Dieser Mann ist nicht in der Lage ...«

»Ach, komm, Rom. Mit wem redest du denn? Ich *kenne* psychiatrische Kliniken. Als Patientin!« Bo merkte, daß ihre Hand zitterte, als sie unbewußt eine Reihe vergitterter Fenster zeichnete. »Niemand kann einfühlsamer als ich vorgehen. Und das ist wirklich wichtig, Rom.«

»Komm rüber«, sagte Rombo Perry. »Ich rede mit dir, aber ich kann dir nicht garantieren, ob du auch mit dem Mann reden kannst.«

Bo griff nach Acitos Akte und ihren Schlüsseln.

»Ich fürchte, wir haben noch einen Verdächtigen«, sagte sie zu Estrella. »Acitos Vater ist in der psychiatrischen Klinik und ruft nach Allah.«

Estrellas Mund formte ein O. »*Madre de dios*«, flüsterte sie.

15

Das Tollhaus

Die Fassade des neuen psychiatrischen Krankenhauses des San Diego County sah genauso aus wie das, was es einmal gewesen war: das Verwaltungsgebäude einer Lebensmittelkette. Es lag in einem alten Industriegebiet, zwischen zwei Schnellstraßen eingepfercht.

»Sehr hübsch«, sagte Bo zu dem einstöckigen Gebäude, als sie über den weitläufigen Parkplatz stöckelte. Für derartige Exkursionen wären Turnschuhe angemessener gewesen.

»Ach, Sie reden mit dem Krankenhaus«, hörte sie eine sanfte männliche Stimme sagen. Sie kam von einem Gehweg, der zu gefärbten Glastüren führte. Der Sprecher hatte langes graues Haar und einen Bart und ein Klemmbrett in der Hand.

»Ja«, gab Bo errötend zu. »Es sieht so freundlich aus.«

Seine Augen unter buschigen Brauen erfaßten Bo mit einem einzigen Blick. »Das ist es auch«, sagte der Mann und glättete seine geblümte Krawatte, die er über einem blauen Hemd trug. »Aber wie Sie vielleicht wissen, ist das hier nur eine Einrichtung, wo Notfälle aufgenommen werden. Viele Kranke brauchen eine längere Behandlung und wissen nicht, wohin sie dann gehen sollen. Leben Sie im San Diego County?« fragte der Mann mit leuchtenden blauen Augen.

»Ja«, sagte sie, »aber …«

»Würden Sie ein Gesuch unterschreiben, damit der Staat Gelder zur Verfügung stellt, um pschychisch Kranke adäquat betreuen zu können?«

»Schon gut«, sagte Bo lächelnd. »Da rennen Sie offene Türen ein. Lassen Sie mich das Schriftstück lesen, dann unterschreibe ich. Ich kenne mich mit der Materie aus.«

»Entschuldigen Sie«, sagte der Mann, nachdem Bo unterschrieben hatte, »aber haben Sie zwanzig Jahre Zigaretten rauchend und fernsehend in einer solchen Anstalt verbracht, wo man nur mit Ihnen redet, wenn die Beruhigungspillen ausgegeben werden?«

»Nein, das habe ich nicht«, antwortete Bo.

»Dann kennen Sie auch die Lage nicht vollständig. Aber ich kenne sie.«

»Aber Sie sitzen doch jetzt nicht eingesperrt irgendwo rum. Was ist passiert?«

»Vor drei Monaten lasen mich die Cops am Busbahnhof auf, als ich mit einem Automaten für Süßigkeiten sprach, und brachten mich hierher. Aber eine andere medikamentöse Behandlung hat einen ganz neuen Menschen aus mir gemacht. Ich kann zwar noch keiner geregelten Arbeit nachgehen, aber ich kann den Leuten helfen, die hier draußen verloren sind, nicht wahr?«

»Völlig richtig!« Bo grinste und dachte, daß sie vielleicht öfter hierherkommen sollte. Vielleicht, um freiwillige Arbeit zu leisten oder was Ähnliches zu tun. Oder sie müßte Andrew LaMarche heiraten und ihre Arbeit aufgeben, um dafür Zeit zu haben. Wahrscheinlich war das nicht die beste Idee. »Halten Sie die Fahne hoch«, sagte sie zum Abschied winkend und ging zur Eingangstür.

Bo zeigte den Wächtern ihren Ausweis vom Jugendamt und bekam eine rote Plakette aus Plastik für Besucher, ehe die Tür zu einem gepflasterten Innenhof aufgeschlossen wurde, wo Rombo Perry einen Volleyball auf seinem Zeigefinger balancierte. Der Innenhof war sehr gepflegt und mit denselben Tischen und Bänken aus Zement ausgestattet,

die es auch im St.-Mary's-Hospital draußen gab. Rombo sah aus, als käme er gerade von einem Fototermin für ein Fitneßmagazin. So sah er immer aus.
»Wie schaffst du es nur, immer in so guter Form zu sein?« fragte Bo. »Ich würde wer weiß was für solche Muskeln geben.«
»Wie wär's mit Ballettunterricht zusammen mit Martin?« schlug Rombo vor. »Das würde helfen.«
»Rom, mal ehrlich. Kannst du dir mich in einem Ballettröckchen vorstellen?«
»Darüber hat sich Martin auch schon Gedanken gemacht. Aber solche Kleidung trägt man in der Klasse nicht, Bo. Er ist überzeugt, daß der Unterricht dir gefallen würde.«
»Ich habe keine Zeit dafür«, seufzte Bo. »Dieser Job frißt mich auf. Und in der wenigen Zeit, die mir bleibt, möchte ich lieber malen. Und was ist mit Dewayne Singleton? Kann ich mit ihm reden?«
»Er ist in Haus B«, sagte Rombo und nickte in Richtung einer Glasmauer. »Du kannst mit ihm reden, aber er ist ziemlich psychotisch, Bo. Keine Themen, die ihn aus der Fassung bringen, okay?«
Natürlich nicht. Nur ein paar Fragen über Gifte und Mord. Bradley, das ist unzumutbar.
Rombo schloß die Tür zu Haus B auf und begleitete Bo in einen Vorraum. »Da drüben«, er deutete in einen luftigen Tagesraum mit gepolsterten Stühlen und dem obligaten Fernseher, der aber nicht lief. Außer einem drahtigen Schwarzen, der aus dem Fenster sah, war niemand im Tagesraum. Fast zwangsläufig stellte Bo fest, daß alle Bilder an den Wänden mit Schrauben befestigt und nicht verglast waren, sondern von durchsichtigem Plastik geschützt wurden. Aber die Bilder waren hübsch. In ihren Krankenhäusern hatte es keine Bilder gegeben.

»Wo ist er?« fragte sie.
»Da. Das ist Mr. Singleton.«
Bo berührte Rombos Arm. »Nein. Das kann nicht stimmen. Der Vater des Babys ist nicht schwarz. Da bin ich mir sicher.«
»Nun, Mr. Singleton ist offensichtlich schwarz. Wenn du nicht mit ihm reden willst, bringe ich ihn zur Gruppe zurück.«
»Nein. Ich muß ihn sprechen.«
Bo nahm Acitos Akte aus ihrem Aktenkoffer und ging zögernd zu dem Mann. Das konnte doch nicht der Vater der Kleinen Schildkröte sein, oder doch?
»Mr. Singleton«, sagte sie. Der Mann drehte sich schnell um, und Bo schauderte. Den Ausdruck seiner Augen kannte sie nur zu gut. Sie hatte ihn in vielen Spiegeln gesehen. Eine fanatische Gewißheit und damit einhergehende Frustration, da niemand die Fähigkeit besaß, einen zu verstehen. »Ich bin Bo Bradley, eine Beamtin vom Jugendamt. Ich möchte mit Ihnen gern über ...«
»Beau ist ein Männername«, unterbrach Dewayne Singleton sie. Aus seinem Benehmen war klar zu erkennen, daß er stolz darauf war, dieses Täuschungsmanöver durchschaut zu haben. »Warum wollen Sie so genannt werden?«
Er war ungefähr ein Meter siebzig groß, wirkte aber in seinen neuen Jeans und dem buntkarierten Hemd mit hochgerollten Ärmeln über seinen schokoladebraunen Armen größer. Ein verheilender Schnitt auf seiner Stirn war der einzige Makel in seinem glattrasierten attraktiven Gesicht.
»In den Südstaaten *ist* es normalerweise der Name eines Mannes«, stimmte sie zu. Nähere Erklärungen wollte sie dazu nicht abgeben. »Mr. Singleton, haben Sie eine Frau namens María Elena Bolon in Mexiko geheiratet?«
»Ja, das habe ich, diese Hure.« Er runzelte die Stirn. »Ich

muß diese Frau warnen, diese Frau ist meine *Ehefrau*! Ein Mann muß seine Frau beschützen, selbst wenn sie eine Hure ist.« Er nickte überzeugt.

Wenigstens will er seine Frau warnen und beschützen, dachte Bo. Vielleicht will er das.

»Vor was möchten Sie Ihre Frau warnen?«

Dewayne Singleton ging an der Fensterseite des Raums auf und ab, wobei er abschwechselnd die Schultern sinken ließ und wieder straffte. »Es gibt einen Fluch«, sagte er und starrte vor sich hin. »Allah hat seinen Engel Jabril geschickt, um die Ungläubigen zu bestrafen!«

»Welche Ungläubigen?« fragte Bo, ehe sie sich zurückhalten konnte. Es war schwer, sich nicht von der Irrationalität der Unterhaltung anstecken zu lassen.

Dewayne Singletons Augen wurden groß; eine Reaktion, an die sich Bo nur zu gut erinnerte. Die manische Reaktion auf eine Welt voller Roboter, die zu dumm waren, um die Bezeichnung »Menschen« zu verdienen.

»Leute werden sterben«, sagte er in einem Ton, der Bo zusammenzucken ließ. »Der Engel Jabril wird wie ein Hammer unter ihnen wüten. Jeder kennt das Gesetz, trägt es im Herzen, aber niemand *gehorcht* dem Gesetz. Das ist so in Kalifornien.« Er verkündete das, als handelte es sich um allgemeines Wissen.

»Hier wohnt das Böse«, sprach er schnell weiter und deutete aus dem Fenster. »Schauen Sie sich nur die Bäume an. Das sind keine normalen Bäume. Sie sehen wie Ananasbäume aus, wenn Sie mich fragen. Ja, häßliche Bäume.«

Da Bo Palmen noch nie besonders gemocht hatte, fiel ihr kein Gegenargument ein. »Wußten Sie, daß Elena ein Kind hat?« fragte sie. »Einen Jungen?«

»Ich weiß nichts von einem Kind.« Dewayne seufzte. »Aber sie ist meine Frau, also ist das mein Kind.« Die schmale

Gestalt schien plötzlich von einer Last erdrückt zu werden. Bo beobachtete ihn, wie er, gleich einer Marionette, auf und ab ging. Etwas in ihrer Nase machte sie schniefen. *Fang bloß nicht an zu heulen, Bradley. Bloß nicht.*

»Um Ihre Vaterschaft einwandfrei festzustellen«, sagte sie und hüllte die ungeheuerliche Forderung in eine kaum verständliche Beamtensprache, »müssen wir eine vergleichende Analyse des Bluts machen.« Aus ihrem Aktenkoffer nahm sie eines der Standardformulare. »Würden Sie bitte hier unterschreiben, damit wir Ihr Blut analysieren können?«

»Das ist mir egal«, antwortete Dewayne und nahm den Kuli, den Bo ihm reichte. »Allah ist der einzige, der wahre Gott.«

»Moment mal«, sagte Rombo Perry und kam mit elastisch federnden Schritten quer durch den Raum. »Was bittest du Mr. Singleton da zu unterschreiben?« Er wirkte wie eine Bärin, die sich schützend vor ihr Junges stellt. Besser war es, sich nicht mit ihm anzulegen.

»Nur sein Einverständnis für eine Blutuntersuchung, Rom«, antwortete Bo. Sie bewunderte ihren Freund für dessen Eifer.

»Alle übrigen Informationen streiche ich auf deinem Formular«, sagte der Sozialarbeiter und nahm Bo das Formular aus der Hand. Kurz darauf gab er es ihr zurück. »Jetzt können Sie unterschreiben, wenn Sie wollen«, sagte er zu Dewayne.

»Ja, ja, *Rambo.*« Dewayne nickte und schrieb. »Ein großer weißer Affe, dieser Typ. Hab' mal einen Film mit ihm gesehen. Er redete nie, hat nur gegrunzt. Doch du redest. Woher hast du diesen Namen?«

Rombo legte Dewayne seinen muskulösen Arm um die Schulter und steuerte ihn aus dem Raum. »Das reicht jetzt,

Bo. Ich bringe Mr. Singleton zu seiner Gruppe und komme dann gleich zurück.«

Bo setzte sich in einen der Sessel und murmelte Namen untergegangener Schiffe vor sich hin. »Die *Job H. Jackson, Jr.*, die *Hannah E. Schubert*, die *Jason*, die *Ethel Maude.*«

Dewayne Singleton war momentan offensichtlich so verwirrt, daß das, was sie getan hatte, wahrscheinlich einer Todsünde gleichkam. Es war so etwas, wie einen Albatros oder eine Spottdrossel zu schießen. Nur, es mußte getan werden. Ein einsames, schwarzäugiges Baby wartete.

»Wußtest du, daß er aus einem Gefängnis in Louisiana ausgebrochen ist?« sagte sie, als Rombo zurückgekommen war und sich neben sie gesetzt hatte.

Rombo starrte seine Schuhe an. »Nein. Und ich weiß es auch jetzt nicht. Ich will ihn eine Weile hierbehalten, Bo. Wir haben einen guten Arzt. Seine vorläufige Diagnose bei Dewayne lautet: affektive Störung der bipolaren Phasen, wie du wahrscheinlich bereits an den Symptomen erkannt hast. Nach Dewaynes Aussage ist er noch nie behandelt worden. Das ist kaum zu fassen. Aber ich glaube, es stimmt.«

»Scheiße«, sagte Bo leise. »Wie alt ist er?«

»Gerade dreißig geworden. Jetzt bekommt er Haldol und Klonopin, damit er ruhiger wird. Nach der Blutentnahme können wir morgen mit der Lithiumtherapie beginnen. Falls das Lithium hilft, wissen wir, daß die Diagnose richtig war. Aber wir brauchen etwas Zeit.«

»Sein Leben war völlig durcheinandergeraten, weil er nie therapiert worden ist«, sagte Bo und zeichnete Schildkröten auf Acitos Akte. »Ich sehe keinen Grund, Louisiana zu informieren. Das machst du, wenn er erst einmal stabilisiert ist, ja?«

Rombo nickte. »Ja. Erinnere mich daran, wenn es soweit ist. Übrigens, warum ist er im Gefängnis gelandet?«

»Weil er einen Haufen Käfer gestohlen hat.«
Rombo half Bo aus ihrem Stuhl und zog einen Schlüsselring aus seiner Hosentasche. »Käfer?«
In einem unzerbrechlichen Wandspiegel stellte Bo fest, daß ihr geschäftsmäßiges Aussehen von heute morgen nicht mehr existent war. »Heuschrecken«, sagte sie. »Er hat sie gekocht und mit Honig überzogen und dann in New Orleans in Voodoo-Läden als Vitaminpillen verkauft. Vitamin von Johannes dem Täufer.«
»Eine ziemlich unternehmerische Art, mit religiösen Problemen umzugehen«, sagte Rombo lächelnd. »Ich frage mich nur, wie er von Johannes dem Täufer loskam und zum Islam fand. Nicht, daß es wichtig wäre.«
»Und ich frage mich, ob er seine Frau vergiftet hat oder nicht«, sagte Bo an der Tür. »Er hätte die Gelegenheit dazu gehabt. Und vielleicht hat er Acito auch vergiftet. Vielleicht hält er sich für den Engel Jabril, und Chac war eine Ungläubige.«
»In etwa zehn Tagen wissen wir mehr«, sagte Rombo und sperrte die Tür auf.
Die Wächter waren beschäftigt und kümmerten sich nicht um Bo. Wieder belastete sie der Gedanke, was aus ihr hätte werden können. Was noch immer passieren konnte, falls sie nicht vorsichtig war. Eine gesichtslose Gestalt in einer psychiatrischen Klinik. Zwei Jahrzehnte hatte sie mit diesem Schatten gelebt. Es war unheimlich, diesem Schatten in einer realen Umgebung zu begegnen.
»He«, flüsterte sie ihrem Schatten an der Wand zu. »Nichts wie raus hier!«

16

Der Tanz des Wiesels

Als Bo aus der Klinik zurückkam, saß Estrella auf dem Rand ihres Schreibtisch und redete spanisch mit jemandem am Telefon. »*Gracias, Jorge*«, sagte sie, als Bo die Tür schloß.

»Jorge? Der Barmann? Du hast ihn gerade angerufen?«

»Ja. Warum nicht?« sagte Estrella schulterzuckend. »Ich rief im Club an, und er meldete sich. Ich habe ihn in dem Glauben gelassen, daß wir meinen, Chac sei an einer Überdosis gestorben, und daß wir nach Verwandten suchen. Er kannte sie ganz gut, Bo. Die ganze Zeit, während ich mit ihm sprach, hat er geweint.«

»Im Gegensatz zu Amerikanern schämen sich Latinos ihrer Tränen nicht. Aber das heißt noch nicht, daß er sie nicht vergiftet hat. Was hat er dir erzählt?«

Estrella lächelte und schüttelte den Kopf. »Was weißt du schon über Latinos?« sagte sie.

Bo ließ sich in ihren Bürostuhl plumpsen. »Kannst du dich an Paolo erinnern, diesen Landvermesser, den ich anläßlich dieser Kampagne für gefährdete Wüstenpflanzen kennenlernte? Er schämte sich seiner Tränen nicht.«

»Es handelte sich um eine Tagung, die gegen Tierversuche der kosmetischen Industrie protestierte, und jeder hat da geheult. Außerdem war er Italiener. Übrigens, Andrew hat angerufen. Er sagte, du mögest einfach zum Dinner kommen, es sei nicht nötig anzurufen. Und was hast du in der Klinik herausgefunden?«

Bo kickte ihre Schuhe von den Füßen und legte die Füße

auf ihren Schreibtisch. »Ein Mann namens Dewayne Singleton wurde ins County Psychiatric Hospital eingeliefert«, fing sie an. »Er ist Chacs Ehemann. Aber er ist nicht Acitos Vater.« Gegen ihren Willen spürte Bo, wie ihr Tränen über die Wangen liefen. »Er ist wirklich desorientiert, Estrella. Ich bin sicher, daß er gerade eine manische Phase hat. Es ist ziemlich schlimm, das mit ansehen zu müssen.«

»Ach, Bo«, sagte Estrella und umarmte ihre Freundin. »Du hättest da nicht hinfahren dürfen. Natürlich war das für dich schlimm. Aber weil er krank ist, bedeutet das noch nicht, daß er nicht Acitos Vater ist.«

»Das ist es nicht«, schniefte Bo. »Er ist schwarz. Und nichts an Acito läßt auf einen schwarzen Elternteil schließen. Wir machen einen Bluttest. Dewayne hat sein Einverständnis schriftlich gegeben, und ich unterschreibe für Acito. Aber ich weiß schon, was dabei herauskommt.«

Mehr Tränen strömten über Bos Wangen. »Dieser Mann wurde nie ärztlich behandelt, Estrella. Niemand hat ihm jemals geholfen, und er ist dreißig, und das bedeutet, daß er wahrscheinlich auf die Behandlung nicht mehr so gut anspricht. Alles ist so verdammt *beschissen*, warum hat ihn niemand behandeln lassen, als er noch jung war, bevor ...«

»Bo!« sagte Estrella schneidend und umarmte ihre Freundin fester. »Du verlierst die Kontrolle. Beruhige dich. Du kannst weinen, aber atme. Und rede nicht mehr.«

Bo gehorchte und atmete, während Estrella zum Fenster ging, sich am Ohr kratzte und selbst tief atmete. »Besteht denn die geringste Möglichkeit, daß Singleton Chac vergiftet hat?« fragte sie ruhig.

»Wir wissen, daß er in der Bar war und rumschrie, auch wenn wir ihn nicht sehen konnten. Wie viele Menschen mit dem Akzent der Südstaaten hängen in Bars in Tijuana rum und brüllen Flüche?« fragte Bo.

Sie stieß mit dem Kopf leicht gegen ihre Schreibtischplatte, stand dann auf und schaute in den Spiegel, der an der Tür hing, wobei sie das Gesicht verzog. »Und er hat ein klassisches Motiv. Acito ist nicht sein Kind, Estrella. Das könnte er irgendwie herausgefunden haben, und ...«

»Und dann beschloß er, die beiden umzubringen«, beendete Estrella den Satz und fuhr mit dem Fingernagel über die staubige Fensterscheibe. »Es tut mir so leid, Bo. Das war sicher schrecklich für dich.«

»Nein, es war für Chac schrecklich«, antwortete Bo düster. »Und auch für Acito. Ich gehe jetzt vor die Tür und rauche ein ganzes Päckchen Zigaretten. Sollte die Gesellschaft zur Verhütung von Herzkrankheiten anrufen, sag ihnen, daß ich ein Android bin, meine Organe austauschbar sind und ich nicht schwitze.«

»Ich richte es aus«, sagte Estrella und drückte nur gelindes Erstaunen darüber aus, daß Bo keine Schuhe anhatte.

Auf dem Parkplatz zündete Bo eine Zigarette an, öffnete die Tür des Pathfinder, schaltete die Stereoanlage ein und rammte eine beliebige Kassette ins Tapedeck. Albinonis Adagio in g-Moll. Dieses Stück, so hatte Bos Mutter – eine Geigerin – immer erklärt, stamme gar nicht von Albinoni, sondern sei von seinem Biographen, Remo Giazotto, fast zweihundert Jahre später komponiert worden.

Bo drehte den Ton lauter, ging neben dem Auto auf und ab und schluchzte, vor ihren Augen die Vision einer weltweit immer kränker werdenden Menschheit, sie und Dewayne Singleton eingeschlossen. Einige dieser Verzweifelten hatten Menschen Gewalt angetan, die sie liebten. Doch Millionen hatten sich selbst Gewalt angetan.

»Das ist nicht gerecht«, erzählte Bo der Musik. »So etwas darf nicht geschehen.«

In ihrem Bürofenster entdeckte Bo die Silhouette von

Madge Aldenhoven, die sie beobachtete. Doch Madge dachte sich nichts dabei, wenn eine ihrer Untergebenen weinte. Weinen wurde sogar befürwortet. Sozialarbeiter, die nie weinten, konnten zusammenbrechen oder zu hartherzigen Automaten werden. Aber Madge wußte nicht, daß Bo wegen eines Täters weinte, nicht über ein Opfer. Madge würde Vermutungen anstellen, dieselben Vermutungen, erkannte Bo, die die Welt dazu veranlaßten zu glauben, diese Musik sei von einem bestimmten Komponisten geschrieben worden. Die Wahrheit, dachte Bo, als sie Rauch ausstieß, konnte als ein System von ineinandergreifenden irrigen Vermutungen beschrieben werden.

Bradley, du bist eine Idiotin! Du hast nicht einen einzigen Anhaltspunkt, was die Umstände von Chacs Tod betrifft. Dewayne Singleton ist nicht automatisch ein Mörder, nur weil er psychisch krank ist. Du solltest es besser wissen. Du weißt es besser.

Ein paar Minuten später tappte Bo auf zerschlissenen Strümpfen zurück ins Büro. »Giazotto komponierte Albinonis Adagio, und Dewayne muß nicht unbedingt Chacs Mörder sein«, sagte sie zu Estrella.

»Das weiß ich schon längst. Was hältst du eigentlich von dem Vornamen Basil, falls das Kind ein Junge wird?« fragte Estrella, ohne aufzublicken. »Henry hatte einen Onkel namens Basil.«

»Basil Benedict? Das hört sich wie eine Eierspeise mit Kräutern an. Du redest doch nur so, um zu demonstrieren, wie wenig meine Ausbrüche dir ausmachen, stimmt's?«

»Es stimmt.« Estrella gab Bo einen Zettel. »Jorge hat mir erzählt, daß Chacs Manager, dieser Munson Terrell, eine Art Firma in San Diego hat. Während du mit dem Tod geflirtet hast, habe ich mich telefonisch danach erkundigt. Das ist sie.«

»Outback Odyssey, Incorporated?« las Bo laut. »Was soll das sein?«
»Ich habe dort angerufen, ein Band lief ab. Offensichtlich halten Munson und seine Frau, Kee, Workshops in der Wüste ab. An diesem Wochenende findet einer für Männer statt. Sie wollen dort ihre Männlichkeit definieren.«
Bo beneidete ihre Freundin um die Fähigkeit, so dramatisch die Augen zu verdrehen. »Was definieren sie?« fragte Bo.
»Wer weiß das schon? Aber solche Veranstaltungen sind zur Zeit ziemlich in. Mein Schwager war bei einer, die von der Kirche veranstaltet wurde. Die Verpflichtung des Mannes Christus gegenüber oder so was in der Richtung. Dem Band entnahm ich, daß Terrells Workshops einen australischen Touch haben. Es gibt da eine Menge Zeug über die Traumwelt der Aborigines und verlorengegangene Väter.«
Bo sah Munson Terrell wieder vor sich, wie er den Kopf der toten Sängerin auf einer schäbigen Bühne in seinem Schoß gewiegt hatte. Wie hatte die Beziehung der beiden ausgesehen?
»Chacs Tod muß ihm nahegegangen sein«, überlegte sie. »Wie kann er in der Wüste diese Workshops veranstalten, wenn sie noch nicht einmal beerdigt ist? Und wer wird sie beerdigen?«
»Das habe ich Jorge auch gefragt. Der Club will bei seinen Gästen sammeln. Sie wird in Tijuana beerdigt. Jorge sagte, sie alle wollen ein schönes Grab in geweihter Erde, damit Acito es einmal besuchen kann, und kein Armengrab.«
»Dann wußten also alle, die mit ihr gearbeitet haben, von Acito?« fragte Bo.
»Ja. Sie brachte ihn oft zu den Proben mit. Warum eigentlich?«
»Ich frage mich, warum sie ihn bei Pflegeeltern in San Ysi-

dro unterbrachte. Warum sie das seit drei Monaten tat, anstatt ihn bei sich zu behalten?«

»Vielleicht wollte ihr Freund den Jungen nicht um sich haben.«

»Meinst du Chris Joe?« Bo runzelte die Stirn. »Ich glaube nicht, daß er ihr Freund war. Außerdem sorgte er für Acito, er preßte sogar frischen Apfelsaft für ihn aus ...«

Bo verlor sich in Schweigen, als ihr klar wurde, was das Gesagte bedeutete.

»Äpfel«, sagte Estrella und nickte. »In den Kernen ist Blausäure.«

»Haben wir den Laborbericht über die Babyflasche, die ich in San Ysidro mitgenommen habe?« Bo kaute nachdenklich an ihrer Unterlippe.

»Ja. Es war nur Apfelsaft. Aber Bo ...« Estrellas Stimme wurde höher. »Hat Andy nicht etwas darüber gesagt, daß Blausäure flüchtig sei?«

»Acito wurde nicht mit Blausäure vergiftet«, dachte Bo laut. »Aber warum ist Chris Joe weggelaufen, als Chac starb?«

Estrella warf einen Blick auf ihre Uhr. »Drei«, sagte sie. »Ich muß noch ein psychologisches Gutachten fürs Gericht am Montag holen. Heute komme ich nicht mehr ins Büro zurück. Müssen wir irgend etwas übers Wochenende erledigen?«

Bo klopfte mit dem Kuli gegen ihre Zähne. »Ich wüßte nichts, nur ... Estrella, was macht Henry morgen?«

»Henry? Er hat Dienst. Warum?«

»Verdammt«, sagte Bo und ließ den Kuli fallen. »Wir brauchen einen Mann.«

Estrella grinste und streichelte ihren Bauch. »Auf diese Weise geraten Mädchen in Schwierigkeiten«, sagte sie.

»Ich meine, wir brauchen einen Mann, um Terrells Workshop morgen zu infiltrieren. Wahrscheinlich reden sie da über Frauen. Wenn wir dort einen Spion hätten, könnte der etwas über Terrells Beziehung zu Chac herausfinden. Sicher redet er über ihren Tod.«

»Warum schickst du nicht Andy hin?«

»Ach du liebe Güte. Kannst du dir Andrew LaMarche in der Wüste Trommel spielend auf der Suche nach seiner Männlichkeit vorstellen?«

»Ruf mich an, falls du mich brauchst«, rief Estrella über die Schulter zurück, als sie ging. »Und verführe diesen Arzt!«

»Das werde ich.« Bo nickte und ging im Geist ihre männlichen Bekannten durch, die willens wären, einen Workshop zur Definition der Maskulinität zu unterwandern. Dar Reinert fiel ihr ein, doch sie verwarf den Gedanken sofort wieder.

Es mußte jemand sein, der jünger als Andrew und weniger engstirnig als Dar war. Jemand, der modern war und zu Männern mit Pferdeschwänzen paßte. Bo summte die ersten Takte von *Schwanensee* und dirigierte ein imaginäres Orchester mit ihrem Kuli, als ein breites Lächeln ihr Gesicht erleuchtete.

Bingo! Du bist ein Genie, Bradley. Das müßte klappen!

Sie tippte die Nummer ein und wartete, noch immer grinsend, daß abgehoben würde. »Martin«, säuselte sie, »dieser Ballettunterricht, von dem du geredet hast ... Ich möchte ihn gern ausprobieren, aber erst mußt du etwas für mich tun, okay?«

Sie würde noch etwas Überzeugungsarbeit leisten müssen, aber es würde klappen.

17

Der weiße Funkenschläger

Madge Aldenhoven redete am Telefon und warf das Manual mit den Dienstvorschriften wütend auf ihren Schreibtisch.

»In der Dienststelle für Pflegekinder gibt es eine neue Mitarbeiterin«, sagte sie über die Schulter zu Bo, die in der Tür stand. Ihre Worte klangen bedeutungsschwer. In die Sprechmuschel sagte sie: »Dank Ihrer Inkompetenz wird Mrs. Bradley diese Familie sofort aufsuchen müssen. Und das wird Folgen haben. Ich schreibe eine Beschwerde, die Ihrem Vorgesetzten Montag früh auf dem Schreibtisch liegt.«

Diese Beschwerden waren gefürchtet, denn sie konnten dazu führen, daß ein Mitarbeiter für immer an einen unbeliebten Arbeitsplatz versetzt wurde. Offensichtlich würde die neue Mitarbeiterin von Madge einen solchen Verweis bekommen. Bo wartete auf eine Erklärung, denn ihr Name war gefallen.

»Es geht um diesen Indianerjungen«, erklärte Madge, nachdem sie den Hörer auf die Gabel geknallt hatte. »Er wurde aus dem Krankenhaus geholt und Pflegeeltern übergeben. Die Fürsorgerin im St. Mary's hat unsere Abteilung für Pflegekinder angerufen, um zu betonen, daß das Baby nur mit der nötigen Vorsicht zu behandeln ist. Jedenfalls bis das Ergebnis des Aids-Tests vorliegt. Anscheinend hat diese neue Mitarbeiterin keine Ahnung von unserer üblichen Vorgehensweise und einem Ehepaar namens Dooley das Kind überlassen. Hier ist deren Adresse in La Jolla.«

»Dooley?« Bo nahm kopfschüttelnd den Zettel entgegen. »Das ist weder ein indianischer noch ein mexikanischer Name. Er ist irisch. Was wird aus den ethnischen Gesichtspunkten? Warum haben wir siebentausend Seiten Regeln für weiße, schwarze, rote und gelbe Kinder, wenn niemand sie befolgt? Und was machen diese Leute in La Jolla? Die meisten unserer Pflegeeltern könnten sich dort nicht mal eine *Garage* zur Miete leisten, geschweige denn ein Haus.«

Diese Neuigkeiten berührten Bo kaum noch, denn der Besuch in der Psychiatrie hatte sie emotional erschöpft. Deshalb beschloß sie, dieser administrativen Panne nur minimale Aufmerksamkeit zu schenken. Acito wäre bei diesen neuen Pflegeeltern in Sicherheit, ganz egal, welchem Volk sie nun entstammten, und ungeachtet der Tatsache, daß sie in einem der ältesten und teuersten Wohnviertel San Diegos lebten.

»Es heißt, sie seien Spanier«, sagte Madge resigniert. »Jedenfalls steht das in den Unterlagen.«

Bo versuchte, sich jemanden namens Juan Dooley vorzustellen, doch ihr kam nur dieses Lied in den Sinn: *»Hang down your head, John Dooley«*, von einer Flöte und Flamencogitarre begleitet.

Du bist müde, Bradley. Geh nach Hause und iß etwas. Das alles kann bis morgen warten, wenn dir keine Lieder mehr im Kopf rumschwirren.

»Ich besuche die Leute heute abend oder morgen«, sagte Bo. »Dann müssen Sie mir die Überstunden genehmigen.«

»Sie machen zu viele Überstunden«, entgegnete Madge. »Wenn Sie Ihre Zeit effizienter einteilen würden …«

»Wenn ich mein *Leben* effizienter gestalten würde, würde ich jetzt in New Mexico malen. Geht das in Ordnung mit den Überstunden?«

Madge nahm einen unbeschriebenen Zettel von ihrem Schreibtisch und zerriß ihn sorgfältig in kleine Fetzen. »Ja«, sagte sie.

Auf der Heimfahrt stellte Bo Radio Romántico ein und wiegte sich im Rhythmus eines schwülstigen Tangos auf ihrem Sitz, dessen Worte sie mit ihren kümmerlichen Spanischkenntnissen so interpretierte, daß ein Hund namens Cho seine Steuern nicht bezahlt hatte. In San Diego gab es kostenlose Spanischkurse für Sozialarbeiter. Bo überlegte, ob sie von diesem Angebot Gebrauch machen sollte. Für diesen Fall war es zwar zu spät, aber dann würde sie wenigstens lernen, was *corazón* bedeutete. Das Wort schien in jedem Lied vorzukommen. Auch in Chacs Lied.

Als jemand, der sich fast genauso wie Elvis Presley anhörte, *Heartbreak Hotel* auf spanisch sang, nahm Bo die Kassette zur Hand, die sie in Tijuana gekauft hatte. Das Cover zeigte Chac in einem trägerlosen schwarzen Kleid an einem Tisch sitzend, auf dem ein Kandelaber stand.

»Ich wette, sie war mit Acito schwanger, als diese Aufnahme gemacht wurde«, sagte Bo laut. »Deshalb haben sie sie hinter einen Tisch gesetzt.« Die Augen auf dem Foto waren viel älter als das junge Gesicht. Ein geschickt drapierter Chiffonschal verbarg Chacs Narben an den Armen. Bo nahm die Kassette aus ihrer Box, spulte das Band im Schnellgang fast bis zum Ende und hörte sich Acitos Lied an.

Nachdem sie ihren Wagen in der Nähe ihrer Wohnung an der Narragansett geparkt hatte, ging sie zum Ocean-Beach-Einkaufszentrum an der Newport zurück. Der Buchladen hatte genau das, was sie brauchte: ein Wörterbuch Amerikanisch/Spanisch. Noch im Laden sah sie unter *corazón* nach. Es bedeutete »Herz«.

»Das hätte ich wissen sollen«, sagte sie zu dem Buchhändler, der früher Krabbenfischer gewesen war. Doch der Mann nickte nur und starrte weiter aufs Meer hinaus.

Zu Hause holte Bo Mildred von der ältlichen Nachbarin, die mit der ältlichen Hündin den ganzen Tag im Fernsehen Seifenopern anschaute. Dann schloß sie zufrieden ihre eigene Tür auf. Flotte Geschäftskostüme taugen eben nur dazu, flotte Geschäfte abzuschließen, dachte sie, während sie ihr Kostüm auszog. Eine Kategorie, die ihren Beruf ausschloß.

In BH und Slip ging sie zur Balkontür und öffnete sie, um die salzige Brise einzulassen. Es war Zeit, den Verlauf des Abends zu planen. Peinlich genau.

Im Bad ließ sie heißes Wasser in die Wanne laufen und warf getrocknete Zitronenschalen und Nelken hinein. In der Pharmakotherapie der verehrungswürdigen Bridget Mairead O'Reilly stellten kombinierte Düfte ein unwiderstehliches Aphrodisiakum dar. Bo sank ins Wasser und grinste bei der Vorstellung, daß Andrew LaMarche den Geruch ihrer Haut einatmete und sich fragte, warum sie wie eine Duftkugel roch. Wie konnte man einem Cajun-Arzt klarmachen, daß es Dinge gibt, die nur irische Großmütter wissen, die sich zudem nie irren? Bo tauchte unter und versuchte, das Lieblingsgedicht ihrer Großmutter – Yeats' *The Lake Isle of Innisfree* – vollständig unter Wasser zu rezitieren. Es war hoffnungslos. Beim Singen der Grillen in der sechsten Strophe mußte sie nach Luft schnappen. Es war an der Zeit, ihren Zigarettenkonsum zu reduzieren. Oder sie sollte ein exzessives Interesse an Martins Ballettunterricht entwickeln. Vielleicht sollte sie beides tun.

Doch das vertraute Gedicht hatte ihr ein anderes ins Gedächtnis zurückgerufen. Eines von Yeats' trostlosen Gedichten, das Großmutter Bridget an finsteren Tagen rezitierte.

»I dreamed that one had died in a strange place« (»Mir träumte, daß jemand an einem seltsamen Ort gestorben sei«), flüsterte Bo und schäumte ihre Locken mit einem ausländischen Shampoo ein, das versprach, rostrotem Haar die Farbe alten Burgunders im Kerzenlicht zu verleihen. Das Gedicht hieß *A Dream of Death* und hätte Chac gewidmet sein können, dachte Bo. Die Sängerin war fern ihrer Heimat Guatemala gestorben. Und keine vertraute Hand hatte ihr die Augen geschlossen. Diese zarte Geste hatte Andrew LaMarche gemacht. Bo fühlte, wie sie eine Welle so tiefer Zuneigung überkam, daß ihre Hände zitterten, als sie sich das Haar spülte.

Doch sein Leben war noch nicht vorbei. Chacs Leben war es. Bo seufzte, als ihr bewußt wurde, daß ihre geplante Liebelei zwischen den Lebenden vom Geist der jungen Mutter überschattet werden würde, wenn sie sich nicht um das Wohlergehen der Kleinen Schildkröte kümmerte.

»Du wurdest nachts geboren«, hatte ihre Großmutter beharrt, »deshalb wirst du die Gabe haben, Geister zu sehen, wenn du das willst.«

Bos Verständnis für Geister lag mehr auf psychiatrischer als auf folkloristischer Ebene. Aber warum sollte sie es darauf ankommen lassen?

»Wir besuchen erst einen kleinen Jungen, ehe wir zu Andy fahren«, erzählte sie Mildred. Die Hündin zerrte gerade Unterwäsche aus dem Bad ins Wohnzimmer und interessierte sich für Bos Mitteilung nicht.

Bo trocknete ihr Haar mit einer Bürste. Das Resultat bestand in anmutigen Wellen anstatt der unbändigen Locken. Aus ihrem Schrank holte sie ein paar Blusen, die ihr alle nicht gefielen. Schließlich wählte sie einen tief ausgeschnittenen Pullover aus fast weißer Baumwolle, den sie vor Monaten bei einem Einkaufsbummel mit Estrella in Laguna

Beach gekauft und vergessen hatte. Mit einem goldenen Halsring und sandfarbenen Slacks würde sie entweder elegant oder langweilig wirken. Bo hielt sich einen reichverzierten Ohrring ans Ohr, entschied sich dann jedoch für ihre schlichten, goldenen Ringe. Kein Parfüm. Einfach klassisch.

Dann packte sie das Trockendiätfutter für alte Hunde ein und stellte Mildreds mit einem Schaffell ausgestattetes Körbchen in ihren Wagen, ehe sie in ihre Wohnung zurückging, um die Dooleys anzurufen. Sie würden sich freuen, sie kennenzulernen, sagte Mr. Dooley. Sie seien gerade dabei, den Jungen zu baden.

Nachdem sie in ihrer Handtasche nachgesehen hatte, ob ihre gestrigen Erwerbungen im Hinblick auf ein erotisches Zwischenspiel noch da waren, steckte sie eins der Päckchen in ihre Hosentasche. Die beiden anderen verstaute sie in der Außentasche ihres Lederbeutels. Jederzeit leicht erreichbar. Pfadfinder würden wegen meiner Voraussicht in Ehrfurcht vor mir erstarren, dachte Bo.

Die Dooleys, Davy und Constanzia, die lieber Connie genannt wurde, waren doch spanischer Herkunft. Bo hatte einige Schwierigkeiten, ihr Haus zu finden, da es in einem Hain von Eukalyptusbäumen neben einem Herrenhaus lag, dessen Einrichtung, wie Bo sich erinnerte, einmal in der Sonntagsbeilage einer hiesigen Tageszeitung abgebildet gewesen war. Doch die Dooleys lebten in der Dependance.

»Wir kümmern uns um den Besitz, wir sind sozusagen die Hausmeister«, erklärte Davy Dooley Bo. Er humpelte durch den Raum, um ihr selbstgebackene Plätzchen anzubieten. »Ich verdiene etwas Geld mit dem Singen in zwei Kirchenchören, und Connie macht zu Hause am Computer die Buchhaltung für ein paar Fischer, die ihre Boote vermieten, und für zwei Restaurants. Aber das Instandhalten dieses Anwesens ist im Moment unsere Hauptbeschäftigung. Möchten Sie das Kinderzimmer sehen? Connie wechselt gerade die Windeln des Kleinen, damit er präsentabel ist.«

Davy Dooley war um die Vierzig. Er hatte ergrauendes dunkles Haar, das er zu einem Zopf geflochten trug. Außer seinem Hinken schien er in ausgezeichneter Form und strahlte große Kraft aus. »Ihrer Akte konnte ich entnehmen, daß Ihre Vorfahren Spanier waren«, sagte Bo.

»Ja«, entgegnete er. »Ich wurde in Mexico City geboren. Mein Vater war ein irischer Missionar.« Seine blauen Augen strahlten. »Wahrscheinlich hat Mom damals umwerfend auf ihn gewirkt. Doch die Kirche schickte Dad nach Irland zurück und verschaffte Mom eine Stelle als Köchin in einem Waisenhaus. Als ich drei war, heiratete sie einen amerikanischen Architekten, einen Spezialisten für die Restaurierung von Kirchen, und ging mit ihm hierher. Aber mein leiblicher Vater wollte, daß ich seinen Namen behalte. So wurde ich Davy Dooley, ein mexikanischer Stuntman.«

»Stuntman?« sagte Bo.

»Hollywood«, antwortete Acitos Pflegevater und warf ein Scheit in den Kamin. »Meistens habe ich Indianer gedoubelt, weil ich eine dunkle Haut habe. Ich kann Ihnen gar nicht sagen, von wie vielen Pferdezüchtern, Klippen und Wasserfällen ich abgeschossen wurde. Doch dann passierte dieser Unfall mit meinem Bein, als wir *Der mit dem Wolf tanzt* drehten, und ich wußte, daß meine Tage als Stuntman vorüber waren. Connie und ich haben ganz schöne Rücklagen, aber die wollen wir jetzt nicht anrühren. Doch sollten wir je ein Kind bekommen, für die finanzielle Seite ist gesorgt.«

Bo sah, wie durch ein offenstehendes Fenster Nebel vom

Meer hereindrang. Das kleine Feuer im Sommer war angenehm, gerade genug, um die Kühle zu vertreiben. »Was meinen Sie damit, ›ein Kind bekommen‹?« fragte sie.

»Ich hatte mit zweiundzwanzig Gebärmutterkrebs«, sagte Connie Dooley, die eben mit einem schläfrigen Acito auf dem Arm das Zimmer betrat. Sie setzte sich in einen Schaukelstuhl neben ihren Mann. »Die Ärzte mußten mich operieren. Also kann ich keine Kinder bekommen, und wir möchten deshalb wenigstens eins adoptieren. Aber das ist nicht einfach. Es heißt immer, wir seien zu alt.«

»Und zu unkonventionell«, fügte Davy hinzu. »Wir mögen diese Jobs nicht, die von neun bis fünf dauern. Ich werde als Krüppel angesehen. Und um dem Ganzen die Krone aufzusetzen, ist Connie auch noch Buddhistin.«

Bo sah sich Connie genauer an. Sie ähnelte ihrem Mann, nur daß sie braune Augen hatte und zwei Zöpfe statt einen. »Wow«, sagte sie.

Connie grinste schelmisch über das frischgewaschene Haar der Kleinen Schildkröte hinweg. »Das ist schon in Ordnung«, sagte sie. »Ich habe lieber den Buddhismus als eine PR-Karriere in Hollywood gewählt. Da hätte ich jahrelang die Öffentlichkeit über die widerlichen Gepflogenheiten der Reichen und Schönen belügen müssen. Ich bin gerade noch ausgestiegen, ehe ich so viel Geld verdienen konnte, daß ich eine von ihnen geworden wäre. Doch den Porsche habe ich behalten. Niemand ist perfekt.«

Bo lachte. Sie mochte diese Menschen. Vor dem Hintergrund des brennenden Kamins sahen sie wie eine seltsame Version von Rembrandts *Die heilige Familie* aus.

»Ich schaue mir nur schnell das Kinderzimmer an, dann gehe ich«, sagte sie und nahm Acito auf den Arm. Er sah bezaubernd in seinem neuen bunten Schlafanzug aus. Bo vergrub ihr Gesicht in seinem weichen schwarzen Haar und

betete zu einer unbekannten Gottheit, daß kein tödliches Virus in seinem Blut lauern möge.
»Sehen Sie sich nur um«, sagte Connie, als Davy das Licht im Kinderzimmer anknipste. In einer Ecke stand das Bettchen. In einer anderen konnte sie unter dem Deckel eines Abfalleimers den Rand der roten Plastiktüte für »kontaminierten Abfall« sehen.
»Wir haben alle Vorsichtsmaßnahmen getroffen«, sagte Davy und nickte ernst. »Bis wir das Testergebnis erfahren.«
Bo legte die Kleine Schildkröte auf den Rücken in sein Bettchen und bewunderte die Maya-Nase und das rabenschwarze Haar des kleinen Jungen. Doch etwas stimmte mit seinem Haar nicht. Bo trat etwas zurück. Das war kein Lichteffekt. Eine Strähne über dem rechten Auge war heller. Sie beugte sich vor, um diese Anomalität näher zu untersuchen, und strich sein dickes Haar zurück. Das Haar, das an der Kopfhaut nachwuchs, war weiß!
Bo stockte vor Erstaunen der Atem.
»Ist was?« fragte Connie. »Stimmt etwas nicht?«
»Nein«, sagte Bo und faßte sich wieder. »Mir ist nur eben eingefallen, daß ich vergessen habe, mein Bügeleisen zu Hause auszuschalten. Du meine Güte, ich muß mich beeilen.«
Die Dooleys halten mich sicher für eine Spinnerin, dachte sie, als sie zu ihrem Wagen lief. Aber sie hatte etwas Wichtiges entdeckt! Sie wußte jetzt, wer Acitos Vater war!

18

Die Blattschneiderameise

Dewayne Singleton sah, wie die rote Besucherplakette aus Plastik von der schwarzen Strickjacke einer Nonne fiel, die abends im Krankenhaus Werkunterricht erteilte. Sie hatte ihre Jacke im Gang, in der Nähe der Schwesternstation, ausgezogen, und als sie sie über den Arm legte, hatte sich der Clip gelöst, und die Plakette war zu Boden gefallen. Direkt neben die Holzverkleidung, die Patienten davon abhalten sollte, nach Dingen zu greifen, die sich innerhalb der offenen Station befanden. Doch diese Holzleiste verhinderte auch die Sicht auf die Dinge, die am Boden lagen, das hatte Dewayne bemerkt.

Das Gefängnisleben hatte ihn gelehrt, sich Ereignissen gegenüber, die ganz in seiner Nähe stattfanden, desinteressiert zu zeigen. Den Blick immer auf einen imaginären Horizont zu heften. Die Pillen, die sie ihm gegeben hatten, machten ihm dieses Verhalten leichter, sie bewirkten aber auch, daß die Muskeln in seinen Beinen schmerzten. Er starrte geradeaus, ging zur Schwesternstation und trat neben die Plakette. Durch die Sohle seines Schuhs konnte er den metallenen Clip fühlen.

»Die Muskeln in meinen Armen und Beinen tun weh«, sagte er zu einer der Schwestern. »Ist das normal?«

»Das ist eine der Nebenwirkungen von Haldol«, sagte eine bullige weiße psychisch-technische Assistentin mitfühlend. »Morgen fangen Sie mit der Lithiumbehandlung an, hat der Doktor gesagt, dann können wir die Haldoldosis verringern. Inzwischen kann ich Ihnen ein paar Tylenol geben, wenn Sie das wollen.«

»Gern«, sagte Dewayne.

Die Assistentin bat eine Krankenschwester, den Arzneischrank aufzuschließen, und füllte einen kleinen Pappbecher mit Wasser.

»Aua«, stöhnte Dewayne und beugte sich hinunter, um seine Knöchel zu reiben. Und während er sich bückte, nahm er die Plastikplakette unter seinem Fuß, richtete sich wieder auf und rammte die Hände in die Taschen seiner Jeans.

»Hier, das hilft etwas«, sagte die Assistentin und gab Dewayne zwei Kapseln und den Becher. »Wenn Sie wollen, können Sie später noch mal zwei haben.«

»Danke«, sagte Dewayne und schluckte die Pillen.

Er wußte noch nicht, was er mit der Plakette anfangen sollte, aber sie könnte ihm helfen, hier rauszukommen. Allahs Botschaft war jetzt nicht mehr so deutlich. Nur eine Art Erinnerung, so wie man einen Traum erinnert, von dem man nicht genau weiß, ob er stattgefunden hat oder nicht. Aber er mußte stattgefunden haben, sonst wäre er nicht hier. Allah mußte ihn geschickt haben, um diese Frau zu warnen, seine Ehefrau. Sie aus Kalifornien zu holen. Sie und dieses Baby, das sie bekommen hatte. Sie mußten hier weg.

Dewayne ging im Tagesraum auf und ab und fragte sich, warum ihm dieser Gedanke so vertraut war. Er hatte nichts mit Allah und dem Imam im Wade-Gefängnis zu tun, diesem Imam, der Dewayne den richtigen Weg gezeigt hatte. Er war älter als das und mußte aus seiner Kindheit stammen, als Mama in der Bibel der Ungläubigen las und Dewayne sagte, er sei ein gesegnetes Kind und gekommen, um ihr Herz zu wärmen. Die Erinnerung an Mama brachte ihn zum Weinen.

Die Schwester vom Dienst sah, daß er weinte, und schrieb in Dewaynes Krankenblatt: »Patient redet den ganzen Tag über Religion, ist unruhig und weint um neunzehn Uhr dreißig. Manisch-depressives Syndrom auszuschließen.«

19

Ein Herz-Opfer **Popol Vuh**

Bo parkte ihren Pathfinder in der Nähe von Andrew LaMarches Eigentumswohnung in Del Mar und saß im Auto und starrte auf eine Torrey-Kiefer, die auf einem sandigen Steilufer stand und sich seewärts neigte. Diese alten Bäume, so hatte sie während eines Seminars über die Pflanzenwelt San Diegos erfahren, wuchsen nur noch hier und auf einer kleinen, nördlich gelegenen Insel. Sie legte die Kassette von Pachelbels *Kanon und Gigue* für Streicher in D-Dur ins Tapedeck, lehnte sich im Sitz zurück und betrachtete den Baum.

Bo gefiel das Thema dieser Musik. Sie mußte dabei an die irische Märchen- und Feenwelt denken. Für sie waren diese Klänge ein Wiegenlied der kleinen Leute, die nun unsichtbar auf irischen Lichtungen schliefen.

Entspannt beobachtete Bo den rotgoldenen Sonnenuntergang, das Feuer, in das die Torrey-Kiefer kurz getaucht wurde, ehe der leuchtende Ball verschwand. »Der Baum bleibt, aber nicht die Hand, die ihn gepflanzt hat«, wiederholte sie einen der vielen von ihrer Großmutter oft zitierten Aphorismen. Chacs Geist, so hoffte sie, würde heute nacht Ruhe finden. Vielleicht fände er auch den Weg in ein mythisches Reich, wo Feen im Schatten von Farnen ruhten. Und die Kleine Schildkröte war in Sicherheit.

Aber jemand anders durfte sich nicht in Sicherheit wähnen: Chacs Mörder, der auch ein Kind hatte töten wollen. Er konnte nicht ahnen, wie stur und verrückt eine Irin sein konnte. Wenn die Polizei zweier Länder nichts unternahm, würde eine unterbezahlte Ermittlungsbeamtin einem Giftmischer das Leben schwermachen. Jemandem, der entweder schlau oder nachlässig genug war, das Gesetz zu verhöhnen, indem er mit Menschen spielte, die am Rand der Gesellschaft standen. Eine drogenabhängige indianische Prostituierte und ihr häßlicher kleiner Bastard. Doch nicht mehr lange, schwor sich Bo und schenkte der Torrey-Kiefer ein Lächeln.

Überraschenderweise hatte Andrew LaMarche ein zu großes seidenes Hemd an, in dem er mehr wie Lord Byron als wie ein Kinderarzt aussah. Sollte er entnervt gewesen sein, als Bo mit einem Hundebett und einem Hund vor der Tür stand, so gewann er schnell seine Fassung wieder. »Hallo, Mildred«, sagte er und verneigte sich leicht. »Wie gut, daß du deine Herrin mitgebracht hast, auf deren zorniger Schwinge mein schwaches, aber willfähriges Herz reitet.«

»Willfährig, hm?« sagte Bo grinsend und preßte ihre Wange gegen sein frischrasiertes Gesicht. Die Umarmung war süß und gleichzeitig alarmierend. »Haben Sie wieder romantische Dichtung gelesen?« Die flapsige Bemerkung dämpfte kaum das Hämmern in ihrer Brust. Schnoddrigkeit wirkte jetzt nicht.

»Sollen wir das Ruhekissen der würdigen alten Dame an den Kamin stellen?« fragte er und drückte einen Knopf auf dem Couchtisch, worauf die Gasscheite in dem kleinen Kamin zu brennen begannen.

Bo beobachtete Mildred, die an einer Vase neben der Tür schnupperte und dann königlich zu ihrem Bett neben dem Feuer schritt. Trotz des ziemlich künstlerischen Geschmacks seines Innenarchitekten war Andrews Wohnzimmer gemütlich. Das schien Mildred auch zu finden, denn sie machte es sich in ihrem Körbchen bequem, eine Pfote besitzergreifend ausgestreckt. Oder war es vielleicht der Duft eines Gerichts, das in einer Kräutersoße vor sich hin köchelte, der dieses maskuline Ambiente so heimelig machte?

»Ich wußte nicht, daß Sie sich für Volkskunst interessieren, Andy«, sagte Bo und bewunderte eine Glasmalerei aus Neuengland. Das Bild stellte einen Dorffriedhof im Winter dar und hing über dem Kaminsims.

Andrew kniete hinter der Bar und holte verschiedene Flaschen Wein aus einem Vorratsregal. »Das hat mir meine Schwester Elizabeth geschickt«, sagte er. »Was trinken Sie gern? Einen Pouilly-Fuissé, einen Chardonnay, einen Geisenheimer oder etwas Ungewöhnliches? Ich habe auch Pflaumenwein, Ingwerwein, Hagedornwein, oder ...«

Bo konnte nicht anders. »Ich glaube nicht, daß Sie auch Met haben, oder? Ich liebe Honig und kann mir das einfach nicht erklären.« Sie war sich sicher, daß alle Menschen, die westlich von Boston lebten, Met für irgend etwas aus der nordischen Mythologie hielten.

Doch Andrew zuckte nicht einmal mit der Wimper. »Met? Natürlich.« Und er holte eine kleine Flasche unter der Bar hervor.

»Sie haben gewonnen«, sagte Bo lachend und schüttelte den Kopf. »Ich möchte gern den Chardonnay trinken. Erzählen Sie mir nur, wie es kommt, daß Sie in Südkalifornien Met haben.«

»Letztes Jahr habe ich davon drei Kisten zu Weihnachten bestellt. Die Flaschen waren als Geschenke für meine Mitarbeiter im Krankenhaus gedacht. Und ein paar davon sind übriggeblieben.« Er lächelte triumphierend, als er die Weinflasche öffnete und dann den Chardonnay eingoß. »Es wurde Zeit, daß ich einmal die Oberhand behielt«, sagte er strahlend und hob sein Glas.

Bo kostete den Wein. »Das war das letzte Mal«, sagte sie leise.
»Wahrscheinlich«, stimmte er zu, umrundete die Bar und nahm sie in die Arme. Er küßte sie, zuerst zögernd und dann mit wachsender Leidenschaft, die sie erwiderte. Sie spürte sein Herz klopfen, und eine Einsamkeit trieb sie in seine Arme, die größer als die Glut seiner Lippen war, obwohl sie tief in ihrem Innern Lust auslöste. Und noch etwas anderes. Diese traurige Klage.
»Bo«, sagte er mit rauher Stimme und zog sie zu dem Bild über dem Kamin, »meine Schwester ist Psychologin.«
»Das weiß ich«, sagte sie und wollte erfahren, was seine Schwester mit der Tatsache zu tun hatte, daß sie ihn wieder küssen wollte. Jetzt. Aus den Lautsprechern im kerzenerleuchteten Eßzimmer kamen die gedämpften Töne eines Jazzpianisten, der *St. James Infirmary* spielte. Ein Baritonsaxophon griff die Melodie auf, als Andrew tief einatmete und weitersprach.
»Sie glaubt, daß ich mein Leben damit verbringe, den Tod meiner Tochter zu kompensieren, deshalb hat sie mir dieses seltsame alte Bild geschenkt. Sie sagte dazu, wenn ich mir Sylvie da vorstellen würde, in einem dieser Gräber, könnte ich ..., wortwörtlich sagte sie: ... ›eine Grenze zur Vergangenheit ziehen‹. Elizabeth sagte, wenn ich das tun könnte, die Vergangenheit Vergangenheit sein lassen, wäre ich mehr präsent, diesseits der Grenze.«
»Unorthodox, aber brillant«, entgegnete Bo und küßte seinen Handrücken. »Elizabeth liebt Sie, Andy, weil sie sich so viel Mühe gibt, Sie von diesem Schmerz zu erlösen.«
Andrew hatte Bo früher einmal erzählt, wie seine kleine Tochter in der Badewanne in New Orleans ertrunken war, während er in Vietnam war. Die Mutter des Kindes, eine

Schulfreundin, war danach einfach verschwunden. Und auf gewisse Weise war Andrew das auch.
»Es hat funktioniert, Bo«, sagte er und sah sie durchdringend mit seinen grauen Augen an. »Ich trat aus meinem Schmerz, und ich war nicht einmal unglücklich dabei. Aber irgend etwas fehlte. Ich weiß nicht, wie ich es erklären soll«, sagte er leise und nahm sie wieder in die Arme. »Aber was mir fehlte, das waren Sie. Fast von Anfang an wußte ich, daß Sie die Hälfte meines Herzens sind – und mein weiteres Leben.«
Während des folgenden leidenschaftlichen Kusses versuchte Bo nicht, den Sinn seiner Geschichte zu ergründen, sondern sie ließ ihn spüren, daß sie voll und ganz da war. Nach einer Weile löste sie sich von ihm. »Haben Sie nicht so etwas wie Dinner gesagt?« sagte sie schwer atmend. »Oder sollen wir das für später aufheben?«
Sanft streichelte er ihr Haar. »Nein. Ich hatte gehofft, dies würde ein festliches Dinner für uns werden, Bo. Denn ich beabsichtige, wieder um Ihre Hand anzuhalten. Irgendwann zwischen der Vorspeise und dem Sorbet aus grünem Chili.«
»Sorbet aus grünem Chili?«
»Genau.« Er grinste und ging zur Küche. »Bleiben Sie lieber auf den Zehenspitzen stehen, wenn Sie diesen alten Cajun noch mal ducken wollen. Haben Sie überhaupt noch nicht gemerkt, daß Sie nicht gesagt haben: ›Andy, fangen Sie nicht schon wieder damit an!‹ Wie wär's also, wenn wir unsere Hochzeitsreise nach Spanien machen würden?«
»Warum Spanien?« sagte Bo und fragte sich, warum sie sich in diesen altmodischen Mann verliebt hatte, der ihr so viel Kopfschmerzen machte, wie sie sie zum letzten Mal als Teenager gehabt hatte.

»Ich habe schon immer El Greco bewundert«, antwortete er. »Bedeutet das ja?«
»Nein. Aber Spanien hört sich gut an. Andy, was wissen Sie über die Vererbungslehre?«
»Das Übliche«, sagte er über einer kalten Suppe, die er in kostbarem altem Porzellan serviert hatte. »Aber Sie weichen mir aus.« Seine warmen grauen Augen drückten keine Betroffenheit darüber aus.
»Sie haben schöne Augen«, sagte Bo. »Aber das ist wichtig. Ich glaube, ich weiß, wer Acitos Vater ist. Heute abend habe ich ihn bei seinen Pflegeeltern besucht und festgestellt, daß sein Haar über der rechten Schläfe weiß ist. So etwas ist doch erblich, nicht wahr?«
»Normalerweise schon. Man nennt es Piebaldismus. Eine weiße Stirnlocke, die autosomal dominant erblich ist und bei Pelztieren sowie Menschen vorkommen kann. Seltsam, daß wir das nicht im Krankenhaus gemerkt haben. Und wie ...«
»Können Sie sich noch an Chacs Manager, den Australier, erinnern? *Er* hat eine solche weiße Stirnlocke. Er ist der Vater, Andy.«
Ein köstlicher Duft stieg aus einer Terrine, als Andrew den Deckel abhob. »Ich habe meine Aufmerksamkeit auf eine andere Person gerichtet, fürchte ich, Bo«, sagte er. »Ich kann mich nur erinnern, daß er Terrell hieß und daß Chacs Tod ihn sehr mitgenommen hat.«
»Vielleicht war das nur Getue. Vielleicht wollte er Chac und Acito loswerden, ehe seine Frau ihm auf die Schliche kommen konnte, Andy. Vielleicht hat Chac ihn erpreßt. Warum sonst sollte er in Tijuana eine Barsängerin von zweifelhaftem Ruf managen und sich um ihre Karriere kümmern? Ohne finanzielle Unterstützung hätte sie es doch in der Musikszene nie so weit gebracht. Alles paßt, Andy.«

»Terrell wurde an dem Abend, als Chac starb, von einer Frau begleitet«, sagte Andrew stirnrunzelnd. »Vielleicht ist sie seine Frau. Eine *eifersüchtige* Frau, eifersüchtig genug, um ihre Rivalin zu vergiften. Halten Sie sich da raus, Bo. Ich will nicht, daß Sie in Gefahr geraten.«

»Hmm«, antwortete sie nur. Das Irish Stew, das er gekocht hatte, war köstlich. Diese Tatsache wurde aufs heftigste durch Mildreds hektisches Wedeln mit ihrem Stummelschwanz bekräftigt, während sie aus einer Schale in der Küche Fleischstücke und italienische Würstchen aus dem Gericht fraß. Daneben stand noch eine Schüssel mit Mineralwasser.

Nach dem Essen ging Bo mit Mildred unter den Torrey-Kiefern spazieren und bewunderte den Mond, der durch die Zweige schien. »Er ist wirklich nicht wie andere Männer, stimmt's?« sagte sie zu ihrer Hündin. »Keiner von denen hat dich auch nur bemerkt oder sich Gedanken darüber gemacht, ob du Durst oder Hunger haben könntest. Ich bin mir nicht einmal sicher, ob dieser Mann wirklich ist.«

Diese Frage wurde eine halbe Stunde später beantwortet, als Andrew Bo über eine steile gewundene Straße in den Nationalpark führte, der seiner Wohnung gegenüberlag. Dann gingen sie einen sandigen Pfad entlang. »Ich möchte, daß Sie das sehen«, sagte er. »*Au fond de mon cœur* ist dieser Ort das Herz meines Herzens gewesen. Er ist wunderschön, *n'est-ce pas?*«

Bo sah, wie sich das Mondlicht schmal gekräuselt auf dem Pazifik spiegelte. Der Duft von Salbei und Kiefer stieg aus dem dunklen Gehölz hinter ihnen. Unter dem Felsvorsprung, auf dem sie standen, erstreckte sich der mondbeschienene Strand. Ein einziger Mensch dort unten wirkte zerbrechlich und verloren. »Ach, Andy«, seufzte sie an sei-

nem Mund und begriff, daß dieses seltsame Vibrieren kein Symptom ihrer Krankheit, sondern etwas sehr Altes und Unbegreifliches war. »Es ist wunderschön«, sagte sie.
Und wie sich herausstellte, war Andrew LaMarche auf wundervolle Weise wirklich.
Irgendwann später sah Bo von einer kleinen sandigen Mulde im Hain aus zwei Maultierhirsche im Mondlicht stehen. »Andy, schau mal!« flüsterte sie.
Doch seine Augen konnten sich nicht von der sanften Kurve ihrer Hüften lösen, die sich im Dunkeln an seinen Körper schmiegten. »Ja, ich schaue«, sagte er und deckte ihren nackten Körper mit seinem seidenen Hemd zu, damit sie nicht fror.
Erst am nächsten Morgen, als verführerischer Kaffeeduft aus der Küche kam und sie aus dem Bett holte, merkte sie, daß einer ihrer goldenen Ohrringe verschwunden war.
»Ich schaue mal, ob ich ihn später finden kann«, sagte er errötend, »wenn du mir sagst, wo um alles in der Welt du Kondome mit Rosenknospen gekauft hast.«
»In Hillcrest«, antwortete sie und bewunderte die Tatsache, daß er sogar morgens elegant wirkte – mit nichts als einem Handtuch um die Hüften.
Und der Kaffee war der beste, den sie je getrunken hatte.

20

Ein Fuchs

Ich kann es nicht fassen, daß ich gesagt habe, ich würde es tun!« lamentierte Martin St. John schon zum vierten Mal seit sechs Uhr Samstag früh. Rombo lachte, er aß gerade Eier Benedict.

»Behandle deine Kaffeetasse nicht, als wäre sie aus Meißner Porzellan, Marty. Du kannst ganz normal daraus trinken.«

»Du weißt genau, daß sie aus Meißner Porzellan *ist*«, antwortete Martin. »Das klappt nie. Ich muß da raus in die Wüste und werde *geopfert.* Auf einem Ameisenhügel festgebunden oder halbverhungerten jungen Wölfen zum Fraß vorgeworfen. Mit Kaktusstacheln gespickt und über einem Feuer geröstet. Das wird Bo sich nie verzeihen, aber schließlich kann sie auch nicht wissen, was mit einem Schwulen passiert, der in eine Runde Männer auf der Suche nach ihrer Virilität gerät, oder?«

Rombo wischte sich die Lachtränen vom Gesicht, ehe er in die Küche ging, um frischen Kaffee und Croissants zu holen. Die Heiterkeitsausbrüche hatten bereits am Vorabend begonnen, als sieben Freunde der beiden gekommen waren, um Martin Machoallüren für seinen Wüstenausflug einzutrichtern. Am Ende des Abends war Martin um einen Sturzhelm, ein paar Tätowierungen zum Aufkleben, drei Fruit-of-the-Loom-Unterhosen, ein Päckchen Camel ohne Filter und ein Foto von Marlon Brando aus dem Jahr 1954, auf dem er höhnisch grinsend an einem Motorrad lehnt, reicher geworden. Zum Abschied hatten die Freunde mehrmals den Song *Stout-Heartet Men* angestimmt. Und Rombo

konnte einfach nicht widerstehen, die Atmosphäre vom gestrigen Abend wiederaufleben zu lassen.
»Außerdem mußt du grundlos möglichst viele geschützte Wüstenpflanzen zerstören. Diese Burschen werden dich lieben, Marty. Vertrau dem alten Rom. Ich kenne diese Typen.«
Martin seufzte. »Jetzt mal Spaß beiseite. Bo will, daß ich diesen Terrell ausforsche. Deshalb muß ich mich wenigstens so weit an die Gruppe anpassen, daß niemand Verdacht schöpft. Das allein zählt.«
»Das wirst du schon schaffen«, sagte Rombo und schnupperte genießerisch den Kaffeeduft. »Ich bin stolz auf dich, weil du Bo hilfst, und in diesem Outfit wird niemand auf den Gedanken kommen, daß du keine automatische Waffe besitzt.«
Martin stand auf und nahm in seinem Khakihemd und seinen Khakishorts die Pose eines Bodybuilders ein. »Dr. Livingstone, nehme ich an?« tönte er, als draußen lautes Hupen erklang. »Du lieber Gott, da sind sie schon. Terrell sagte, wir würden in zwei oder drei Gruppen kommen, das Lager errichten und dann jeder für sich in die Wüste gehen, eine ›Symbolsuche‹ machen. Was auch immer das bedeuten mag. Dann reinigen wir uns in einem Schwitzbad. Ich kann noch immer nicht glauben, daß Bo mich in diese Situation gebracht hat. Rom, sollte ich nicht wiederkommen, mußt du dem Welpen von mir erzählen. Versprich es. Erzähle ihm, daß ich im Kampf für Wahrheit, Gerechtigkeit und den American way of life gestorben bin.«
Rombo umarmte seinen Partner und gab ihm einen Matchbeutel mit frischem Obst und Selterswasser. »Es ist nur eine Nacht, Martin. Und es ist für eine gute Sache. Bis morgen nachmittag dann!«
Martin straffte die Schultern, gab sich die Attitüde eines

Fremdenlegionärs, der gleich erschossen werden würde – jedenfalls hielt er sie dafür –, und stapfte in geliehenen Wanderschuhen aus der Tür. Selbst mit drei Paar Socken waren sie ihm zu groß.

»Und hüte dich vor heranwachsenden Klapperschlangen«, rief Rombo als letzte Warnung hinter ihm her. »Sie haben es noch nicht gelernt, ihr Gift zu kontrollieren, und verspritzen bei einem Biß immer alles, was sie haben. Deshalb sind sie absolut tödlich. Du kannst sie leicht erkennen, weil sie die einzigen sind, die Rapmusik hören.«

»Natürlich«, sagte Martin und eilte zu dem wartenden Wagen.

21

Schädel-Eule, die Botin

Nach einem zwanglosen Frühstück am Samstag morgen fuhr Bo von Andrews Wohnung zum Meer. Sie wollte über ihre nächsten Schritte nachdenken. Sie hatte ihn gebeten, den Tag nicht mit ihr zu verbringen, und Arbeit an einem nicht existierenden Fall vorgeschützt. Wahrscheinlich war es gut, ihre Beziehung zu Anfang nicht zu eng zu gestalten. Zu ihrer Überraschung und zu seiner Ehre hatte er nur genickt und gesagt: »Natürlich.«

Im Licht des Morgens lag der Strand wie ein Band aus weißem Sand da, das an einer Seite von blaugrünen Wellen gesäumt war. Nur ein paar Spaziergänger waren da und drei Angler, die knietief im Wasser standen und ihre Schnüre in die schäumende Gischt warfen. Ein Bild wie auf einer Ansichtskarte. Unwiderstehlich. Bo parkte am Rand des Highways, befestigte die Hundeleine an Mildreds Halsband und kletterte über die Felsen hinunter. Unter ihren nackten Füßen fühlte sich der Sand noch kühl von der vergangenen Nacht an.

Mit dem Kaffee hatte sie ihr Medikament genommen, und wie immer machte es sie irgendwie träge. Angenehm träge. Wie ein überfütterter Goldfisch im warmen Wasser kam sie sich vor. Die leichte Brise lud zum Nichtstun ein. Oder vielleicht machte sie einen Ausflug in die Hügel hinter Evas Besitz, oder sie konzipierte ein neues Bild. Malen, ja, das wäre schön.

Bo nahm einen Stock und zog Linien in den nassen Sand, dort, wo ankommende Wellen ihn geglättet hatten. Zuerst malte sie Schnörkel. Dann ein Gesicht mit gekrümmter Nase und großen wilden Augen, die Bo anstarrten. Aus der Erinnerung zeichnete sie lange Ohren mit Stiften darin. Stifte aus Knochen. Ein Kopfschmuck aus Quetzalfedern. Ein Maya-Gesicht, das sie vom Besuch eines Museums in ihrem Kopf gespeichert hatte, versuchte, aus dem Sand mit ihr zu reden.

»Was kann ich wirklich tun?« fragte sie und starrte in die feinkörnigen Augen. »Munson Terrell oder seine Frau oder Dewayne Singleton oder Chris Joe Gavin oder jemand anders, von dessen Existenz ich nicht einmal weiß, hat eine Frau, die aus deinem Volk stammt, in einer mexikanischen Bar ermordet. Sie und die Kleine Schildkröte vergiftet. Aber ich bin keine Polizistin. Ich weiß nicht, wie man einem Mörder nachspürt, und selbst wenn ich es täte, habe ich keinerlei Recht dazu.«

Der Wind blies kleine Sandfontänen über das Maya-Gesicht. Es klang wie die Töne einer Flöte. Fern und unheimlich in der gleißenden Luft. Die brennenden Augen schienen zu verlöschen.

»Ich kann nur Acitos Zukunft sichern. Ich glaube, das ist es, was Chac …«

Aber das Gesicht war verschwunden, von einer kleinen Welle ausgelöscht. Wo es gewesen war, gab es nur noch nassen Sand, mit den Atemlöchern von Scheidenmuscheln darunter. Da fiel die Feder einer Seemöwe auf den gesichtslosen Sand und wurde gleich darauf von der Brise in die Brandung getragen und verschluckt. Das alles dauerte weniger als ein paar Minuten, doch Bo hielt den Atem an.

»Das behalten wir für uns«, sagte sie zu Mildred. »Ganz gleich, ob ich nun mein Medikament genommen habe oder nicht, ich weiß, was das bedeutet. Ich muß etwas tun, muß am Ball bleiben und darf mich nicht in meinen Träumen *oder* den Armen eines Kinderarztes verlieren. Sie zählen auf mich.«

Mildred fragte nicht, wer »sie« sein könnten, und Bo war sich auch nicht sicher, ob sie ihrer Hündin geantwortet hätte. Vielleicht waren es die Maya. Über die Bo praktisch nichts wußte.

Wieder im Auto, bürstete sie kurz ihr vom Wind zerzaustes Haar und suchte in ihrer Tasche nach dem Zettel, den ihr Estrella gestern gegeben hatte. Dem Zettel, auf dem Munson und Kee Terrells Adresse stand. Munson würde um diese Stunde auf dem Weg in die Wüste sein. »Na, dann wollen wir mal in Erfahrung bringen, wieviel die Lady über einen Maya-Jungen mit dem Haar ihres Mannes weiß«, sagte Bo.

Das Haus der Terrells stand am Ende einer gewundenen Straße auf einem Hügel in einer zu San Diego gehörenden Kommune namens Rancho Santa Fe. Der Anblick ließ Bos Herz höher schlagen. Es war aus verwittertem Zedernholz erbaut und schmiegte sich auf verschiedenen Ebenen an den kleinen Berg, als wäre es dort gewachsen. Große Fenster erstreckten sich über zwei Stockwerke und gewährten Einblick auf Gewölbedecken mit Stützbalken, die aussahen, als hätte sie jemand in der Wüste gefunden. Links von der gewundenen und gepflasterten Auffahrt erstreckte sich eine freitragende Terrasse, die über den mit Bäumen bewachsenen Canyon darunter zu reichen schien. Bo seufzte, als sie auf den Klingelknopf drückte. Das Haus war ein Traum. Soweit jedenfalls.

Und die Frau, die die Tür öffnete, tat nichts, um diese Illusion zu zerstören.

»Ja?« Sie lächelte auf diese offene, selbstsichere Weise wie in der Bar in Tijuana. Sie trug Jeans und ein schwarzes Seidentop. Darin sah sie wie ein italienisches Model aus. Bo überlegte, daß es ihr mit etwas Glück gelänge, beide Arme

in Kee Terrells Jeans zu stecken, aber nicht mal ein Bein. Jedenfalls nicht bis oben hin.
»Ich bin Bo Bradley vom Jugendamt«, sagte sie und zeigte ihre Dienstmarke einer Frau, die mit über Dreißig noch immer die Beth in *Little Woman* hätte spielen können. »Ich möchte mit Mrs. Terrell über den Tod einer Sängerin am Donnerstag abend in Mexiko reden.«
»Ich bin Kee Terrell«, sagte die Frau und prüfte Bos Dienstmarke. »Ich verstehe nicht, was Ihre Dienststelle mit Chacs Tod zu tun hat.«
Bo unterzog alles einer Prüfung: die Antwort, den Gesichtsausdruck der Frau, ihr ständiges Bemühen um Nuancen. Eine angespannte Nervosität ging von ihr aus; sie atmete flach und hatte Ringe unter den Augen. Aber das war wohl immer so. Bos Worte hatten nichts damit zu tun.
»Chac war die Mutter eines acht Monate alten Jungen«, sagte sie und überlegte krampfhaft, was sie als nächstes sagen sollte. Etwas, das offiziell klang. »Und wir suchen nach Angehörigen, die sich um das Kind kümmern können. Deshalb dachten wir, daß Mr. Terrell, als Chacs Manager, vielleicht wüßte, ob solche Verwandte existieren.«
Halt, Bradley. Trag nicht zu dick auf. Aber wenn sie etwas weiß, könnte sie sich verraten.
»Kommen Sie doch rein«, sagte Kee Terrell nickend. »Ja, ich kann mich an ein Baby erinnern. Aber Mundy hat sich allein um Chac gekümmert. Ihr Tod ist uns beiden sehr nahegegangen. Mundy hatte so viel Hoffnung in ihre Karriere gesetzt. Und dann diese Drogengeschichte ...«
Ihre Stimme verlor sich, als sie Bo in den Wohnraum geleitete, einen Raum, der mit einer erstaunlichen Zahl naiver Kunstwerke und handgefertigten spanischen Möbeln ausgestattet war. »Setzen Sie sich doch. Ich hole uns Tee«, bot Kee an. »Ich bin gleich zurück.«

Kee Terrell strahlte etwas aus. Als ob es unter ihrer Oberfläche rumore, als ob da etwas gefangen wäre. Etwas, das schon immer dagewesen war und mit dem sie gelernt hatte zu leben. Aus Kees Antwort schloß Bo, daß die junge Frau wenig Kontakt zu der Maya-Sängerin gehabt hatte und überhaupt nichts über die Rolle ihres Mannes bei der Zeugung der Kleinen Schildkröte wußte. Zwar war die Antwort oberflächlich, aber das war Kee Terrell auch.

Bo bewunderte die Möbel und ein Bild von Pop Chalee, das über dem offenen Kamin hing. Eine Wüstenlandschaft mit Kakteen, sehr schön gemalt. Zu beiden Seiten des Kamins führten Türen auf die Terrasse. Die ganze Westwand bestand aus Glas. Man konnte auf den Canyon hinaussehen, aus dem eine mächtige Eiche emporwuchs. Davor stand die bemalte Bronzestatue einer alten Indianerin, die einen Korb mit Hasen in den Händen hielt. Bo versuchte sich vorzustellen, wie es wäre, in einem solchen Haus zu leben, von solch kostbaren Dingen umgeben. Es gelang ihr nicht.

»Das ist mein eigener Verschnitt«, sagte Kee und stellte getöpferte Tassen und eine Teekanne auf den Glastisch. »Ich mische ihn mit frischer Minze aus dem Canyon.« Unter dem Glas war eine Ablage mit vielen kleinen Tierfiguren, meistens Bären.

»Ich mußte sie irgendwohin tun«, sprach Kee weiter und deutete auf die Figürchen. »Mundy und ich bereiten die Ankunft eines Erben vor, und wie er es nennt, machen wir das Haus kindergerecht. Alles Zerbrechliche und Eßbare außer Reichweite.« Sie lächelte fast fröhlich.

Ganz kurz kam sich Bo wie die einzige lebende Frau unter siebzig vor, die nicht schwanger war. Ein herrliches Gefühl. »Sie erwarten also nächstes Jahr ein Kind?« sagte sie lächelnd und rechnete schnell nach, wie lange eine so flachbäuchige Frau wie Kee Terrell brauchen würde, um ein Baby zu bekommen. Und sie überlegte, wie wohl die Nachricht aufgenommen würde, daß schon ein »Erbe« existierte.

»Oh, ich bin nicht schwanger«, sagte Kee enthusiastisch. »Mundy und ich sind der absoluten Überzeugung, daß diese atavistische Meinung von der Bedeutung der eigenen Gene arrogant und kleinlich ist. So viele Kinder werden durch blinde Gewalt zu Waisen, vor allem in der dritten Welt. Deshalb adoptieren wir ein Kind!«

»Wie wundervoll«, sagte Bo und fragte sich, warum sie sich wie eine Gastschülerin in einer High-School vorkam, wo über die Probleme der Welt diskutiert wurde. »Sie haben sicher viel zu tun. Deshalb gehe ich jetzt. Ich lasse Ihnen meine Karte da, falls Ihnen oder Mr. Terrell noch irgendwelche Verwandte von Chac einfallen.«

Der würzige Tee erinnerte Bo mit seinem Duft an Weihnachten.

»Ich frage Mundy, wenn er morgen nach Hause kommt. Er hält an diesem Wochenende einen unserer Workshops ab. Das sind motivationsgebundene Seminare mit spirituellen Dimensionen, die heutzutage so gefragt sind. Ich halte Workshops für Frauen ab, und wir beide leiten gemischte Gruppen. Hier, darf ich Ihnen einen unserer Prospekte geben? Vielleicht möchten Sie auch mal an einem Workshop teilnehmen.«

Bo warf einen Blick auf die Hochglanzbroschüre. Die Vorderseite zeigte eine Mimbres-Schildkröte*, die ihr sinnüberfrachtet schien. Hatte Munson Terrell diese Broschüre so zu Ehren seines illegitimen Sohnes gestaltet? Auf einer Seite

* Mimbres-Kultur, indian. Kultur im SW der USA (1100–1300)

wurden die Wohltaten eines Workshops für Frauen namens »Spirit Colour« gepriesen.

»Benutzen Sie die britische Schreibweise?« fragte Bo, als Kee sie zur Tür brachte.

»Mundy ist Australier. Wir behandeln in unseren Seminaren auch Themen der australischen Aborigines. Er glaubt, daß diese Schreibweise unseren Broschüren mehr Überzeugungskraft verleiht.«

»Da hat er wahrscheinlich recht«, stimmte Bo zu. »Und rufen Sie mich bitte an, falls Sie glauben, uns helfen zu können.«

Auf dem Nachhauseweg hielt Bo vor der Ocean Beach Library und kaufte das einzige Buch über Maya-Hieroglyphen. In ihrer Wohnung zog sie Jeans und ein T-Shirt an und ging hinunter, um die Post zu holen, ehe sie in ihren vertrauten Trancezustand fiel, aus dem dann ein Gemälde entstand.

Die Mimbres-Schildkröte schwebte noch immer vor ihren Augen. Ihr kreuzschraffierter Panzer verdunkelte irgend etwas. Ein Gesicht. Chacs Gesicht, das sie hinter den spinnenartigen Linien anstarrte. Die Mimbres-Schildkröte war nicht das richtige Motiv, stellte Bo fest. In ihrem Gemälde würde eine Schildkröte sein, aber es mußte eine Maya-Schildkröte sein. Und das Bild würde ein Porträt von Chac sein – ein Geschenk für Acito, das er mit in sein neues Leben nehmen konnte, wenn die Adoptiveltern ausgewählt waren.

Tief in Gedanken versunken, schenkte Bo der Post nur flüchtige Beachtung. Rechnungen. Prospekte. Ein Museumskatalog aus Boston. Und ein handschriftlich adressierter Umschlag an »Barbara J. Bradley«. So stand ihr Name auf den offiziellen Visitenkarten, nur da und auf ihren Steuererklärungen. Der Brief war in San Diego am Vortag abgestempelt und hatte keinen Absender.

Bo riß ihn auf, noch immer im Geist mit Chacs Porträt beschäftigt. Darin waren ein Bankauszug einer Wells-Fargo-Bankfiliale für ein Konto auf den Namen Elena Rother und eine Nachricht, mit blauem Kugelschreiber auf ein herausgerissenes Blatt eines Spiralnotizblocks geschrieben.
»Chac benennt den Mörder in ihrer Musik«, stand da. »Hören Sie zu.«
Das Ganze war mit den Initialen »G. P.« unterzeichnet.
Bo raste die Treppe hoch, öffnete ihre Wohnungstür und eilte zum Telefon. Elena war Chacs richtiger Name gewesen! Bei der Bank gab es einen 24-Stunden-Service. Das Guthaben betrug 3.246,29 $.
»San Diego County, Abteilung für Konservativismus«, log sie, als der Bereitschaftsdienst antwortete. »Ich rufe an, um mir bestätigen zu lassen, daß Acito Singleton als nicht Volljähriger für dieses Konto mit zeichnungsberechtigt ist.« Weder gab es eine solche Dienststelle, noch konnten Babys für Konten zeichnungsberechtigt sein, aber es klang amtlich.
»Hier ist der Name Tomás Acito Bolon für dieses Konto eingetragen«, sagte die Frau zu Bo, »außerdem Elena Rother und Christopher J. Gavin. Aber kein Singleton.«
»Vielen Dank«, sagte Bo und legte auf.
Also hatte Chac unter einem fiktiven Namen in San Diego ein Konto eröffnet, über das Acito im Falle ihrer Abwesenheit oder ihres Todes verfügen konnte. Natürlich würde Acitos Vormund bis zu seiner Volljährigkeit darüber verfügen. Bo sah, daß die Adresse in Tijuana auf dem Kontoauszug stand. Dieselbe, wo sie am Montag gewesen war. Chris Joe Gavins Hütte in der schmalen Gasse. Aber warum hatte er die Nachricht mit »G. P.« unterschrieben?
Bo stand in ihrem Wohnzimmer und starrte auf die leere Leinwand auf der Staffelei. Das G. konnte Gavin bedeuten. Aber was bedeutete das P.? Oder hatte etwa Jorge, der Bar-

mann, die Nachricht geschickt? Jorge auf englisch ist George. Doch falls er an Chacs Geld konnte, warum hatte er dann für ihre Beerdigung gesammelt? Oder das Geld einfach behalten? Nein, Jorge kam nicht in Frage, er kannte nicht einmal Bos Namen. Vielleicht hatte auch Munson Terrell den Brief geschickt, weil er heimlich für Chac und Acito ein Konto eingerichtet hatte?

Bo ging auf und ab und ordnete ihre Gedanken. Sie konzentrierte sich auf einen Lichtstrahl, etwa eine Armlänge vor ihr. Und plötzlich tauchte darin ein Bild auf, etwas, das sie auf dem Gitarrenkasten unter dem Wandbrett mit den Gläsern gesehen hatte. »C. J. Gavin«, hatte darauf gestanden, »Henderson, KY, GHOST PONY RULES!«

»Ghost Pony«, sagte sie laut. »G. P.«

22

»Ruhige Schlange«, ein Gott geradliniger Abstammung **Popol Vuh**

Bo rief Estrella an, beschrieb ihr den Inhalt des mysteriösen Umschlags und bat sie, die versprochene Übersetzung von Acitos Wiegenlied so schnell wie möglich fertigzustellen.

»Ich mache das sofort«, antwortete Estrella schniefend. Ihre Stimme war eine Oktave tiefer als gewöhnlich und klang verdächtig heiser.

»Es, weinst du?« fragte Bo. »Was ist denn los?«

»Meine Schwester ist hier«, flüsterte Estrella. »Sie ging in die Luft, als ich ihr erzählte, daß ich nach der Geburt des Baby nicht aufhören würde zu arbeiten. Sie sagt, ich sei unnatürlich und das Kind würde zu einem Massenmörder heranwachsen.«

Bo spürte, wie sich ihr Gesicht zu einem – wie sie es gern nannte – »mörderisch irren Lächeln« verzerrte. »Hol mir deine Schwester ans Telefon, Es. Ich möchte nur …«

»Schon gut, Bo.« Estrella lachte. »Sie würde es nicht überleben. Aber es tut gut, deine Stimme aus der wirklichen Welt zu hören. Verstehst du, unsere *Mutter* hat zugestimmt, das bezahlte Kindermädchen zu sein, während ich arbeite. Mom sagt, sie würde gern genug für diese Reise nach Lourdes verdienen, die ihre Kirchengruppe seit zwei Jahren plant, und sie möchte einen Breitwand-Fernseher haben. Sie hat sogar von Facelifting gesprochen. Sie ist begeistert, aber meine Schwester …«

»Deine Schwester ist eifersüchtig«, sprach Bo das Offensichtliche aus, »weil dein Leben interessanter als ihres ist.

Übrigens fahre ich heute nachmittag in die Wüste. Zum Canyon Sin Nombre. Du kennst die Schlucht. Wenn ich zurückkomme, rufe ich dich wegen des Liedtextes an, okay?«

Bo hatte es sich schon vor Jahren zur Angewohnheit gemacht, Estrella und Henry über ihre Trips in die Wüste und ihr geplantes Ziel zu informieren. Falls sie nicht zurückkam, konnten ihre Freunde das Sheriff's Department instruieren, wo gesucht werden sollte. Als zusätzliche Vorsichtsmaßnahme nahm sie immer ein einfaches, überdurchschnittlich großes weißes Leintuch mit, das sie für diesen Zweck in einem Sparmarkt gekauft hatte. Suchflugzeuge konnten das auf dem Wüstenboden ausgebreitete Laken leicht entdecken, während eine vermißte Person oder sogar ein Fahrzeug zu übersehen waren.

»Willst du campieren?« fragte Estrella.

»Ich glaube nicht. Ich möchte nur über ein Gemälde nachdenken, an dem ich arbeite. Ich male es für Acito. Es könnte aber sein, daß ich erst spät zurückkomme. Mach dir keine Sorgen, es sei denn, ich rufe dich morgen früh nicht an.«

»In Ordnung«, stimmte Estrella zu. »Und, Bo, falls Chris Joe wirklich derjenige ist, der dir das Zeug geschickt hat, dann ist er in San Diego, richtig?«

»Gestern war er es jedenfalls.«

»Und falls er nun derjenige ist, der Acito vergiftet und Chac ermordet hat und jetzt dafür bestraft werden will? Falls er versuchen sollte, dir mitzuteilen, wie man ihn erwischen kann?«

Bo klemmte sich den Hörer zwischen Kinn und Schulter, während sie auf dem Küchencounter ein Sandwich mit Corned beef und Schweizer Käse fertigmachte. »Ich weiß nicht«, sagte sie. »Und falls er es ist?«

»Er wäre gefährlich. Du sagtest, er sei nur ein Teenager. Er könnte wahnsinnig sein, Bo. Vielleicht hat er sie geliebt und sie lieber getötet, als sie zu verlieren. Eine erste Liebe kann furchtbar sein, und jetzt ist ihm nichts mehr geblieben.«

»Du hast wieder Schauerromane gelesen. Jedenfalls wird er nicht in der Wüste sein«, sagte Bo abschließend. »Wir reden später darüber.«

An der Tür wurde ihr bewußt, daß ein weiterer Anruf angebracht wäre, im Hinblick auf die veränderte Form ihrer Beziehung zu einem Cajun-Kinderarzt.

»Hier spricht Bo Bradley«, erzählte sie Andrew LaMarches Anrufbeantworter. »Bitte sag Dr. LaMarche, daß ich heute nicht zu Hause bin, ihn aber morgen wieder anrufe.« Sie war froh, daß er nicht zu Hause war. Diese Geste gab ihr das Gefühl, fürsorglich, sogar nobel zu sein. Ein Mensch, der das Richtige tut.

Nachdem Bo Mildred, ihre Wüstenausrüstung und eine Kühltasche mit Eßbarem in den Pathfinder geladen hatte, fuhr sie rückwärts in die mit Sand bestreute Gasse hinter ihrem Apartmentgebäude und holte einen Gartenschlauch aus dem abgesperrten Wäscheraum. Nachdem sie den zusammengerollten, grünen Plastikschlauch an einem Wasserhahn befestigt hatte, schraubte sie den Deckel des Wasserkanisters in der Halterung an ihrem Auto ab und füllte ihn. Der Einfüllstutzen des Kanisters war verbogen, was es schwierig machte, den Deckel wieder aufzuschrauben.

»Scheiße!« fluchte sie und schraubte den Deckel ein paarmal schief auf, ehe es ihr gelang, ihn richtig zu befestigen. Ein neuer Kanister muß her, beschloß sie. Nächste Woche, nicht später.

Während der Fahrt auf der I-8 in östlicher Richtung in die Berge, die San Diego umgeben, dachte Bo über Chris Joe

Gavin nach. Von klein auf bei Pflegeeltern in Kentucky aufgewachsen, würde er sich nicht an das sorgenvolle Mädchen erinnern, das seine Mutter gewesen war. Oder doch? Hatte Chacs Ähnlichkeit mit einer kaum erinnerten Gestalt in ihm machtvolle und widersprüchliche Gefühle geweckt, mit denen seine Psyche nicht umgehen konnte? Chacs innige Liebe zu Acito könnte einen heimlichen Groll ausgelöst haben, dachte Bo. Einen Groll, der, durch die jugendliche Schwärmerei intensiviert, aus den Fugen geriet, als ihm klar wurde, daß der neue Schallplattenvertrag Chac aus Tijuana und von ihm wegführen würde.
Bo seufzte. »Freud ist tot«, erzählte sie Mildred, die auf dem Beifahrersitz schlief. »Und alles, was ich wirklich weiß, ist nur, daß der Junge in Chac verliebt war und sie ihm vertraut hat. Ich weiß nicht, warum er in Tijuana war oder warum sie mit ihm gelebt hat, wo sie doch offensichtlich genug Geld besaß, um sich eine bessere Unterkunft als diese Bretterbude zu mieten.«
Bo schaltete das Radio ein. Findlinge ersetzten allmählich die Häuser neben dem Highway, wo er sich an den Bergen zum letzten Vorort hochwand. Weit hinter ihr hing ein leichter Meeresdunst über der Stadt. Aus der Ferne sah San Diego geschrumpft und wie eingezwängt in einem Käfig weißer Schnellstraßen aus. Vor ihr lag die Anza-Borrego-Wüste, still und mit der Zeit erstarrt. Bo seufzte und fühlte, wie sich die Anspannung in ihren Händen und die Verkrampfungen in ihren Schultern lösten. Die Wüste, mit ihren nackten, jähen Gefahren und ihrem schwindelerregenden Mangel an menschlichen Hinweisen, war für sie ein Zufluchtsort. Wahrscheinlich, dachte sie grinsend, weil sie die Landschaft meines neurobiologisch absonderlichen Gehirns widerspiegelt.
Eine Stunde später passierte sie das letzte Hinweisschild auf

einer verlassenen Straße namens S2 vor der Abfahrt in einen Canyon, der so desolat war, daß sein spanischer Name einfach »ohne Namen« bedeutete. Das Hinweisschild neben der Straße informierte, daß vor zwei Millionen Jahren riesige Kamele, Rhinozerosse und Säbelzahntiger in dem Gebiet der Anza-Borrego-Wüste, die jetzt Carrizo Badlands hieß, gelebt hatten. Bo träumte davon, dort eines Tages gigantische Kamelknochen zu finden. Vielleicht würde sie ein Bild im Stil von Georgia O'Keefe malen, das einen versteinerten Kamelschädel im Sand darstellte, durch dessen Augenhöhlen die rotorange Westernsonne loderte.

An der schotterigen, nicht markierten Abzweigung schaltete sie den Vierradantrieb ein und lenkte den Pathfinder vorsichtig über den Rand des Canyons. Nur ein Jeeppfad führte direkt durch Sand und Felsen nach unten. Bo war schon einmal mit einer Gruppe des Sierra-Clubs im Canyon Sin Nombre gewesen, aber noch nie allein. Ein Gefühl von Abenteuer strich wie eine kühle Brise über ihre nackten Arme. Am Rand des Canyons war es heiß, aber unten gab es ein Gewirr von Sandsteingängen und exponierten Fossilschalenriffen, schmalen schlitzförmigen Granitcanyons und windgeformten Amphitheatern. Hier unten war es nicht so glühend heiß, und die gezackten Schatten kühlten mehr als alles andere Bos Geist.

Andrew würde das nicht gutheißen, das wußte sie. Estrella und Henry hatten schon vor langer Zeit ihr Bedürfnis nach einsamen Orten akzeptiert. Orte, wo das Spektakel und die unaufhörlichen zwischenmenschlichen Ansprüche des normalen Lebens nicht existierten. Ihre Freunde konnten die Bedürfnisse eines Gehirns nicht verstehen, das ständig, auch unter Einwirkung von Medikamenten, Reizen ausgesetzt war, die normale Gehirne nicht wahrnehmen. Ihre Freunde begnügten sich damit, an der Peripherie ihrer Andersartigkeit zu bleiben, und waren einfach damit einverstanden, die Behörden zu alarmieren, falls sie nicht zurückkam. Andrew LaMarche, an sie durch die Komplexität einer maskulinen romantischen Liebe gebunden war, würde gegen diese Distanz, die unergründliche Differenz zwischen ihnen, ankämpfen. Er würde sie beschützen wollen. Als Mann war er von der Natur so programmiert worden. Er konnte nicht verstehen, daß Schutz vor sensorischer Überbelastung, sogar um den Preis der Gefahren in der Wüste, für sie ein Rettungsanker war.

»Das könnte mir über den Kopf wachsen«, erzählte sie Mildred. »Ich möchte ihm nicht weh tun, aber schließlich werde ich es doch tun, weil ich bin, wie ich bin.«

Die Hündin nickte trübsinnig und schnupperte Luft durch das offene Fenster.

Auf dem Canyongrund experimentierte Bo mit dem Vierradantrieb auf Sand und dann auf Fels. Zahllose frische Radspuren schlängelten sich den Jeeppfad entlang und ließen auf die Anwesenheit von Menschenhorden irgendwo in dem felsigen Schweigen schließen. Bo überquerte die Spur einer alten Postkutsche und versuchte sich daran zu erinnern, was der Ranger der Gruppe des Sierra-Clubs erzählt hatte. Etwas über eine besonders gefährliche Gegend am Ende des Arroyo Tapiado, die aus einem Gewirr von Höhlen und Tälern bestand. Die Höhlen, sagte der Ranger, seien bei trockenem Wetter ungefährlich. Aber die gewundenen, vom Wasser ausgespülten Täler, die nur durch Sickerlöcher in den Höhlen zu erreichen wären, stellten eine tödliche Gefahr dar. Andere Sickerlöcher hatten sich in den unpassierbaren Tälern über den Höhlen gebildet, die nur von dünnen Sandschichten bedeckt waren. Bei einem Sturz durch eines dieser Löcher landete das Opfer unweigerlich in einer der unerforschten Höhlen der Wüstenschluchten, die seit 1800 kein menschliches Wesen mehr betreten hatte. Danach hatten Scouts für die Postlinie nach Abkürzungen gesucht und waren nie mehr zurückgekehrt.

Schaudernd mied Bo diese Gegend und wandte sich in die östliche Richtung, wo sie in einen schmalen Canyon, der vom Arroyo-Seco-del-Diablo-Bachbett abführte, einbog. Sie parkte auf festem, felsigem Grund und ließ Mildred eine Weile in dem ausgetrockneten Bachbett herumlaufen. Dann steckte sie die Hündin in das umgewandelte Tragegestell für Babys, das sie sich auf den Rücken schnallte. Canyons sind keine Ort, an dem Haustiere frei herumlaufen sollten. Und die Temperatur in dem geparkten Auto würde bald das, was für kleine, alte Hunde erträglich ist, übersteigen. Über die Schulter gab Bo Mildred etwas Wasser aus einem Pappbecher und trank selbst aus einer Feldflasche, die an ihrem Gürtel befestigt war. Dann marschierte sie in den Canyon.

Die Wände, an manchen Stellen etwa fünfzig Meter hoch, warfen Schatten auf den Grund, der mit Konkretionen – knolligen mineralischen Körpern in Gesteinen – übersät war, die wie Ketten aus Steinperlen aussahen. Diese im Sedimentärgestein entstandenen, ballgroßen Kugeln lagen seit Jahrtausenden auf dem Canyongrund. Bo hielt sie für weggeworfene, erste Versuche, Perlen zu formen, die von der Natur in der Frühzeit gebildet und dann vergessen worden waren ... Wie der von kleinen Händen geformte klumpige Lehmtopf, der später die Form einer Ming-Vase annahm. Der Canyon endete nach einer halben Meile in einem trockenen Wasserfall, dessen zarte Farbtönung Bo bezauberte. Erst ein tiefes Knurren aus dem Rucksack lenkte ihre Aufmerksamkeit auf ein zusammengerolltes Wesen in einer der kleinen Grotten in der Canyonwand, nur drei

Meter von ihrer rechten Schulter entfernt. Eine Klapperschlange. Ihr Schwanz, der träge über den Rand hing, zuckte bei Mildreds Knurren hoch, und das Rasseln drang Bo durch Mark und Bein.

»Oh, Scheiße!« flüsterte sie. Ein frostiger Schauder kroch ihr über den Nacken. Die uralte Feindschaft zwischen Schlange und Frau. »Wir wollten gerade gehen«, sagte sie höflich und meinte es auch so. Die Klapperschlange ließ ihre Zunge hervorschnellen und prüfte die Störung in der Luft. In ihrer Nische könnte sie eine heilige Wächterin sein, die als Warnung diente, dachte Bo. Dieses Bildnis prägte sich Bo ein.

Wieder zurück im Bachbett, aß Bo ihren Lunch, spritzte in weitem Bogen Ammoniak aus einer Sprühflasche auf die Felsen und schlug ihr Feldbett im Schatten des Pathfinder auf. Irgendwo hatte sie über diesen Trick mit dem Ammoniak gelesen, bezweifelte jedoch dessen Wirksamkeit als Kennzeichnung eines Territoriums, wie es Tiere mit ihrem Urin tun. Es könnte zumindest vorübergehend ein räuberisches Säugetier verwirren, dachte sie. Aber hauptsächlich verschaffte es ihr eine Illusion von pfiffiger Überlebenstaktik im Freien, wie bei einer Pioniersfrau.

Mit einem Buch über die Hieroglyphen der Maya und Mildred ließ sie sich auf dem Feldbett nieder. Bo wandte ihre Aufmerksamkeit dem gegenwärtigen Problem zu. Einer toten Sängerin und einem verwaisten Baby mit zu vielen Vätern.

Im Jahr 1492, begann das Buch, gab es achtzig Millionen Eingeborene auf dem amerikanischen Kontinent. Ein Jahrhundert später waren davon dank eingeschleppter Krankheiten und Ausrottung durch die Europäer nur noch zehn Millionen übrig. In Guatemala gibt es heute weniger als vier Millionen Maya, die wie Sklaven auf Plantagen arbeiten oder als *ladinos* von der vorherrschenden Kultur absorbiert wurden – akkulturierte Maya, die ihre alten Sitten nicht mehr beachten. Zwischen der Vergangenheit und der Zukunft eingesperrt, werden *ladinos* von den traditionellen Maya als Verräter gemieden und von der herrschenden, spanischsprechenden Kultur ignoriert. Chac, vermutete Bo, ist wohl eine von ihnen gewesen. Und Acito, als amerikanisches Baby mit Maya-Abstammung, besaß im Heimatland seiner Mutter überhaupt keinen Status.

Die Hieroglyphen der Maya, die über Jahrhunderte hinweg in Städten, die jetzt vom Dschungel überwuchert wurden, in Steine gemeißelt worden waren, waren faszinierend. Bo betrachtete die eigenartigen Gesichter, Vogelköpfe und zerstückelten Hände. Auf geheimnisvolle und verwirrende Weise berichteten sie von einer Welt, in der Zeit den Grund des Daseins bildete. In der Zeit gemessen, geehrt und symbolhaft durch das Verhalten der Menschen – der Maya – ausgedrückt wurde. Sogar die gegenwärtigen Maya, las Bo, seien zurückhaltend und bescheiden und zögen es vor, der Zeit die Regelung der Ereignisse zu überlassen. Das Thema war schwierig. Bos Lider wurden schwer, als eine angenehme Brise das Bild der Schlange und deren Warnung aus ihrem Geist vertrieb.

»Wir machen ein kleines Nickerchen«, erzählte sie der bereits neben ihr schlafenden Mildred und seufzte in dem unermeßlichen und kraftspendenden Schweigen der Wüste.

23

Laß es dich einfach finden ... **Popol Vuh**

An Samstagen war der Torrey-Kiefern-Nationalpark von Joggern, Radfahrern, Wanderern, Vogelbeobachtern und, so kam es Andrew LaMarche vor, von allen Bewohnern San Diegos, die Interesse an frischer Luft hatten, überfüllt. Pfade, die an nebligen Wochentagen morgens nur den Packratten und Maultierhirschen gehörten, hallten jetzt vom Gekreisch der Kinder und den lauten Stimmen scharfäugiger Senioren wider. Sie riefen: »Das ist ein brauner *towhee*, Martin! Schon der vierte heute.«

Andrew hatte einfach nur allein sein wollen. Um noch mal den Ort aufzusuchen, wo er Bo zum erstenmal geliebt hatte, und um nach ihrem Ohrring zu suchen. Nach einem Vierteljahrhundert mönchischer und emotionaler Askese, dachte er, ist es Zeit, sich den Luxus absonderlichen Verhaltens zuzugestehen. Um den ersten Schritt zu feiern, daß er jetzt die lebendigste, mutigste, warmherzigste und eigensinnigste Frau, die ihm je begegnet war, für sich in Anspruch nahm. Ein schwieriges Unterfangen inmitten Horden von Wochenend-Naturfans.

Auf einer Aussichtsplattform unterhalb des Pfades fand eine Hochzeit statt. Braut und Bräutigam trugen traditionelle Kleidung. Die Robe des Geistlichen blähte sich im Pazifikwind, der von den durch Erosion zerklüfteten Klippen abprallte. Andrew folgte dem sandigen Pfad zur Biegung in der Nähe des Kiefernhains, der Dürre und Borkenkäfer überlebt hatte, und wartete, ob der Priester in seiner schwarzen Robe emporgeweht würde. Dann lächelte er. Er würde Bo dort heiraten, beschloß er. Diese unorthodoxe Kulisse mit ihrer Wildheit würde ihr gefallen. Der Wind würde sich in ihrem Haar fangen und es wie Kupfer schimmern lassen …

»Ist Ihnen aufgefallen, daß ein paar Dahlien noch immer blühen?« fragte eine forsche Stimme. »Leider können Sie den Pfad hier nicht verlassen, so verführerisch das auch sein mag.« Die Sprecherin war eine kleine Frau mit kurzem grauen Haar und einem Teint, der darauf schließen ließ, daß sie viel Zeit im Freien verbrachte. Ihr Khakisonnenhut war mit Nadeln und Abzeichen von Naturschutzgebieten auf drei Kontinenten verziert, und an ihrem grünen Polohemd steckte ein Stoffabzeichen, auf dem »Torrey Pines Docent Society« stand.

»Hmmm«, antwortete Andrew und betrachtete zusammen mit der Privatdozentin seinen linken Fuß, der verdammt nahe am Rand des Pfades in einem Polster von – wie er befürchtete – Dahlien stand. »Meine, hm, Mutter hat gestern hier in dem Kiefernhain einen Ohrring verloren. Sie hat, hm …«

»Kiefernnadeln gesammelt?« Die funkelnden blauen Augen ließen keinen Zweifel daran, daß sein Schuljungenalibi mißlungen war. »Bestimmt wäre sie an unserem Indianerseminar zur Herstellung von Korbwaren interessiert, das in der Lodge stattfindet. Die Torrey-Kiefernnadeln sind, wie Sie wahrscheinlich wissen, lang und wachsen in Büscheln von jeweils fünf Nadeln. Die Kumeyaay-Indianer könnten die Nadeln für Schmuckkörbe verwendet haben, was wir aber nicht genau wissen. Jedenfalls hätte Ihre Mutter den Pfad nicht verlassen dürfen.«

Hinter einem sandigen Hügel zu seiner Linken hörte Andrew eine schrille Altstimme »Chi-ca-go« rufen. Sein Fuß erstarrte in den Dahlien.

»Eine California-Wachtel«, erklärte die Dozentin enthusiastisch. »Nistet auf dem Boden in Grasmulden. Verstehen Sie jetzt, welchen Schaden Sie mit Ihrem Herumgetrampel anrichten können?«
»Natürlich«, räumte er ein und zog seinen Anstoß erregenden Fuß zurück. »Vermutlich gibt es keine Möglichkeit, den Ohrring zurückzubekommen. Ich hätte ihn wahrscheinlich sowieso nicht gefunden.«
Ein freundliches, wenn auch wissendes Lächeln erhellte das Gesicht der Dozentin. »Es ist gesetzwidrig«, sagte sie und nickte. »Aber wenn wir von der nordöstlichen Schleife des Pfades in der Nähe des Vogelbads herangehen, halte ich das für vertretbar. Wir dürfen uns aber nur ein paar Minuten dort aufhalten. Wie glücklich sich Ihre ›Mutter‹ schätzen kann, einen so liebevollen Sohn zu haben.«
Da Andrew es nicht gewohnt war zu erröten, war seine erste Reaktion auf das prickelnde Gefühl in seinem Nacken und den Kapillargefäßen seines Gesichts die Vermutung, daß irgendwo in seinem Körper ein Tumor literweise Serotonin ausschüttete. Diese Substanz, erinnerte er sich, verursachte nicht nur das Erröten, sondern spielte angeblich bei den Stimmungsschwankungen der manischen Depression eine große Rolle. Er fragte sich, wie oft Bo sich so unwohl fühlte wie er in diesem Augenblick. »Danke«, sagte er zu der Dozentin. »Ich weiß Ihre Hilfe zu schätzen.«
Ihm blieb nichts anderes übrig, als der munteren Frau den Pfad hinauf in den jetzt mit Sonnenlicht gesprenkelten Kiefernhain zu folgen. Es war nicht schwierig, die Senke zu der sandigen Mulde zu finden, die er mit Bo unter romantischen Umständen geteilt hatte und die jetzt vom Sonnenlicht überflutet war. Die gutmütige Dozentin erging sich in Erklärungen über Sandsteinformationen und den medizinischen Gebrauch einer Pflanze namens *yerba buena.* Ihre

Blätter, erläuterte sie, während Andrew Quarzsand durch seine Finger rieseln ließ, enthielten Azetylsalizylsäure.
»Aspirin?« fragte er in einem Anflug von Höflichkeit.
»Ja«, antwortete die Dozentin. »Die meisten Menschen wissen nicht, daß das Aspirin ist.«
»Ich bin Arzt«, murmelte er und wünschte sich, der Ohrring würde auftauchen und ihm eine Fluchtmöglichkeit bieten.
»Sie wären über die Vielfalt von Pflanzen, die im Buschland wächst, erstaunt. Da gibt es *conchalagua* gegen Fieber, Mohnwurzeln gegen Zahnschmerzen und natürlich noch giftige Pflanzen.« Sie schien nach einer speziellen Pflanze zu suchen. »Hier im Hain sehe ich keine, aber es gibt überall jede Menge *jimsonweed.* Es enthält das Stechapfelgift. Absolut tödlich. Wußten Sie, daß während der Französischen Revolution Aristokraten mit Weitblick stets ein Extrakt dieser Pflanze bei sich trugen, um im Fall einer Gefangennahme Selbstmord begehen zu können?«
LaMarche konnte sich nicht erinnern, wann ihm jemand eine so triste Geschichte auf derart heitere Weise erzählt hatte. »Nein«, antwortete er. »Das habe ich nicht gewußt. Und ich fürchte, es ist aussichtslos, weiter nach dem Ohrring zu suchen. Ich danke Ihnen noch einmal sehr.«
»Da«, sagte die Dozentin, während sie zum Pfad zurückgingen, und holte ein Flugblatt aus ihrer Leinentasche, die sie über der Schulter trug. »Ich schenke Ihnen diese Broschüre über gefährliche Pflanzen des Buschlandes. Ich glaube, das wird Sie interessieren.«
»Danke. Davon bin ich überzeugt.« Er lächelte, als die Frau lebhaft auf eine Gruppe deutscher Studenten zueilte, die dem Abschluß der Trauungszeremonie über dem Meer zusah.
»Guten Tag«, rief sie auf deutsch den Studenten zu, als

Andrew LaMarche eilig einen verwitterten Sandsteinhügel umrundete und an hundert Metern Beifuß vorbei zu seinem Auto sprintete.

Zu Hause legte er die Broschüre auf den Couchtisch und warf einen Blick auf die leere Stelle, wo letzte Nacht Mildreds Bett eine Art schlampiger Gemütlichkeit geschaffen hatte. Im Schatten eines glatten Treibholzastes, den er dort hingelegt hatte, weil er ihm gefiel und er sonst nichts damit anzufangen wußte, schimmerte etwas im hellen Sonnenlicht des Nachmittags. Ein goldener Ohrring, halb in der Wolle des Teppichs verborgen.

»Großartig«, seufzte er, schüttelte den Kopf und fragte sich, wie lange er warten sollte, ehe er Bo anrief.

24

Der zerklüftete Canyon

Als Bo erwachte, war es angenehm kühl. Sie sah, daß sich die Schatten, die der westliche Canyonrand warf, fast über den ganzen Grund erstreckten. Die Sonne war nicht mehr zu sehen, aber ihre Strahlen erleuchteten noch immer den Himmel und tauchten das Geröll und die glatten Canyonwände im Osten in weißgoldenes, kupferfarbenes und silberrauchiges Licht. Nichts bewegte sich außer dem Licht. Sie streckte sich auf dem Feldbett, beobachtete das Verblassen des Lichts, atmete tief durch und streichelte die Hündin an ihrer Seite. Ihren Körper durchströmte ein ungewohntes Gefühl des Friedens, als wäre sie unter ihrer Haut nur ein Fluß aus Quecksilber: glatt und schimmernd.

»Besser als jetzt wird es nicht«, sagte sie seufzend, als sich Mildred aufsetzte und gähnte. Das Porträt von Chac, das sie für Acito malen würde, hatte wie ein Traum in ihrem Geist Gestalt angenommen. Die Sängerin trug ihre *huipil* und schritt durch eine vom Mond beleuchtete Wüstenlandschaft. Von ihrem Maya-Stirnband hing eine Schleife über ihren Rücken, in der eine Schildkröte lag, deren Panzer aus einem Wirbel von Sternen bestand. Das Bild wirkte seltsam real, als hätte es Bo tatsächlich im Schlaf gesehen und als erinnerte sie sich eher daran, als daß sie es sich vorstellte. Es widerstrebte Bo, die stille, dunkel werdende Wüste zu verlassen. Sie gab Mildred Wasser, trank selbst aus der Feldflasche und fand in ihrem Auto eine Tüte Studentenfutter, Rosinen, Erdnüsse und Johannisbrotchips. Ein akzeptables

Dinner, dachte sie, obwohl die Johannisbrotchips geschmolzen waren. Nur ein passender Wein fehlt.

»Das Nächstbeste«, sagte sie lächelnd zu Mildred, nahm eine rosafarbene Pille aus ihrer Tasche und schluckte sie mit warmem Wasser. »Ächch.« Dem Depakote mangelte es zwar an Aroma, aber es würde dazu beitragen, daß ein chemisches Gleichgewicht hergestellt wurde, in dem Bo weiter funktionieren konnte. Für wie lange? Sie wußte, daß der manische Schub schließlich kommen und wie eine Flutwelle die Rezeptoren ihres Gehirns überschwemmen würde. Noch schlimmer wäre eine depressive Phase. Sie zündete sich eine Zigarette an, inhalierte tief und blies den Rauch in den Nachthimmel. Im Augenblick spielte das keine Rolle.

Wenn dieser Fall abgeschlossen ist, hörst du auf zu rauchen, Bradley. Du fängst statt dessen mit Eiskunstlaufen oder Tai Chi an und nimmst in einem Monat zehn Pfund ab, indem du nur noch von Tofu und exotischen Körnern lebst. Finde einfach Chacs Mörder, und alles kommt in Ordnung.

Als sie zusah, wie sich der Rauch verflüchtigte, entdeckte sie, daß im Nordwesten des Canyongrunds eine Rauchfahne aufstieg. Ein Lagerfeuer, dachte sie. Südlich der West Mesa, in einem der mit Felsen übersäten Amphitheater, die in Millionen von Jahren durch Überschwemmungen und Erdbeben entstanden waren. Neugierig geworden, verstaute Bo das Feldbett und Mildred im Auto und fuhr in südlicher Richtung am Arroyo Seco del Diablo entlang zur kaum erkennbaren Kreuzung mit der alten Postkutschenspur. Sie schaltete die Scheinwerfer nicht ein. Warum sollte sie eine Gruppe Camper auf ihre Anwesenheit aufmerksam machen? Es könnte ein Haufen schießwütiger Trunkenbolde sein. Es könnten aber auch Munson Terrell und sein Macho-Workshop sein, dachte sie grinsend. Zu verführerisch.

Sie bog auf den alten Postkutschenweg ein und folgte ihm im Dunkeln, bis sie am Arroyo Tapiado nach Nordwesten abbog und auf die alten Höhlen und das flackernde Feuer zufuhr. Hundert Meter vor dem Rand des Amphitheaters, aus dem jetzt rhythmisches Trommeln zu hören war, lenkte sie den Pathfinder vorsichtig in eine Felsspalte. Dann steckte sie Mildred wieder in ihren Rucksack, sperrte das Auto aus Gewohnheit ab und kroch zum Rand der Sandsteinwand. Hundert Meter tiefer bot sich ihr ein ergötzliches Schauspiel.

Bo mußte grinsen und konnte nur mit Mühe ein Lachen unterdrücken. Es war immerhin unanständig, sich an Menschen heranzuschleichen und dann laut zu lachen, obwohl sie wie ein Ensemble von Schülern aussahen, die an Thanksgiving beim Festzug einen Indianertanz aufführten. Martin St. John wirkte in seinem Lendenschurz ganz graziös, während er mit den anderen um das Feuer herumtanzte. Und Munson Terrell, dessen weiße Haarlocke im Licht der Flammen schimmerte, hätte den Wettbewerb für ein Faltposter im *Playgirl* gewinnen können. Doch der Anblick von vierzehn weißen Männern, die im Lendenschurz und mit Glöckchen an den Fußknöcheln singend um ein Feuer tanzten, löste bei Bo eine Art geistigen Schluckauf aus. Einen Drang zu kichern.

Sie kroch weit genug zurück, damit sie nicht gesehen werden konnte, und setzte sich auf den Boden. Es hatte keinen Sinn zu bleiben. Sie konnte nicht hören, was die Männer sagten. Außerdem war Martin dort, um jede nützliche Information, die Terrell äußern könnte, aufzunehmen. Bo schüttelte amüsiert den Kopf und machte sich auf den Weg zu ihrem versteckten Auto, als sie es sah. Etwas bewegte sich hinter einem vom Wind ausgehöhlten Fenster in einem Sandsteinpfeiler. Etwas Längliches, das dunkel und schmal war. Sie beobachtete, wie sich der Gegenstand auf einen Felsbrocken am Rand des Amphitheaters senkte und dort liegenblieb. Es war ein Gewehrlauf. Der auf die Gruppe dort unten zielte.

Bo kroch zu ihrem Aussichtspunkt zurück und versuchte die Situation einzuschätzen. Die Männer bewegten sich jetzt schneller, hüpften und stampften. Nur ein Mann stand still. Der Trommler. Munson Terrell. Wenn das Gewehr mit einem Zielfernrohr ausgestattet war, konnte jeder der Männer aufs Korn genommen werden, aber Terrell war eine leichte Beute. Eine kaum wahrnehmbare Bewegung des Gewehrlaufs löste in Bo dieselbe Reaktion aus wie das Rasseln der Klapperschlange zuvor. »Achtung!« hieß es. »Jetzt!« Bo wurde innerhalb von zwei Sekunden klar, daß jemand – wahrscheinlich Munson Terrell – erschossen werden würde. Tot sein würde.

Sie packte mit beiden Händen einen Felsbrocken und warf ihn über den Rand. Er polterte den Abhang hinunter und löste eine Lawine von Geröll aus. Die Tänzer hatten weder etwas gesehen noch gehört. Aber jemand anderem war das Geräusch nicht entgangen.

Mildred, die Bos Angst spürte, wollte aus dem Tragegestell klettern. Bo streckte ihre Hand über die Schulter und hakte ihren linken Daumen in das Halsband der Hündin. Dabei beobachtete sie, wie der Gewehrlauf geräuschlos von den Tanzenden im Amphitheater wegschwenkte und einem magnetischen Impuls, der von Bos wild trommelndem Herzen ausging, zu folgen schien. Das Gewehr zielte jetzt auf sie!

»Oh, Scheiße!« flüsterte sie, als das Trommeln plötzlich aufhörte. In dem darauffolgenden Schweigen kauerte sie sich einfach auf den Boden zwischen dem Geröll und bewegte sich nicht. Der Gewehrlauf schwenkte schlangengleich hin und her, schien ihre Gegenwart eher zu riechen als zu sehen. Ein Gewehrschuß würde Terrells Gruppe alarmieren. Aber das Trommeln konnte jeden Augenblick wieder beginnen. Es war besser, jetzt etwas zu unternehmen als später. Aber was?

Eine offene Fläche von ungefähr acht Metern lag zwischen ihr und dem nächsten zerbröckeltem Gesteinshaufen in Richtung zu ihrem Auto. Sogar in dem trüben Licht eines abnehmenden Viertelmondes wirkte die Fläche endlos und absolut tödlich. Mein Blut, dachte sie unwillkürlich, wird in diesem unheimlichen Licht schwarz aussehen.

Der Schütze war hinter dem Pfeiler unsichtbar und hatte den zusätzlichen Vorteil, stehen zu können. Aber es gab keinen Hinweis darauf, daß Bo inmitten des Gerölls weniger unsichtbar war. Langsam kroch sie von einem Felsenschatten zum nächsten und hielt die zitternde Mildred auf ihrem Rücken mit der anderen Hand fest.

»Bell nicht«, summte sie durch die Zähne mit einer kaum hörbaren und beruhigenden Fistelstimme. Die »Braver-Hund«-Stimme. »Bell nicht, knurr nicht, jaul nicht. Braver Hund. Braver Hund, Mildred.«

So plötzlich, wie es aufgehört hatte, fing das Trommeln wieder an. Der Rhythmus war jetzt langsamer, und die Männer riefen etwas, das wie »kowa key« klang, immer wieder. Bo kam der Gedanke, daß sie nicht vierzig Jahre lang eine fürchterliche Geistesstörung überlebt hatte, um jetzt beim Trommelwirbel eines grotesken Macho-Rituals zu sterben. Nein, sie wollte bei Musik von Bach sterben, keiner anderen.

Sie war jetzt aufgestanden und lief in den Schatten eines Findlings rechts von ihr. Schritte aus der Richtung des Pfeilers machten deutlich, daß sich der Schütze in dieselbe Richtung bewegte. Ein saurer Geschmack brannte in Bos Kehle. Sicherheit fand sie nur in ihrem Auto, und der Weg dorthin war ihr versperrt. Geduckt lief sie zwischen Felsen und Gesteinsbrocken weiter. Eine dünne Zirruswolke trübte das Mondlicht und verdunkelte das riesige Loch in der Canyonwand vor ihr. Das war eine der Höhlen, von denen der Ranger der Sierra-Club-Gruppe erzählt hatte. Dunkel und konturlos wie die Welt hinter einem Spiegel. Bo krabbelte durch die Öffnung, rutschte sechs Meter einen Abhang hinunter und landete auf dem trockenen Boden einer unterirdischen Auswaschung, die schmal und eng nach oben führte. Weit vorn hellte sich die Dunkelheit etwas auf, was bedeutete, daß sich ein Sickerloch im Höhlendach befand. Sie kroch darauf zu, tastete sich an den Wänden des engen Tunnels entlang, der von strömenden Wassermassen in den Sandstein gegraben worden war. Als sie einen Blick über die Schulter warf, sah sie in dem trüben Licht des Höhleneingangs eine dunkle, gerade Linie. Den Gewehrlauf.

Gegen eine Panik ankämpfend, kroch sie langsam weiter auf den Spalt im Höhlendach zu. Ein Gewehrschuß hier drinnen würde von Tonnen von Geröll gedämpft werden. Terrells Gruppe würde ihn nicht hören. Sie und Mildred würden sterben. Ihre Leichen würden erst Jahre später, falls überhaupt, gefunden werden.

»Wenn wir das überleben, kaufe ich mir eine Waffe«, flüsterte sie keuchend der Hündin auf ihrem Rücken zu. »Ich hasse Waffen, und niemand mit einer manisch-depressiven Affektpsychose sollte eine besitzen, aber unter diesen Umständen lebe ich wohl nicht lange genug, um Selbstmord zu begehen.«

Mildred leckte ihren Nacken und ermutigte sie, das Sickerloch hochzuklettern. Oben angekommen, fand sich Bo in einer Landschaft wieder, die sie sich in ihrer schlimmsten Psychose nicht hätte vorstellen können. Schmale Gratlinien überschnitten sich mit einem Gewirr von Canyons, die nirgendwo hinführten. Trockene Wasserfälle stürzten fünfzehn bis dreißig Meter in steile Abgründe, die voller Felsbrocken waren. Kanonenkugelgroße Konkretionen lagen zu ihren Füßen. Eines dieser kugelförmigen Gesteine schien sie in dem schwachen Licht von einem Felssims anzustarren.

»O nein! Nicht jetzt!« sagte Bo verärgert wegen der symbolischen Überinterpretationen, zu denen ihr Gehirn jederzeit – auch unter normalen Umständen – neigte. Der runde weiße Stein starrte sie noch immer an, als von unten das Rieseln von Steinen verriet, daß noch jemand die Ausschwemmung zum Sickerloch hochkletterte.

Es *starrt* mich an, realisierte Bo, als ihr vor Panik beinahe schwindelig wurde. Weil es überhaupt kein Stein, sondern ein Schädel war.

Auf Füßen, die sich wie Glas anfühlten, ging sie darauf zu und versuchte eine plausible Erklärung für dieses Phänomen zu finden. Warum lag auf einem Felssims in einem unüberwindbaren Ödland ein Schädel ohne Skelett? Daneben lag eine schwarze Feder. Und auf halber Höhe des angrenzenden steilen Abhangs ragte ein verkümmerter Mesquitebaum aus der Wand. In den Ästen hing ein verlassenes Nest, und die Wurzeln baumelten wie bleiche Fäden in der Dunkelheit darunter. Bo ließ sich über den Rand gleiten, stürzte vier Meter tief, klammerte sich mit einer Hand am Stamm des Mesquitebaums fest und schlüpfte in die darunterliegende Höhle. Sie kniete auf der gezackten Kante eines Sandsteins, der wahrscheinlich vor hundert Jahren zusammen mit einem Forscher in die unterirdische Höhle gestürzt war. Der Schädel war wohl von einem Kojoten oder Berglöwen hierhergeschleppt worden. Oben kickte jemand eine der kugeligen, weißen Konkretionen über

den Rand des Abgrunds. Bo hörte das Gestein auf dem Grund aufprallen. Dann herrschte Stille.
Eine Ewigkeit des Schweigens, während deren der Schmerz in ihrem Knie zu einem Kaleidoskop von pulsierenden Farben wurde, einer Operation ohne Narkose. Aber sie konnte sich nicht bewegen. Jeder Ton würde den Beobachter oben alarmieren, und jede Bewegung könnte sie auf dem schmalen Felsen aus dem Gleichgewicht bringen. Sie könnte zwei Meter oder zwei Stockwerke tief stürzen. Das spielte wohl kaum eine Rolle.
Bo hörte, wie oben jemand bis zum Ende des Grats ging und wieder zurück. Aber nicht weiter. Wer immer es war, er kannte die Gefahren dieser verdeckten Spalten. Die Schmerzen in den Knien ließen Blitze hinter ihren festgeschlossenen Augen aufzucken. Wer immer es war, er war nicht dumm. Und geduldig.
Nachdem Bo zwanzigmal bis sechzig gezählt und während des Zählens Mildreds Nacken gestreichelt hatte, verhallten die Schritte geräuschvoll in dem Sickerloch, das zu der Ausschwemmung in der großen Höhle hinunterführte. Dann hörte sie nichts mehr. Bo zählte noch fünfmal bis sechzig, ehe sie aus der Höhle unter dem Mesquitebaum kroch und sich flach gegen die Wand drückte, um ihr Gewicht gleichmäßig zu verteilen.
»Wir rühren uns nicht von der Stelle, bis es hell wird«, flüsterte sie Mildred zu. »Wer immer das sein mag, er könnte in der Höhle sitzen und darauf warten, uns zu erschießen, wenn wir durch das Sickerloch runterklettern.«
Die Hündin bewegte sich in ihrem Rucksack, legte dann ihren Kopf auf Bos Schulter und schlief ein.
Stunden später sah Bo, wie sich der Himmel veränderte. Auf diese Weise nahmen nur kranke, leidende, manische und angstvolle Menschen den Tagesanbruch nach einer

schlaflosen Nacht wahr. Bo stand wieder am Rand des Abgrunds und sah, wie das blasse, orange Licht den gezackten Horizont erhellte und dann durch die Augenhöhlen des menschlichen Schädels, der zu ihren Füßen lag, fiel.

»Danke«, sagte sie zu dem Schädel des Menschen, der hier vor langer Zeit allein gestorben war. »Du hast mir das Leben gerettet.« Dann drehte sie den Schädel so, daß die Augen der aufgehenden Sonne zugewandt waren. Sie rückte Mildred in ihrem Tragegestell zurecht und ging zum Sickerloch zurück. Die Augen der kleinen Hündin waren trübe, merkte Bo, und die Haut unter dem Pelz schlaff. Dehydratation. Verständlich bei einem gebrechlichen alten Säugetier, das nicht daran gewöhnt war, achtstündige Zeitspannen in der trockenen Wüstenhitze zu verbringen.

»Mach dir keine Sorgen. Wir haben einen Kanister mit fünf Gallonen Wasser an unserem Auto«, erzählte sie der Hündin. »Halt durch.«

Bo warf einen Stein in das Sickerloch und lauschte auf eine verräterische Bewegung in der Höhle darunter. Nichts. Kein Lebewesen rührte sich in diesem steinernen Schweigen. Bo kletterte vorsichtig hinunter und eilte durch den gewölbeartigen Gang auf die hell erleuchtete Öffnung zu.

Terrells Gruppe schlief noch. Bo versuchte unter den Gestalten in den Schlafsäcken, die um das erloschene Feuer herumlagen, Martin zu identifizieren, aber es gelang ihr nicht.

Ein paar Minuten später war sie beim Pathfinder und dem dringend benötigten Wasserkanister. Als sie jedoch die Gummihalter, mit denen der Kanister im Gestell befestigt war, lösen wollte, fiel ihr auf, daß etwas nicht stimmte. Sie war überzeugt davon, den Deckel des Kanisters gerade auf den Einfüllstutzen geschraubt zu haben. Sie erinnerte sich deutlich daran, wie sie in der Gasse hinter ihrem Apartmentgebäude mehrmals versucht hatte, das verdammte Ding richtig aufzuschrauben, nachdem sie den Kanister mit Wasser gefüllt hatte. Aber jetzt saß er schief drauf. Jemand hatte den Wasserkanister geöffnet, ihn aber nicht heruntergenommen und dann den Deckel nachlässig wieder befestigt. Der Wasserpegel war unverändert. Bo dachte an ein vergiftetes Baby, an ein Glas Tequila, mit nach Mandeln riechendem Tod versetzt. Diese Erinnerung ließ sie vor dem Kanister zurückweichen, als wäre er radioaktiv.

Sie sperrte den Wagen auf, gab Mildred die letzten Tropfen Wasser aus der Feldflasche und fuhr rückwärts zum Arroyo Tapiado hinaus. Wenn sie recht hatte, war gerade jemand nahe daran gewesen, das einzige ihr bekannte Wesen, das zu bedingungsloser Liebe fähig war, zu töten. Nur ein Tier, das aber bei ihr blieb, wenn die Symptome dieser Geisteskrankheit alle anderen Menschen vertrieben. Bo fühlte, wie ein eisiges Prickeln tausend Nervenstränge durchströmte und sich in ihren Händen konzentrierte. Sie könnte töten, wurde ihr klar, als die Venen an ihren Händen bebend anschwollen. Sie könnte tatsächlich jeden töten, der ihre Hündin vergiften würde.

25

Das pralle Leben — **Popol Vuh**

Dewayne Singleton setzte sich auf und schüttelte wieder vorsichtig den Sand von seinen Schuhen. Diese Schuhe waren wichtig. Er hätte die Klinik nicht verlassen können, wenn er noch immer die dünnen Hausschuhe getragen hätte. Aber der große, nette Mann, der immer Tylenol besorgt hatte, wenn Dewayne über die Schmerzen in seinen Beinen klagte, der hatte gesagt, daß Schuhe gegen den Schmerz helfen könnten. Er war gegangen und hatte für Dewayne ein Paar Tennisschuhe besorgt, obwohl es schon Zeit war, ins Bett zu gehen. Er hatte gesagt, er würde am Morgen nicht dasein, weil seine Schicht um elf Uhr zu Ende sei, und daß er wolle, daß Dewayne richtige Schuhe besäße. Sie würden am Samstagmorgen draußen Volleyball spielen, erzählte er Dewayne. Es sei wichtig, die richtigen Schuhe zu haben, vor allem, weil er durch das Haldol diese Muskelkrämpfe bekäme. Dewayne nickte nur und beschloß, dem Mann nicht zu sagen, daß er nicht Volleyball spielen konnte. Und dann, am Samstag morgen, als er draußen im Hof diese Schuhe trug und das rote Besucherschild aus Plastik noch immer in seiner Tasche steckte, schickte Allah ein Wunder. Oder irgendwas tat es. Eine große Gruppe Schwarzer traf ein. Sie kamen nicht alle auf einmal, sondern in Gruppen von drei oder vier, ziemlich nah beieinander. Dewayne wußte nicht, warum sie da waren, aber er wußte, daß sie sich nicht kannten. Etwas an der Art, wie sich ihre Körper innerhalb der Gruppe bewegten, Distanz zwischen sich ließen, zeigte, daß sie sich fremd waren. Etwas an der

Art, wie sie sich ansahen, während sie ihrer Aufgabe nachgingen, und das war, über Gott zu sprechen.

Ohne es eigentlich zu wollen, beobachtete Dewayne einen von ihnen in einem hübschen Hemd und mit glänzenden braunen Schuhen, wie er auf eine Frau zuging und anfing, mit ihr zu reden. Es war so leicht, die Bewegungen und kleinen Gesten dieses Mannes nachzuahmen. Mama hatte immer gesagt, es sei eine Gabe, so wie Dewayne Menschen imitieren könne.

Nach einer Weile rollte er die Ärmel seines buntkarierten Hemdes hinunter, um das Klinikband aus Plastik an seinem Handgelenk zu verbergen. Dann ging er auf einen weißen Jungen zu, der immer hin und her ging und dabei zu Boden starrte.

»Kennst du die Liebe Gottes?« sagte Dewayne zu dem Jungen, genau wie der Mann in dem hübschen Hemd es gesagt hatte. »Weißt du, daß die Bibel Antworten auf alle deine Fragen hat?«

Der Junge blickte auf und flüsterte nur: »Der Teufel soll dich holen, du Arschloch.«

Aber eine der Frauen in der Gruppe hörte den Satz. Sie lächelte Dewayne zu, während sie mit ihrem breiten, dunklen Gesicht nickte wie ein automatischer wahrsagender Buddha, den er einmal auf einem Volksfest gesehen hatte, das er und Buster in Breaux Bridge besucht hatten. »Lobet den Herrn«, sagte sie.

Dewayne lächelte sie an, nickte gleichfalls und antwortete: »Lobet den Herrn.« Dann ging er neben dem Jungen auf und ab und redete von Zeit zu Zeit, was ihm gerade einfiel, tat aber meistens nur so, als spräche er. Schließlich blieb der Junge stehen und flüsterte: »Mann, wenn du mich mit diesem verdammten Scheiß nicht in Ruhe läßt, trete ich dir in die Eier.«

»Lobet den Herrn.« Dewayne nickte und schlenderte zu der Frau, deren geblümtes Kleid und Parfüm ihn an Mama erinnerten. Das Personal, sogar Mr. Rambo, spielte Volleyball mit den Patienten in der Mitte des Hofs, während andere Patienten und die Besucher am Rand des Spielfeldes umhergingen. Jemand stellte Limonade in Pappbechern und Kekse auf einen steinernen Picknicktisch.
»Ich wünschte, ich könnte bleiben, aber ich muß gehen«, sagte die Frau. Dewayne konnte die Angst in ihrer Stimme hören. Sie fürchtete sich, wollte da raus.
»Ich muß auch gehen«, antwortete er leise, indem er ihre Ausdrucksweise nachahmte. »Lobet den Herrn. Ich muß mich mit meiner Frau treffen.«
»Sind Sie aus dem Süden?« fragte sie und sah sich um, ob sich einer der anderen Besucher zum Gehen anschickte. Die Art, wie ihre Blicke über die Patienten schweiften, zeigte ihm, wovor sie Angst hatte. Als würde ihr etwas Entsetzliches passieren, wenn sie einen von denen direkt ansah.
»Lobet den Herrn. Ja, das bin ich«, antwortete er und fügte hinzu: »Meine Frau aber stammt aus dieser Gegend.«
Die Frau traf eine Entscheidung. »Na, Sie besitzen wirklich den Geist des Herrn. Lobet Seinen Namen. Ich glaube, ich gehe jetzt.«
Dewayne lächelte ihr zu, während er aus den Augenwinkeln nach dem Personal Ausschau hielt. Der einzige, der ihn wirklich kannte, war Mr. Rambo, der noch immer Volleyball spielte und mit dem Rücken zum Tor mit den Wachposten stand. »Ich gehe mit Ihnen«, sagte er, zog das Besucherschild aus seiner Tasche und hielt es in der gewölbten Hand, damit es die Frau, aber sonst niemand sehen konnte.
»Sie sollten das an Ihr Hemd stecken«, sagte sie aufgeregt und drängte in Richtung Tor. Nachträglich fügte sie hinzu: »Lobet den Herrn.«

»Es ist immer wieder runtergefallen«, antwortete Dewayne und folgte ihr zum Tor. »Sein Name sei gesegnet.« Mama hatte das oft gesagt. Es schien zu passen.

Der Wachposten öffnete die Tür und nahm ihre Schilder entgegen. Er hörte Radio und redete mit einem anderen Wachposten, der irgendwelche Papiere zählte. Die Frau in dem geblümten Kleid schrieb ihren Namen auf ein Klemmbrett und reichte Dewayne den Stift. Er setzte seine Unterschrift neben einen Namen, der »Daniel Glover« lautete, und merkte dann, daß er mit »Daniel Glover« anstatt mit »Dewayne Singleton« hätte unterschreiben sollen. Aber seine Handschrift war schlampig, und der Wachposten sah nicht hin. Später würden sie entdecken, daß sich Dewayne Singleton aus der Liste ausgetragen hatte, was auch stimmte. Dann hatte der Wachposten auf den Summer gedrückt und die beiden durch eine zweite Tür hinausgelassen.

Dewayne zog seine Schuhe wieder an, saß im Sand und versuchte sich daran zu erinnern, was er danach getan hatte. Alles war so verschwommen. Hinter dem Parkplatz der Klinik hatte er angefangen zu laufen. Hatte sich das Plastikarmband abgerissen. War zur Auffahrt einer Schnellstraße gelaufen und von einem fetten Mexikaner in dessen Lastwagen mitgenommen worden, der ihm Arbeit als Palmenpflanzer anbot. Als Dewayne sagte, daß er Palmen hasse, hielt der Mann an und setzte ihn vor einem Park ab, der an einer Art Bucht lag. Ein paar Leute bei einem Picknick schenkten ihm einen Teller voller Brathähnchenfleisch und eine Dose Orangenlimonade, als er sagte, er dürfe wegen seiner Religion kein Bier trinken. Das war gestern, ehe er die Nacht damit verbracht hatte, im Sand auf und ab zu gehen. Hin und her. Her und hin. Und überlegt hatte, was er als nächstes tun sollte.

Die Menschen in Kalifornien schienen ziemlich nett zu sein.

Dewayne verneigte sich bei Sonnenaufgang nach Osten und fragte Allah, wo die Bösen seien, wo der Engel Jabril töten würde. Dann beobachtete er ein paar Jungen auf kleinen Segelbooten, die gerade groß genug waren, um darin zu stehen und über das blaue Wasser zu reiten. Obwohl die Muskeln in seinem rechten Arm wie Schlangen in einem heißen Zinkeimer zuckten, glaubte er nicht, daß das wegen der Ungläubigen war. Er dachte, daß Jabril vielleicht schon hiergewesen und das Böse verschwunden war. Er mußte auch von hier fort, beschloß er, und ging in Richtung Schnellstraße.

26

Vergossenes Wasser

Nachdem Bo an einer geschlossenen Tankstelle Wasser geholt hatte, fuhr sie direkt nach Hause. Erst als Mildred gefüttert war und zusammengerollt wie ein weißes Pelzknäuel bequem in ihrem Korb neben Bos Bett lag, ging sie mit einer Zange und einer leeren Gewürzflasche wieder nach draußen. Die Flasche hatte, wie sie sich erinnerte, Gewürznelken enthalten, ehe sie alle in dem mißlungenen Versuch verschwendet hatte, den modrigen Geruch aus einem Strandtuch zu entfernen.
Nachdem Tuch und Gewürznelken zwei Wochen lang in einer Plastiktüte auf ihrer Terrasse in der Sonne geschmort hatten, war beides in einer Mülltonne gelandet, die jetzt wie modrige Gewürznelken roch. Soviel zur Verwendung von Kräutern. Bo fragte sich, warum deren Anwendung bei ihr nie glückte, wo doch jeder andere damit Erfolg zu haben schien. Vor allem jemand, der Mütter und Babys vergiftete und auch noch ungeschoren blieb.
Sie hielt die Flasche mit der Zange fest und schöpfte Wasser aus dem Kanister, der an der Hecktür ihres Pathfinder befestigt war. Dann verschloß sie die Flasche mit dem dazugehörigen Plastikstöpsel. Falls sie recht hatte und das Wasser vergiftet war, sollte der Kanister geleert werden, ehe jemand daraus trank. Vielleicht ein Kind oder einer der Obdachlosen vom Strand. Bo zerrte den Kanister aus seiner Halterung, trug ihn zu einem Gully in der Straße und goß das Wasser hinein. Dann fuhr sie mit dem Auto rückwärts über den Kanister und warf ihn in dieselbe Müll-

tonne, wo vor einem Jahr ihr ruiniertes Strandtuch gelandet war.

Den zerdrückten Kanister würde niemand, der die Mülltonnen nach brauchbarem Müll durchsuchte, herausnehmen. Falls sie sich geirrt hatte und sich in der Wüste niemand am Deckel zu schaffen gemacht hatte, dann hatte sie eben etwas völlig Unsinniges getan, das bei jemandem, der es gesehen hatte, Zweifel an ihrer geistigen Gesundheit wecken könnte. Bo stieg grinsend die Stufen zu ihrem Apartment hinauf. Diese Zweifel konnten ohne weiteres als Tatsache dokumentiert werden.

Als sie zum Telefon ging, wurde ihr bewußt, daß sieben Uhr morgens wirklich zu früh war, um Dar Reinert zu Hause anzurufen. Sie mußte eine Weile warten, ehe sie den Detective anrief, um herauszufinden, wie sie die Wasserprobe an einem Sonntag im Labor untersuchen lassen konnte. Ihr Anrufbeantworter blinkte hektisch. Sechs Anrufe von Andrew mit zunehmender besitzergreifender Sorge über ihren Verbleib; einer von Estrella, die Bo nur bat, vor Sonntag mittag anzurufen, sonst würden sie und Henry wie vereinbart den Sheriff anrufen; und einer von Eva Broussard, die erzählte, daß eine Gruppe von expatriierten guatemaltekischen Maya auf ihrem Besitz campiere und als Quelle für Hintergrundinformationen, was Chac betraf, dienen könne. Estrella, schlug Eva vor, solle mitkommen, da die Indios etwas Spanisch, aber kein Amerikanisch verstünden.

Estrella nahm beim zweiten Läuten ab, und Erleichterung war in ihrer Stimme zu hören. »*Madre de dios*«, rief sie. »Bo, ich bin mir nicht sicher, ob ich deinen Ausflügen in die Wüste in meinem gegenwärtigen Zustand gewachsen bin. Und Henry ist noch schlimmer. Erinnerst du dich an das mumifizierte Mädchen? Ich habe dich dauernd vor mir gesehen, wie du zu Leder vertrocknest wie ein alter Koffer, und Henry hat ein paar Bemerkungen über die Gewohnheiten von Aasgeiern fallenlassen. Du *sagtest*, du würdest nicht über Nacht bleiben ...«

»Es tut mir leid, Es«, sagte Bo. »Ich hatte keine Wahl. Jemand hat versucht, mich umzubringen.«

In dem anschließenden Schweigen hörte Bo, wie es ihrer Freundin nur unter größter Anstrengung gelang, ruhig zu bleiben, während ihr mexikanisches Erbe förmlich nach emotionsgeladenen Ausdrücken schrie. Der Kampf dauerte länger als eine halbe Minute. »*Was?*« explodierte Estrella schließlich.

»Hör zu, du mußt mit mir zu Eva fahren, um ein paar Guatemalteken zu befragen, die auf ihrem Grundstück campieren. Ich erzähle dir unterwegs alles, okay?«

»Ich bin in einer Stunde fertig.« Estrella seufzte. »Hast du Andy angerufen? Er ist an solche Sachen nicht gewöhnt, weißt du.«

»Ich rufe ihn gleich an.« Bo nickte. »Und vielen Dank, Es.«

Bo fand eine Tasse, ein Museumssouvenir aus Santa Fe, im Geschirrspüler. Da ihr nicht klar war, ob sie den Geschirrspüler seit letzter Woche hatte laufen lassen, spülte sie die Tasse ab und bewunderte das Katchinapuppenmuster darauf. Wie üblich fehlte auch auf diesem beliebten Katchinasouvenir der Stein-Fresser, Owanja-Zrozro. Der Verrückte.

Die Hopi haben in ihrer Mythologie die Existenz psychischer Krankheiten anerkannt und konkretisiert; aber das Museum hatte bequemerweise die verrückten Katchinas auf ihrer schicken Tasse nicht abgebildet. Bo füllte die verunstaltete Tasse mit frischem Kaffee und rief Andrew LaMarche an, dessen Erleichterung mit vorhersehbarem Ärger gemischt war. Bo beschloß, ihm im Interesse eines dringlicheren Problems die wahre Geschichte zu verschweigen.

»Aus diesem Grund gehe ich keine ernsthaften Beziehungen ein«, erklärte sie mit unverhohlener Verärgerung. »Natürlich hast du dir Sorgen gemacht, aber das *darfst* du nicht. Nicht mit mir. Ich bin anders, Andy. Ich mag dich, aber ich kann nicht wie ein siamesischer Zwilling mit dir leben. Mein Leben funktioniert, solange ich einen guten Psychiater, das richtige Medikament und die Freiheit habe, auf mich selbst in einer Weise aufzupassen, die du als verrückt empfindest. Friede und Ruhe, Alleinsein, Malen – das ist für mich wie Sauerstoff und hat Vorrang vor allem anderen. Muß ich darauf verzichten, zerbreche ich. Normale Menschen spielen in einer Beziehung nicht gern die zweite Geige, vor allem nicht, wenn es um eine psychische Krankheit geht. Aber so ist das nun einmal.«

Na, na, Bradley. Selbst Attila, der Hunnenkönig, hätte diese Situation mit mehr Zartgefühl gehandhabt. Versuchst du etwa, ihn in die Arme einer kecken Verwalterin finanzieller Mittel zu treiben, die seine Karriere fördern könnte, während sie ihn nachts aus Gründen, die stärker sind als schiere Angst, wach hält?

Vielleicht hätte sie ein bißchen gefühlvoller sein und an Andrews Mitgefühl appellieren sollen. Allerdings wäre das unehrlich gewesen, und er mußte die Wahrheit wissen, ehe ihre Beziehung komplizierter wurde.

»Wenn das so ist«, sagte er ernst, »muß ich ein paar Dinge neu überdenken.«

Bos Herz machte einen Sprung. Sie wollte nicht neu überdacht, sondern einfach akzeptiert werden. Das war immer der Stolperstein.

»Körbe aus Kiefernnadeln zu flechten wäre eine Möglichkeit«, fuhr er fort, »obwohl ich mir auch Gedanken über Musik gemacht habe. Ich wollte schon immer mal ein

Cembalo bauen. Und dann natürlich lernen, darauf zu spielen.«
Bo war sich nicht sicher, ob diese mit unbewegter Stimme vorgetragenen Erläuterungen Ausdruck einer maßlosen Verärgerung oder eines etwas rätselhaften Humors waren.
»Cembalo?« wiederholte sie verwirrt.
»Ja. In den langen Nächten, während du auf der Suche nach Frieden schlangenverseuchtes Ödland durchstreifst, brauche ich eine Beschäftigung. Wenn das Cembalo fertig ist, könnte ich mit dem Bau einer Orgel beginnen. Dafür ist meine Eigentumswohnung natürlich zu klein, aber ich habe daran gedacht, ein Haus zu kaufen …«
»Ach, Andy«, flüsterte Bo und entspannte sich. »Ich dachte … nun, du weißt, was ich dachte. Kannst du das wirklich ertragen … und mich dazu?«
»Nur, wenn ich sofort mit dem Bau des Cembalos beginne. Übrigens, sind wir heute abend nicht bei Rombo und Martin zum Dinner eingeladen? Ich fliege um acht Uhr zwanzig nach New Orleans. Wir müssen früh essen.«
»Ich rufe sie an und arrangiere einen früheren Zeitpunkt. Und, hm, Andy, da sind noch zwei Sachen. Ich habe meine Meinung geändert und möchte doch mit dir nach Louisiana fliegen. Ich muß mit Dewayne Singletons Familie sprechen, die dort lebt. Vielleicht auch mit jemandem in dem Gefängnis, in dem er war. Gilt die Einladung noch immer?«
Er war begeistert. »Ich kümmere mich sofort um dein Ticket«, sagte er. »Wir verbringen die Nacht im French Quarter. Und worum geht's bei der zweiten Sache?«
»Der wirkliche Grund dafür, daß ich es letzte Nacht nicht geschafft habe zurückzukommen, war, na ja, ich habe mich in einem Canyon vor jemandem mit einem Gewehr versteckt, der anscheinend versucht hat, hm, mich umzubrin-

gen. Ich erzähle dir alles ausführlich heute abend bei Rombo und Martin, okay?«
»Bo, ich bin kein junger Mann mehr«, sagte Andrew mit rauher Stimme. »Ich weiß nicht, ob mein Herz zuviel davon vertragen kann. Bist du dir sicher? Wer war es?«
»Ich habe das Gesicht nicht gesehen«, erklärte Bo, »nur den Gewehrlauf. Und ich glaube, daß, wer immer es war, er auch etwas in den Wasserkanister getan hat. Ich habe eine Probe von diesem Wasser und werde Dar anrufen, um jemanden aufzutreiben, der es testet.« Ihre Stimme sank um eine halbe Oktave. »Ich hätte von diesem Wasser beinahe Mildred zu trinken gegeben, Andy. Es gibt Regeln, gegen die man in der Wüste einfach nicht verstoßen darf. Wasser zu vergiften ist wohl eines der obersten Verbote. Ich möchte den töten, der das getan hat. Das will ich wirklich.«
»Ich bin um drei bei dir.« Er seufzte. »Pack die leichteste Kleidung ein, die du besitzt. Wir sprechen bei Rombo und Martin darüber, und dann bring' ich dich von hier fort, ehe es zu spät ist.«
Unter der Dusche dachte Bo über den Jungen nach, mit dem Chac vor ihrem Tod gelebt hatte. Von allen, die etwas mit der Sängerin zu tun gehabt hatten, war Chris Joe Gavin am geheimnisvollsten. Ein Teenager, der ausgerissen war und eine Biographie hatte, die beinahe immer schwierige und unsichere Menschen hervorbrachte. Was hatte der Sozialarbeiter gesagt? In wie vielen Pflegeheimen war der Junge gewesen? In genügend, um eine klaffende Lücke zu hinterlassen, wo ein Gefühl der Sicherheit hätte sein sollen. Ein Gefühl, gewollt zu sein und geliebt zu werden.
In ihrem Beruf hatte Bo viele Erwachsene kennengelernt, die in Pflegeheimen aufgewachsen waren und die alle ihr Leben lang unter der Sehnsucht nach Zugehörigkeit litten,

das nie befriedigt werden würde. Und Chris Joe war noch jung. Nicht gefestigt. Seine Gefühle und Wahrnehmungen wurden von Unerfahrenheit und Hormonschüben geprägt, die manchmal Depressionen, Wahnvorstellungen, Obsessionen – Begleiterscheinungen des Wahnsinns – auslösen konnten.
Bo rieb sich eine Cremespülung ins Haar und genoß das Prasseln von heißem Wasser auf ihren von den Strapazen der vergangenen Nacht verkrampften Muskeln. War Chris Joe der Jäger auf der Pirsch in der Wüste gewesen? fragte sie sich. War seine Schwärmerei für Chac durch ihren Tod in Rache und Mordlust umgeschlagen? Das Gewehr war zuerst auf Munson Terrell gerichtet gewesen. Warum sollte Chris Joe Chacs Manager töten wollen, wo Chac doch nicht mehr lebte? Der Junge könnte gewußt haben, daß Terrell Acitos Vater war, und sein Verlangen nach Chac war bei Bos Besuch in der vergangenen Woche allzu offensichtlich gewesen. Glaubte Chris Joe, daß Munson Terrell zuerst Acito und dann Chac vergiftet hatte? Vielleicht *wußte* Chris Joe, daß Terrell der Mörder war, und war ganz versessen auf Rache.
Durch die Erinnerung an ihre eigene Reaktion auf die Möglichkeit, daß jemand Mildred hatte töten wollen, wußte Bo, daß Rache ein starkes menschliches Bedürfnis war. Aber warum hatte ihr der Junge Chacs Bankauszug und die merkwürdige Notiz »Chac nennt ihren Mörder in der Musik« geschickt?
Bo trat aus der Dusche, wickelte sich in einen gelben Frotteemantel und starrte in den Spiegel. In nassem Zustand war ihr Haar rotholzfarben und von silbernen Fäden durchzogen, die schnell zu Strähnen wurden. Es war Zeit, es zu färben oder sich damit abzufinden, daß sie bald wie ein weiblicher Nikolaus aussah, zu dem eine karierte Schürze

und eine kleine runde Brille paßten. Während Bo diese Alternative in Erwägung zog, kam ihr plötzlich eine Erkenntnis. Natürlich!

»Gefärbtes Haar!« schrie sie in den beschlagenen Spiegel, worauf Mildred mit einem kurzen Bellen antwortete. »Warum habe ich nur nicht früher daran gedacht?«

Nicht Chac hatte ihr Haar gefärbt, das war Bo jetzt klar. Die Flasche mit Haarfärbemittel, die aus Chacs Rucksack kurz nach ihrem Besuch mit Chris Joe bei Acito in San Ysidro gefallen war, war nicht für Chac, sondern für Acito bestimmt gewesen! Chac hatte Acitos verräterische weiße Strähne gefärbt, das genetische Merkmal kaschiert, das von Terrells Vaterschaft zeugte. Aber vor wem hatte sie dieses Merkmal versteckt? Chris Joe war bei ihr gewesen und hätte gesehen, wie sie Acitos Stirnlocke färbte. Chris Joe kannte offensichtlich die Wahrheit.

Vor Kee also. Chac hatte nicht gewollt, daß die Frau ihres Geliebten, die auch seine Partnerin in einem Geschäft war, das die Karriere der Sängerin fördern und sie somit aus der Prostitution und Armut führen sollte, von dieser Beziehung und deren Folgen erfuhr. Allerdings hatte Kee behauptet, von dem Baby nur gehört zu haben. Und da sie wenig Kontakt zu Terrells mexikanischem Unternehmen hatte und sich selten Chacs Show in Tijuana angesehen hatte, war es unwahrscheinlich, daß sie Acito, der sowieso auf der anderen Seite der Grenze lebte, gesehen hatte. Für wen hatte sich Chac also die Mühe gemacht, den Vater von Acito zu verheimlichen?

Vor ihrem längst vergessenen Ehemann, Dewayne Singleton? Bo fragte sich, wie Neuigkeiten von seiner Frau zu dem Mann gelangt sein könnten, der in einem Gefängnis in Louisiana saß. Gab es eine Art geheimen Nachrichtendienstes für Gefangene? Vermutlich, dachte Bo. Sogar in einem

Gefängnis konnten Informationen gekauft werden. Aber Dewayne Singleton hatte nicht die Mittel besessen, um Informationen zu kaufen. Außerdem paßte seine manische Irrationalität nicht in dieses Szenario.

Dewayne war kein machiavellistischer Ränkeschmied. Er war krank und litt an Wahnvorstellungen. Es sei denn, er spielte Theater. Bo glaubte nicht daran, aber selbst falls es so war, konnte Chac nicht gewußt haben, daß Dewayne auftauchen würde. Und mit der Verheimlichung der Identität von Acitos Vater wurde die Tatsache, über die ein abwesender Ehemann in Wut geraten würde – die Existenz eines Babys, das nicht seins war –, nicht aus der Welt geschafft.

Bo zerrte zerknitterte Khakishorts aus einem Kleiderstapel unter einem staubigen Bügelbrett hervor und zog sie an. Dabei schüttelte sie verwirrt den Kopf. Der einzige, vor dem Chac logischerweise Acitos auffallende Haarsträhne hätte verbergen können, war Munson Terrell. Aber warum? Und wer hatte in der Wüste auf der Lauer gelegen, um ihn zu töten, während er für die Tänzer, die ihre Männlichkeit feierten, die Trommel schlug? Bo war entsetzt, als sie an die Männer in den Schlafsäcken auf dem Wüstenboden dachte. Einer davon war ihr Freund, Martin, gewesen. Keiner hatte sich in dem fahlen Licht der frühen Dämmerung bewegt. War der Mörder dorthin zurückgegangen, während sie sich versteckt hatte, und hatte sie alle getötet?

»Übertreib nicht«, warnte sie sich, während sie mit ihrem Büstenhalter kämpfte. »Martin geht es gut. Später wird das alles einen Sinn ergeben. Ruf jetzt einfach Dar an und finde heraus, ob das Wasser wirklich vergiftet ist oder ob du es dir nur eingebildet hast.«

Reinert würde die Flasche abholen, sagte er. Bo solle sie zwischen Tür und Fliegengittertür deponieren. Aber er würde das Wasser wahrscheinlich erst am folgenden Tag testen

lassen können. Als Bo ihm erzählte, was in der Wüste passiert war, sagte er nur: »Das muß Gavin gewesen sein. Der Junge ist verrückt, Bo. Seit dem Tod der Nutte dreht er durch. Ich gebe eine Fahndung wegen Verdachts auf Waffenbesitz oder ähnlichem raus. Aber wir können ihm nichts anhängen, weil er Sie durch die Wüste gejagt hat. Außerdem ist es sehr unwahrscheinlich, daß wir ihn aufspüren. Der Junge hat Übung im Verstecken. Man fragt sich nur, warum.«
Bo rief Rombo zu Hause an und vereinbarte ein frühes Abendessen. Dann hinterließ sie im Büro eine Nachricht für Madge, daß sie zur Beerdigung einer Tante in Mississippi fliegen müsse. Ein Nachkomme William Faulkners. Mütterlicherseits.

27

Das Flammenbündel

Die Maya-Flüchtlinge, eine Gruppe von sechs Männern und zwei Frauen, warteteten auf der gefliesten Terrasse von Evas Haus, das aus Adobeziegeln in klassischem Missionsstil erbaut worden war. Als Bo und Estrella im Pathfinder ankamen, stellte Eva die beiden in stockendem Spanisch vor und setzte sich dann, um zuzuhören. Estrella unterhielt sich eine Weile mit der Gruppe auf spanisch, während Bo die breiten, ovalen Gesichter betrachtete. Diese Gesichtszüge zeugen von Mut, dachte sie. Diese Menschen wollten überleben und lieber weiterziehen, als zu bleiben und vernichtet zu werden. Sie gehörten der Rasse der Pioniere an. Manche wanderten Tausende von Meilen, nur um zu sterben. Doch andere überlebten, und ihre Kinder gediehen prächtig in neuen Ländern. Chac war eine davon gewesen. Eine Überlebende.

Während die Unterhaltung auf spanisch weiterging, betrachtete Bo die Berge im Süden. Noch immer vom Nebel verhangen, schienen sie von Millionen von Schritten einer leise sprechenden Armee widerzuhallen, die in auseinandergerissenen Haufen nordwärts marschierte. Die dritte Welt wurde sie genannt, die Welt jenseits der Grenzen der Vereinigten Staaten, die sich von einem Kontinent zum nächsten erstreckte. Eine Welt voller Menschen, die lange vor den ersten europäischen Invasoren dort gelebt hatten. Jetzt eroberten sie ihre Welt unauffällig wieder zurück.

Keiner der Maya sah Bo an, als ihr Estrella übersetzte, was sie gesagt hatten. Schüchtern starrten sie zu Boden und

warteten darauf zu erfahren, worum es ging. In ihrer seltsamen Kleidung, die aus ausrangierten amerikanischen Kleidungsstücken bestand – weiten Hosen, T-Shirts von einem Sportfest, das vor fünf Jahren stattgefunden hatte, der Uniform eines Zimmermädchens eines Stadthotels von San Diego, das längst in ein Obdachlosenheim umgewandelt worden war –, schienen sie nicht zu wissen, wohin mit ihren Armen und Beinen. Eine der Frauen trug einen aus buntem Garn gewebten Schal, dessen Schönheit auch noch unter dem Schmutz der langen Reise zu erkennen war. Sie allein schien selbstsicher zu sein und starrte auf die Militärstiefel an ihren Füßen.
»Sie kommen aus einem Dorf namens San Juan la Laguna«, erzählte Estrella, »und sprechen unter sich die Maya-Sprache Tzutuhil. Sie …«
»Das ist die Sprache, die auch Chac gesprochen hat«, unterbrach Bo. »Erinnerst du dich? Sie hat es uns kurz vor ihrem Tod in der Bar in Tijuana erzählt. Vielleicht wissen diese Leute, wer sie war. Vielleicht wissen sie, ob Acito Verwandte hat, die noch dort leben. Chacs richtiger Name war María Elena Bolon. Frag sie, Es. Finde heraus, ob Acito Verwandte hat!«
Als Estrella Fragen stellte, die die Maya in Verlegenheit zu bringen schienen, verlor sich Bo in einer Phantasievorstellung. Darin gab es einen starken jungen Onkel für Acito, einen Bruder von Chac. Sein Name war Jaguar-Zahn oder so ähnlich, und seine witzige, kräftige Frau, die alle an Tina Turner erinnerte, würde Acito lieben. Sie würden ihren Neffen wie einen Sohn willkommen heißen. Sie würden ihn in der alten Tradition zu einem großartigen Maya-Indianer erziehen.
Der Ausdruck in Estrellas Augen paßte nicht ganz zu Bos Tagtraum.

»Sie haben Chac nicht gekannt«, sagte sie, »aber sie kennen ihre Geschichte. Anscheinend ist sie auf dem Immigrantenpfad zu einer Art Folkloregestalt geworden.«
»Sie sind stolz auf Chac.« Bo erfand einen Mythos. »Sie hat zahllose Schicksalsschläge überlebt und wurde eine populäre Sängerin. Stimmt's?«
Estrella blickte jetzt auch wie die Maya auf ihre Füße. »Nein«, antwortete sie leise. »Sie nennen sie *la puta* auf spanisch. Das bedeutet ›die Hure‹. Ich verstehe nicht alles, was sie sagen, aber anscheinend sind die Moralvorstellungen der Maya – das heißt, was aus der Zeit vor der Eroberung erhalten und weitergegeben worden ist – sehr streng.« Estrella seufzte und wandte den Blick verbittert zu den Hügeln. »Chac ist für sie ein Beispiel der Schande. Es ist ihnen gleichgültig, daß sie es allein geschafft hat zu überleben und daß sie eine Möglichkeit gefunden hat, der Welt etwas Schönes zu geben. Sie sagen, es sei gut, daß sie tot ist, weil sie schlimmer war als eine *ladina* – eine Maya, die die alten Sitten mißachtet. Sie sagen, die Zeit wird stillstehen, wenn die letzte Maya das tut, was Chac getan hat …«
»Und Chacs Familie?« fragte Bo entmutigt.
»Ist tot. Ihre Mutter war Lehrerin in ihrem Dorf, was von der Regierung Guatemalas unterbunden wurde, weil sich durch Bildung die Anzahl der unterbezahlten Arbeiter verringert, die gebraucht werden, um mit den Plantagen Reichtümer zu scheffeln. Chac hat als Kind gesehen, wie ihre Mutter von einem Regierungssoldaten erschossen wurde. Der Vater brachte sie in eine Stadt namens Antigua und ließ sie dort in einer Klosterschule. Dann kehrte er in sein Dorf zurück und trank sich zu Tode. Die Frau mit dem Schal – sie heißt Julia Ixtamel – sagt, daß die Nonnen angeblich Chac das Singen beigebracht haben, was sie aber

nicht glaubt, weil Chacs Gesang nicht der Gesang einer heiligen Person ist.«

»Doch, das war es!« beharrte Bo, sprang auf und lief zum Auto. »Hört euch das an!« schrie sie, steckte Chacs Kassette in den Recorder und schaltete ihn ein. Als Acitos Lied durch die Luft wehte, merkte Bo, daß sie weinte.

»Wie lautet das spanische Wort für ›heilig‹?« fragte sie Estrella.

»*Santo.*«

»Diese Musik *es santo!*« sagte sie zu den Indios und deutete auf unsichtbare Töne über ihrem Kopf. »So *santo* wie nur möglich. Könnt ihr das denn nicht hören? Warum könnt ihr es nicht hören?«

Die acht bronzefarbenen Gesichter starrten beharrlich zu Boden. Bo konnte fühlen, wie sich die Indianer innerlich abwandten und hinter einer undurchdringlichen Mauer verschwanden. Jemand in der Gruppe flüsterte das Wort *loca.*

»Ach du meine Güte!« sagte Estrella leise und legte dann ihren Arm um Bos Schultern. »Das war keine gute Idee. Sie haben Chac nicht gekannt, Bo. Man muß jemanden erst kennenlernen, um festzustellen, daß er sich von anderen unterscheidet.«

Eva Broussard war zu Bo und Estrella geeilt. »Chac ist für diese Menschen nur ein Mythos«, sagte sie. »Für Sie hingegen ist sie Wirklichkeit. Die Meinung dieser Menschen wird durch die Wahrheit über Chacs Leben nicht geändert. Aber Sie haben sich verändert.«

Bo schaltete den Recorder aus und seufzte. Der trockene Bergwind zerzauste ihr Haar. »Ich wollte etwas von ihnen für Acito haben. Eine Art Erbe. Nicht das.«

»Wenn Chac die Weltanschauung dieser Menschen hätte teilen wollen, wäre sie in Guatemala geblieben«, konstatier-

te Eva sachlich. »Sie hat ihrem Sohn etwas anderes hinterlassen. Respektieren Sie das, Bo, und vergessen Sie Ihre Hollywoodphantastereien.«
Eva Broussard hatte während ihrer kurzen Freundschaft noch nie so direkt gesprochen. Bo betrachtete das als Kompliment. »Okay«, stimmte sie zu und kam sich wegen ihres Ausbruchs töricht vor. »Aber jetzt weiß ich nicht, was ich als nächstes tun soll.«
Die Indianer waren aufgestanden und gingen langsam in Richtung des Campingplatzes, der in einer felsigen Mulde, eine halbe Meile hinter dem Haus, lag. Ein paar Mitglieder von Evas Gruppe, die gerade aus New York angekommen waren, gaben den Männern mit Gesten zu verstehen, beim Aushub eines Brunnens zu helfen. Julia Ixtamel blieb etwas hinter der Gruppe zurück und warf einen Blick über die Schulter. Bo sah, daß in das farbige Garn ihres Schals Schleifen eingewoben waren. Schwarze Satinschleifen, die das gelbe Sonnenlicht schluckten und die kräftigen Farben im Kontrast dazu wie ein Feuerwerk leuchten ließen. Langsam drehte sie sich um, ging auf Bo zu, nahm ihren Schal ab und faltete ihn sorgfältig.
»Para Acito«, flüsterte sie und deutete zum Himmel, wo ein Wiegenlied über alle hinweggeweht war. Dann gab sie Bo den Schal und ging, ohne den Blick vom Boden zu heben.

28

Die Fledermaus

Eva erklärte sich bereit, diesen Nachmittag an dem Treffen mit Estrella und Henry bei Rombo und Martin teilzunehmen. Bo rief Rombo an, der ihr erklärte, daß Pizza – obwohl für Martin eine Schmach – die einzige Art der Verköstigung für die Clique sei, die sich bei ihnen versammelte, um den nächsten Schritt ihrer unorthodoxen Untersuchung von Chacs Tod festzulegen. Am Ende des Telefonats, das Bo von Estrellas Küchentelefon aus führte, ließ Rombo eine Bombe platzen.

»Ich muß dir leider mitteilen, daß Mr. Singleton am Samstag morgen – gestern – geflohen ist«, erzählte er ihr. »Ich weiß, das wird dich aufregen, aber stell dir vor, wie ich mich fühle. Zum erstenmal in seinem Leben bekam er Hilfe, und sein Geisteszustand hätte innerhalb von ein paar Wochen mit Lithium stabilisiert werden können. Weiß Gott, wo er jetzt ist oder was ihm passiert.«

»Er war in einer geschlossenen Abteilung!« explodierte Bo. »Wie konnte er daraus entfliehen?«

»Er ist schlau«, erwiderte Rombo. »Da es ihm gelungen war, aus einem Gefängnis in Louisiana auszubrechen, war eine Klinik wohl keine große Herausforderung für ihn. Wir haben die Polizei benachrichtigt, aber wahrscheinlich ist er mittlerweile schon weit weg. Vielleicht ist er nach Hause gegangen.«

»Niemand will ihn zu Hause haben.« Bo seufzte und erinnerte sich daran, was die Beamten des Sheriffs in Franklin, Louisiana, gesagt hatten. »Ich besuche morgen die Familie und sage den Verwandten, was zu tun ist und wie er Hilfe bekommen kann. Falls er auftaucht.«

Schlechte Neuigkeiten. Bo marschierte in der Küche der Benedicts auf und ab. Sie trank Wasser aus einer Babytasse, die Estrellas Schwester für ein Wesen gekauft hatte, das im Augenblick nicht größer als ein Daumennagel war und noch an der Nabelschnur hing.

»Dewayne Singleton ist gestern morgen aus der Nervenklinik geflohen«, erzählte sie Estrella und Henry. »Ich habe ein schlechtes Gefühl bei der Sache. Ein ganz schlechtes.«

»Vielleicht war er der Kerl in der Wüste gestern nacht«, meinte Henry.

Bo stellte die Babytasse auf den Tresen und sah zu, wie die unten abgerundete Tasse hin und her schaukelte. »Na klar«, sagte sie. »Er hat es geschafft, aus einer geschlossenen Abteilung in einer Nervenklinik zu fliehen und den Weg zu einem hundertzwanzig Kilometer entfernten Camp in einem abgelegenen Canyon zu finden, der nur mit einer Karte vom Vermessungsamt und einem Auto mit Vierradantrieb zu erreichen ist. Euer einfallsreicher Psychopath, der mit einem Radarsystem ausgestattet ist, das seine unglückseligen Opfer überall aufspüren kann, damit er sie mit dem leichten, zusammenklappbaren Hackbeil, das er immer bei sich trägt, zerstückeln kann. *Natürlich* ist das passiert. Warum habe ich nicht daran gedacht?«

»Es tut mir leid, Bo«, sagte Henry. »Ich wollte nicht ...«

»Das weiß ich. Paßt auf ...« Sie fuhr sich mit beiden Händen durchs Haar und schüttelte den Kopf. »Wenn ihr einverstanden seid, lasse ich Mildred bei euch und besuche kurz die Terrells, ehe wir uns bei Martin und Rombo treffen. Anschließend fahren Andy und ich direkt zum Flughafen. Da draußen in der Wüste, das war nicht Dewayne. Damit bleiben nur zwei Personen übrig, die verzweifelt genug sind, um

Munson Terrell oder jemanden, der den Anschlag beobachtet hat, zu ermorden. Eine davon will ich aufsuchen.«
»Du meinst Kee«, konstatierte Estrella.
Bo nickte nur und ging.

Kee Terrell arbeitete auf einer freitragenden Terrasse an der Seite des Hauses, als Bo kam. Sie malte etwas auf einem mit einer Plane bedeckten Tisch. Bo konnte in der hellen Morgensonne komplizierte Muster in Magentarot, Lavendel, Dunkelblau und Gold erkennen.
»Mundy ist noch nicht von seinem Workshop zurück«, erzählte sie Bo an der Tür. »Aber ich hätte gern Gesellschaft. Ich zeige Ihnen, was ich gerade mache.«
Bo folgte der schlanken Frau auf die Terrasse und staunte über die zwanglose Art, mit der sie eine unerwartete Besucherin empfing. Diese freundliche Unbekümmertheit war wohl Ausdruck einer Selbstsicherheit, die davon ausging, daß man auch für überraschende Besucher an einem Sonntagmorgen attraktiv und interessant war. Bo fragte sich, was das für ein Gefühl war.
»Zuerst habe ich ein leuchtendes Blau über das Magentarot gestrichen«, erzählte Kee ohne Umschweife und deutete auf ein etwa einen Quadratmeter großes Holzbrett auf der Plane. Kurze Tischbeine, die daneben standen und noch nicht bemalt waren, ließen darauf schließen, daß daraus ein niedriger Tisch, offensichtlich ein Kindertisch, entstehen sollte. »Aber die Pinselstriche vermischten sich mit dem Muster, also habe ich noch einmal von vorn angefangen und einen dunkleren Farbton genommen. So hebt sich das Muster besser vom Untergrund ab. Was halten Sie davon?«
Kees dunkle Augen leuchteten. Bo entdeckte einen Schimmer Magentarot in dem kunstvollen Haarschnitt über ihrem rechten Ohr. Die Platte auf dem Tisch war mit ent-

zückenden Figuren, hauptsächlich Tiergestalten, bemalt. Das gold- und weißfarbene Kaninchen in der Mitte war von einem blauen Kojoten, mehreren Bisons, einem Haida-Bären-Totem, einem lächelnden Fisch, Koko Peli mit einer goldenen Flöte, einer Katchinapuppe – an deren Namen Bo sich nicht erinnern konnte – und einer dicken magentaroten, blaugepunkteten Eidechse mit drei Zehen an jedem Fuß umgeben.

Aufgrund ihrer langjährigen Erfahrung und ihrer Sensibilität für die Reaktionen anderer warf Bo ihre Angel aus. »Fügen Sie noch Maya-Figuren hinzu?« fragte sie munter.

Kee Terrell hob bei dieser Frage abrupt wie ein großer Vogel den Kopf. Diese Bewegung ließ ein Schlüsselbein unter ihrer blassen Haut hervortreten. Bo kam es vor, als sähe sie in den Augen der Frau kurz einen glasigen vogelähnlichen Ausdruck, der zu ihrer Kopfhaltung paßte. Ein flüchtiger Lapsus. Mit einer abrupten Kopfbewegung verwischte Kee ihre vielleicht auch nur eingebildete Unsicherheit.

»Maya-Figuren? Daran hatte ich noch gar nicht gedacht. Vielleicht sollte ich das tun«, antwortete sie. »Mundy und ich waren auf der Halbinsel Yucatán – *herrliches* Schnorchelgewässer vor Tulum, nebenbei bemerkt –, aber ich kann mich an keine folkloristischen Darstellungen erinnern.«

Wollte Kee mit der Erwähnung von Yucatán absichtlich einem Gespräch über Guatemala ausweichen, oder hatte sie sich wirklich nur an eine Urlaubsreise erinnert? Bo schlenderte zum Rand der Terrasse und schnappte unwillkürlich nach Luft, als sie über das Geländer schaute. Das Haus stand am Rand eines tiefen Canyons. Fünf Stockwerke tief fiel der steile Abhang ab. »Puh!« keuchte sie mit großen Augen. »Ein tödlicher Abgrund!«

»Ja«, stimmte Kee zu. »Die Terrasse ist einfach zu gefährlich für ein Kind. Nächste Woche kommen die Arbeiter und entfernen das Geländer. Wir lassen eine ein Meter hohe Mauer und darauf eine Plexiglaswand errichten. Dadurch bleibt uns der Ausblick erhalten, aber niemand kann von der Terrasse stürzen.«

Bo sah, daß die Besorgnis in Kees Augen echt war. Fast ein Ausdruck der Panik.

»Vielleicht hätten wir uns für Maschendraht entscheiden sollen«, redete sie weiter und steckte sich einen Pinsel hinters Ohr. »Sie kennen die Sicherheitsvorschriften für Kinder. Halten Sie Maschendraht für sicherer?«

Bo hatte sich in ihrem Beruf noch nie mit Sicherheitsvorschriften für Kinder beschäftigt. In ihr Metier fiel eher die Gefährdung von Kindern. »Maschendraht finde ich häßlich«, antwortete sie und war plötzlich in eine Unterhaltung verwickelt, als würden sie und Kee Terrell sich wirklich kennen. Als wäre sie nicht hier, um herauszufinden, ob diese Frau die potentielle Mörderin ihres Mannes sein könnte. »Ich glaube, eine ein Meter hohe Mauer mit einer Plexiglaswand oben drauf bietet genügend Sicherheit, ohne ihre Terrasse wie einen Tennisplatz aussehen zu lassen. Wann bekommen Sie denn das Kind, und wie alt ist der Junge oder das Mädchen?« Bo war überzeugt, daß ihr strahlendes Lächeln nichts anderes verriet als weibliche Herzlichkeit, wie in TV-Werbespots für Windeln. Kees Antwort bestätigte das.

»Oh«, sagte sie, »das wissen wir noch nicht mit Bestimmtheit, aber ich ... wir ... nun, alles ist bereit, und es ist so schwer ... das Warten fällt uns so schwer.« Ein Zittern in ihrer Stimme zeigte, daß sie den Tränen nahe war. »Mundy und ich haben schon in Erwägung gezogen, aufzugeben und ein eigenes Kind zu zeugen. Sie verstehen schon, ein genetisch eigenes Kind. Aber wir finden die Prozedur einfach *widerlich.* Sie auch?«

»Hm«, wich Bo aus, die von dieser Frage überrumpelt wurde. »Ich habe immer das Konzept des Nullwachstums unterstützt.« Diese Antwort lag völlig im Widerspruch zu Kees politischer Einstellung, was aber keine Rolle zu spielen schien.

»Aber sicher!« Kee nickte heftig. »Warum sollte der europäische Imperialismus weiterhin den Planeten beherrschen, die Ureinwohner versklaven und jahrhundertealte Kulturen zerstören? Wir sollten deren Sitten und Gebräuche übernehmen, nicht umgekehrt.«

Bo hielt es für sinnlos, die vielen Situationen zu erwähnen, in denen die Versuche, die Zeit zurückzudrehen, gescheitert waren. Ebensowenig wollte sie näher darauf eingehen, daß die Bemerkungen dieser Frau nichts mit dem Thema zu tun hatten, um das es gerade ging. »Das Kind, das Sie adoptieren, stammt also von Ureinwohnern ab?« Sie mußte lächeln, weil die Bezeichnung »Indianer« Kee zweifelsohne in die Luft hätte gehen lassen. Und einen Vortrag über die Eroberung durch die Spanier hervorgerufen hätte, der Stunden dauern könnte.

»O ja.« Kee strahlte. »Ich zeige Ihnen das Kinderzimmer. Ach, ist es Ihnen eigentlich gelungen, Chacs Familie ausfindig zu machen? Ich habe Mundy nach Ihrem letzten Besuch hier gefragt, und er glaubt nicht, daß sie eine Familie hatte.«

»Wir arbeiten noch daran«, sagte Bo. Kee schien zwar Interesse an der Suche zu haben, aber Bo konnte in der Frage nichts weiter entdecken. Die junge Frau wußte entweder nicht, daß ihr Mann Chacs Kind gezeugt hatte, oder es war ihr gleichgültig. Bo kam es vor, als hätte Kee eine psychische Distanz zwischen sich und dem, was ihr Mann in Mexiko tat, geschaffen. Als ob in Kees Bewußtsein Chac, das Geschäft, die Musik, Acito und alles, was damit zusammenhing,

nicht ganz real wären. Aber warum gab sie sich so viel Mühe, sich derart davon zu distanzieren und so zu tun, als existierte das alles nicht, wenn sie die Wahrheit über die Aktivitäten ihres Mannes nicht kannte?
Bo folgte Kee durch das Haus zum Kinderzimmer und las dabei das Etikett auf ihren Levi's. »25×30« stand darauf. Die Jeansgröße eines mageren, langbeinigen Jungen, nicht die einer Frau über Dreißig. Bo fragte sich, wie Kee das schaffte.
»Das wird Ihnen gefallen«, sagte Kee und öffnete eine Kieferntür, deren Paneel mit indianischen Ponymustern bemalt war. Der Raum dahinter war der Traum eines Innenarchitekten. Vor allem, dachte Bo, eines Innenarchitekten aus New Mexico. Sogar während der Missionszeit hatte Kalifornien nicht so viel Atmosphäre gehabt.
Der weiche Kunststoffboden sah wie eine Matte aus Kieselsteinen aus, auf der ein flockiger Bär aus Acryl lag. Neben dem Bär stand ein Karussellpferd, das mit indianischem Zaumzeug und einer echten Navajo-Pferdedecke ausgestattet war. Als Kee auf einen Schalter an der Wand drückte, bewegte sich das Pferd langsam hin und her.
»Es gibt drei Geschwindigkeiten«, erzählte sie Bo. »Und natürlich auch Musik.«
»Natürlich«, sagte Bo und betrachtete die Sammlung alter Marionetten, die dekorativ über die Seiten eines mit Wasserfarbe bemalten hölzernen Schranks drapiert waren, der Hunderte von kleinen Türen, Schubladen, Ablagen und Öffnungen hatte. Ein Möbelstück, das jedem Kind gefallen mußte, weil es jede Menge Verstecke für geheime Schätze besaß. Die indirekte Beleuchtung im Zimmer hob den Schrank, den Teppich, das Indianerpferd, mehrere gerahmte Originale mit Westernmotiven und ein großes, handgeschnitztes Kinderbett an der Wand hervor. Etwas an diesem Kinderbett beunruhigte Bo.

»Das Bett haben wir anfertigen lassen«, erklärte Kee und polierte mit dem Saum ihres mit Farbe bespritzten T-Shirts den Rahmen. »Es kommt aus meiner Heimatstadt, Jenner. Die liegt nördlich von San Francisco am Highway One. Der Holzschnitzer war ein fabelhafter alter Mann, der als Junge auf einem Fischkutter ein Bein verloren hat. Er sagte, er schnitze ein Bein in jedes Stück, das er anfertige. Mundy und ich haben danach gesucht, bisher aber noch kein Bein in diesem Bett entdeckt.«

»Interessant«, murmelte Bo. Ihr kam das Bett nicht wegen eines möglicherweise hineingeschnitzten Beins gespenstisch vor, sondern wegen etwas anderem. Bo stand neben einem kleinen steinernen Kamin und versuchte, die Quelle ihres Unbehagens ausfindig zu machen. Kee sagte etwas über eine maßgefertigte Matratze und Leintücher, weil das Bett nicht der Standardgröße entspräche, als Bo der Grund für ihren merkwürdigen Eindruck klar wurde.

An der Wand hinter dem Kinderbett war die gemalte Silhouette einer Missionskirche mit spanischem Glockenturm zu sehen. Vor der blauen Farbe wirkte das Kinderbett eher wie ein Reliquienschrein als wie eine Schlafstätte. Das Bett bildete zusammen mit der gemalten Missionskirche tatsächlich einen Reliquienschrein.

»Mein Gott«, flüsterte Bo.

»Was ist denn?« fragte Kee. »Stimmt etwas nicht? Glauben Sie, die Anfertigung einer größeren Matratze könnte problematisch werden? Du meine Güte, ich mache mir dauernd Sorgen über den Kindstod, obwohl die Wissenschaftler jetzt behaupten, die Ursache sei eine Art Allergie. Soll an dem Zimmer etwas geändert werden?«

»Nein, nein. Ich bin nur von den Schnitzereien beeindruckt«, plapperte Bo. »Und wieviel Mühe Sie sich mit der Einrichtung dieses Zimmers gemacht haben. Was für ein glücklicher kleiner, hm, Junge oder Mädchen?« Bo hätte beinahe »Indianer« gesagt.

»Ja«, entgegnete Kee ausdrucklos. »Und ich habe das Warten so satt.« Ihre Augen schienen durch Bo hindurch zu einem nicht erkennbaren Punkt zu schauen. »So satt.«

Als Bo aus dem Kinderzimmer ging, versuchte sie sich daran zu erinnern, was sie mit ihrem Besuch eigentlich hatte erreichen wollen. Es war schwierig, einfach nur zu sagen: »Ach, übrigens ... haben Sie gestern nacht in der Wüste mit einem Gewehr Jagd auf Menschen gemacht?« Bo fragte sich, wie Cops das machten. »Ich hatte zwar gehofft, Mr. Terrell anzutreffen«, log sie. »Aber es war mir ein Vergnügen, mit Ihnen zu reden. Das Kinderzimmer ist wirklich hübsch.«

In Kee Terrells Augen lag ein schmerzlicher Ausdruck, als Bo zur Tür hinausging. »Ich wünschte, Sie müßten nicht gehen«, sagte Kee und schwenkte jetzt trockene Pinsel mit zitternder Hand. »Bestimmt kommt Mundy bald nach Hause.« Bei diesen Worten klang ihre Stimme kindlich.

Bo hatte das Gefühl, gerade mit jemandem, der kostümiert war, durch ein Spiegelkabinett gegangen zu sein. Dieses Gefühl, etwas übersehen zu haben, das existierte, wenn man nur über die Schulter blickte. Im Rückspiegel sah Bo, wie sich Kee wieder über den bemalten Tisch beugte. An dieser Szene war nichts Ungewöhnliches. Außer der Einsamkeit, die Kees kindliche Gestalt umgab, eine Gestalt, die vor dem wolkenlosen blauen Himmel noch kleiner aussah.

29

Die Reiherfeder

Hört mal, ich glaube noch immer, daß es Terrell war«, behauptete Henry Benedict, der gerade dabei war, eine Scheibe Ananas und ein Stück kanadische Pizza mit Speck zu verspeisen. »Nur weil jemand draußen in der Wüste ein Gewehr auf ihn gerichtet hat, kann man nicht ausschließen, daß er Acito und Chac nicht vergiftet hat. Der Kerl könnte Feinde haben, die nichts mit diesem Fall zu tun haben. Wenn er sich zu sehr mit Frauen rumtreibt, könnte der Jäger ein wütender Ehemann sein.«

»Aber so ist er nicht«, beteuerte Martin St. John. »Glaubt mir. Ich bin gerade zwei Tage im Lendenschurz mit diesem Kerl zusammengewesen. Ich kenne ihn. Er würde kein Baby oder eine Frau töten, und wenn, würde er kein Gift benutzen. Er ist ganz groß auf diese Sache, den ›Sinn der Männlichkeit‹, abgefahren, und das letzte, was ein derart überzeugter Macho tun würde, wäre, den eigenen Sohn zu töten. Er könnte es nicht einmal tun, um seine Ehe zu retten. Glaubt mir.«

Bo schnappte sich noch ein Stück von der dünnkrustigen Thai-Ingwer-Hühnchen-Pizza, ehe sie alle war, und betrachtete die Gruppe. Martin war aus der Wüste sonnenverbrannt, aber nicht traumatisiert zurückgekehrt. Tatsächlich habe ihm dieses Gruppenerlebnis gefallen, sagte er, vor allem, nachdem Terrell erklärt hatte, daß zu allen Zeiten ein bestimmter Prozentsatz von Männern schwul gewesen sei und daß es Menschen gebe müsse, die frei von der Fortpflanzungspflicht seien, um Fortschritte in der Zivilisation, vor allem in der Kunst, zu erzielen. Munson Terrell hatte Martin bekehrt.

»Was genau habt ihr eigentlich in euren Lendenschurzen getan?« fragte Rombo von der Küchentür her. »Oder ist das eines dieser ›männlichen Geheimnisse‹, über die man nicht spricht?«

»Die Männer haben sich einzeln in der Hitze auf die Suche nach persönlichen Totems gemacht, kamen zurück und benannten gemeinschaftlich ihre Totems, bauten eine Schwitzhütte, segneten sie, aßen, vollführten ein Schwitzhüttenritual und tanzten dann im Kreis herum, Rombo«, antwortete Estrella über den Rand eines Bierkrugs voller Selterswasser hinweg. »Martin hat die ganze Sache schon beschrieben. Aber ich verstehe nicht, warum alle Chris Joe Gavin außer acht lassen. Er ist der einzige, der ein Motiv hat, alle drei umzubringen – Acito, Chac und Terrell. Aus Eifersucht.«

»Leider ist der Junge wirklich der Hauptverdächtige.« Andrew seufzte. »Bo hat beim Sozialamt in Kentucky Informationen über ihn eingeholt. Er hat eine schwierige Vergangenheit. Es würde mich nicht überraschen, wenn ...«

»Augenblick mal«, sagte Bo und spülte ein Stück würziges Hühnchen mit kaltem Bier hinunter, »seine Vergangenheit kam mir ziemlich beeindruckend vor. Gute Noten, keine Probleme mit dem Gesetz, und verschiedene Ehepaare wollten ihn adoptieren. Die Schwierigkeiten in seiner Vergangenheit lagen am Rechtssystem, das ihn nicht zur Adoption freigab, und an der Definition des Sozialamtes, das unter ›Pflegeheim‹ immer ein ›nicht ständiges Heim‹ versteht. Und warum sollte er mir Chacs Bankauszug und diesen Hinweis, daß Chac ihren Mörder in der Musik nennt, zugeschickt haben, wenn er sie getötet hat?«

»Tja«, warf Rombo ein, »warum ist er geflohen und versteckt sich, wenn er sie *nicht* getötet hat?«

Eva Broussard hatte die neue Schrankwand in Rombos und Martins Wohnzimmer bewundert. Jetzt lehnte sie sich dagegen, kreuzte ihre in Mokassins steckenden Füße und reckte sich. »Unsere Vorgehensweise entbehrt jeder Methode«, meinte sie. »Bo, haben Sie mir nicht erzählt, daß Chac unter dem Namen Rother ein Bankkonto hatte?«
»Ja«, antwortete Bo und setzte sich auf die Couch. »Elena Rother. Warum?«
»Es könnte sein, daß Chac etwas wußte, vor etwas Angst hatte und symbolische Botschaften in verschiedenen Bereichen ihres Lebens hinterlassen hat. Botschaften, die ihre Weltanschauung, ihre Wünsche für ihren Sohn oder sogar Informationen über ihren Mörder enthalten. Vergeßt nicht, daß ihre Denkweise nicht westlich geprägt, sondern in der Maya-Tradition verhaftet war.«
»Leider begreife ich nicht, wie uns ein Name auf einem Bankauszug etwas verraten kann«, sagte Henry und warf Andrew geschickt eine Bierdose zu.
Bo beobachtete, wie der Mann, in dessen Armen sie heute nacht liegen würde, den Verschluß der Bierdose aufriß und seine Krawatte aus Leinen mit Schaum bekleckerte. Man konnte ohne weiteres annehmen, daß Andrew LaMarche in einer häuslichen Situation nicht dazu neigen würde, mit Bierdosen vor einem Fernseher zu sitzen. Er konnte nicht einmal eine öffnen.
Na und, Bradley? Die Tatsache, daß er mehrere zivilisatorische Stufen über Stanley Kowalski steht, bedeutet nicht, daß du dich nach Sesseln mit verstellbaren Rückenlehnen umsehen mußt. Solche Gedanken können den Weg zur Hölle ebnen. Gib dich ihnen nicht hin.
»Pater Rother war Missionar«, erklärte Eva und unterdrückte ein Lächeln, als Martin Andrew die durchweichte Krawatte abnahm und sie in die Küche trug, um sie in kaltes

Wasser zu legen. »Er wurde von guatemaltekischen Soldaten ermordet, nachdem ein aufdringlicher Besucher seiner eigenen Kirchengemeinde in Oklahoma Verbindung zur Regierung von Guatemala aufnahm und den Behörden mitteilte, daß Rother den Maya dabei half, sich gegen das System, das sie versklavte, zu organisieren und zu kämpfen. Die Regierung reagierte auf diese Nachricht mit dem Befehl, Rother zu töten. Bei den Ureinwohnern von Guatemala ist er seitdem ein Volksheld. Es heißt, daß sie sein Herz in der Nähe des Atitlán-Sees begraben haben, ehe seine Leiche zur Beerdigung in die Staaten geschickt wurde. Ich frage mich dauernd, was Chac dazu veranlaßt hat, ihr Geld unter seinem Namen zu verstecken.«

»Hat das vielleicht etwas mit Verrat zu tun?« schlug Martin vor. »Wahrscheinlich wurde Chac auf dieselbe Weise wie Rother verraten.«

»Oder sie wollte nur eine symbolische Verbindung zu einer starken, heroischen Gestalt herstellen«, sagte Andrew.

Bo verdrehte die Augen. »Wir werden nie erfahren, warum Chac Rothers Namen benutzt hat, aber wir können herausfinden, was diese Liedertexte enthalten. Estrella ...«

»In den Versen geht es um eine weiße Orchidee, die in ihrem Herzen einer Schildkröte Schutz gewährt«, erklärte Estrella, setzte sich neben Eva auf den Boden und holte eine rote Serviette aus ihrer Handtasche. »Außerdem handelt der Text von Wäldern und einem Monster namens *duende*, das der Schildkröte weh tun will, aber die Orchidee beschützt sie. Ein *duende* ist ein böser Geist, und davon gibt es viele. Bei diesem stimmt etwas mit seinem Fuß nicht. Der Refrain lautet immer wieder: Ich liebe dich, meine kleine Schildkröte. Die letzte Strophe, die Chac an ihrem Todestag gesungen hat, ist allerdings merkwürdig. Darin heißt es, wie sündhaft es von einem Mann sei, in Gegenwart einer schwangeren Frau zu essen. Dieser Text paßt nicht zu dem Lied. Er ergibt keinen Sinn. Danach sind die Worte ungereimt, und es geht um eine sterbende Orchidee, wie der *duende* die Orchidee zertrampelt. Das war kurz vor … vor ihrem Tod.«

Eva Broussard nickte langsam. Ihr weißes Haar umrahmte ihr bronzefarbenes Gesicht wie auf einem klassichen griechischen Porträt. »Der *duende* mit den nach rückwärts gedrehten Füßen ist die Maya-Version der Northwestern-Indian-Wendigo-Sage«, erzählte sie. »Es ist ›der Geist der Wilden‹, der Wahnsinn, der jemanden, der sich in der Wildnis der freien Natur verirrt hat, befallen und zerstören kann. In beiden Versionen kommen verkrüppelte Füße vor, obwohl niemand weiß, warum. Außerdem gibt es eine Maya-Sage über einen faulen Mann, der in Gegenwart einer schwangeren Frau ißt und ihr nichts davon gibt. Ihre Unterernährung löst eine Fehlgeburt aus. Die Strafe für den Mann besteht darin, daß er diese Frau mit nach Hause nehmen muß, wo er schon eine Ehefrau hat, sie schwängern, neun Monate ernähren und ihrem Mann zurückgeben muß. Bei den Maya ißt kein Mann in der Gegenwart einer werdenden Mutter, ohne ihr etwas von seinem Essen anzubieten.«

»Henry, hast du das gehört?« fragte Estrella grinsend.

»Chac wollte ausdrücklich, daß Bo dieses Lied hört«, sagte Andrew nachdenklich. »Erinnert ihr euch? Wir wollten gerade den Club verlassen, als sie Bo von der Bühne zurückrief.«

Eva warf Bo einen erwartungsvollen Blick zu.

»Die Antwort liegt in Chacs Lied, nicht wahr?« folgerte Bo.

»Ich glaube schon«, sagte Eva. »Vor allem, wenn sie an jenem Abend den Text des Liedes geändert hat, um eine

Botschaft zu verkünden. Haben Sie nicht ein Tonband, auf dem auch Acitos Lied ist?«

Bo war in Sekundenschnelle draußen und holte Chacs Tonband aus ihrem Recorder im Auto. Martin steckte das Band in die Stereoanlage, und Chacs Stimme füllte den Raum. Bo sah die Sängerin wieder vor sich, wie ihre glitzernde *huipil* in der verräucherten Bar blau funkelte. Bei der letzten Strophe des Wiegenlieds richteten sich alle Augen auf Estrella, die als einzige die Worte verstehen konnte.

Estrella hörte aufmerksam zu. »Das ist nicht derselbe Text«, flüsterte sie, um die Musik nicht zu übertönen. »Am Anfang singt sie von dem *duende*, aber in der letzten Strophe geht es um die Orchidee, die zusieht, wie die kleine Schildkröte zu einem *cerro grande* heranwächst, einem großen Hügel, der seinem Volk Schatten spendet. Männer, die nicht in Gegenwart von schwangeren Frauen essen sollen, oder eine sterbende Orchidee kommen darin nicht vor. Diese Version wurde nicht auf Band aufgenommen.«

»Puh!« sagte Rombo verwirrt. »Was hat das also zu bedeuten?«

Bo beobachtete, wie sich die fünf Menschen verständnislos anstarrten. »Wir haben keine Ahnung«, räumte sie ein. »Aber wir finden es heraus.«

»Das machen wir auf dem Weg nach New Orleans«, sagte Andrew. »Wir müssen zum Flughafen, Bo.«

Während des dreistündigen Flugs schlief Bo immer wieder ein. Andrew las ein neues Taschenbuch über die Maya mit dem Titel *The Road from Xibalba*. Er weckte sie regelmäßig, um ihr wichtige Passagen vorzulesen.

Über Yuma in Arizona las er ihr vor, wie guatemaltekische Armeeoffiziere Maya-Babys aus Regierungslagern für Flüchtlinge entführten. Manche dieser Babys wurden von

Armeeangehörigen »adoptiert«, andere an Waisenhäuser verkauft, die die Kinder wiederum auf dem internationalen Schwarzmarkt für Babys oder direkt an Kinderhändler verkauften. Die Eltern, die weder lesen noch schreiben und die wegen verschiedener Stammessprachen oft nicht einmal mit anderen Maya-Flüchtlingen kommunizieren konnten, besäßen überhaupt keine Rechte auf ihre Kinder, erzählte er Bo.

»Chac hat versucht, diesem Leben zu entfliehen«, murmelte sie. »Du siehst, was daraus geworden ist.«

Irgendwo über New Mexico sagte er: »Ah. In der Astronomie der Maya hieß die Konstellation, die wir Zwilling nennen, Ac. Das bedeutet ›Die Schildkröte‹.

»Ja«, antwortete Bo schlaftrunken. In der dunklen Flugzeugkabine stellte sie sich Acito im Kinderbett bei den Dooleys vor. Eine Schildkröte aus Sternen strahlte am Nachthimmel vor dem Fenster.

Vor dem Anflug auf New Orleans hatte sie ihr Make-up aufgefrischt und zündete sich eine Zigarette an.

»Die *huipil*, diese Bluse, die Chac während ihres Auftritts trug, ist ein Maya-Symbol der Weiblichkeit«, erklärte ihr Andrew beim Aussteigen. »Die Öffnung für den Kopf trennt Mythos und Realität, die Welten vor und nach der Geburt. Viele sind in einem Rautenmuster gewebt, das seit dem siebten Jahrhundert unverändert blieb. Es ist eine Schande, daß die ganze Maya-Kultur verlorengeht.«

Bo stöhnte, als ihr die warme, feuchte Luft auf der Gangway zum Terminal entgegenschlug. »Es ist mehr als eine Schande«, antwortete sie. »Aber dieser Untergang läßt sich nicht aufhalten. Wir können nur bewahren, was übriggeblieben ist. Für uns, das heißt für Acito.«

Nach einer kurzen Taxifahrt saß Bo unter einem riesigen, eingetopften Feigenbaum in einem Bistro namens *Gala-*

toire's im French Quarter. Genüßlich atmete sie den würzigen Geruch einer mit Krabben und Shrimps gefüllten Aubergine ein.
»Die Stadt ist faszinierend, falls du dich für Geschichte interessierst«, sagte Andrew, vor dem ein Teller mit gedünsteten Panzerkrebsen stand. »Vielleicht möchtest du heute abend einen Spaziergang durch das Quarter machen oder dem Grab von Marie Laveau auf dem St.-Louis-Friedhof einen Besuch abstatten. Sie war eine Voodoo-Königin, und viele Menschen glauben noch immer ...«
»Andy«, sagte Bo lächelnd und ließ ihre Finger über seine Wangen und seinen Schnurrbart gleiten, »keine Friedhöfe. Der heutige Abend soll wunderschön werden.«
Das winzige Hotel in der Rue de Chartres, das er gewählt hatte, übertraf an Opulenz alle ihre Phantasievorstellungen. Ein Magnolienbaum, der unter dem offenen Balkon ihres Zimmers stand, schickte den Duft seiner weißen Blüten empor, während jemand auf der Straße Blues auf einem Saxophon spielte. Bo dämpfte das Licht der gefransten Nachttischlampe neben dem Louis-quinze-Bett und fand, daß ein magnolienfarbenes, seidenes Nachthemd überflüssig gewesen wäre. Völlig überflüssig.

30

Das dunkle Haus

Es war dunkel. Dewayne atmete die feuchtkühle Meeresluft ein. Sie roch wie auf einem Fischmarkt. Ihn fröstelte. Tote Fische lagen auf zerstampftem Eis, deren Augen einen anstarrten, als hätten sie noch immer Angst vor dem Sterben. Überall dieser Fischgeruch, der seine Brust mit Kälte füllte.
Er war an einem Strand. Ein Mann mit drei Kindern hatte Dewayne im Auto mitgenommen und ihn hier abgesetzt. Der Kerl hatte gesagt, dies sei »Oceanside«. Soweit Dewayne das beurteilen konnte, hätte die ganze Gegend hier so heißen können. Das Meer erstreckte sich ins Nichts und bildete nur am Strand eine Linie aus weißen Bläschen, die sich wie eine Schnur ins Unendliche kräuselte.
Am Strand waren Leute, die sich um ein Feuer bewegten. Die schwarzen Streifen, die ihnen folgten, schienen zu tanzen und sich über den kalten Sand auf Dewayne zuzustrecken. Auch wenn er auf die andere Seite ging, griffen die Schatten nach ihm. Das waren irgendwelche Teufel. Und der Engel Jabril hatte Kalifornien schon verlassen. Hatte Dewayne Singleton allein hier zurückgelassen.
Die Leute redeten über ihn. Das erkannte er an der Art, wie sie Muster aus dunklen Buchstaben um das orangefarbene Feuer bildeten. Sie dachten, daß mit ihm etwas nicht stimmte. Vielleicht dachten sie, er hätte in dieser Klinik bleiben sollen. Dewayne konnte keinen Grund dafür erkennen, weil sein Geist nicht stillstehen wollte. Es war wie ein Bilderbuch, wenn man schnell die Seiten durchblätterte.

Da ist ein blauer Reiher, dachte er, der neben einem Mülleimer am Strand steht. Oder war das der Reiher, den Buster an der Teche geschossen und den Mama gekocht hatte, weil es eine Sünde war, Essen zu vergeuden – eine schlimmere Sünde, als einen *grosbec* zu töten? Das wurde mit Gefängnis bestraft. Dewayne war ins Gefängnis gekommen, obwohl Buster den blauen Vogel geschossen hatte. Aber er konnte sich nicht mehr daran erinnern, ob er aus einem Gefängnis oder aus dieser Klinik geflohen war.

Er konnte sich allerdings daran erinnern, daß er oft wegen Aufsässigkeit in Einzelhaft gekommen war. Zehn Tage Einzelhaft, immer wieder. Manchmal dachte er, er würde in der Einzelhaft sterben, und schlug mit dem Kopf gegen die Wand, um seine rasenden Gedanken aufzuhalten. Und dann brachten sie ihn in ein anderes Gefängnis. Wade hieß es, was »Waten« bedeutet. Dewayne fand diesen Namen unpassend, weil man dort keine nassen Füße bekam.

Er lief zum Wasser und platschte und sprang in den Schaumbläschen herum. Seine Füße wurden naß und kalt in den neuen weißen Tennisschuhen, die im Wasser zu leuchten schienen. Solange er in den Wellen auf und ab lief, tat er das Richtige. Damit pries er Allah, und die Leute am Feuer konnten ihm nichts antun.

»Dieser Bastard ist verrückt«, hörte er einen in der Gruppe sagen. »Wir sollten die Cops rufen, ehe er jemanden umbringt.«

Sein Herz zog sich vor Angst zusammen. Einer aus dieser Gruppe würde jemanden töten. Einer von ihnen würde ihn töten!

Dewayne lief noch schneller den Strand auf und ab. Hochspritzende Wasserfontänen würden wie Gebete zu Allah emporsteigen, dem Einen, dem wahren Gott. Allah würde ihn vor den Ungläubigen beschützen. Er mußte laufen, um am Leben zu bleiben.

Die Leute am Feuer bewegten sich jetzt schneller, hoben Dinge auf und entfernten sich. Ein Auto fuhr auf den Parkplatz. Einer aus der Gruppe schrie etwas. Dewayne hatte Seitenstechen. Er hörte auf zu laufen und ging zu dem Mülleimer, wo der blaue Reiher gewesen war. Im Sand gab es keine Reiherspuren. Nur ein paar Bierdosen und eine Big-Mac-Schachtel. Er schaute in die Schachtel, aber es war kein Sandwich mehr drin. Nur zwei Gurkenstückchen und ein kleines weißes Plastikmesser. Er sah nicht, wie seine rechte Hand das kleine weiße Messer umklammerte, als die zwei Dämonen auf ihn zukamen und ihm mit hellen Lichtern in die Augen leuchteten.

»Was, zum Teufel, suchen Sie in diesem Müll?« sagte einer der Dämonen. »Wir wurden angerufen, weil Sie hier draußen Ärger gemacht haben. Kommen Sie jetzt lieber mit uns. Tun Sie einfach, was wir Ihnen sagen, dann gibt es keine Schwierigkeiten.«

»Jabril!« schrie Dewayne, als er auf das Gefängnis zulief, das Betongebäude mitten im Sand. Er sah, daß es eine Toilette hatte. Eine große Toilette ohne Dach und mit Sand überall auf dem Boden. Hinter sich hörte er knirschende Schritte, also drehte er das Wasser an allen drei Waschbecken auf, damit sie hier nicht hereinkamen, und stellte sich auf eine der Toiletten mit dem Rücken zur hellblauen Wand.

Er sah die Kritzeleien an den Wänden. Eine lautete: »Iß meine Pussy«, und er fragte sich, ob man auch ins Gefängnis kam, wenn man Katzen statt Reiher aß. Allerdings war er schon im Gefängnis. Und die Dämonen waren da, sie richteten Waffen auf ihn.

»Komm da runter«, sagte einer mit zitternder Stimme, die

dämonisch und nicht menschlich klang. Dann kamen sie näher.

»Mama!« rief er, als er versuchte, über die Betonmauer zu klettern. Er rutschte ab, drehte sich um und versuchte vom Toilettenrand aus über die beiden hinwegzuspringen. Er sprang mit hocherhobenen Armen und sah das kleine weiße Plastikmesser in seiner Hand. Plötzlich konnte er wegen des Dröhnens in seinen Ohren nichts mehr hören, und sengende weiße Blitze blendeten ihn. Er lag in etwas Feuchtem auf dem Boden, und vorn in seinem buntkarierten Hemd war ein Loch. Und in seiner Brust darunter war ein Loch.

»Mama«, versuchte er zu sagen, aber sein Mund funktionierte nicht. Und dann herrschte dort, wo seine Gedanken gewesen waren, Schweigen. Er war tot.

31

Die blaugrüne Schale

Andrew marschierte munter durchs Zimmer, als am Montag morgen das Licht noch dunstig und pfirsichfarben war. Oder Bo, die zu so früher Stunde nicht an zielbewußte Bewegungen gewöhnt war, sah alles dunstig und pfirsichfarben. Ihr war nicht klar, welches von beiden zutraf. Der Seifenduft, der hinter ihm herwehte, machte ihr bewußt, daß er schon geduscht hatte. Aus seiner Bordtasche nahm er ein gestärktes Hemd, das in einer Zellophantüte mit der roten Aufschrift »Li's Laundry« steckte. Das Knistern des Zellophans, das zu einem Ball zusammengeknüllt wurde, nervte sie.

»Wie kannst du bei diesem Wetter ein langärmeliges Hemd anziehen?« stöhnte sie und bewunderte seine schlanke Gestalt, die von seiner enganliegenden Unterwäsche mehr als vorteilhaft betont wurde. Heute trug er einen knappen Slip aus leuchtendrotem Leinen mit schwarzen Nadelstreifen.

»Mmmmm«, murmelte sie anerkennend. »Komm her.« Sofort zeigte sich der gewünschte Effekts, und gewisse Nadelstreifen verzerrten sich.

»Ich hatte gedacht, wir frühstücken bei *Brennan's*«, sagte er heiser, »und machen dann einen Spaziergang im Garden District, ehe ich zu meiner Konferenz gehe und du zu Dewaynes Gefängnis fährst.«

»Das Frühstück lassen wir aus«, entschied Bo und sah zu, wie ein rotes Stoffknäuel durchs Zimmer geschleudert wurde und auf einem Schreibtisch aus Rosenholz landete, der

schon mit Magnolienblüten übersät war, die durch die offene Balkontür hereingeweht waren.
Der Garden District, durch den sie eine Stunde später unter einem Sonnenschirm schlenderte, den das Hotelmanagement zum Schutz graziler weiblicher Gäste zur Verfügung stellte, war wunderschön. Wie in Blei gefaßte Schmuckkästchen aus Glas. Bo bewunderte schmiedeeiserne Zäune, Galerien mit Balustraden, Säulen und Kapitelle, bevor sie sich eingestand, daß ihr komisch war.
Das unaufhörliche Zirpen der Zikaden war enervierend. Die Hitze und die Luftfeuchtigkeit waren unerträglich. Und von den alten Häusern ging etwas entsetzlich Trauriges aus. Eine tapfere Hoffnungslosigkeit, die sich mit einer Zukunft abfand, in der es ihresgleichen nicht mehr geben würde. Sie sind wie die Maya, dachte Bo. Noch hier, aber beinahe schon verschwunden.
»Zunächst mußte das Gußeisen aus New York und Philadelphia hierhertransportiert werden«, erzählte ihr Andrew. »Aber dann wurde in Holly Springs in Mississippi eine Gießerei gegründet und ... Bo, was ist mit dir?«
»Ich möchte mich gern setzen«, sagte sie gereizt.
Das konnte passieren. Wie bei einem Flashback, einem wiederkehrenden Rauschzustand infolge einer verzögerten Reaktion des Gehirns auf die Droge, konnten bestimmte Symptome die durch Medikamente aufrechterhaltene Normalität durchbrechen. Streß, Erschöpfung, emotionale Exzesse – jede dieser Anstrengungen konnte unheimliche und intensive Wahrnehmungen verursachen. Es war peinlich, sich eingestehen zu müssen, daß ungewohnte erotische Aktivitäten nach einer furchterregenden Nacht in der Wüste wohl diese Reaktion ausgelöst hatten. Bo war wütend auf sich, weil sie keine Vorkehrungen getroffen hatte. Ausreichend Schlaf zum Beispiel.

»Komm«, sagte er und führte sie über die Straße zu einer Grünfläche, die aussah wie ein Park voller kleiner Häuser. »Als Junge habe ich hier drin gespielt. Wir setzen uns in den Schatten, bis es dir bessergeht.«
Bo unterdrückte den Impuls, ihm zu sagen, daß sie sich erst wohler fühlen würde, wenn sie nicht mehr unter einem albernen, koketten Schirm in der Sonne herumlaufen müsse. Sie setzte sich unter einem Magnolienbaum auf den Boden und lehnte sich gegen die gekalkte Ziegelmauer. Die alten Ziegel waren kühl und rochen nach Moos, das in den Ritzen wuchs.
»*Ellen Lincoln, 1895*«, murmelte sie vor sich hin. »*Hannah E. Schubert, Ethel Maude ...*«
Auf einem der kleinen Häuser, fiel Bo auf, stand eine Statue, deren Kopf ins Unkraut gefallen war. Obwohl kopflos, schien die Statue in den Himmel zu schauen, wo Wolken aufzogen. Auf den schwarzen Eisentoren, die den Park begrenzten, sah sie Löwengesichter aus Eisen, deren Mäuler in stummer Wildheit aufgerissen waren.
»Andy«, sagte sie ruhig, »das ist ein Friedhof.«
»Der Lafayette Cemetery«, stimmte er nervös zu. »Auf Seehöhe müssen die Särge überirdisch eingemauert werden, weil das Grundwasser alles wegschwemmen würde ... Laß uns ins Hotel zurückgehen, Bo. Es gelingt mir nicht gut, auf deine Bedürfnisse einzugehen, nicht wahr?«
Bo glättete ihre marineblaue Strickhose und merkte zu spät, daß dunkle Farben die Hitze absorbieren. Wie gut, daß das passende Oberteil in der Reinigung gewesen war. Ihre weiße Baumwollbluse konnte zwar nicht mehr als »frisch« bezeichnet werden, aber wenigstens schmorte ihr Fleisch darunter nicht. Neben einem der kleinen Grabhäuser lag ein verwelktes Blumengebinde mit einer verblaßten gelben Schleife. Bo schien den Fäulnisgeruch der Blumen riechen zu können.

»Ja, gehen wir ins Hotel zurück. Ich ruhe mich bis zu meinem Flug nach Shreveport aus, wo ich Dewaynes Freund im Gefängnis besuche«, antwortete sie. »Es gibt da etwas, was du hoffentlich verstehst. Manchmal ist mir einfach alles zuviel, und ich verliere mich zu sehr in den Dingen. Diese Phasen treten auf, wenn ich zu müde bin, oder auch aus tausend anderen Gründen. Wenn das passiert, muß ich allein sein. Jetzt bin ich in diesem Zustand. Es geht mir wieder gut, wenn ich eine Weile absolute Ruhe habe, nicht sprechen oder höflich oder mir überhaupt der Anwesenheit eines anderen Menschen bewußt sein muß. Kannst du damit umgehen?«

»Ja«, sagte er mit beruhigender Zuversicht und half ihr aufzustehen.

Bo war froh, daß er nicht gesagt hatte: »Oh, du brauchst zu mir nicht höflich zu sein«, oder: »Mach dir keine Sorgen, du wirst nicht einmal merken, daß ich da bin.« Nur mit jemandem im selben Zimmer zu sein, auch wenn derjenige völlig still war oder sogar schlief, war für sie manchmal unerträglich und erschöpfte ihre psychischen Kräfte. Bo fragte sich, ob die magnetische Anziehungskraft, die von Körpern ausgestrahlt wird, anstrengend auf die geistigen Energien aller wirkte oder nur jene erschöpfte, die bereits durch psychischen Streß geschwächt waren.

»Hast du mir nicht erzählt, daß du hier gespielt hast?« fragte Bo. »Ein merkwürdiger Spielplatz für ein Kind.«

»Damals war der Friedhof schöner«, antwortete er. »Wir haben ganz in der Nähe gewohnt.«

»Oh, ich möchte das Haus sehen, Andy. Noch fünfzig Meter in dieser Hitze machen mir nichts mehr aus.«

Andrew sah sie besorgt an. »Wir sollten lieber sofort ins Hotel zurückgehen«, sagte er.

»Das machen wir auch. Wir gehen auf dem Weg dorthin

nur an dem Haus deiner Kindheit vorbei. Ich möchte es wirklich sehen.«

Nachdem Bo die zerbröckelnden Familiengrabstätten hinter sich gelassen hatte, ging es ihr besser. Die Luft war auch kühler, denn es war trüber geworden. Sie spähte unter ihrem Sonnenschirm hervor und sah, daß der Himmel jetzt einheitlich grau war. Eine leichte Brise raschelte in den steifen, fast plastikartigen Magnolienblättern auf dem Boden. Es war ihr unmöglich, bei diesem Geräusch nicht an alte, sich bewegende Knochen denken. Spröde Knochen, zerbrechlich und vergessen. Wie es Chacs Knochen auf dem Friedhof in Tijuana sein würden. Wie alle anderen Knochen irgendwann sein würden.

Ein Schild an der Friedhofsmauer verkündete, daß jemand namens Clementine Bean Verwalter des Friedhofs sei.

»Oh, my darlin'«, sang Bo leise, »oh, my darlin' Clementine, you are lost and gone forever ...«

»Bo?« Andrews Gesicht zeigte verräterische Anzeichen einer aufsteigenden Panik.

»Entschuldige.« Sie deutete lächelnd auf das Schild. »Das ist nur eine der unpassenden Reaktionen auf Stimuli, zu denen wir vom Zwangsjackenset neigen. Ich nehme mein Medikament, Andy. Es wird nichts Schlimmes passieren. Entspann dich. Zeig mir jetzt dein Haus.«

»Dort drüben«, sagte er und deutete auf eine Fassade mit den typischen schmiedeeisernen Balkons, die halb hinter einer mächtigen Eiche verborgen war, die in einem kleinen Vorgarten wuchs. »Nummer zwölf einundzwanzig. Das Haus ist gestrichen worden, hat sich aber sonst nicht verändert.«

Bo entging der Unterton resignierter Verbitterung in seiner Stimme nicht. Der Junge, der auf einem Friedhof gespielt hatte, war in diesem Haus nicht glücklich gewesen.

Hinter dem schmiedeeisernen Geländer der unteren Galerie mit vier Säulen sah Bo zwei hohe Fenster, deren dunkelgrüne Klappläden geschlossen waren. Waren sie vor fünfunddreißig Jahren, als ein gesellschaftlich aufstrebendes Cajun-Ehepaar hier mit seinen Kindern, Andrew und Elizabeth, gelebt hatte, geschlossen worden? Er hatte ihr erzählt, daß er zu den Marines und nach Vietnam gegangen war, um von seinen Eltern wegzukommen. Die Klappläden an den Fenstern im zweiten Stock waren geöffnet. Bo sah Tropfen von Kondenswasser auf den Innenseiten der hohen, altmodischen Fensterscheiben rinnen. Eine Klimaanlage summte.
»Was war am schlimmsten?« fragte sie.
»Daß Elizabeth und ich für meine Eltern die Eintrittskarte in eine Welt sein sollten, die nicht einmal etwas von deren Existenz ahnte«, antwortete er leise. »Nur noch ein Klavierabend, ein Fechtturnier, ein Debütantenball oder eine Auszeichnung in der Schule, und sie würden in die sogenannte *Gesellschaft* aufgenommen werden. Allerdings passierte das nie, also waren wir für unsere Eltern Versager. *Mon dieu*«, seufzte er. »Was für eine Verschwendung.«
Bo nahm seine Hand und schaute ihm fest in die Augen. »Meiner Ansicht nach bist du so weit davon entfernt, ein Versager zu sein, wie man es nur sein kann«, sagte sie zu ihm. »Ich finde dich wundervoll.«
Bo sah an seinem Lächeln, als er ihr den Arm um die Taille legte, daß etwas zerbrach und von ihm abfiel. Wie eine hauchdünne Glasschicht.
»Dann bin ich das.« Er lachte. »Jetzt sollten wir lieber zur Straßenbahn gehen. Hörst du den Donner?«
Als sie nach links in die Camp Street einbogen, stolperte Bo auf dem unebenen Trottoir aus Ziegelsteinen, die ein Fischgrätenmuster bildeten, aus dessen Ritzen jetzt Moos

wuchs. In der merkwürdigen Beleuchtung vor dem Regen schien alles in graugoldenes Licht getaucht, ähnlich einer verblaßten Daguerreotypie. In das zerbröckelnde Ziegelmuster war eine schimmernde, tellergroße Scheibe eingelassen, in die ein Mond und neun Sternschnuppen eingehämmert waren. Unter den überhängenden Zweigen einer Myrte sah der Kreis wie ein magisches Zeichen aus.

»Andy, sieh dir das an«, sagte sie.

»Ich weiß. Als wir hierherzogen, war ich ungefähr fünf und dachte, diese Scheiben wären Münzen eines Riesen. Es war eine bittere Enttäuschung für mich, als ich herausfand, daß es nur die Deckel der Wasserzähler sind.«

»Das stimmt nicht. Es sind Münzen eines Riesen«, beharrte Bo. »Und wir werden naß.«

Blitze zerrissen den Himmel im Osten, und in der Ferne grollte Donner. Keine Vogelstimmen waren zu hören. In dem dunkler werdenden Licht färbten sich die rosafarbenen Blüten eines riesigen Myrtenbaums im Garten eines verfallenen Herrenhauses im griechischen Stil zuerst magentarot und dann grau. Bo ließ es zu, daß erheiternde Phantasiebilder ihren Geist überfluteten. Warum nicht? Hatte ihr nicht Dr. Broussard geraten, ihre eigenen Wahrnehmungen zu akzeptieren? Und diese Wahrnehmung war erstickend heiß, üppig und phantastisch. Bo prägte sich die Einzelheiten ein, falls sie eines Tages diesen Eindruck malen wollte. Aber wie kann man Luft malen, die aus transparentem Quecksilber zu bestehen scheint?

Eine Straßenbahn rumpelte unter dem dichten Blätterdach vieler Eichen durch die St. Charles Avenue. Als Bo und Andrew hineinkletterten, prasselten die ersten, münzgroßen Regentropfen gegen die Scheiben.

32

Die Maismehlfrau

Während der Busfahrt von dem winzigen Flughafen von Shreveport zu dem abgelegenen Wade Correctional Center ließ Bo ihre Eindrücke, die sie in New Orleans gewonnen hatte, vor ihrem geistigen Auge vorüberziehen. Sie fragte sich, warum die Stadt so reizvoll war. Es muß an dem künstlerischen Ambiente liegen, dachte sie. An dieser offenkundigen Verherrlichung der Lebenslust und Zurschaustellung von Äußerlichkeiten.

Nachdem Andrew zu seiner Konferenz gegangen war, hatte sie im Hotelzimmer dem Krachen des Donners zugehört und beobachtet, wie die Stadt vom Regen überschwemmt wurde. Eine Frau, die in ihrem wunderschönen Rock und unter einem Schirm eine Ziegelmauer entlangeilte, war ihr wie ein Gemälde vorgekommen. Alles in New Orleans war Gemälde, Kulisse, ein Spiel aus Stil und Textur. Die Torwege, Höfe, Balkons – alle mit schmiedeeisernen Gittern versehen, von denen der Regen tropfte – suggerierten Geheimnisse, träge Verderbtheit, eine traurige, resignierende Weisheit. Das ist die Kehrseite der immerwährenden Fröhlichkeit, dachte sie. Es war eine ausgesprochen europäische Atmosphäre, die in ihrem Geist eine Resonanz erzeugte. Ihre Gefühle für Tijuana waren ganz anderer Art, und in diesem Augenblick erkannte sie den Grund dafür.

Die Welt südlich der Grenze der Vereinigten Staaten war zwar von den spanischen Invasoren beeinflußt worden, hatte sich jedoch einen ausgeprägt nichteuropäischen Mythos bewahrt. Die Höfe hinter den Toren und den von Eidechsen zerkratzten Mauern verbargen etwas, das sich völlig von der weltverdrossenen Kultiviertheit in New Orleans unterschied. Etwas, das den von westlichen europäischen Ideen geprägten Köpfen unbekannt und deshalb für sie erschreckend war.

Als der Bus durch das Gefängnistor fuhr, fragte sich Bo, wieweit diese Verschiedenheit der Kulturen ihre Fähigkeit, zu begreifen, was mit einer Maya-Sängerin in einer mexikanischen Bar geschehen war, beeinflussen würde. Ich muß mich intensiver damit beschäftigen, beschloß sie. Ich muß die Barriere zwischen meiner Wirklichkeit und der Wirklichkeit, in der Chac und Acito gelebt haben, durchbrechen. Damit fange ich sofort an, beschloß sie.

Erst nachdem sie aus dem Bus ausgestiegen war, nahm sie ihre Umgebung zur Kenntnis. Sie war in einem Gefängnis. Dewayne Singleton war hierherverlegt worden, nachdem er aus zwei anderen Haftanstalten in der Nähe seiner Heimatstadt ausgebrochen war. In seiner Gefängnisakte mit dem Führungsbericht, die vom Department of Public Safety and Corrections in Baton Rouge, Louisiana, nach San Diego gefaxt worden war, hatte gestanden, daß er Probleme mit der Disziplin habe. Was nicht erstaunlich war.

Erstaunlich war allerdings, daß man ihn als Kriminellen eingestuft hatte, obwohl die Gründe seines Verhaltens krankheitsbedingt waren. Bo fragte sich, wo der Pflichtverteidiger bei Dewayne Singletons letztem Prozeß mit seinen Gedanken gewesen war. Wer würde bei jemandem, der Insekten stahl und diese dann als Vitamine verkaufte, keine Geisteskrankheit vermuten?

In einem Betonturm bewachten zwei bewaffnete Posten den Stacheldrahtzaun. Eine Reihe von Männern in Jeans und T-Shirts marschierte hintereinander durch eine Seitentür in das Gefängnisgebäude. Namen und Zahlen waren an den

Außenseiten der Hosenbeine und quer über die Rücken der T-Shirts gedruckt. Die leuchtendroten Buchstaben und Zahlen entsprachen in der Farbe genau den *vincas*, die ordentlich und geometrisch neben den grauen Schlacksteingebäuden wuchsen. Bo fragte sich, ob die Gefängnisverwaltung einen Stylisten damit beauftragt hatte, die Farben aufeinander abzustimmen.

Bo stieg der typische Gestank von Schweinen in die Nase. Das Wade Correctional Center betrieb also eine eigene Schweinezucht. Sie hoffte, daß sich die Schweine im Schlamm wälzen konnten, denn sogar im grellen Sonnenlicht summten und surrten unzählige Fliegen und Moskitos durch die schwüle Luft.

Im Gebäude zeigte Bo ihre Dienstmarke vom Jugendamt einem Posten in blauschwarzer Uniform mit roten Streifen an den Hosenbeinen. Ein Stylist *muß* diese Farbakzente konzipiert haben, dachte sie grinsend.

»Hier entlang!« brüllte der Wachposten, als wäre sie nicht die einzige Person, die in dem sechs Quadratmeter großen Warteraum stünde. »Der Imam wird geholt. Wenn Sie wollen, bleibe ich im Raum.«

»Nein, das geht schon in Ordnung«, entgegnete Bo. »Was ist denn ein Imam?«

»Der Gefangene, den Sie befragen wollen. Der Muslimtyp.«

Bo saß auf einem der Plastikstühle an einem schmalen Tisch in dem winzigen Befragungszimmer und wartete. Bald wurde eine zweite Tür in der hinteren Wand des Raums geöffnet, und ein großer schwarzer Mann mit einem weißen Käppchen auf dem Kopf trat ein. Er setzte sich ihr gegenüber an den Tisch. Sogar in Gefängnisjeans und T-Shirt strahlte er Würde mit einem Anflug von Verachtung aus. Er sah einfach durch sie hindurch und sagte nichts.

»Hallo«, sagte Bo und streckte ihm die Hand über den Tisch

entgegen. »Ich heiße Bo Bradley und bin Ermittlerin des Jugendamtes von San Diego. Dewayne Singleton ist in einen Fall verwickelt, in dem ich Nachforschungen anstelle.«

»Ja«, entgegnete der Mann leise und ignorierte die angebotene Hand.

Oh, Scheiße, Bradley. Vergiß nicht, der Kerl ist ein Muslim. In seinen Augen stehen Frauen – vor allem weiße Frauen – auf der sozialen Stufe eines tollwütigen Hundes. Du kannst dich glücklich schätzen, wenn du auch nur zwei Worte aus ihm rauskriegst.

Bo zog ihre Hand zurück und fragte sich, wie es weitergehen sollte. Der Imam saß nur da und starrte auf einen Punkt über ihrem Kopf.

»Hören Sie«, fing sie an, »ich weiß, Sie wurden gegen Ihren Willen hierhergebracht, um von einer Frau befragt zu werden, die Sie verachten. Das ist bestimmt schrecklich für Sie, aber so ist es nun mal. Dewayne Singleton ist in Kalifornien und hat vielleicht ein Kind vergiftet – das rechtlich gesehen seins ist – und seine Frau ermordet. Meiner unmaßgeblichen Meinung nach hat er keins von beidem getan. Das Kind – ein *männliches* Kind, nebenbei bemerkt – hat jetzt niemanden mehr auf der Welt, außer Dewayne, der geisteskrank und aus einer Nervenklinik geflohen ist. Ich brauche Ihre Hilfe. Sie müssen mit mir über Dewayne sprechen.«

Der Mann schien über ihre Worte nachzudenken, obwohl das schwer feststellbar war, denn nichts an ihm bewegte oder veränderte sich. Er schwitzte nicht, schien nicht einmal zu atmen. Schließlich richtete er seine Augen auf sie. Und dieser Anblick war ihm offensichtlich zuwider.

»Mr. Singletons Bekehrung zum Islam war sehr dramatisch«, sagte er in gut moduliertem Amerikanisch. »Ich vermutete bei ihm ein Problem psychischer Natur, aber auch das steht nicht zwischen einem Mann und Gott. Mr. Singleton war fromm. Er hat mir nichts von einem Kind erzählt, obwohl er sagte, er habe eine Frau in Mexiko. Der Islam hat ihm seine Verantwortung für diese Frau klargemacht. Wenn Sie meine Beurteilung von Mr. Singleton hören wollen, so lautet meine persönliche Meinung, daß er nicht fähig war, die Taten, die Sie beschrieben haben, zu begehen. Ist das alles?«

»Nein«, antwortete Bo und unterdrückte den Impuls, die Hand auszustrecken und ihm das weiße Käppchen über die Nase zu ziehen. »Ich muß wissen, ob er vor seiner Flucht aus diesem Gefängnis irgend etwas über seine Frau gesagt hat. Ich muß vor allem etwas über seine Familie wissen. Sie waren sein geistiger Führer und der letzte Mensch, der zu ihm engen Kontakt hatte. Die Zukunft eines Kindes steht auf dem Spiel. Können Sie nicht einfach Ihre Vorurteile vergessen und mit mir reden?«

Der Imam blieb bewegungslos.

»Nein«, sagte er.

Bo seufzte. Wieder stand sie vor einer kulturellen Barriere, die ihr den Weg zur Wahrheit versperrte.

»Weswegen wurden Sie verurteilt?« fragte sie unverblümt, ohne eine Antwort zu erwarten.

»Wegen Mordes«, entgegnete er mit derselben sanften Stimme. Nichts in seinem Gesichtsausdruck verriet das geringste Interesse daran oder an irgend etwas, das Bo hätte sagen können.

»Ich danke Ihnen, daß Sie mir Ihre Zeit gewidmet haben«, sagte Bo, stand auf und marschierte zur Tür, während er in die entgegengesetzte Richtung davonging.

Diese Begegnung war ein absoluter Fehlschlag gewesen. Sie hatte keinen Zugang zu diesem Mann gefunden und keinen hilfreichen Hinweis bekommen. Es war eine sehr teure und ermüdende Zeitverschwendung gewesen. Bo streichelte die Zigarettenschachtel in ihrer Handtasche und dankte einer

in Vergessenheit geratenen Gottheit, daß sie nicht in Pakistan geboren worden war.
»Miss Bradley«, sagte der Imam von der entgegengesetzten Tür her, wo ein Posten darauf wartete, ihn in seine Zelle zurückzubringen, »im Qur'an gibt es viele Wiederholungen, viele Arten, um nur eins auszudrücken – daß es keinen Gott außer Gott gibt.«
Bo war sich sicher, ein leichtes Glitzern in seinen Augen gesehen zu haben, ehe der Posten ihn hinausführte und die Tür zuschlug.
Der Qur'an ist wohl der Koran, vermutete sie. Und es gab darin viele Wiederholungen. Na und? Auch in der Bibel, im Talmud und in den Gelben Seiten gab es viele Wiederholungen. Hatte er versucht, ihr etwas mitzuteilen, ihr behilflich zu sein? Oder war er nur auf seine unergründliche muslimische Weise witzig gewesen?
Bo telefonierte nach einem Taxi, das aus der fünfzig Kilometer entfernten Stadt Minden kommen würde. Sie stand im heißen Schatten eines überhängenden Daches und rauchte. Gab es in diesem Fall Wiederholungen, die alle auf einen Punkt hinwiesen? Die einzige Wiederholung, die sie erkennen konnte, war buchstäblich giftig. Ein Kind und seine Mutter waren vergiftet worden. Zwar mit verschiedenen Giften, doch beide Gifte waren aus natürlichen Substanzen gewonnen worden.
Bo atmete den Rauch ihrer Zigarette aus. Er wehte durch den Stacheldrahtzaun, wehte durch das mörderische Metall, als wäre es nicht da. Bo dachte, daß die Antwort auf dieses Rätsel vielleicht auf dieselbe Art und Weise gefunden werden könnte. Wenn sie nur ihre Perspektive ändern könnte. Wenn sie nur wie Chac denken und die Bedeutung der Maya-Volkssage verstehen könnte.
Statt dessen dachte sie über Dewayne Singleton nach. In

seiner Akte hatte gestanden, daß er aus einem Trupp Gefangener geflohen war, der außerhalb des Zauns Straßengräben säuberte. Waren in den Gräben giftige Wasserpflanzen gewachsen? Und warum war er nach Kalifornien geflohen? Mir setzt wohl die Hitze zu, dachte Bo, denn die Gedanken an Dewayne hinterließen in ihr ein leeres, graues Gefühl. Dieses Gefühl, das sie gehabt hatte, als sie das Haus auf der Suche nach etwas auseinandergenommen hatte, obwohl sie wußte, daß es nicht mehr dasein konnte.
Sie ging in die Eingangshalle des Gefängnisses zurück, atmete tief die durch die Klimaanlage etwas kühlere Luft ein und versuchte an nichts zu denken, bis das Taxi kam.

Drei Stunden später wachte Bo aus einem unruhigen Schlummer auf einem weiteren stickigen Flughafen auf – in Lafayette, Louisiana. Die Heimatstadt von Andrews Schwester, erinnerte sie sich benommen. Teil ihrer sorgfältig ausgearbeiteten, mißlungenen Ermittlungen. Die Stadt lag nur ein paar Meilen von Franklin entfernt, wo Dewayne Singletons Familie ohne Telefon lebte.
Sie wurde von Elizabeth erwartet, die aussah wie Andy, wenn er fünfzehn Pfund mehr wiegen und eine Geschlechtsoperation durchführen lassen würde. Und sie hatte einen völlig anderen Geschmack, die Mode betreffend.
»Ich bin Liz Barrileaux«, sagte sie und umarmte Bo spontan. Ihre wohlproportionierte Gestalt war in feines, lavendelfarbenes Material gehüllt. »Ich weiß nicht, was Sie mit meinem Bruder angestellt haben, aber es grenzt an ein verdammtes Wunder. Willkommen in Lafayette.«
Liz Barrileaux war wie eine Folkloresängerin in den sechziger Jahren gekleidet und strahlte die Herzlichkeit eines Menschen aus, der keine Illusionen hat, das Leben aber trotzdem genießt. Bo mochte sie auf Anhieb.

»Ich wußte nicht, daß Sie Barrileaux heißen«, sagte Bo. »Andy hat mir nur erzählt, daß Sie Psychologin sind und drei Kinder haben.«

»*Zwei* Kinder und eine geklonte Miss Wohlerzogen.« Liz kicherte. »Unsere Älteste, Jeanne-Marie, ist die zweite Ausgabe ihres Onkels Andy. Auch sie wurde im falschen Jahrhundert geboren. Wir hatten entsetzliche Angst, sie würde Nonne werden, nur um nach strengen Regeln leben zu können. Gott sei Dank hat sie sich endlich verliebt. Er ist ein prächtiger Junge, doch mit dem Gehirn eines kleinen Reptils. Sie ist erst siebzehn. Ihre Zuneigung zu diesem Jungen wird nicht lange dauern, aber hoffentlich ihre Liebesfähigkeit. Stoney hat an dem Tag, als sie uns bat, sie ›J‹ zu nennen – weil ihr Freund sie so nennt –, heimlich eine Kiste Champagner bestellt. Sagen Sie, langweile ich Sie?«

»Nein.« Bo grinste. »Ich komme gerade aus einem farblich abgestimmten Gefängnis, das eine Schweinezucht betreibt. Normale Dinge über normale Menschen zu hören raubt mir das Gefühl, nackt auf einem Gepäckförderband zu tanzen. Wer ist Stoney?«

»Gaston Barrileaux, der Vater meiner Kinder. Er wäre auch die Mutter geworden, hätte er das irgendwie arrangieren können. Unsere Beziehung ist sehr unkonventionell. Ich verdiene das Geld; Stoney macht alles andere. Was alles andere als ›normal‹ zu bezeichnen ist. Haben Sie heute schon etwas gegessen?«

»Nein«, antwortete Bo und folgte Liz zu einem zerbeulten Volvo auf dem Parkplatz. Sie ärgerte sich über ihre Inkompetenz. Menschen mit psychischen Problemen sollten auf sich achtgeben. Dazu gehörten körperliche Bewegung und gesunde Ernährung. Und sich ständig vor Unterbrechungen der Alltagsroutine hüten. Solche Dinge konnten

Dummköpfen den Weg in einen frühen Tod – und Schlimmeres – ebnen.

»Das ist nicht gut«, sagte Liz Barrileaux, während sie mit halsbrecherischer Geschwindigkeit durch ein ziemlich unscheinbares Städtchen fuhr. »Aber das brauche ich Ihnen nicht zu sagen. Das wissen Sie besser. Glücklicherweise steht noch eine Gemüsesuppe im Kühlschrank. Gus – das ist unser Vierzehnjähriger – fährt voll auf *political correctness* ab und ißt nur Dinge, die nicht bluten. Er hat die Suppe gestern abend aus Rasenschnitt oder so was Ähnlichem gekocht. Die wird Ihnen helfen, die Zeit zu überbrücken, bis Andy aus New Orleans kommt und wir in ein Restaurant gehen können, das richtiges Essen serviert.«

»Haben Sie am Montagnachmittag keine Sprechstunde?« fragte Bo.

»Nein. Ich unterrichte montags, mittwochs und freitags bis halb zwei an der Uni. Sprechstunde habe ich nur dienstags und donnerstags. Auch an den Abenden und den Wochenenden. Jeanne-Marie hat ein Stipendium fürs College, aber die beiden anderen kosten Geld. Stoney verdient mit historischen Restaurationsarbeiten auch ein paar Dollar. Unser Haus ist sein Übungsobjekt. Sie werden's ja sehen.«

Bo entspannte sich und bewunderte eine riesige Eiche vor einer Kirche aus roten Ziegelsteinen.

»Das ist die größte Eiche im ganzen County«, erklärte Liz. »Fast fünfhundert Jahre alt. Sie wird bei Nacht beleuchtet, und sie hat einen eigenen Club namens Live Oak Society. Ganz snobistisch. Nur Eichen, die über hundert Jahre alt sind, werden aufgenommen. Die Gebühr beträgt fünfundzwanzig Eicheln.«

»Das ist nicht Ihr Ernst.« Bo kicherte.

»Doch. Sie sind hier im Süden, Schatz. Da gehört Exzentrität zum Lebensstil.«

Ein paar Minuten später bog Liz schwungvoll in eine schmale Einfahrt ein und hätte beinahe ein Pappschild auf einem Pfosten, der im Boden steckte, umgefahren. »Drei Siebenundzwanzig Stevenson« stand in perfekten römischen Buchstaben in grellem Rosa darauf.
»Das ist Angela«, seufzte Liz. »Unser ›Überraschungsbaby‹, wie es so schön heißt. Sie ist erst acht, plant aber schon – wie ihr Dad –, Architektin zu werden. Im Augenblick ist sie von Schriftarten wie besessen und entwirft den ganzen Tag Hausschilder. Sie sagt, sie müsse mit einem Entwurf *leben,* ehe sie ihn auf Holz malt und an die Nachbarn verkauft.«
Bo grinste. »Diese Farbe könnte eine waldgrüne Umrandung vertragen«, schlug sie vor. »Nur an den senkrechten Linien.«
»Du meine Güte, noch so eine«, stöhnte ihre Gastgeberin. »Ich lasse die Kinder nicht in Ihre Nähe, bis Sie etwas gegessen und ein Nickerchen gemacht haben. Die drei werden Sie *anbeten*!«
Drei Stunden später wachte Bo auf einem Klappbett in einem mit Büchern vollgestopften Zimmer über Liz' Büro – einer umgebauten Garage – auf. Eine Wendeltreppe, die beide Zimmer verband, schlängelte sich um einen Messingpfosten. Daran klebte ein Schild, auf dem »Willkommen« in altenglischen Buchstaben stand. Das musikalische Trommeln des Regens über ihrem Kopf ließ darauf schließen, daß Gaston Barrileaux der früheren Stilrichtung des Südens gefolgt war und sein Haus mit einem Blechdach gedeckt hatte. Bo wünschte sich, sie hätte ein Tonbandgerät bei sich, damit sie das Geräusch aufzeichen und später immer wieder hören könnte. Vor allem im Büro, dachte sie grinsend, wenn Madge redet.
Irgendwo von unten drangen mehrere Stimme herauf, ein-

schließlich der Andrew LaMarches, der ungewöhnlich oft lachte. Nachdem sie eine Dekapote-Pille geschluckt und in dem Bad, das mit Zypressenholz getäfelt und mit italienischen Bodenfliesen ausgelegt war, ihr Make-up aufgefrischt hatte, ging sie nach unten. Im Wohnzimmer, das mit noch mehr Büchern, zwei Schreibtischen, einer Couch und einem Polstersessel ausgestattet war, war niemand. Nirgends war ein Fernseher zu entdecken.

Bo folgte den Stimmen und betrat einen Windfang vor der offenen Haustür. Daran schloß sich ein Wohnraum an, in dem sechs Leute um einen Tisch saßen und Monopoly spielten. Auch in diesem Zimmer gab es keinen Fernseher, bemerkte Bo mit Genugtuung. Ein Mann, der wie ein brauner Bär aussah, schien das Spiel zu gewinnen, denn vor ihm stapelte sich das Spielgeld.

»Bo!« rief Andrew erfreut. »Da bist du ja!«

Bo merkte, daß sich etwas unter der Oberfläche seiner Leutseligkeit verbarg, das er mit gerunzelten Brauen und einem Schatten in seinen Augen ausdrückte. Er wußte etwas, was sie nicht wußte. Und das war nichts Gutes.

Der Bär stand auf und schlang seine Arme um sie.

»Ich bin Stoney, der Schwager«, brummte er herzlich durch seinen lockigen schwarzen Vollbart. »Und Sie sind das irische Mädchen, das Ole Doc aus seinem Elfenbeinturm gelockt hat. Ein verdammt schwerer Job.«

In dem blaugestreiften Hemd und den Jeans, die von roten Hosenträgern gehalten wurden, erinnerte er Bo an den Geist aus Dickens' Weihnachtsgeschichten.

»Und das sind die Kinder«, warf Liz ein, »wie Ihnen wohl nicht entgangen ist. J, Gus und Angie.«

Schüchternheit war bei den Barrileaux kein charakeristisches Merkmal, stellte Bo fest. Die Kinder scharten sich um sie, stellten Fragen über Kalifornien, Filmstars, Graphik-De-

sign und die ökologische Bewegung. Andrew räumte währenddessen das Monopoly-Spiel weg.
Nach fünfzehn Minuten klatschte Stoney in die Hände und rief: »He, wie wär's mit Essen?«
»*Laissez le bon temps rouler*«, sagte Angela kichernd und lief zur Tür hinaus zum Auto.
»Es bedeutet: ›Laßt den guten Zeiten ihren Lauf‹«, erklärte Andrew, als er neben Bo durch den leichten Regen lief. »Das ist eine Cajun-Redewendung.«
»Das dachte ich mir schon«, antwortete Bo. Dann flüsterte sie: »Andy, was ist los? Du verheimlichst mir etwas. Was ist passiert?«
»Wir sprechen später darüber«, sagte er kurz angebunden.
In einem Restaurant namens *Randol's* aß Bo eine Mais- und Krabbensuppe und konnte danach nicht mehr ihren gedünsteten Krebs aufessen. Nach mehreren schwungvollen Runden Two-Step mit Andrew, Stoney und dann Gus hielt sie ihre gesellschaftlichen Verpflichtungen für erfüllt.
»Liz«, flüsterte sie, als Andrew mit Jeanne-Marie Walzer tanzte, »ich möchte nicht unhöflich sein, aber ich bin eigentlich hier, um Nachforschungen in einem Fall anzustellen. Andy weiß etwas, was er mir verheimlicht, weil er zweifelsohne denkt, die Nachricht würde meine fragile Psyche durcheinanderbringen. Ich fürchte, mir geht allmählich die Geduld aus. Ich möchte nach Hause.«
»Wird auch Zeit«, antwortete Liz, die ihrem glühenden Gesicht mit einer Serviette Kühlung zufächelte. »Mein Bruder wird Sie verlieren, wenn er weiterhin diese Beschützerrolle spielt.« In diesen Worten klang Trauer, keine Wut durch. »Er kann eine richtige Nervensäge sein, Bo, aber er ist ein guter Mann. Wahrscheinlich sollte ich das nicht sagen, aber er übertreibt immer mit seinem wichtig-

tuerischen Unsinn, wenn er aus New Orleans kommt. Hat er Ihnen erzählt, daß er dort immer das Grab seiner Tochter besucht?«

Bo schüttelte den Kopf. »Sylvies Grab? Davon hat er nichts gesagt.«

Sie erinnerte sich an das zweijährige Mädchen, das vor so langer Zeit gestorben war. Ein Kind, das er nie gesehen hatte, dessen kleiner Geist aber den Verlauf seines Erwachsenenlebens in eine bestimmte Richtung gelenkt hatte. Ihretwegen hatte er Medizin studiert und sich dann dem Spezialgebiet Pädiatrie und insbesondere der Behandlung traumatisierter Kinder zugewandt. Kindesmißhandlung. Weil er alle anderen Kinder retten wollte.

»Ich will Ihnen etwas verraten. Für den Fall, daß Sie es irgendwann mal gebrauchen können.« Liz grinste verschwörerisch. »Wir heißen nicht wirklich LaMarche, sondern Lagneaux.«

»Was?« sagte Bo. »Warum ...«

»Die lieben alten Spießer, unsere Eltern, haben ihren Namen ändern lassen, um ihre Cajun-Abstammung zu verschleiern. Aber zutiefst in seinem Innern ist Ihr Dr. LaMarche mit den Perlmutt-Manschettenknöpfen der Cajun-Junge namens Jacques Lagneaux geblieben, der mit einer Vorhangschnur in der Hand auf einem Grabmal saß und so tat, als sei er wieder an einem Bayou und würde fischen.« Liz rückte ein breites Armband an ihrem Handgelenk zurecht und lächelte Stoney und Angela auf der Tanzfläche zu. »Ein schrecklicher Kummer kann Menschen vergessen lassen, wer sie wirklich sind«, fügte sie seufzend hinzu.

»Puh.« Bo nickte. Sie hatte keine Ahnung, was sie mit dieser Information anfangen sollte.

Später, wieder im Haus seiner Schwester, gab ihr Andrew

noch mehr Informationen, nicht ihn betreffend, sondern eine Mutter und ihr Kind, die vergiftet worden waren.

»Ich habe heute morgen im Konferenzzentrum meinen Telefondienst angerufen«, erzählte er. »Es gibt eine Menge Neuigkeiten. Erstens: Acitos Testergebnisse sind aus dem Labor gekommen. Er ist nicht HIV-positiv, Bo. Damit sind wir aber nicht aus dem Schlimmsten raus, weil das Virus später ausbrechen könnte. Die Wahrscheinlichkeit ist jedoch sehr gering. Es sieht aus, als hätte er sein Leben noch vor sich.«

»Großartig!« Bo grinste vor Erleichterung. »Warum hast du mir das nicht vor dem Dinner gesagt? Wir hätten feiern können. Und was gibt es noch für Neuigkeiten?«

Andrew klemmte seine Hände zwischen die Knie und starrte auf den Boden, der mit Pappverstärkern für Hemden übersät war, die mit Buchstaben im Bodoni-Stil bemalt waren. »Dar Reinert hat um meinen Anruf gebeten.«

»Ja«, sagte Bo. »Ich habe ihm gesagt, er könne mich nur über dich erreichen, falls er mir das Ergebnis des Wassertests mitteilen wolle oder sonst etwas passiere, was in diesem Fall für mich wichtig ist. Worum ging es?«

»Um beides.« Andrew LaMarche kämpfte ganz offensichtlich darum, die Fassung zu bewahren. »Leider bestätigt die Neuigkeit die Identität des Mörders. Daran können wir absolut nichts ändern, Bo. Es gibt keine Möglichkeit, das zu beweisen oder gerichtlich vorzugehen. Es ist einfach eine dieser Situationen, die durch das Netz der Gesetze schlüpfen. Und da ist noch etwas ...«

Bo hielt es plötzlich in Stoney Barrileaux' verstellbarem Sessel, der mit ochsenblutfarbenem Leder bespannt war, nicht mehr aus. Sie stand auf und marschierte vor dem Couchtisch auf und ab, der aus einer alten Paneeltür gemacht war, die auf zwei imitierten ionischen Säulen lag.

»Noch etwas! Du hast mir bisher überhaupt noch nichts erzählt. Muß ich Dar Reinert selbst anrufen, um herauszufinden, was er dir gesagt hat? Wofür hältst du dich eigentlich, Andy? Und was, verdammt noch mal, hast du vor?«
Andrew stand von der blaukarierten Couch auf, wo er auf der Kante gesessen hatte, und setzte sich gleich wieder. Er sah elend aus. Bo war das jedoch gleichgültig.
»Ich wollte dich nicht aufregen«, stammelte er. »Ich wollte ...«
Bo legte förmlich die Ohren an und blähte ihre Nasenflügel. »Du bestimmst nicht, ob ich mich aufrege oder nicht«, wies sie ihn scharf zurecht. »Verstehst du das? Du ... bestimmst ... nicht ... über ... mich. Nicht in San Diego, nicht hier im Haus deiner Schwester, nirgends! Erzählst du mir jetzt, was dir Reinert gesagt hat, oder nicht?«
»Er sagte, die Wasserprobe, die du ihm für eine Analyse gegeben hast, enthält dasselbe giftige Schierlingsderivat, das in Chacs Tequilaglas gefunden wurde. Aber ...«
»Kein Aber«, unterbrach ihn Bo. »Erzähl mir nur, was Reinert sonst noch gesagt hat, und dann gehe ich ins Bett und denke darüber nach. Morgen fahre ich nach Franklin und befrage Dewayne Singletons Familie. Ich bin hier, um einen Fall zu untersuchen, Andy. Die Zukunft dieses Kindes hängt völlig davon ab, wie ich die Sache handhabe. Und dir liegt nur daran, dich wie ein viktorianischer Patriarch aufzuspielen. Das lasse ich mir nicht gefallen. Was hat Dar sonst noch gesagt?«
Andrew LaMarches Augen waren so hell geworden, daß sie beinahe farblos wirkten.
»Dewayne Singleton hat zwei Polizeibeamte mit einem Messer am Strand von Oceanside angegriffen«, murmelte er und folgte mit dem Daumen dem Paneelmuster des Couchtisches. »Das ist in einer öffentlichen Toilette der Rettungs-

schwimmerstation passiert. Sie haben ihn erschossen, Bo. Dewayne ist tot.«
»Oh, Scheiße!« flüsterte sie und biß sich auf die Lippe. »Ich gehe zu Bett, Andy. Ich muß nachdenken.«
Im trüben Licht auf der Treppe sah sie an der Wand ihren Schatten und stellte sich vor, wie ihr Körper durch die Wucht des Einschlags einer Kugel aus einer Polizeiwaffe zusammenbrach. Es konnte passieren, das wußte sie. Es passierte dauernd, wenn schlecht ausgebildete, autoritäre Polizisten mit Menschen aneinandergerieten, die psychisch gestört waren und ihre Befehle nicht befolgen wollten, nicht befolgen konnten. Dewayne war ein Bruder gewesen, sein Bild gehörte zu den Fotos der anderen an ihrer Pinnwand im Büro. Im Augenblick war alles andere unwichtig.
Als Bo in Liz' Studio das Licht anknipste, wurde ihr klar, daß sie Andrew LaMarche nie verzeihen würde, die Wahrheit zurückgehalten zu haben, während sie zu einer Fiedel und einem Akkordeon getanzt hatte. Weil er vorsätzlich über ihre Wahrnehmung der Realität bestimmt hatte. Er hatte nichts in ihrem Leben zu bestimmen. Rein gar nichts.

33

Die Hütte am Wasser

Beim Frühstück war Bo bedrückt.

»Was hast du gestern abend damit gemeint, daß das Gift in meinem Wasserkanister den Verdacht auf die Identität des Mörders erhärtet?« fragte sie Andrew, der ein Polohemd und Jeans trug, weil er den Tag mit seinen Nichten und seinem Neffen verbringen wollte. »Ich nehme an, du sprichst von Chris Joe Gavin?«

Die Küche, ein langer, verglaster Raum mit Blick auf Bambus und Stockrosen im Garten hinter dem Haus, roch nach Kaffee, Speck und Zimt-Vanille-Toast, den Stoney auf einem eisernen Grill röstete. Gus und Angie, die schon gefrühstückt hatten, lungerten herum und machten viel Theater um das Einräumen des Geschirrspülers. Bo konnte Jeanne-Marie hören, die in der Diele am Telefon sagte: »Unmöglich, Rosalee. Weiß deine Mutter denn nicht, daß man diese gräßlichen langen Handschuhe seit den fünfziger Jahren nicht mehr trägt? Sag ihr, daß du *nicht* zu diesem blöden Tee bei Julia gehen kannst, außer du ziehst kurze Handschuhe an, die mit Perlenknöpfen verschlossen werden. Dann kannst du drei Fingerlinge an jedem Handschuh abschneiden, und …«

Das Bedürfnis aller Teenager, sich als Autorität darzustellen, um als klug, modern und zuverlässig zu gelten, war ihren Worten zu entnehmen.

»Raus«, sagte Liz zu den Kindern. »Wir müssen über Dinge reden, die euch nichts angehen.«

Bo freute sich, als Gus und Angie folgsam in den Garten

hinaustrotteten und damit gewisse Privilegien der Erwachsenen akzeptierten, die Kindern und Jugendlichen nicht zustanden.

»Erzählen Sie mir von diesem Fall«, sagte Liz beim Kaffee. »Vielleicht kann ich helfen.«

Bo umriß das Wesentliche des Falls, während Andrew die Einzelheiten beisteuerte. Zum Schluß sagte er: »Wie du siehst, kann nur dieser Junge der Täter sein. Niemand sonst hatte die Möglichkeit und ein Motiv, alle drei – das Kind, die Mutter und den Vater – zu töten. Bo konnte er nicht weiter nachspüren, nachdem er sie in diesen Canyon verfolgt hatte, weil er wahrscheinlich glaubte, von ihr gesehen worden zu sein. Deswegen hat er das Wasser in ihrem Kanister vergiftet, damit sie ihn nicht als Täter entlarven konnte.«

»Und Chac war die Frau, die er liebte und nicht haben konnte«, sagte Liz stirnrunzelnd. »Die Familie, bestehend aus ihr, Terrell und Acito, dem Untergang geweiht, wie seine eigene Familie. Dazu wäre er fähig, nehme ich an. Falls er eine Zeitbombe, das heißt ein von der Gesellschaft Ausgestoßener ist, der in seiner eigenen Welt gefangen lebt. Was halten Sie davon, Bo?«

Bo zündete sich eine Zigarette an und setzte sich neben Stoney, der Pfeife rauchte. Die beiden ineinander verschlungenen Rauchfahnen wehten zur offenen Fliegengittertür hinaus.

»Wichtig ist, was Chac dachte«, antwortete Bo. »Sie hat uns Hinweise über ihr Leben hinterlassen – was ihr und Acito geschehen ist. Sie hat Chris Joe vertraut, hat mit ihm gelebt, und er konnte über ihr Konto verfügen. Er ist in Jeanne-Maries Alter. Nur ein Halbwüchsiger.«

Bo blies den Rauch zur Tür hinaus und beobachtete einen Spatz, der einen Wurm unter den Stockrosen hervorzerrte. Angie kletterte auf einen riesigen Podocarpus-Baum, während Gus sein Mountainbike mit zehn Gängen ölte.

»Und wie ein Kind«, sprach sie weiter, »hat er mir Chacs Kontoauszüge als Beweis dafür geschickt, daß ihn eine Frau wie einen Erwachsenen behandelt hat. Der falsche Name, den Chac benutzt hat, ist irrelevant. Er hat die Auszüge geschickt, um uns zu beweisen, wie erwachsen er ist. Wie kompetent. Das ist mir eben klargeworden, als ich Jeanne-Marie am Telefon hörte. Und wir wissen nichts über ihn, was bestätigt, daß er sich von der Umwelt isoliert hat. Ich halte Chris Joe nicht für den Mörder. Ich glaube, daß es jemand anders ist.«

Andrew goß allen Kaffee nach. »Warum ist er dann geflohen, Bo? Warum versteckt er sich und schickt geheimnisvolle Botschaften?«

»Er ist erst *siebzehn*, Andy. Ein Ausreißer, der vor einem Leben bei verschiedenen Pflegeeltern geflohen ist. Wer weiß, was er dachte, was mit ihm geschehen könnte, falls er auftaucht?«

Bo dachte an Stacheldrahtzaun und Betonmauern. »Für ein Kind kann das Leben bei Pflegeeltern wie ein Gefängnis sein«, sagte sie. »Keine Selbstbestimmung, kein Gefühl der Zugehörigkeit. Wo andere Kinder Eltern haben, die nicht jedes Jahr wechseln.«

»*Ich* denke, daß es die Frau war, diese Kee«, sagte Stoney und schaute auf seine Uhr. »Ein Mann, der einer anderen Frau ein Kind macht, und die eigene Frau dreht durch. Das liegt doch auf der Hand. Übrigens, Bo, wir müssen bald nach Franklin fahren, sonst vertrocknen wir auf dem Bayou.«

»Ich bin bereit«, stimmte Bo zu und steckte das T-Shirt von Gus in den Hosenbund der Khakishorts, die Liz ihr geliehen hatte. »Auch ich habe Kee im Verdacht, bis auf eins. Sie würde nie einem Baby etwas antun, vor allem keinem Indianerkind. Sie ist förmlich von ihrem romantischen Ideal indianischer Kulturen und Völkerstämme besessen. Sie will nicht einmal ein eigenes Kind, weil sie sich indianischen Kindern widmen will. Kee würde Acito ebensowenig vergiften wie ich einen Hund. Das ist ausgeschlossen.«

»Wen halten Sie denn für den Täter?« fragte Liz.

»Es muß Munson Terrell sein«, antwortete Bo. »Er ist der einzige, der zu dem Volkslied paßt, das Chac mir kurz vor ihrem Tod vorgesungen hat. Heute nacht habe ich alles durchdacht. Es muß Terrell sein.«

»Unmöglich«, beharrte Andrew und gab Bo ihren Aktenkoffer. »Da draußen in der Wüste hat jemand ein Gewehr auf *ihn* gerichtet. Und falls er die Gruppe verlassen hätte, um Gift in deinen Wasserkanister zu tun, hätte Martin das gemerkt. Aber er sagt, daß Terrell den ganzen Abend bei ihnen gewesen sei.«

Bo blieb an der Tür stehen.

»Ich habe zusammen mit Mildred fast den ganzen Nachmittag auf einem Feldbett geschlafen«, räumte sie ein. »Und Martin hat erzählt, daß jeder aus der Gruppe am Nachmittag allein in die Wüste gegangen sei, um Totems zu suchen. Da hätte Munson Terrell das Wasser vergiften können.«

»Vorausgesetzt, er trägt überall seltene Pflanzengifte mit sich herum, weil er hofft, zufällig auf eine neugierige Ermittlerin zu stoßen, die irgendwo in der Nähe schläft? Das ist ein bißchen weit hergeholt, Bo«, sagte Andrew.

»Und was ist mit dem bewaffneten Jäger?« fragte Liz verwirrt.

Bo war der Meinung, daß ihre Interpretation der Ereignisse

im Canyon Sin Nombre einer ausführlichen Erklärung bedurfte, auch wenn alle anderen wenig Interesse daran zeigten.

»Die Wildnis in der Umgebung von San Diego lockt viele Außenseiter an, vor allem an den Wochenenden«, erklärte sie. »Überlebenskämpfer, rechtsgerichtete Extremisten und Waffennarren, die auf alles schießen, was sich da draußen bewegt. Niemand kann sie bremsen. Der Kerl, der mich verfolgt hat, war vielleicht nur ein betrunkener Einzelgänger mit einem Gewehr, der Soldat gespielt hat und sich einbildete, auf einer geheimen Mission zu sein, um Liberale oder sonstige Feinde auszurotten. Vergeßt nicht, daß er keinen Schuß abgefeuert hat.«

»Ich möchte gern mehr über dieses Volkslied hören, das Chac gesungen hat«, sagte Stoney. »Aber jetzt müssen wir los.«

Nach einer knappen Stunde Fahrt stellte Stoney den Volvo bei einer Tankstelle in Franklin ab und ging ins Büro, um ein Aluminumboot zu mieten. Nur mit einem Boot, erklärte er Bo, könne man zu den Singletons kommen, ohne meilenweit über schlammige Wege zwischen Zuckerrohrfeldern zu fahren, wo sie sich bestimmt verirren würden. Mit dem Boot konnten sie durch den Bayou Teche bis vor die Hütte der Singletons am Rand eines Zuckerrohrfelds – fünf Meilen Luftlinie entfernt – fahren.

Während der Fahrt durch den Bayou sah Bo einen wunderschön restaurierten Herrensitz im griechischen Stil, der genug Südstaatenatmosphäre besaß, um einer Scarlett O'Hara würdig zu sein.

»Franklin war während des Bürgerkriegs voll von Nordstaatensympathisanten«, erklärte Stoney Barrileaux mit leicht feindseligem Unterton in der Stimme. »Deswegen wurden die Plantagen in dieser Gegend nicht bis auf die Grundmauern niedergebrannt.«

Bo beschloß, die Finger von diesem Thema zu lassen. Der Bürgerkrieg, dachte sie, wird wohl immer eine Quelle der Verbitterung für die Nachfahren eines verlorengegangenen Lebensstils sein.

»Ich bin überzeugt, daß Chac Munson Terrell gemeint hat, als sie von einem Mann sang, der in Gegenwart einer schwangeren Frau gegessen hat«, erzählte sie Stoney, nachdem sie noch einmal darüber nachgedacht hatte. »Sie war von ihm schwanger, aber der Unterschied zwischen ihnen war unüberbrückbar. Die Reichen und die Habenichtse. Ich glaube, sie wollte damit ausdrücken, daß er aufgrund seines Reichtums und seiner Zivilisation nicht das Recht hatte, sie wegen ihrer Armut und ihres Andersseins zu quälen. Ich glaube, sie hat damit ausdrücken wollen, daß er egoistisch und blind ist.«

Stoney parkte seinen Wagen auf einem Platz am Bayou, der mit zerbrochenen Muschelschalen planiert war. Bo stieg ins Boot und band ihren Aktenkoffer mit einem Stück nassen Seils an eine Ruderdolle.

»Damit könnte Chac zwar ausgedrückt haben, daß er ein absoluter Bastard ist«, meinte Stoney, »aber sie hat damit nicht gesagt, daß er sie umbringen würde.«

»Doch, das ist sinngemäß in dem Text enthalten«, antwortete Bo und fragte sich, warum sie von ihrer Interpretation nicht so ganz überzeugt war. Sie hatte die halbe Nacht darüber nachgedacht.

Die Mangrovensümpfe entsprachen überhaupt nicht Bos Vorstellungen. Anstelle von grünem Schleim und Gestank sah sie dunkles, klares Wasser, auf dem lavendelfarbene Wasserhyazinthen schwammen. Zypressen mit ihren aus dem Wasser ragenden Wurzeln reckten sich himmelwärts.

Zwischen diesen Bäumen kam sich Bo wie die Besucherin einer Hexenversammlung vor. Aus den Wasserblumenfeldern sah sie einen blauen Reiher emporsteigen und zu einer Zypresse fliegen. Eine Schnappschildkröte glitt von einem Baumstamm, als das Boot vorbeifuhr.

»Wie wunderschön«, sagte Bo lächelnd. »Was sind das für schwimmende Vögel? Sie sehen aus wie Hühnchen.«

»Das sind auch Hühner«, bestätigte Stoney nickend. »*Poules d'eau* heißen sie. Bläßhühner. Damit kann man eine köstliche Gumbo – einen Eintopf – kochen.«

»Puhl-doo?« wiederholte Bo.

»*Oui.*« Der Cajun lächelte. »Ich kann notfalls meine Familie aus diesen Sümpfen ernähren. Zumindest konnte ich es, bis die Abwässer aus den Zuckerrohrfeldern alles zerstörten.«

»Abwässer?« Bo bespritzte ihr Gesicht mit kühlem Wasser und wartete auf eine Erklärung. Zwei schwimmende Hühnchen widerlegten ihre Vorstellung von Hühnern im allgemeinen, indem sie mit den Flügeln flatterten und davonflogen. Die Sümpfe hätten das Dekor für eine Disney-Version der Geschichten von Onkel Remus abgeben können.

»Insektizide«, murmelte Stoney. »Die Zuckerrohrpflanzer besprühen damit die Felder *und* die Familien der Farmpächter, die mitten im Anbaugebiet leben, wie die Singletons, die Sie besuchen. Alles sickert in den Boden und fließt in die Bayous.«

Während Stoney die Geschwindigkeit des Boots verringerte und eine morsche Anlegestelle ansteuerte, fragte sich Bo, ob Insektizide dazu beigetragen hatten, Dewayne Singletons Leben zu zerstören. Falls er je ein lebenswertes Leben gehabt hatte.

»Ich warte im Boot«, sagte Stoney, als er das Boot an einem Pfosten vertäute und Bo beim Aussteigen half. »Diese Leute sind an Gesellschaft nicht gewöhnt, und sie haben gerade einen Sohn verloren. Es wäre unverschämt von mir, mit hineinzugehen.«

Bo hatte sich noch nie so unbeholfen und linkisch gefühlt wie jetzt, als sie in Tennisschuhen und geliehenen Shorts, in der Hand einen Aktenkoffer, von dessen Griff ein Stück nassen Seils hing, auf der wackligen Bootsanlegestelle der Singletons stand. Das Wort »unprofessionell« kam ihr in den Sinn, was sie aber schnell verdrängte, denn ihrer ganzen Aktion mangelte es an Professionalität. Madge Aldenhoven wäre die erste, die sie darauf aufmerksam machen würde.

»Mr. Singleton, bitte entschuldigen Sie mein Eindringen hier«, sagte sie zu einem drahtigen Schwarzen in Kordhosen und einem hellbraunen Arbeitshemd, der aussah, wie Dewayne ausgesehen hätte, wäre er Sechzig geworden und hätte in einem Korbsessel an der Anlegestelle sitzen können. »Ich bin den ganzen Weg von Kalifornien gekommen, um Sie zu besuchen, weil die Frau Ihres Sohnes ein Kind bekommen hat und es Fragen gibt …«

Das Weiße in den Augen des Mannes war gelblich verfärbt und blutunterlaufen. Ein Leben voller Zorn blickte ihr aus diesen Augen entgegen. Für den Bruchteil einer Sekunde glaubte Bo, er würde sie schlagen.

»Weiß nichts davon«, sagte er und starrte Stoney an, der im Boot saß. »Die Männer vom Sheriff waren schon da und haben uns gesagt, daß Dewayne tot ist. Meine Frau kann mit Ihnen reden, wenn sie will.« Er wies auf eine Rampe, die ins Haus führte, das auf Pfählen stand.

Bo mußte einfach an die russische Märchenhexe, Baba Jaga, und ihr Haus auf Vogelbeinen denken. Und an die irische Geschichte von Maurya Ni Keerwaun, der sterbenden Hexe in ihrer Hütte an einem See, die Paudyeen O'Kelly zu einem reichen Mann gemacht hatte, weil er Messen kaufte, um ihre Seele zu retten. Hexen leben immer in solchen Hütten. Die von spanischem Moos verhangenen Zypressen warfen gespenstische Schatten in dem grellen Sonnenlicht. Die Welt der Nacht, im Tag verborgen.

Reiß dich zusammen, Bradley. Stoney sitzt dort im Boot, und du heißt nicht Gretel. Tu, was du tun mußt, wie lästig es auch sein mag.

»Danke«, sagte sie und stieg über die Rampe zu dem Haus auf Pfählen hinauf. In dem trüben Licht im Innern saß eine Frau, die ein ausgeblichenes rotes Sweatshirt und einen geblümten Leinenrock trug und in der Bibel las, wobei ihr magerer Finger den Worten folgte, als würde sie sie auf den Seiten glätten. Sie hätte in jedem Alter zwischen fünfzig und siebzig sein können. Auch ihre Augen, hinter der billigen Brille aus dem Drugstore, waren blutunterlaufen. Sie war keine Hexe, aber eine Frau, die noch unter Schock stand, weil ihr Sohn von zwei Polizisten in einem Staat, der dreitausend Kilometer entfernt war, erschossen worden war. Bo verfluchte sich, weil sie Dewaynes trauernden Eltern weder Blumen noch eine Beileidskarte mitgebracht hatte.

»Es tut mir so leid«, sagte sie und fühlte, wie ihr Tränen übers Gesicht liefen. Ob diese Tränen für Dewayne oder für sie selbst oder für jeden anderen »Geisteskranken« waren, den die Welt nicht vermissen würde, wußte sie nicht. »Ich habe Dewayne flüchtig kennengelernt, als er in der Klinik war. Ich habe ihn für einen sanften Mann gehalten. Ich heiße Bo Bradley und arbeite für das Jugendamt in San Diego.«

»Und ich heiße Sarah Mae Singleton«, sagte die Frau und schaute von der Bibel auf. »Ich hatte nur diese zwei Jungen, wissen Sie. Dewayne und Buster. Jetzt sind beide fort.«

Bo ging über den nackten Bretterboden und nahm Sarah

Mae Singletons sehnige Hand, die leicht zitterte. Nach einer Weile sagte Sarah Mae Singleton, als würde sie ein Gebet beenden: »Sein Name sei gepriesen. Miz Bo Bradley, was wollen Sie von mir?« In dem kummervollen Gesicht erkannte Bo eine beneidenswerte Bereitschaft, allem die Stirn zu bieten.

»Es geht um einen kleinen Indianerjungen«, fing sie an und setzte sich auf einen hölzernen Hocker, um Sarah Mae Singleton die ganze Geschichte zu erzählen.

Eine Dreiviertelstunde später wurden Stoney und William, ihr Mann, zum Zichorienkaffee hereingebeten, der so süß und stark war, daß Bo sich wunderte, daß der Löffel darin nicht schmolz. Als Stoney eine Anzahl von Angelruten aus Bambusrohr, die in einer Ecke lehnten, bewunderte, bestand William Singleton darauf, ihm eine zu schenken.

»Sie haben gute Nachrichten in dieses Haus gebracht«, sagte er und musterte die Stahlkappen seiner Arbeitsstiefel. »Ich habe immer gedacht, in Dewayne stecke der Teufel. Aber ich habe mich geirrt. Sarah Mae weiß jetzt wenigstens, daß einer ihrer Söhne nicht böse, sondern nur krank im Kopf war. Das wird ihr ein Trost sein.«

Bo konnte sich nicht vorstellen, worin dieser Trost bestehen sollte, bis ihr William Singleton von den Ereignissen erzählte, die zu Busters – Dewaynes Bruder – lebenslanger Haftstrafe im Hochsicherheitsgefängnis in Angola wegen Mordes an dem Verkäufer eines Kolonialwarengeschäfts in Breaux Bridge geführt hatten.

»Ich wünschte, wir könnten das kleine Kind aufnehmen, obwohl Dewayne nicht der Vater war«, sagte Sarah Mae Singleton, als Bo und Stoney aufbrachen. »Aber wir sind schon zu alt. Buster hat fünf Kinder hinterlassen, und wir helfen, so gut es geht. Sie lassen mich wissen, was aus dem kleinen Indianer wird, nicht wahr?« fragte sie Bo.

»Ja, das tue ich«, versprach Bo.
Auf dem Rückweg bewunderten sie und Stoney Barrileaux die Sümpfe schweigend. Jeder war in seinen Gedanken verloren.
Später, während des Flugs von Lafayette nach New Orleans und dann nach San Diego, hüllten sich Bo und Andrew größtenteils auch in Schweigen. Auf dem Flughafen von San Diego umarmte sie ihn flüchtig in der kühlen Abendluft und fuhr dann allein mit einem Taxi zu ihrem Apartment in Ocean Beach. Das Alleinsein war jeden Penny der zwanzig Dollar Taxigebühr wert. Und sie brauchte Zeit, um ihren nächsten Schritt zu planen, der einen Besuch in dem gut ausgestatteten Rancho Santa Fe einschloß, dem Zuhause eines kaltblütigen Mörders.

34

Aber ihre Gesichter sind nicht gestorben.
Popol Vuh

Gleich als Bo nach Hause kam, rief sie Estrella von dem angeschlagenen Telefon auf ihrem Küchencounter aus an. Mildred gehe es gut, berichtete Estrella. Madge Aldenhoven nicht. Nick Paratore, der andere Ermittler in Madges Abteilung, habe sich beim Schnorcheltauchen am Sonntag nachmittag auf einen Kampf mit einem Oktopus eingelassen und würde nicht vor Donnerstag aus dem Krankenhaus entlassen. Die Fälle, die zur Ermittlung anstünden, würden in der ganzen Behörde verteilt. Madges Anzahl der Fälle sei durch Nicks und Bos Ausfall um zwei Drittel gesunken und ihre Führung im wöchentlichen Petitionswettbewerb dadurch gefährdet.

»Komm morgen lieber früh ins Büro«, warnte Estrella, »weil sie dir diese Woche zwei zusätzliche Fälle zur Vorlage bei Gericht zuteilen wird, das heißt, einen am Mittwoch und einen am Freitag. Du wirst dich ranhalten müssen.«

Bo hatte schon seit langem Madges Anordnung, daß jeder zu ermittelnde Fall ein Eingreifen des Gerichts und die Entfernung der Kinder aus ihren Elternhäusern erfordere, mißachtet.

»Du weißt, daß ich erst gerichtlich das Sorgerecht beantrage, wenn ich es für wirklich nötig halte.« Sie seufzte. »Das wird sich nicht ändern, nur weil Nick Paratore es nicht geschafft hat, *Zwanzigtausend Meilen unter dem Meer* zu lesen.«

»Es gibt noch mehr schlechte Nachrichten«, redete Estrella weiter. »Als Madge gehört hat, daß Dewayne Singleton …

hm … gestorben ist, hat sie persönlich die Dienststelle für Pflegekinder damit beauftragt, Acito zur vorläufigen Adoption freizugeben. Sie haben ein Ehepaar ausgewählt, und die Genehmigung des Gerichts ist gestern nachmittag eingetroffen. Ich habe der Dienststelle erklärt, ich müsse die neuen Pflegeeltern befragen, damit ich die Ermittlungen im Fall Acito abschließen könne, und bin damit durchgekommen. Ich habe die Adresse bekommen und habe das Ehepaar besucht.«

»Und …?« Bo zündete sich eine Zigarette an und blies den Rauch wütend über ihren Kühlschrank.

»Und Acito kommt vorläufig zu diesen Pflegeeltern, die ihn adoptieren wollen, und es sind die einzigen Latinos, die ich kenne, die Musik hassen. Sie heißen Estan. Und stell dir nur vor – beide arbeiten für den Staat. Er beim Finanzamt, und sie ist Gefängniswärterin. Sein Vorgesetzter ist der Schwager einer Abteilungsleiterin bei der Adoptionsstelle, die zufällig die Beamtin ist, die eine Angestellte der Dienststelle für Pflegekinder davor bewahrt hat, wegen falscher Angaben bezüglich ihrer Ausbildung in ihrem Bewerbungsschreiben gefeuert zu werden. Wie sich rausstellte, lebt die Angestellte mit dem Sohn ihres Ehemannes aus erster Ehe zusammen. Kannst du mir folgen?«

»Ich kann dir folgen«, antwortete Bo mit zusammengebissenen Zähnen. »Die Bürokratie zeigt sich von ihrer schönsten Seite. Damit dürfen sie nicht durchkommen, Estrella. Das dürfen wir nicht zulassen.«

»Die Estans haben schon zwei eigene Kinder, zwei Mädchen.« Estrella seufzte. »Die Frau hat mir erzählt, sie wollen ein Kind adoptieren, weil es unbedingt ein Junge sein soll. Sie haben vor, ihn auf eine Militärschule zu schicken.«

»Oh, Scheiße! Wann müssen die Dooleys Acito zurückgeben?«

»Morgen nachmittag.«

Bo warf einen Blick auf ihre Küchenuhr, die wie eine zusammengerollte Schlange aus Gips aussah und die sie bei einem Trödelverkauf in einer Garage erstanden hatte. Sie hatte die Uhr in einem beige- und cremefarbenen Rautenmuster übermalt und den Schlangenkopf mit winzigen Splittern von einer Sonnenbrille beklebt. Durch den zweistündigen Zeitunterschied zwischen New Orleans und San Diego war es immer noch erst achtzehn Uhr.

»Ich muß mit den Dooleys reden«, sagte sie zu Estrella. »Und mit jemand anderem. Könntest du Mildred bis morgen früh bei euch behalten? Ich statte Munson Terrell einen Besuch ab. Es sieht so aus, als hätte er Acito und Chac vergiftet, Estrella. Ich konfrontiere ihn mit den Tatsachen. Wenn er schuldig ist, erfahre ich es.«

»Nicht Terrell ist der Täter, sondern Chris Joe Gavin. Du machst nur einen Narren aus dir. Bleib zu Hause, Bo. Ich bringe Mildred morgen mit ins Büro, und du kannst sie mittags nach Hause bringen. Versprich mir, nichts Übereiltes zu tun und zu Hause zu bleiben.«

Bo hatte die Telefonschnur um die Ecke des Tresens gezerrt, damit sie an den Kühlschrank kam. Der Inhalt bestand aus einem Stück Pizza, das jetzt mit grünlichgrauem Schimmel überzogen war, aber die Magermilch war noch nicht verdorben. In einem Schränkchen fand sie genug Golden-Grahams-Frühstücksflocken, um damit eine Schale zu füllen, die sie erst letzten Monat in einem Porzellangeschäft gekauft hatte. Abendessen.

»Das kann ich nicht versprechen«, sagte sie zu Estrella. »Weil ich Freunde nicht anlüge. Aber du mußt mir einen Gefallen tun. Könntest du jedes Gitarrengeschäft in South Bay und im Zentrum von San Diego anrufen? Ich habe das Telefonbuch vor mir. Es sind nicht allzu viele.«

Estrellas Ton konnte nur als resigniert bezeichnet werden. »Warum?« fragte sie.

»Es ist ein Schuß ins Blaue«, antwortete Bo mit dem Mund voller Frühstücksflocken, »aber Chris Joe lebt für die Musik, und er benutzt mit Seide umhüllte Gitarrensaiten. Das ist mir an dem Tag aufgefallen, als ich allein nach Tijuana gefahren bin. Diese Saiten sind nur in Spezialgeschäften für Musiker erhältlich. Das weiß ich, weil mich meine Mutter immer mitgenommen hat, wenn sie Violinsaiten gekauft hat. Chris geht bestimmt in eins dieser Geschäfte, falls er noch in San Diego ist. Wahrscheinlich abends, wenn der Boß fort ist, dann hängen die jungen Kerle dort rum und reden über Musik, bis zu ihren Auftritten in den Clubs so gegen neun Uhr. Jemand könnte ihn kennen, könnte wissen, wo er ist. Ich möchte ihm eine Nachricht zukommen lassen.«

»Was für eine Nachricht?« fragte Estrella skeptisch.

»Richte ihm einfach nur aus, daß Bo Bradley ein Engagement für Ghost Pony als Begleitung eines australischen Heavy-Metalers hat und daß er mich sofort anrufen soll.«

»Heavy-Metaler?«

Estrella klang mittlerweile sehr gereizt.

»Ja.« Bo lachte. »Ich finde die Idee gut. Terrell trägt ein Armband aus Silber mit eingelegten geschliffenen Steinen. Heavy Metal. Hast du's kapiert?«

»Bo?«

»Ja.«

»Du hast doch deine Medikamente genommen, oder?«

»Äußerst gewissenhaft«, antwortete Bo. »Mach dir keine Sorgen, Estrella. Ich vergesse sie nicht. Ich rufe dich an, wenn ich wieder zu Hause bin.«

»In Ordnung«, seufzte Estrella und legte auf.

Nachdem Bo geduscht und einen Sweater, Jeans und Tennisschuhe angezogen hatte, fuhr sie die Strandroute von ihrem Apartment nach La Jolla. In dem langgezogenen Park an der Mission Bay drängten sich Menschen um Grillfeuer vor dem verblassenden gelben Licht. Das Wasser wirkte schwarz und unergründlich. Die glatte Oberfläche wurde nur gelegentlich von einer leichten Brise gekräuselt. Der Geruch von Holzkohle hing in der Luft.

Bo beobachtete die Menschen beim Picknick, die Teenager auf Rollschuhen, die ältlichen Paare, die fette kleine Hunde spazierenführten, und fragte sich, was diese Leute tun würden, gäbe es keine Regierungsbehörde namens Jugendamt. Würden sie Kinder vor Mißhandlungen bewahren oder den Blick abwenden?

»Meinen Beruf sollte es nicht geben!« schrie sie zum Autofenster hinaus. »Und was sagt das über *euch* aus, daß es ihn gibt?«

Niemand hörte sie über den fünfspurigen Verkehr hinweg. Und niemand hätte ihr antworten können. In Afrika heißt es, daß man ein ganzes Dorf braucht, um ein Kind großzuziehen. Doch amerikanische Städte sind keine Dörfer, dachte Bo, deswegen braucht man die ganze Bürokratie, nur um Kinder am Leben zu erhalten. Sie großzuziehen, der jahrzehntelange Prozeß der Sozialisierung, war in Vergessenheit geraten.

Aber nicht für Acito. Der andersartige Sprößling einer aussterbenden Kultur, dieses Maya-Baby würde einen fairen Start ins Leben bekommen, und wenn Bo dafür das Gesetz brechen mußte. Aber wie? Einmal in Gang gesetzt, würde die Bürokratie des Jugendamtes von den Gerichten unterstützt werden. Diese Maschinerie konnte weder geändert noch aufgehalten werden.

Die Adoptionsbehörde hatte bestätigt, daß die Estans geeignete Adoptiveltern waren. Die Dienststelle für Pflegekinder

hatte Acito zur Adoption freigegeben, weil Madge Aldenhoven dem Gericht mitgeteilt hatte, daß beide Elternteile, die Mutter und der Vater, tot seien und es keine Verwandten gäbe. Der Adoptionsvorgang würde Monate dauern, aber Acito würde in der Zwischenzeit als Pflegekind bei den zukünftigen Adoptiveltern leben. Diese Vorgehensweise war, auf dem Papier gesehen, zum Besten des Kindes.
Rechtlich gesehen waren die Fakten, daß ein Elternteil nicht der leibliche Vater war und daß der andere Elternteil anscheinend versucht hatte, das Kind zu töten, irrelevant. Das System funktionierte wie ein riesiger blinder Hamster in seinem Laufrad – es lief einfach weiter. Bo schlug mit der Faust auf das Lenkrad, als der Mission Boulevard in den La Jolla Boulevard überging. Das Monster überrannte Acito.
Die Dooleys waren zu Hause, als Bo unangemeldet kam. Sie hatte beinahe damit gerechnet, daß die beiden mit Acito nach Mexiko geflohen waren, wo die Entführung eines Waisenkindes vom Gericht als Bagatelle behandelt worden wäre. Die Latinokultur hätte Davy und Connie Dooley Zuflucht gewährt, aber die beiden hatten diese letzte Möglichkeit nicht gewählt.
Connie gab Acito die Flasche, als Davy zur Tür hinkte und Bo hereinbat. In dem nur schwach beleuchteten Raum herrschten eine Atmosphäre unterdrückter Traurigkeit und ein Gefühl der Resignation. Die Dooleys mieden es, Bo anzusehen.
»Sind Sie gekommen, um den Jungen jetzt schon mitzunehmen?« fragte Davy. »Es hieß doch …«
»Nein!« platzte Bo in dem stillen Zimmer heraus und erschreckte das Baby in Connies Armen. »Ich habe eben erst erfahren, was passiert ist. Das ist nicht richtig. Estrella, meine Kollegin, hat die Adoptiveltern überprüft. Wir glauben

nicht ... sie glaubt nicht ..., ach, verdammt, die ganze Sache stinkt.«

»Wir kannten die Regeln, als wir uns als kurzfristige Pflegeeltern eintragen ließen«, verkündete Connie, als hätte sie diese Floskel schon tausendmal gesagt. »Und es ist lächerlich, daß wir Acito als unser Kind betrachten. Wir haben ihn doch erst seit vier Tagen.«

Ihre Stimme brach, als Acito ihr Gesicht tätschelte. Weinend stand sie auf und gab Bo den Jungen.

»Ich liebe dieses Baby«, sagte Connie unter Tränen. »Es ist mir egal, was Ihre verdammte Behörde denkt. Wir wären ihm gute Eltern gewesen, aber wir sind nicht einmal in Betracht gezogen worden. Wir sind nicht gut genug.«

Sie wandte Bo den Rücken zu und ging aus dem Zimmer.

»Es tut mir leid«, sagte Davy Dooley, als sich Bo in den Schaukelstuhl setzte und das Kind auf ihrem Schoß betrachtete. Die Strähne weißen Haars, die dem kleinen Jungen beim alten Volk der Maya Anerkennung und Verehrung gesichert hätte, war jetzt deutlicher zu sehen. Diese Abnormität galt in ihrer Kultur als ein Zeichen, daß die Götter das Kind gesegnet hatten. Bo fragte sich, wann Munson Terrell dahintergekommen war, daß Acito sein Sohn war, da Chac den Beweis dafür mit einem Haarfärbemittel vertuscht hatte. Acito beobachtete die Tür, durch die Connie verschwunden war, und winkte mit seiner rosigbraunen rechten Hand.

»Connie hat recht.« Bo nickte. »Aber ich weiß nicht, was ich dagegen unternehmen kann.«

»Gibt es wirklich nichts, was Sie tun können?« fragte Davy, der die Schultern in seinem roten T-Shirt mit dem schwarzen Kopf eines Wolfs und dem Slogan »Rettet die Wölfe« hängen ließ. »Wir nehmen allerdings keine Pflegekinder mehr auf. Uns ist genau das passiert, wovor wir gewarnt wurden. Uns wurde gesagt, daß wir es vermeiden sollten, uns als Eltern zu betrachten. Wir sollten dem Kind nur ein bißchen Liebe geben und jederzeit bereit sein, es wieder herzugeben. Das können wir nicht. Wir haben versagt.«

Bo rieb ihre Wange an Acitos weichem Haar und dachte an Chac. Hätte die Mutter wählen können, hätte sie diese Menschen gewählt, um ihren Sohn zu lieben und großzuziehen? Bo tappte im dunkeln. Es gab keine Möglichkeit zu erfahren, wie Chac gewählt hätte. Chac war tot. Der Mensch, der die Wahl treffen mußte, saß hier im Schaukelstuhl.

»Ich glaube nicht, daß man die Liebe und die Fürsorge, die Sie diesem Kind gaben, als Versagen bezeichnen kann«, sagte sie langsam. »Damit ist immer ein Risiko und auch Leid verbunden, aber keineswegs ein Versagen. Ich möchte, daß Sie und Connie vergessen, was Ihnen bei der Ausbildung für Pflegeeltern gesagt wurde, und daß Sie nur erkennen, was für ein wundervolles Geschenk Sie für Acito und er für Sie gewesen ist. Diese Erfahrung, die nicht jeder Mensch macht, hat Ihr und Acitos Leben verändert.«

Bo hatte keine Ahnung, woher ihre Worte kamen. Emotionale Krisen ließen sie gewöhnlich zum nächsten Ausgang fliehen.

»Sie haben recht«, entgegnete Davy Dooley bedrückt.

»Daaa-daaa«, krähte Acito in Bos Armen und sprach damit die in allen Sprachen der Welt gleichlautenden Silben aus. Dada. Im Englischen ein Diminutiv für Vater. Bo stellte Acito auf ihrem Schoß auf die Füße, hielt seine braunen Hände fest und bewunderte die starken kleinen Beine in den weißen Trainingshosen aus Frottee.

»Daa-daa«, krähte Acito wieder und stampfte auf Bos Bauch herum. »Daaa!«

»Du hast zwei Daddies«, flüsterte sie ihm zu. »Leider ist der eine ein Mörder, und der andere ist tot. Rechtlich gesehen war der Tote dein Vater, obwohl ...«

Rechtmäßig! Bradley, hör auf, dich in Gefühlen zu verlieren, und fang an nachzudenken. Das ist es. Es gibt eine Möglichkeit!

Bo stellte Acito auf den Boden und marschierte mit ihm zu Davy. Die kleinen braunen Zehen krümmten sich bei jedem Schritt noch immer nach innen, aber das würde nicht mehr lange dauern. In einem Monat konnte er gehen. Sobald er seine ersten Zähnchen bekommen hatte.

»Ich glaube, ich kann doch etwas in dieser Sache unternehmen«, sagte sie zu dem Exstuntman. »Ich sollte es allerdings nicht tun. Die Vorschriften verbieten mir jede Einmischung in Entscheidungen, die die Auswahl von Pflege- und Adoptionseltern betreffen. Sollte meine Vorgesetzte davon erfahren, daß ich irgend etwas in Verbindung mit der Zuteilung eines Kindes getan habe, werde ich auf die schwarze Liste von jedem Jugendamt im Land gesetzt, *capice*?«

Davy Dooleys schwarze Augen funkelten wie Kristall im Lampenlicht.

»Tun Sie, was in Ihren Möglichkeiten steht«, sagte er mit rauher Stimme. »Auch wenn uns Acito nicht zugesprochen wird, sollte er zu Menschen kommen, die richtig für ihn sind. Wir tun alles, was Sie uns sagen. Wir möchten nur das Beste für ihn.«

»Darf ich Ihr Telefon benutzen?« Bo grinste.

»Klar. Es steht in der Küche.«

Gleich darauf sprach Bo mit einem großherzigen Cajun namens Gaston Barrileaux in Lafayette in Louisiana. Er hörte ihr zu. Er stimmte ihr zu. Er würde tun, worum Bo ihn bat.

»Ich wollte sowieso mal wieder angeln gehen«, sagte er lachend. »Und nichts wärmt mein Herz mehr, als die Bürokratie mit ihren eigenen Waffen zu schlagen. Liz steht neben mir; sie ist auch einverstanden. Ich rufe Sie morgen an und erzählte Ihnen, ob es funktioniert hat.«

»Danke, Stoney«, sagte Bo. »Ich wußte, daß ich auf Sie zählen kann.«

Allein in der Küche der Dooleys, wurde Bo bewußt, daß ihre Zuneigung zu Liz und Stoney Barrileaux einen familiären Charakter hatte. Sie empfand die beiden als angenehm und zuverlässig. Sie stellten Bos Entscheidungen nicht in Frage, sondern waren bereit, ihr zu helfen. Es waren Freunde. Wäre nur Andrew LaMarche mehr wie seine Familie, dachte sie. Aber jetzt war nicht die Zeit, sich darüber Sorgen zu machen.

Connie Dooley hatte sich wieder gefaßt und war zu ihrem Mann ins Wohnzimmer zurückgekehrt.

»Ich entschuldige mich«, sagte sie. »Es ist einfach nur …«

»Hören Sie«, erklärte Bo. »Ich habe gerade den letzten Hebel in Bewegung gesetzt, damit Acito vielleicht bei Ihnen bleiben kann. Ich habe es getan, weil ich es für das Beste halte. Die Behörde wird wahrscheinlich einer regulären Adoption nicht zustimmen, aber es gibt eine Möglichkeit, zu umgehen, daß Ihnen Acito morgen weggenommen wird. Damit müssen Sie von Tag zu Tag leben. Können Sie damit zurechtkommen?«

Mit Connie Dooleys Lächeln hätte sie einem Nomadenstamm in der Sahara Surfbretter verkauft.

»Ist das Ihr Ernst? Daß Sie glauben, wir könnten Acito das beste Heim bieten, obwohl wir nicht mehr jung sind und Dave ein kaputtes Bein hat und wir keine geregelte Arbeit haben und keiner Kirche angehören und …«

»Für mich sind Sie in Ordnung«, antwortete Bo und wunderte sich über das Gewicht, das ihre Meinung hatte, nur weil sie für eine Behörde arbeitete, die eine kostbare Ware

– Kinder – zu vergeben hatte. »Genießen Sie Ihren Abend mit Acito. Morgen sehen wir weiter.«
»Danke«, sagten beide, als Bo zu ihrem Auto ging, um einem australischen Unternehmer einen Überraschungsbesuch abzustatten. »Ganz gleich, was passiert – wir danken Ihnen.«
In ihrem Auto steckte Bo Chacs Kassette in den Recorder und sagte: »Ich hoffe, du bist einverstanden, Chac. Es ist das Beste, was ich unter den gegebenen Umständen tun kann.«

35

Die Blut-Frau

In dem dämmrigen Zwielicht sah das Haus der Terrells noch attraktiver als im Sonnenlicht aus. Wie ein geschmackvolles Logis für alternde Filmstars, die in seidenen Morgenmänteln auf der Terrasse lagen und Manuskripte lasen. Unsichtbare Scheinwerfer beleuchteten das Gebäude, den Garten und einen Briefkasten, den Bo bei ihren früheren Besuchen übersehen hatte. Er war im Frank-Lloyd-Wright-Stil aus Granit gehauen, hatte schmale kleine Fenster und eine schwarzgestrichene Scharniertür. Der Name »Terrell« und die Hausnummer waren in reflektierender Garamond-Schrift auf den unteren Rand gemalt. Bo war überzeugt, daß Angela Barrileaux daran Gefallen gefunden hätte.

Ein cremefarbenes Mercedes-Kabrio mit geschlossenem Verdeck stand in der Auffahrt, und im ganzen weitläufigen Haus brannte Licht.

Bo parkte ihren Pathfinder und tappte in ihren Tennisschuhen verstohlen zur Tür, wobei sie sich fragte, warum sie das Gefühl hatte, hier einzubrechen. Das tat sie nicht. Überall brannte Licht; sie würde höflich an die Tür klopfen; sie würde Munson Terrell erzählen, daß er beinahe ungesühnt einen Mord begangen habe, aber eben nur beinahe. Sie würde ihm sagen, daß sie wisse, was er getan habe, wisse, was er sei. Ein verwöhnter, egoistischer Yuppie, der glaube, unbeschwerter Charme, gutes Aussehen und Intelligenz gäben ihm das Recht, etwas zu schaffen, um es dann zu zerstören – auch Menschenleben. Bo würde ihm sagen, daß er ein Mann sei, der in Gegenwart einer schwangeren Frau esse.

Das hatte Chac zum Ausdruck bringen wollen, davon war Bo überzeugt, als sie auf die Türklingel drückte. Das mußte sie gemeint haben. Bo war überzeugt, daß Terrell nur lachen würde und dann diese verrückte Beamtin höflich durch seine handgeschnitzte Tür hinausdrängen würde. Aber es würde dieses flüchtige Aufblitzen von wütender Verletzbarkeit geben, wenn er erkannte, daß ihm sein Opfer eine Nachricht geschickt hatte, die seine Tarnung auffliegen ließ. Bo hatte in ihrem Auto dieses arrogante, affektierte Grinsen geübt, mit dem sie jetzt gleich Munson Terrell gegenübertreten wollte.

Die Indianerin hat Sie überlistet, würde sie höhnen. Eine rauschgiftsüchtige Prostituierte, die keine klassische Navajodecke von einer Türmatte unterscheiden kann, hat Sie mit Ihren eigenen Waffen geschlagen und sich die ihr gestohlene Kultur zurückgeholt. Sie hat gewonnen, Terrell. Sie ist gestorben, aber vorher hat sie einen Narren aus Ihnen gemacht.

Bo gefiel diese Ansprache, die sie als ein Geschenk für Chac betrachtete. Wie eine Botschaft aus dem Grab. So ungefähr. Jedoch öffnete niemand die Tür.

Bo drückte noch einmal auf die Klingel und lauschte, ob es drinnen läutete. Nichts war zu hören. Mit dem Finger auf der Klingel preßte sie ihr Ohr gegen die Tür. Noch immer nichts. Merkwürdigerweise funktionierte in diesem perfekten Haus die Türklingel nicht. Und es war kein Klopfer vorhanden. Vergeblich schlug sie mit der Faust gegen die massive Eichentür. Das Geräusch, das sie verursachte, konnte sie kaum hören. Falls Munson oder Kee nicht gerade in der Eingangshalle standen, würden sie das Klopfen nicht hören. Erstaunlicherweise bewegte sich der Türknauf aus Messing, als sie daran drehte. Das Haus war nicht verschlossen.

»Ich bin's, Bo Bradley«, rief sie in das geflieste Foyer. »Hallo?«

Eine Brise, die durch die offenen Terrassentüren hereinwehte, zerzauste ihr Haar. Vielleicht bewundern die beiden dort den Ausblick, dachte Bo. Da alle Lichter brennen und die Haustür nicht abgesperrt ist, muß jemand zu Hause sein. Auf dem Couchtisch mit der Glasplatte flatterte ein Blatt Papier. Bo schloß die Tür, tappte geräuschlos über den Teppich und sah sich das Blatt an. Es war eine Nachricht von Kee, lässig mit der Hand auf gewöhnliches Schreibpapier geschrieben.

»Liebling«, stand da. »Ich helfe Dr. Stoa mit der Einführungsgruppe. Er sagt, ich sei seine beste Reklame. Bin gegen 9:30 zurück. Deine Kee.«

Die Handschrift war rund und kindlich. Ein kreisförmiges, lächelndes Gesicht war über das Wort »Reklame« gezeichnet worden. Bo sah auf ihre Uhr: 8:00. Ihr blieb eine Menge Zeit, um Terrell mit den Fakten zu konfrontieren, ehe Kee nach Hause kam. Falls sie ihn in diesem höhlenartigen Haus fand.

»Terrell?« rief sie in der Halle, wo die Tür zum Kinderzimmer jetzt geschlossen war. »Ich bin's, Bo Bradley. Ich möchte mit Ihnen reden!«

Das Echo war Schweigen, das in ihren Ohren dröhnte. Aus den Schatten in der Nähe der Glaswand über dem Canyon schien sie die lebensgroße bronzene Statue der alten Indianerin anzustarren. Ihr Blick war nicht freundlich.

Verschwinde von hier, Bradley. Du bist allein in einem abgelegenen Haus mit einem Mann, den du des Mordes an seinem eigenen Kind für fähig hältst. Er weiß, daß du hier bist. Er wartet auf dich. Geh!

Bo betrachtete ihre Tennisschuhe auf dem Teppich und drehte sich zur Tür um. Aus einem Raum, der gegenüber dem Kinderzimmer lag, drang gelbes Licht fächerartig in die Halle. Terrell könnte da drin sein, dachte sie. Vielleicht hört er mit einem Kopfhörer Musik. Vielleicht hat er mich deswegen nicht rufen hören.

Bo verdrängte den Gedanken, daß es keinen Grund gab, in einem abgelegenen, leeren Haus Kopfhörer aufzusetzen, und stieg die drei Stufen vom Wohnzimmer zu der weitläufigen Halle hinauf.

»Terrell?« rief sie wieder.

Die Stille schien ihr jetzt in Wogen aus dem halboffenen, hellen Türrahmen entgegenzuschwappen. Dumpf dröhnte sie in Bos Ohren und verklang. Ihre Knöchel machten beim Anklopfen ein so lautes Geräusch, daß sie zusammenzuckte. Dann herrschte wieder Stille. Sie stieß vorsichtig die Tür auf und stand in einem schönen Büro, das in südwestlichem Stil eingerichtet war. Vor der farbigen Beleuchtung eines Computerbildschirms war ein Kopf mit Pferdeschwanz zu sehen. Der Raum roch wie das Marzipankonfekt, das ihre Großmutter jedes Jahr zu Weihnachten aus Irland geschickt hatte. Mandeln. Dieser bittersüße, unverkennbare Geruch von Mandeln.

Bos Schatten, der von einer steinernen Bodenlampe neben der Tür in den Raum geworfen wurde, schlängelte sich über den reglosen Körper von Munson Terrell, als sie mit tauben Beinen näher ging, um ihm ins Gesicht zu sehen. Der Schaum auf seinen Lippen war zu einer schmalen weißen Linie vertrocknet, aber der Geruch war noch immer übermächtig. Eine leere Tasse, mit Katchinafiguren bemalt, stand auf einem Untersatz neben dem Computer. Der Untersetzer war ein kleines Navajodeckchen mit Fransen, registrierte Bo unwillkürlich. Munson Terrells blaue Augen waren geöffnet, aber mit einem Schleier überzogen. In dem Handgelenk unter dem silbernen, mit geschliffenen Steinen verzierten Armband schlug kein Puls.

Bo wurde schwindlig, und sie zwang sich, tief durchzuatmen. Auf dem Bildschirm hoben sich gelbe Buchstaben von dem hellblauen Hintergrund ab. Als Bo die Worte las, dachte sie, daß Munson Terrell wohl davon geträumt hatte, ein Dichter zu sein.

»Es tut mir leid, Liebling«, stand da, »aber die farbigen Himmel unserer Liebe sind durch meinen Verrat dunkel geworden. Diese Frau, Chac, hat mir nichts bedeutet. Sie war nur ein schäbiger Witz, erzählt bei billigem Tequila. Ich habe auch versucht, diesen Bastard namens Acito zu töten, um diesen Himmel für uns zu bewahren. Aber es ist zu spät. Unser Himmel ist verschlossen. Vergiß nie, daß ich nur dich geliebt habe. Mundy.«

Bo suchte auf dem Schreibtisch nach Papier. Da war keins. Aber in einem kleinen, gebrannten Topf steckten mehrere schwarze Kugelschreiber mit den in Gold eingestanzten Worten »Outback Odyssey«. Bo griff sich einen und schrieb den Text auf ihren linken Unterarm. Dann floh sie.

Durch die Halle, vorbei an der starrenden Statue, nach draußen. Ihr Auto sprang sofort an, und es fuhr wie von selbst von Munson Terrells Leiche weg. Nach mehreren Häuserblocks entdeckte Bo einen hell beleuchteten Kolonialwarenladen, vor dem sie anhielt.

»Ich muß die Polizei anrufen«, sagte sie zu dem Laden. »Das tut man unter diesen Umständen.«

Die Hand, die die Nummer 911 in einem Münzfernsprecher neben einer Eismaschine wählte, zitterte, aber Bo schaffte es, das Wesentliche einer Telefonistin mitzuteilen, die geschult worden war, ruhig zu bleiben. Ein toter Mann. Die Adresse. Bos Namen. Ihre Adresse. Ihre Telefonnummer.

»Sie können mich morgen im Büro anrufen«, sagte sie höflich. »Nein. Ich warte nicht im Haus des Toten auf die Ankunft des Notarztes. Ja, ich bin mir sicher, daß Mr. Terrell tot ist.«

Noch ein Anruf, dieses Mal bei Eva Broussard, gab Bo die nötige Stabilität, um nach Hause fahren zu können.

»Ich bin in einer Stunde in Ihrem Apartment«, sagte die gelassene Stimme in einem Ton, als würde sie über ein Abendessen vor dem Besuch eines Konzerts reden. »Ich gebe Ihnen ein leichtes Beruhigungsmittel, rufe Estrella und Andrew an und bleibe über Nacht bei Ihnen. Wir sprechen erst morgen darüber. Einverstanden?«

»Einverstanden«, entgegnete Bo dankbar.

Sie hoffte, der Notarzt würde vor Kee Terrell eintreffen, wenn diese um halb zehn nach Hause kommen würde. Sie hoffte, Kee würde nicht den bitteren Mandelgeruch riechen müssen.

36

Der lachende Falke

Bo wachte zu ungewöhnlich früher Stunde auf. Eva Broussard trank schon Kaffee auf ihrer Terrasse. Die noch immer dichte Nebelschicht schickte wabernde Schwaden vom Meer. Bo beobachtete, wie ein Schleier in Form einer Bratpfanne durch Eva hindurchschwebte und sich vor der Terrassentür auflöste.

»In Louisiana können Hühner schwimmen«, erzählte Bo ihrer Psychiaterin, die ihre nackten, sonnengebräunten Füße auf die Brüstung gelegt hatte. »Sogar fliegen. Also nehme ich an, daß sich ein australischer Mörder umbringen und seinen Selbstmord mit der schlimmsten Begründung, die je geschrieben wurde, rechtfertigen kann.«

Bo hielt Eva ihren linken Unterarm vor die Augen.

»Haben Sie das gelesen? Es ist entsetzlich. Nicht das, was man von einem gebildeten, weltläufigen Typen erwartet, wie?«

Eva stand auf und reckte sich, wobei die Ärmel ihres übergroßen schwarzen Sweaters auf ihre Handgelenke hinunterrutschten, die mit schmalen, geflochtenen Lederbändern geschmückt waren. Mit ihrem bronzefarbenen Finger zeichnete sie eine Irokesenmaske in den Tau, der sich auf der Brüstung abgelagert hatte. Die spitz zulaufende Maske hatte keinen Mund. Evas schwarze Augen unter dem kurzgeschnittenen silbernen Haar betrachteten Bo liebevoll.

»Das ist die Maske der Verwirrung«, sagte sie. »Sie lehrt auch den Weg, die Verwirrung zu überwinden. Möchten Sie Kaffee?«

Bo betrachtete lächelnd die Zeichnung.
»Sie meinen, ich soll aufhören zu reden und mein inneres Gleichgewicht wiedergewinnen, so in der Art? Das könnte mir gefallen. Ich fürchte allerdings, daß mir im Augenblick nur eine ruhige Umgebung helfen kann. Mein Verstand kommt *nie* zur Ruhe. Im Augenblick drehen sich alle meine Gedanken um gestern abend. Ich hätte ihm vielleicht die Augen schließen sollen, aber sie waren ... sie waren so trocken ...«
Eva seufzte, legte einen Arm um Bos Schultern und führte sie ins Haus.
»Münzen«, redete Bo weiter, als Eva Kaffee eingoß. »Meine Großmutter hat immer davon geredet, daß man Toten Münzen auf die Augen legt. Obwohl mittlerweile meine ganze Familie tot ist, habe ich bei keinem Münzen auf den Augen gesehen ...«
»Ja«, unterbrach Eva sie. »Ihre Eltern und Ihre Schwester sind tot. Sie haben die Leiche eines Mannes entdeckt, den Sie im Verdacht haben, letzte Woche einen gräßlichen Mord begangen zu haben, bei dem Sie Zeugin waren. Außerdem soll dieser Mann versucht haben, ein Baby zu ermorden. Danach wurde ein Mann von der Polizei erschossen, der dieselbe Krankheit hatte, unter der Sie leiden. Man kann ruhigen Gewissens sagen, daß für einen Geist, der zu emotionalen und symbolischen Exzessen neigt, Ihre Situation keineswegs optimal ist. Wie wollen Sie damit fertig werden?«
Bo betrachtete die leere Frühstücksflockendose auf ihrem Küchentresen.
»Ausgehen und frühstücken?« schlug sie vor.
»Ausgezeichnet«, stimmte die Psychiaterin zu. »Und, Bo, tragen Sie bitte eine langärmelige Bluse. Ich lese nicht gern Selbstmordankündigungen, während ich ein Omelett esse.«

Bo konnte sich nicht erinnern, je um sechs Uhr morgens gefrühstückt zu haben. Aber in dem kleinen mexikanischen Restaurant an der Newport Avenue in Ocean Beach saßen schon viele Frühaufsteher, als sie und Eva außer Atem vom Joggen zu dem drei Häuserblocks entfernten Restaurant kamen. Bo bestellte *huevos revueltos* und betrachtete grinsend das verblassende Wandgemälde, das einen Torero darstellte, der stolz auf eine verkümmerte Hängepflanze in einem Topf, der von orangefarbenem Makramee umgeben war, herunterblickte. Das Restaurant roch nach Bratfett und altem Holz.

»*Huevos revueltos* klingt, als heiße es übersetzt *widerliche Eier*«, sagte Bo und warf dem Torero einen finsteren Blick zu. »Wissen Sie, Eva, Terrells Selbstmord schließt praktisch diesen Fall ab. Verschnürt ihn zu einem hübschen kleinen Paket. Yuppieidealist stirbt aus Abscheu vor sich selbst. Allerdings glaube ich das nicht. Dieser Selbstmord ist einfach *zu* kitschig, und ...«

»*Huevos revueltos* sind Rühreier, und Selbstmordbegründungen werden gewöhnlich nicht für eine Veröffentlichung abgefaßt. Wissen Sie, was Sie da sagen, Bo? Daß Sie glauben, Terrells Tod war kein Selbstmord?«

Bo inhalierte den Dampf, der von ihrer Kaffeetasse aufstieg. »Ich kannte ihn nicht«, gab sie zu. »Aber nach Martins Beschreibung, so wie er Terrell während des Workshops erlebt hat, kommt er mir nicht wie ein deprimierter Mann vor, der an Selbstmord gedacht hat. Und ich habe Schwierigkeiten, das hier ...« – sie klopfte auf ihren linken Unterarm, der vom Ärmel ihres marineblauen Sweatshirts bedeckt war – »... mit einem in Amerika und Mexiko tätigen australischen Unternehmer, der ein phantastisches Haus, eine kultivierte, ihn liebende Frau hat und ein Kind adoptieren will, in Verbindung zu bringen. Es ist möglich, daß sich Terrell selbst umgebracht hat, Eva, aber es fällt mir schwer zu glauben, daß er diesen Text auf dem Computer verfaßt hat.«

»Zeigen Sie mir noch einmal Ihren Arm«, sagte Eva seufzend, und Bo schob gehorsam ihren Ärmel hoch.

»Ich stimme zu, daß die Wahl der Worte kindlich und gefühlsbetont ist«, sagte sie und nickte, nachdem Bo ihr den Arm hingestreckt hatte. »Aber ich habe diesen Mann nicht gekannt, und mein Gefühl für die englische Sprache wird von der Tatsache beeinflußt, daß ich seit meinem fünften Lebensjahr französischkanadisch gesprochen habe. Und das sind fünfundfünzig Jahre. Wer, glauben Sie, hat diesen Text geschrieben?«

»Das weiß ich nicht. Kee könnte es getan haben. Sie hat einen seltsam kindlichen Charakter. Das würde sie allerdings mit dem Tod ihres Mannes, dem Mord an Chac und dem Mordversuch an Acito in Verbindung bringen. Und das ist der Haken daran. Kee könnte nie einem Kind, vor allem keinem Indianerbaby etwas antun. Das ist unmöglich. Deswegen können wir sie ausschließen, auch wenn sie wegen ihrer Liebe zu Terrell ein Motiv hätte.«

»Und ...«

»Und so bleibt Chris Joe Gavin weiterhin der Verdächtige.« Bo löffelte frische *salsa* auf ihre Rühreier, nachdem eine Kellnerin mit glänzender Zahnspange, die die Uniform einer konfessionsgebundenen Privatschule trug, den Teller auf den Tisch gestellt hatte.

»Glauben Sie, daß der Junge für Terrells Tod, den Mord an Chac und den Mordversuch an Acito verantwortlich ist?« fragte Eva und machte sich über ihr Omelett her.

»Ich weiß nicht mehr, was ich glauben soll«, seufzte Bo. »Außerdem gibt es keine Beweise. Chris Joe ist in jeder Hinsicht der Hauptverdächtige. Er ist ein außer Kontrolle geratener Jugendlicher, eifersüchtig, voller Groll und verbittert. Aber Chacs Lied, die letzte Strophe … der Text scheint auf Terrell hinzuweisen, also hat er vielleicht Selbstmord begangen. Wir erfahren wahrscheinlich nie, was wirklich passiert ist.«

»Können Sie damit leben?« fragte Eva.

Bo grinste ein Zweiglein Petersilie an, das die aufgewärmten Bohnen auf ihrem Teller zierte. »Das bezweifle ich«, antwortete sie.

Zwei Stunden später kam sie pünktlich in ihr Büro. Sie trug das hellgelbe Hemdblusenkleid, das sie vor drei Jahren bei dem Einstellungsgespräch für diesen Job getragen hatte. Das Sozialarbeiterkostüm. Der Wash-and-wear-Stil. Das Kleid schien Madge Aldenhovens Stimme zu dämpfen, die vor bürokratischer Empörung schrill klang.

»Der *einzige* Fall, den ich heute hätte abgeben können, ist gerade geplatzt«, informierte sie Bo und marschierte in dem kleinen Büro auf und ab. Estrella tat so, als würde sie die dreiseitige Anweisung der Verwaltung bezüglich Erstattungsgutscheinen für die Reparatur der behördlichen Büroausstattung lesen. An diesem Morgen hatte eine Kopie dieser Anweisung im Postfach jedes Beamten gelegen. Ein kleiner Wald, dachte Bo, war zu einer weiteren Tonne Papier verarbeitet worden, das niemand lesen würde. Madge schien nahe daran zu sein, gewalttätig zu werden, was Bo in der Wahl dieses idiotischen Kleides bestätigte. Niemand würde eine freundliche Sozialarbeiterin in einem buttergelben Hemdblusenkleid angreifen.

»Wir hätten diesen Indianerjungen sofort der Indian Child Welfare übergeben sollen«, wütete Madge weiter. »Jetzt bleibt der Fall monatelang an uns hängen.«

Eher jahrelang, dachte Bo, sagte aber nur: »Ich dachte, Sie hätten Acito für eine vorläufige Adoption freigegeben und ihn Pflegeeltern zugesprochen. Was ist denn passiert?« In der nebligen Morgensonne, die schwach durch ihr Bürofenster hereinfiel, sah Madge Aldenhoven wie eine Marionette aus, die an unsichtbaren Fäden dirigiert wird. Der Schatten, der ihr folgte, sah gnomenhaft und verzerrt aus.

»Die Eltern dieses toten Irren, der rechtmäßig der Vater des Jungen ist, haben heute morgen von irgendwo in Louisiana den Notruf angerufen. Sie haben die Nachricht hinterlassen, daß sie das Kind nicht sofort zu sich nehmen können, es aber unter keinen Umständen zur Adoption freigeben werden. Jetzt haben wir den Fall am Hals.«

Bo wünschte sich, die Gesichter an ihrer Pinnwand – von denen jedes einzelne von jemandem wie Madge Aldenhoven früher zweifellos als »wahnsinnig« bezeichnet worden wäre – würden für einen Augenblick lebendig werden. Sie wünschte sich vor allem, daß Walt Whitman auf ihren Schreibtisch heruntersteigen und ihr den endlosen *Song of Myself* entgegenbrüllen würde, bis Madge die Botschaft verstand oder sich für immer in ihrem Büro einschloß.

»*And whoever walks a furlong without sympathy, walks to her own funeral ...*«, zitierte Bo, musterte ihre Fingernägel und änderte der Situation entsprechend das Possessivpronomen, »*... drest in her shroud.*« (»Und wer nur eine kurze Strecke ohne Zuneigung geht, geht ihrem eigenen Begräbnis entgegen ... in ihr Totenhemd gekleidet.«) Der Hinweis auf das Totenhemd paßt besonders gut, dachte sie. Madge trug ein helles Strickkleid mit Gürtel, das bei falscher Beleuchtung leicht für ein Totenhemd gehalten werden konnte.

»Ich bin nicht in der Stimmung, Ihnen zu folgen, Bo«, fauchte die Abteilungsleiterin. »Was ist eigentlich mit Ihrem Arm?«

Evas Ratschlag befolgend, hatte Bo ein Heftpflaster über die auf ihren Arm gekritzelten Zeilen von Munson Terrells

Selbstmordbegründung geklebt, die sich nicht hatten abwaschen lassen. Outback-Odyssey-Kugelschreiber waren anscheinend mit unauslöschlicher Tinte gefüllt.

»Eine Blutentnahme«, sagte Bo mit einem dramatischen Seufzer. »Ist es nicht erstaunlich, was die moderne Medizin …«

»Blutproben werden nicht aus dem Unterarm entnommen.« Madge runzelte mißbilligend die Stirn.

»Psychiatrische Blutproben sind anders«, log Bo und lächelte Charlie Parker und seinem Saxophon zu. »Wissen Sie, das ist Blut von *Irren.*«

Estrella verschluckte sich am Kaffee.

Madge blieb abrupt stehen. »Ich habe es satt, mir Ihren Unsinn anzuhören, Bo. Innerhalb der nächsten Stunde bekommen Sie einen neuen Fall, und ich erwarte von Ihnen, daß die Ermittlungen noch heute abgeschlossen werden. Mittlerweile können Sie einen Plan ausarbeiten, wie im Fall dieses Indianerjungen weiter vorzugehen ist. Die Dienststelle für Pflegekinder hat mir mitgeteilt, daß im Augenblick keine langfristigen Pflegeplätze frei sind. Irgendwann in diesem Jahr soll ein Rekrutierungsprogramm anlaufen, aber im Augenblick haben wir nicht genügend Pflegeeltern. Versuchen Sie es bei der Indian Child Welfare. Vielleicht übernehmen die den Jungen.«

Bo drehte sich mit ihrem Schreibtischstuhl um, damit die Wirkung ihres Sozialarbeiterkostüms nicht verlorenging. »Was für ein Schlamassel«, sagte sie mitfühlend, als Estrella einen Halbmond aus ihrem Plastikkaffeebecher biß. »Diese Großeltern haben wirklich alles vermasselt. Zu schade, daß die Pflegeeltern, bei denen der Junge jetzt ist, nur für kurzfristige Übergangslösungen vorgesehen sind. Ihnen scheint es zu gefallen, ein Pflegekind bei sich zu haben. Sie könnten vielleicht den Jungen behalten wollen …«

»Ich lasse das Ehepaar von der Dienststelle als langfristige Pflegeeltern einstufen«, sagte Madge. »Wie war noch der Name?«
»Hm, er beginnt mit einem D«, antwortete Bo und zog Acitos Akte aus dem Stapel auf ihrem Schreibtisch, wobei sie völliges Desinteresse an den Dooleys vortäuschte. »Hier steht's – Dooley. David und Constanzia Dooley.«
Madge war schon an der Tür. »Können Sie die beiden überreden, das Kind zu behalten, bis diese rechtlichen Probleme mit den Großeltern geklärt sind?«
»Ich versuche es«, sagte Bo strahlend, »denn wir müssen uns diesen Fall irgendwie vom Hals schaffen.«
Als Madge die Tür hinter sich geschlossen hatte, tauschten Bo und Estrella fiktive Schlagbälle über ihre Schreibtische hinweg aus. Das rechtliche Problem mit den Großeltern konnte sich bei kundiger Handhabung über Jahre erstrecken. Der Staat Louisiana würde für Acito die Zuständigkeit des Gerichts anerkennen, weil die Singletons dort ihren Wohnsitz hatten. Dann würde dieses Gericht dem Staat Kalifornien und somit dem County San Diego entgegenkommenderweise das Sorgerecht für seinen Schützling übertragen, weil kein Geld für die Reise nach Louisiana vorhanden war und der Staat kein Interesse daran hatte, die finanzielle Last für die Betreuung dieses Kindes zu übernehmen. Nach ein paar Jahren würden die Gerichte auf einer dauerhaften Lösung dieses Falls bestehen. Der endgültigen Adoption des Jungen durch die Dooleys stünde dann nichts mehr im Weg, vor allem, wenn die Großeltern ausdrücklich den Wunsch äußerten, daß der Junge bei den Dooleys bleiben sollte.
Ein archaisches Gesetz, das die Unehelichkeit von Kindern verhindern sollte, hatte Acito zu einem passenden Zuhause verholfen. Der rechtmäßige Ehemann einer Frau, verfügt

das Gesetz, war auch der rechtmäßige Vater ihrer Kinder, auch wenn das physisch unmöglich war. Das Gesetz besagte, daß Dewayne Singleton, Gefängnisinsasse in Louisiana, trotzdem ein Kind in Mexiko gezeugt hatte. Als die Mutter und dann Dewayne starben, waren als Acitos nächste Verwandte Dewaynes Eltern übriggeblieben. Diese konnten, so wie Chris Joe Gavins Mutter es getan hatte, verhindern, daß Acito vom Jugendamt des County San Diego dem Jugendgericht des County San Diego überstellt und zur Adoption freigegeben wurde.
Bo seufzte und rief dann die Dooleys an.
»Der Plan ist nicht perfekt«, warnte sie. »Aber das Beste, was ich erreichen konnte. Viel Glück.«
Die Dooleys sagten, sie verstünden ihre Bedenken, und jubelten dann vor Freude.

37

Ein Wort aus alter Zeit

Die neue Akte, die Madge fünf Minuten später in Bos Büro brachte, war dicker als das Telefonbuch von San Diego. »Opiela« stand nur auf dem orangefarbenen Band, auf das gewöhnlich die Namen der Kinder geschrieben wurden. Dieses einzige Wort genügte.

»O nein!« wimmerte Bo. »Nicht schon wieder!«

»O ja!« entgegnete Madge und warf einen ebenso angewiderten Blick wie Bo auf den Aktendeckel. »Dieses Mal hat ein Nachbar eins der Kinder – das zehnjährige Mädchen – schlafend in einem Unterstand auf seinem Orangenhain gefunden. Der Nachbar rief die Polizei, als sich das Mädchen weigerte, nach Hause zu gehen. Es behauptete, der Freund ihrer Mutter lungere den ganzen Tag in Unterwäsche betrunken im Haus rum.«

»Hat sie Angst, er könnte ihr etwas antun?«

»Nein.« Madge schüttelte den Kopf. »Die Kleine sagt, sie habe Angst, *sie* könne *ihm* was antun. Sie sei weggelaufen, weil sie ihm sonst heißen Kaffee in seine Shorts gegossen hätte. Als die Polizei das hörte, hat sie das Mädchen natürlich in Gewahrsam genommen. Ich fürchte, in diesem Fall sollten wir unseren Schutz dem Freund der Mutter und nicht der Tochter angedeihen lassen.«

»Ich besuche Marjorie und rede mit ihr«, sagte Bo zu ihrer Vorgesetzten. »Sie soll den Trunkenbold rauswerfen. Die Sache kann wohl intern geregelt werden.«

Marjorie Opiela und ihre acht Kinder waren schon seit Jahrzehnten beim Jugendamt aktenkundig, dessen Interventionen jedoch vergeblich geblieben waren. Marjorie setzte sich unbekümmert über jeden Standard des zwanzigsten Jahrhunderts hinweg, was Ernährung, Sauberkeit und Schulpflicht betraf. Die Familie Opiela schrammte immer haarscharf an der Linie entlang, die unter der Bezeichnung »Kindesmißhandlung« ein Eingreifen des Jugendamtes legalisierte.

Das eine oder andere Kind wurde dem Jugendamt mit erstaunlicher Regelmäßigkeit von Ärzten, Lehrern, Beamten, die unentschuldigtes Fernbleiben von der Schule untersuchten, Nachbarn und der Polizei gemeldet. Die Liste der Verstöße reichte von Kopfläusen bis zu kleinerem Diebstahl. Beinahe jeder Sozialarbeiter hatte irgendwann einmal versucht, Marjorie Opiela dazu zu überreden, ihr zerfallendes Haus, das mehr einer Scheune glich, gelegentlich zu säubern und ihre Kinder dazu zu bringen, Schuhe zu tragen. Die Sozialarbeiterin, die demonstrativ eine Broschüre über Empfängnisverhütung auf Marjories Küchentisch gelegt hatte, war mit einem zerbrochenen Kanupaddel davongejagt worden. Bo nutzte den Fall als Möglichkeit, um über Munson Terrells Tod nachzudenken, weil es nachweislich keinen Sinn hatte, einen Gedanken an die aufsässigen Opielas zu verschwenden.

»Befragen Sie das Mädchen im Heim, und fahren Sie dann nach Leucadia und reden Sie mit der Mutter«, sagte Madge. »Wenn es keinen Grund für eine Petition gibt, schließen wir den Fall ab, und Sie bekommen heute nachmittag einen neuen Fall auf den Schreibtisch.«

»Großartig«, entgegnete Bo ohne Enthusiasmus. Wenigstens würde die Fahrt zur im Norden gelegenen Küstengemeinde Leucadia angenehm sein. Die Strecke führte an den Stränden entlang und am Torrey-Kiefern-Nationalpark in der Nähe von Andrews Eigentumswohnung vorbei. Sie fragte sich, was sie wegen Andrew tun sollte, und beschloß, die Lösung dieses Problems auf später zu verschieben. Dieser Entschluß erwies sich als hypothetisch, denn ein paar Sekunden später läutete gedämpft des Telefon.

»Bo«, sagte die vertraute Stimme vorsichtig, »ich habe mich gefreut, als Eva gestern abend anrief und mir erzählte, was passiert ist. Ich meine, es hat mich gefreut, daß Eva bei dir geblieben ist. Es muß entsetzlich für dich gewesen sein, Terrells Leiche zu finden. Aber ich bin mir sicher, daß du über die Lösung des Rätsels erleichtert bist. Ich dachte, du hättest vielleicht Lust, beim Lunch mit mir zu feiern. Ich meine, die Aufklärung des Falls zu feiern, nicht Terrells Tod. Ach, *mon dieu*. Ich mache das nicht sehr gut, oder?«

Bo lächelte und zeichnete eine Reihe von Krawattennadeln auf den Rand ihres Schreibtischkalenders. »Wir müssen miteinander reden, Andy, aber ich muß wegen eines neuen Falls nach Leucadia fahren. Ich kann mich nicht mit dir zum Lunch treffen. Wie wär's zum Dinner? Weißt du, die Umstände von Terrells Tod haben mich nicht überzeugt. Ich möchte, daß du dir den Text ansiehst, den er auf dem Computerbildschirm als Begründung seines Selbstmordes hinterlassen hat. Ich habe ihn auf meinem Arm notiert …«

»Du hast den Text auf deinen Arm geschrieben?« Andrew LaMarches Stimme deutete nur ganz leise an, daß ein mit einem Selbstmordtext beschriebener Arm ein bißchen ungewöhnlich ist.

»Ja, weil ich kein Papier gefunden habe. Aber ich glaube nicht, daß Terrell ihn geschrieben hat. Warum treffen wir uns nicht zum Dinner, um …«

»Ich habe einen besseren Vorschlag. Gestern abend habe ich Erdnußsuppe gekocht und Austern überbacken und eine Pfanne voll Toffees gemacht. Die Suppe und die Austern sind im Gefrierschrank, aber du könntest auf dem Rückweg von Leucadia …«

Bo fühlte ihre Achillesferse pochen und gab sich geschlagen. »Toffees! Ich komme. Du mußt die halbe Nacht aufgewesen sein, um das alles vorzubereiten. Warum?«

»Ich hatte mir, hm, Sorgen um dich gemacht, Bo.«

»Dazu gibt's Salat«, entgegnete Bo. »Und ein langes Gespräch darüber, wie ich es hasse, wenn sich Menschen um mich Sorgen machen. Nichts könnte mich jedoch davon abhalten, deine Toffees zu probieren.«

»In der Türmatte steckt ein zweiter Schlüssel. Heb einfach das C von *Welcome* hoch. Darunter liegt der Schlüssel. Du kannst die Suppe und die Austern auf den Küchentresen zum Auftauen stellen.«

»Okay. Aber wären die Gerichte in der Mikrowelle nicht schneller gar?«

»Beim Auftauen in der Mikrowelle verkocht alles, nur in der Mitte bleiben die Gerichte kalt.« In seiner Stimme schwang ein Unterton von Eigenlob mit. »Ich hatte gehofft, du würdest anerkennen, wie viel Überwindung es mich gekostet hat, gestern abend nicht zu dir zu kommen, um in deiner Nähe sein zu können. Ich glaube, Kochen ist eine hübsche Ablenkung. Bis die Bauteile für das Cembalo kommen. Ich liebe dich so, Bo.«

»Kochen ist fabelhaft«, stimmte sie zu. »Und heute abend sprechen wir über meine lebenslangen Bemühungen, mir meine Unabhängigkeit zu bewahren. Bis dahin ist Estrella den ganzen Tag im Büro, falls Chris Joe Gavin anrufen sollte.«

»Was?«

»Das erzähle ich dir später. Ich muß jetzt los.«

Als Bo den Hörer auf die Gabel legte, schien ihr das Foto von Alfred Stieglitz von der Pinnwand herunter verständnisvoll zuzulächeln. Dauerhafte Beziehungen zu Männern sind für unabhängige Frauen eine mühsame Angelegenheit, besagte das Lächeln. Vor allem für unabhängige Frauen, die Stimmungsschwankungen unterliegen und deshalb häufig das Bedürfnis nach Alleinsein haben. Immerhin machte es Spaß, einen Versuch zu wagen.

Kara Opiela, die sich im Aufnahmeheim für Kinder in Hillcrest, San Diego, die Beine in den Bauch stand, konnte die ganze Aufregung nicht verstehen. Sie hatte doch nur gesagt, daß sie heißen Kaffee auf Cole Durochers »Wiener« gießen *möchte*, und nicht, daß sie es *tun* würde. Außerdem sei er immer viel zu betrunken, um was zu spüren. Sie wäre vor allem gern vor Freitag zu Hause, weil sie dann ihren mündlichen Vortrag über den Lebenszyklus der Bandwürmer in dem von der Universität gesponserten Forschungslager halten müsse. Bo hielt diese Bitte für vernünftig.

Später, in Leucadia, rauchte Marjorie Opiela mit Bo eine Zigarette und zeigte ihr stolz die von Hand gezeichnete Tabelle mit Bandwürmern aus richtigen Bändern, die Kara für ihren Vortrag angefertigt hatte. Ihren Freund, Cole, hatte sie am frühen Morgen fortgeschickt. Und Kara von dem Forschungslager fernzuhalten sei doch reiner Unsinn. Bestimmt hatte das Jugendamt dafür ein Einsehen. Bo hatte es.

»Ich schließe den Fall ab und lasse Kara heute nachmittag nach Hause bringen«, sagte Bo. »Marjorie, trichtern Sie Kara bitte ein, daß sie in der Gegenwart von Polizisten keine anschaulichen Schilderungen von heißem Kaffee und der männlichen Anatomie von sich gibt, okay? Die flippen dann aus.«

»Ich versuch's«, sagte Marjorie nachdenklich. »Obwohl ich mir nicht viel davon verspreche.«

Während der Rückfahrt an der Küste entlang hielt Bo am Torrey Pines Beach und ließ flache Steine übers Wasser zischen. Der Strand und die Sandsteinklippen beschworen wie immer Erinnerungen herauf. Bo dachte an den St. Bridget's Brunnen an der Küste von Westirland und den kleinen Fisch, der nur alle sieben Jahre auftaucht und den, wie ihre Großmutter erzählt hatte, nur wenige Menschen sehen können. Aber jeder, der den Fisch sah, wurde von allen Krankheiten geheilt. Deswegen kamen viele Menschen, um voller Hoffnung in den Brunnen zu schauen.
Das ist eine hübsche Geschichte, dachte Bo. Es wäre schön, einen Fisch in einem heiligen Brunnen zu sehen und von der Krankheit befreit zu werden, die sie dazu zwang, Dekapote oder Lithium oder Tegretol oder ein anderes Medikament für den Rest ihres Lebens einzunehmen. Es war sogar schon schön, an so einen Brunnen und so einen Fisch glauben zu können, auch wenn sie beides nie sah. Alle Geschichten ihrer Großmutter ähnelten dieser. Sie waren im Gegensatz zu Chacs Liedern tröstlich. Die lösten in Bo ein intuitives Gefühl, ein Vibrato des ganzen Körpers aus, das keiner intellektuellen Analyse bedurfte. Chacs Geschichten von *duendes* und Männern, die in Gegenwart von schwangeren Frauen aßen, waren anders, nicht europäisch; es war Bo unmöglich, sie über ihr intellektuelles Verständnis hinaus zu entziffern.
Warum hatte Chac ein Wiegenlied für ein Kind geschrieben, in dem ein böser Geist vorkam, der – wie Eva ihr erklärt hatte – von der Natur in den Wahnsinn getrieben worden war? Bo dachte über ihr Gehirn nach, das wegen der DNS – der Desoxyribonukleinsäure – zu Gefühlsexzessen und intensiven symbolischen Interpretationen aller Wahrnehmungen führte. Gefühle und symbolische Interpretationen, die andere Menschen, »normale« Menschen nicht hatten

und daher nicht verstehen konnten. Wahnsinn. Entsprach das der Natur? Wollte Chac das in ihrem Lied zum Ausdruck bringen, als sie vom *duende* sang? Bo glaubte es nicht. Das Wiegenlied der Kleinen Schildkröte hatte nichts mit Geisteskrankheit zu tun, sondern mit etwas anderem. Etwas Bösem, von dem Chac glaubte, es bedrohe ihr Kind. War Munson Terrell dieser *duende*?

Bo ließ einen flachen ovalen Granitstein dreimal übers Wasser hüpfen, bis er sank. Die zurückfließende Welle wirbelte Tausende von glatten Steinen auf, die über den abfallenden Strand ins glitzernde Salzwasser glitten und verschwanden. Das Geräusch jeder Welle war wie das Atmen von etwas Großem. Bo ließ sich vom Chor der Steine hypnotisieren, stand nur da und starrte die Küste entlang nach Süden.

In der Ferne, hinter La Jolla, geht die Küste der Vereinigten Staaten in die Küste von Mexiko über und erstreckt sich an der Baja California entlang, bis sie in Cabo San Lucas an der Südspitze endet. Und auf der gegenüberliegenden Seite des Golfs von Kalifornien erstreckte sich die Festlandküste von Mexiko bis zum Bundesstaat Chiapas. Hinter Chiapas ist Guatemala, wo mindestens eine Million Menschen ohne weiteres verstehen, was der Liedtext der Maya-Sängerin bedeutet. Daß ich nicht so weit sehen kann, ist symptomatisch, dachte Bo. Schließlich kann ich auch nicht so weit denken.

Auf dem Weg zum Auto zurück dachte sie an New Orleans und wie zugänglich die Höfe hinter den Toren für ihre Phantasie gewesen waren. Dieses tiefste Verstehen der kulturellen Metaphorik, weil sie europäisch und damit vertraut war. Ein Verstehen, das dreißig Kilometer südlich dieser Küste nutzlos wurde, weil dort die Höfe hinter den Toren aus staubigem Lehm bestehen und das mythologische Ver-

ständnis der Realität so grundlegend anders ist, daß es für sie nicht enträtselbar war.
»Verdammt!« fluchte Bo, als sie vom Parkplatz am Strand den Hügel hinauf zu Andrews Eigentumswohnung fuhr. Jemand hatte ein Kind vergiftet und die Mutter dieses Kindes in einem Club voller Leute ermordet, und nie würde jemand mit Sicherheit wissen, wer dieser Jemand war. Und derselbe Mensch oder ein anderer war bewaffnet durch die Dunkelheit in der Wüste geschlichen und hatte Gift in einen Wasserkanister geschüttet. Wäre der Verschluß des Kanisters nicht defekt gewesen, wäre eine anhängliche alte Foxterrierhündin bestimmt ebenfalls gestorben. Bo fand es nicht merkwürdig, daß sie der Gedanke an Mildreds Tod wütender machte als die Todesgefahr, in der sie selbst gewesen war. Jetzt war Munson Terrell tot. Er hatte sich anscheinend selbst vergiftet und ein Dokument hinterlassen, das ein Geständnis war. Das ist mir zu ordentlich, dachte Bo. Aber die Geschichte ist noch nicht zu Ende.
Die Polizei würde eine oberflächliche interne Untersuchung von Dewayne Singletons Tod durchführen, wobei nichts herauskommen würde. Schließlich war er verrückt gewesen. Acito würde mit der Liebe der Dooleys prächtig gedeihen und wahrscheinlich irgendwann von dem Ehepaar adoptiert werden. Jetzt galt es nur noch den Papierkram zu erledigen und den Fall abzuschließen, damit jede Wahrscheinlichkeit ausgeklammert wurde. Das System, für das Bo arbeitete, schloß einen bürokratischen Aufschub aus. Andere Fälle standen zur Ermittlung an. Das Leben würde weitergehen.
»Ich hasse es, wenn ich mich so fühle«, murmelte Bo, als sie in der Nähe von Andrews Haustür parkte. »Ich hasse es, zu wissen, daß jemand, der gemordet hat, ungeschoren bleibt!«

Der Schlüssel lag unter dem »C« der Türmatte, so wie Andrew es ihr gesagt hatte. Bo schloß auf, ging hinein, holte schnell die zwei Gerichte aus dem Gefrierschrank und legte sie auf ein Handtuch auf dem Tresen. Die Stille der leeren Wohnung spiegelte Andrews Leben wider. Ordentlich, geschmackvoll und einsam. Bo zupfte an einer Ecke des fleischfarbenen Heftpflasters auf ihrem Arm und fragte sich wieder einmal, was sie mit diesem dominierenden Kinderarzt tun sollte.

Menschen änderten sich nicht. Er würde immer denken, er habe das Recht, sogar die Verpflichtung, ihr Leben zu formen, wie es ihm paßte. Männer tun das immer, weswegen es am besten ist, eine längere Beziehung mit ihnen zu vermeiden. Andererseits schien sich Andrew Mühe zu geben, Verständnis für sie aufzubringen. Er versuchte es zumindest. Er war ein intelligenter, disziplinierter Mann. Vielleicht konnte er tatsächlich lernen, sein Bedürfnis, über ihr Leben bestimmen zu wollen, aufzugeben. Vielleicht …

Und vielleicht werden die kleinen Wesen in deinem Haar tanzen, Bradley.

Bridget Mairead O'Reilly hatte diese Redensart gebraucht, um auf irrationales Denken hinzuweisen. Bo dachte, daß ihre Großmutter aller Wahrscheinlichkeit nach jetzt diesen Ausdruck gebraucht hätte.

Bo hatte das Heftpflaster fast abgerissen und las noch einmal die Worte auf ihrem Unterarm.

»Es tut mir leid, Liebling, aber die farbigen Himmel unserer Liebe sind durch meinen Verrat …«

Irgend etwas stimmte an den Worten nicht. Etwas war *falsch.* Bo starrte auf zwei Worte – »farbigen Himmel«. Was schrien ihr diese Worte in der Stille von Andrews Küche zu?

»Farbig – *colored* geschrieben …« Bo sprach das Wort versuchsweise laut aus.

Die Buchstaben fingen vor ihren Augen an zu tanzen, als sie sich auf dieses Wort konzentrierte. Es war richtig geschrieben.

Richtig geschrieben. Bradley, du hirnlose Schnecke. Das ist es! Terrell hat diesen Text nicht geschrieben. Ein Amerikaner hat es getan!

Bo riß das Pflaster von ihrem Arm und lief zum Telefon in Andrews Wohnzimmer. Der Australier Munson Terrell hätte »coloured« geschrieben. Hatte Kee nicht erzählt, daß er absichtlich die britische Schreibweise in den Reklametexten für Outback-Odyssey-Workshops benutzte? Hätte er nicht in seiner Verzweiflung kurz vor dem Selbstmord automatisch die Schreibweise angewandt, die ihm am vertrautesten war? Bo wählte triumphierend Estrellas Büronummer.

»Estrella«, schrie sie, als sich ihre Freundin meldete. »Terrell hat diesen Selbstmordtext tatsächlich nicht geschrieben, weil darin *colored* anstatt *coloured* steht!«

Nachdem sich Estrella Bos Erklärung angehört hatte, stimmte sie ihr zu. »Dann muß Chris Joe der Täter sein«, folgerte sie, »und du rufst am besten gleich die Polizei an.«

»Das mache ich, wenn ich zurückkomme. Es eilt nicht.«

Estrella blieb unnachgiebig. »Es eilt sehr wohl«, beharrte sie. »Weil Chris Joe vor fünf Minuten angerufen hat. Ich habe ihm gesagt, du kämst nach dem Lunch ins Büro zurück. Er wollte keine Nummer hinterlassen, sagte aber, er würde heute nachmittag wieder anrufen. Wenn du die Polizei jetzt verständigst, hat sie Zeit, seinen Anruf zurückzuverfolgen. Ich habe dir die ganze Zeit gesagt, daß Chris Joe der Täter ist, Bo. Und jetzt wissen wir es. Er ist gefährlich. Du solltest lieber die Polizei verständigen.«

»Hmm«, antwortete Bo unverbindlich, als sie ihren goldenen Ohrring, den sie im Torrey-Kiefern-Nationalpark ver-

loren hatte, auf einer Broschüre auf dem Couchtisch liegen sah. »In einer halben Stunde bin ich im Büro.«
Die Teile fügten sich zu einem Ganzen zusammen. Bo beschloß instinktiv, nur zuzuschauen und darauf zu warten, daß ein Muster entstand. Keine Schlußfolgerung ziehen, nur beobachten. Das ist nicht leicht, gestand sie sich ein. Ohne das Dekapote wäre es ihr unmöglich gewesen.
Sie schlenderte zum Couchtisch, nahm den Ohrring und blätterte die Broschüre durch. Darin informierte eine »Torrey Pines Docent Society« über »Gefährliche Pflanzen des Buschlandes«. Auf der Rückseite wurde davor gewarnt, daß in den schwer zugänglichen Gebieten des Nationalparks skrupellose Eindringlinge Marihuana und andere, nicht in dem Naturschutzgebiet wachsende Pflanzen anbauen.
Erst vor einem Monat, informierte die Broschüre, hätten Ranger in einem geschützten Graben im Fern Canyon die Tropenpflanze *Abrus precatorius* entdeckt. Splitter von Sterlingsilber und ein kleines Kruzifix, die zwischen den Wurzeln steckten, ließen darauf schließen, daß die Pflanzen aus den Perlen eines Rosenkranzes gewachsen seien, den wahrscheinlich ein illegaler mexikanischer Arbeiter verloren habe, der sich im Canyon auf dem Weg nach Norden versteckt hatte. Die hübschen tödlichen rotweißen Kerne – Rosenkranzerbsen genannt – seien einst ein sehr beliebter Bestandteil zur Herstellung von Rosenkränzen gewesen, vor allem bei den Latinos in Florida, wo die Pflanze wachse. Ein einziger Samenkern, warnte die Broschüre, könne einen Erwachsenen töten, wenn die farbige Schale geknackt werde. Besuchern des Nationalparks werde dringend geraten, nur einen Wasservorrat mitzunehmen und auf keinen Fall eine dieser Pflanzen zu essen.
Bo fühlte, wie es in ihrem Gehirn klickte, als ihr die Bedeutung einer unbewußten Wahrnehmung klar wurde.

In ihren Ohren hallte das Knirschen eines Rosenkranzes wider, der zwischen den Decken in einem Laufstall aus Zementblöcken gelegen hatte, wo ein zahnendes Baby mit Devotionalien der römisch-katholischen Kirche gespielt hatte. Dieser Rosenkranz, das Geschenk einer Frau auf dem Totenbett für ihre Tochter, jetzt selbst Großmutter, die in ihrem Zorn über Bos Ungeschicklichkeit immer wieder das Wort »Tampa« geschrien hatte. Tampa lag in Florida. Wo die Rosenkranzerbsen wild wuchsen.
In Andrews Gästebad bleckte Bo vor dem Spiegel die Zähne. Die Zähne einer Erwachsenen, undurchsichtig und abgenutzt. Nicht wie Acitos Milchzähnchen, zwei im rosigen Gaumen des Unterkiefers und eins im Oberkiefer. Nur drei kleine scharfe Zähne, aber stark genug, um die schwarzrote Schale eines hübschen, giftigen Samenkerns zu knacken.
»Niemand hat Acito vergiftet!« schrie Bo in die leere Wohnung. »Es war ein Unfall!«
Die grünen Augen, die aus dem Spiegel zurückstarrten, sehen ein bißchen wild aus, mußte sie sich eingestehen. Ein leichter Anflug von Irrationalität lag darin, aber es scherte sie den Teufel. Ein vorübergehender Durchbruch manischer Euphorie richtete keinen Schaden an, solange sie ihm in der Einsamkeit nachgab. Bo schloß die Augen, ließ den Kopf in den Nacken fallen und fühlte, wie in rasender Geschwindigkeit geistige Impulse ihr Wahrnehmungsvermögen über drei Dimensionen hinaus weiteten. Und dann war sie Teil eines Bereichs, der nicht mehr mit Sinnen wahrnehmbar ist. Einer dieser Impulse. Sie hatte gesehen, was es zu sehen gab, und wußte, was es zu wissen gab. Sie lebte!
Diese manische Euphorie, ermahnte sie sich ein paar Minuten später, ist verrückt. Sie mußte sie zügeln, ihr Bewußtsein wiedergewinnen, ehe es ihr bei ihrem nächsten Schritt,

der eiskalte Rationalität erforderte, hinderlich wurde. Sie spritzte sich kaltes Wasser ins Gesicht, atmete tief durch und fühlte eine flüchtige Aufwallung von Mitgefühl für Menschen, die nie eine manische Euphorie hatten. Der Preis dafür war zwar hoch, aber gelegentlich war er es wert. Nun, sehr selten. Vielleicht nur einmal.

Wieder in Andrews Wohnzimmer, suchte sie nach den Telefonbüchern und fand sie schließlich in einer Sitzbank unter dem Vorderfenster. Unter der Rubrik »Ärzte« in den Gelben Seiten entdeckte sie schließlich, wonach sie suchte – den Namen des Arztes, den Kee Terrell gestern abend in der Nachricht, die für ihren Mann bestimmt gewesen war, erwähnt hatte. Dr. Neil Stoa, informierten sie die Gelben Seiten, hatte sich auf die Behandlung von Patienten mit krankhaften Eßgewohnheiten spezialisiert.

»Praxis Dr. Stoa«, meldete sich eine weibliche Stimme. »Was kann ich für Sie tun?«

Bo versuchte, ihre Raucherstimme zwanzig Jahre jünger klingen zu lassen. »Ich, hm, ich brauche ärztliche Hilfe«, sagte sie. »Ich lebe diät und habe eine Zeitlang viel Sport getrieben, und jetzt hat meine Periode ausgesetzt. Ist das normal?«

»Sind Sie Sportlerin?« fragte die Arzthelferin.

»Nein. Ich achte nur auf mein Gewicht.«

»Ein Aussetzen der Periode kann vorkommen, wenn im Körper einer Frau nicht genug Fett ist«, sprach die Helferin fröhlich weiter. »Wollen Sie einen Termin mit Dr. Stoa haben, um Ihre Probleme mit ihm zu besprechen?«

»Nein. Danke«, lehnte Bo ab und legte auf.

Sie hatte sich nur vergewissern wollen. Frauen, die unter Magersucht litten, opferten unter Umständen ihre Fähigkeit, Kinder zu gebären. Die Einzelteile des Puzzles fügten sich zusammen.

38

Es wird keine Festtage und keine
Lobpreisungen geben. **Popol Vuh**

Die späte Nachmittagssonne hatte das Haus der Terrells malvenfarben getönt, als Bo laut an die Tür klopfte. Kee war zu Hause, das wußte sie. Der cremefarbene Mercedes war vor fünfzehn Minuten an Bos verstecktem Auto vorbeigefahren. Und Kee war allein. Bo versuchte, nicht an das vergiftete Wasser in der Wüste zu denken und was für einen entsetzlichen Tod eine kleine, alte Hündin gestorben wäre. Diesen Gedanken verdrängte sie, aber er pochte weiterhin irgendwo in ihrem Kopf.

»Ich bin auf der Terrasse«, rief Kee Terrell mit hoher Stimme über die vordere Brüstung. »Die Tür ist offen. Kommen Sie herauf.«

Bo tappte in ihren Sandalen über den kostbaren Berberteppich und durch die Tür, die links vom Kamin auf die Terrasse führte.

Kee war barfuß, trug ein weites schwarzes Trägerkleid und kauerte vor den Überresten der Brüstung.

»Die Arbeiter sind früher als geplant gekommen«, flüsterte sie und deutete mit einem Kopfnicken auf die klaffende Lücke, wo vorher die Brüstung gewesen war. »Sie wußten natürlich nichts von Mundy, und ich war nicht hier, als sie kamen. Ich war in der Leichenhalle. Morgen ist die Beerdigung. Werden Sie kommen?«

Bo blinzelte langsam bei dieser Frage und versuchte, Kees kindliche Bitte zu verstehen. Sie war ernst gemeint. Kee Terrell behandelte Bo Bradley wie eine Freundin.

»Nein«, antwortete Bo. »Ich könnte es nicht mit Ihnen in einem geschlossenen Raum aushalten.«
Kees dunkle Augen füllten sich mit Tränen. »Es war nicht *meine* Schuld, daß Mundy sich umgebracht hat«, klagte sie schrill. »*Ich* habe alles richtig gemacht. Es ist nicht meine Schuld, daß er diese Frau geschwängert und dann versucht hat, das Kind zu töten, damit ich die Wahrheit nicht entdeckte, als ich das Haar sah. Das Kind hat Mundys Haare, wissen Sie. Diese weiße Strähne. Mundy hat mir erzählt, daß sie versucht hat, ihn zu täuschen, indem sie die Strähne färbte. Damit er nicht erfuhr, daß es sein Kind war. Können Sie glauben, daß jemand so etwas tut?«
Bo kam sich vor, als würde sie sich mit einer Dreizehnjährigen, die sich in übertriebenen Hirngespinsten erging, über das Benehmen irgendeines umschwärmten Filmstars unterhalten. Kee schüttelte nachdenklich den Kopf.
»Ich glaube nicht, daß Chac es geschafft hat, einem Leben in Guatemala zu entkommen«, fing Bo sanft zu reden an, »daß sie Prostitution und Heroinsucht überlebt hat, daß sie sich eine Karriere als Sängerin aufgebaut und einem schönen, gesunden Kind das Leben geschenkt hat, nur um von einem egoistischen Gör ermordet zu werden, das glaubt, alles kaufen zu können – auch Kinder, die zur künstlerischen Ausgestaltung eines Hauses passen.«
»Ich weiß nicht, wovon Sie sprechen«, murmelte Kee, aber Bo entging nicht der veränderte Ausdruck in Kees Augen, die selbstgerechte Grausamkeit, die jetzt darin funkelte.
»Was war Ihr Lieblingsmärchen, Kee? Schneewittchen? Wissen Sie, ich hätte schon vor Tagen die Zusammenhänge erkennen können, wenn ich über Schneewittchen anstatt über eine Maya-Geschichte nachgedacht hätte, die mir fremd ist. So etwas passiert, wenn man versucht, in der Welt

eines anderen Menschen zu leben, nicht wahr? Sie haben durchgedreht. War es nicht so?«

Bo hatte sich, während sie sprach, Kee genähert und ihre Schritte ihren Worten angepaßt.

»Ich habe nicht durchgedreht«, antwortete Kee, warf Bo einen Seitenblick zu und stand plötzlich auf. »Sie hat durchgedreht. Sie war eine Lügnerin und eine Diebin. Ich hasse sie!«

Bo war wieder über Kees kindischen Zorn schockiert. Es war zermürbend, sich mit jemandem auseinanderzusetzen, der vorgab, ein Kind zu sein. Bo hatte das Gefühl, den Boden unter den Füßen zu verlieren, so als würde sie mit Rollschuhen durch Schmiere gleiten.

»Was hat sie gestohlen, Kee? Ihren eigenen Sohn? Wie konnte Chac Ihnen Ihr eigenes Kind stehlen?«

Kee Terrell drehte sich Bo zu. Ihr schmales Gesicht war von einem höhnischen Grinsen verzerrt. Sie schien an Bo Maß zu nehmen. Und sie ließ sich damit Zeit. Schließlich sprach sie wieder, dieses Mal mit der eisigen Stimme einer zornigen Erwachsenen.

»Kylie ist nicht ihr Sohn, sondern meiner. So lautete die Vereinbarung. Mundy hatte alles arrangiert.«

»*Kylie*?« platzte Bo heraus und lachte absichtlich. »Kee und Kylie? Klingt wie ein Doppelakt auf Wasserskiern. Das kann doch nicht Ihr Ernst sein.«

Diese immer gegenwärtige Dunkelheit verhärtete Kees Augen.

»Mundy hat ihr versprochen, ihre Karriere zu fördern und sie zu einem Star zu machen. Sie mußte nichts weiter tun, als sich von ihm schwängern zu lassen und mein … unser Kind zur Welt zu bringen. Als Kylie jedoch geboren wurde, hat sie gelogen. Sie hat Mundy erzählt, sie habe mit anderen Männern geschlafen und das Kind sei nicht von ihm. Sie hat Kylies Haar gefärbt, damit Mundy nicht dahinterkam. Aber mir war das gleichgültig. Dieses Kind gehörte mir, egal, ob Mundy der Vater war oder nicht!

Eines Abends fuhr ich nach Tijuana und ging in diese dreckige Bar. Ich habe dem Barmann, Jorge, erzählt, daß ich wisse, daß sie lügt, daß das Baby mir gehöre. Ich erzählte ihm, sie solle mir lieber Kylie überlassen, sonst würde ich Mundy dazu zwingen, sie fallenzulassen, weil ich sonst mein Geld aus diesem Unternehmen ziehen würde. Da versteckte sie Kylie vor mir und behauptete, er sei von einer Familie aus Mexico City adoptiert worden. Dann hat Mundy versucht, Kylie zu vergiften ...«

Bo kniff die Augen zusammen. »Sie bringen Ihre Geschichten durcheinander, Kee. Was aber keine Rolle spielt. Ihr Mann hat Acito nicht vergiftet, und auch sonst niemand. Er wurde durch das Gift in einer Rosenkranzperle vergiftet, auf der er herumkaute. Es war ein Unfall. Aber Chacs Tod war kein Versehen, und Munson Terrells Tod war kein Selbstmord. Sie haben die beiden ermordet, Kee. Warum?«

Seltsamerweise schlug Kee jetzt einen Bogen um Bo und stellte sich hinter sie. »Sie sind verrückt«, höhnte sie.

»Manchmal, aber das beantwortet meine Frage nicht. Haben Sie geglaubt, mit Chacs Tod würden Sie das Kind bekommen?«

»Mundys Kind«, beharrte Kee. »Ich habe einen Privatdetektiv damit beauftragt, Chac und diesen dummen Jungen, mit dem sie zusammenzog, zu überwachen. Er folgte den beiden zu diesem Haus in San Ysidro und machte Fotos von Kylie, als diese schrecklichen Leute ihn nach draußen brachten. Auf manchen Bildern war die helle Strähne zu sehen, wenn die Färbung nachließ. Aber Mundy wollte nichts unternehmen, damit sie mir Kylie gab. Er sagte, das alles sei ein großer Fehler gewesen und wir sollten die Sache

vergessen. Er sagte, Kylie solle bei dieser Frau bleiben. Können Sie das glauben? Ich sollte mein eigenes Kind vergessen! Jetzt verstehen Sie wohl, daß Chac hat sterben müssen, damit mir Mundy das Kind bringen konnte. Schließlich war er der Vater. Und ich bin die Mutter.«
Bo sah in Kees Gesicht den *duende*, den Chac in ihrem Lied für Acito beschrieben hatte. Etwas Böses, das durch die Natur verrückt gemacht worden war. Wahnsinn. Und gefährlich. Bo drehte sich zu Kee um, die jetzt hinter ihr stand.
»Die Wahl der Gifte war eine symptomatische Geste«, sagte sie. »Mir gefiel vor allem das Apfelkernzyanid. Vergiftete Äpfel sind in den Sagen ein beliebtes Mordmittel. Und es war so klug von Ihnen, das Symbol der fruchtbaren Weiblichkeit – den reifen Apfel – dem Symbol Ihrer selbstverursachten Unfruchtbarkeit – dem vergifteten Kern – gegenüberzustellen. So poetisch. Genau wie dieser ungereimte Text, den Sie auf dem Bildschirm hinterlassen haben. Aber wo haben Sie das zweite Gift, dieses Schierlingsgift her? Die Pflanze, aus der es gewonnen wird, wächst doch nicht in dieser Gegend.«
Kee deutete zu dem Canyon unter der Terrasse. »Dort wächst sie, wenn man sie pflanzt und hegt«, knurrte sie wütend, »da unten, am Fluß. Aber Sie müssen mir nicht glauben. Sie werden es selbst sehen!«
In diesem Augenblick verstand Bo mit beunruhigender Klarheit, warum sich Kee Terrell zwischen sie und die Tür, die ins Haus führte, gestellt hatte.
»Ein schrecklicher Unfall«, klagte Kee spöttisch. »Ich könnte den Bauunternehmer vielleicht sogar wegen der psychischen Qual verklagen, die ich erlitten habe, weil Sie vor meinen Augen zu Tode gestürzt sind. Aber zuerst holen meine Anwälte Kylie aus diesem Pflegeheim und bringen ihn in sein wunderschönes Bett, hier zu seiner Mutter.« Ihre

Augen glühten wie brennende Kohlen. »Meine Anwälte sagen, ich hätte bei einer rechtmäßigen Adoption eine gute Chance, Kylie zu bekommen, weil er das einzige ist, was mir von meinem geliebten Ehemann geblieben ist.«

»Nur über meine Leiche«, sagte Bo grimmig.

»Ja«, entgegnete Kee, stürzte sich auf Bo und rammte ihr die rechte Schulter in den Bauch, so daß beide auf die Terrasse stürzten. Dann schlug sie Bo ihre Faust ins Gesicht. Bo fühlte, wie ihr das Blut aus der Nase spritzte und ihr vor Schmerz schwindlig wurde. Kee packte Bos Ohren und schlug ihren Kopf auf den Boden. Bo zog ihre Knie an und kickte Kee weg. Ein dumpfes, knackendes Geräusch weckte in ihr die Hoffnung, daß Kee Terrell jetzt eine gebrochene Rippe hatte. Was Kees Beweglichkeit jedoch nicht einschränkte, wie Bo verzweifelt bemerkte, als Kee schnell wieder aufstand.

Bo rappelte sich auch mühsam auf und schob ihren blutbespritzten Sweater hoch. An ihrem Körper klebte ein winziges Tonbandgerät.

»Sie sind überführt«, sagte sie etwas undeutlich, weil ihr Mund voller Blut war. »Alles, was Sie gesagt haben, ist hier aufgezeichnet. Sie sind erledigt, Kee.«

Aber Kee war noch nicht erledigt. Das zeigte der irre Blick in ihren Augen. Erst jetzt wurde Bo klar, daß Kee Terrell sie tatsächlich töten wollte. Da ließ sie ihrer ungeheuren Wut, daß Mildred beinahe vergiftet worden wäre, freien Lauf.

»Wissen Sie überhaupt«, schrie sie, packte Kee bei den Armen und schleuderte sie gegen die Überreste der Brüstung, »daß Sie da draußen in der Wüste beinahe meine *Hündin* getötet hätten?« Diese Worte, rasend vor Wut ausgestoßen, legten eine Kraft in Bo frei, von der sie immer gewußt hatte, daß sie da war, die sie aber nie hatte hochkommen lassen. In brennendem Zorn bleckte sie die Zähne und ballte die

Fäuste. Es war ein häßliches, beängstigendes Gefühl. Sie wollte Kee Terrell töten, nicht nur, weil Kee zwei unschuldige Menschen umgebracht hatte, sondern weil Kee beinahe das Leben zerstört hätte, das ihr am nächsten war. Es war eine blinde Wut, aber gleichzeitig ein existentielles Gefühl.

Als Kee aufstand und wieder auf sie losging, stieß Bo sie einfach zurück. Es war eine mühelose, beinahe tänzerische Bewegung. Aber Kee taumelte zurück, als wäre sie von einer Keule getroffen worden. Sie taumelte auf den ungeschützten Rand der Terrasse zu, wo ihr ein tödlicher Sturz in die Tiefe drohte.

O nein, Bradley. Sie stürzt in den Abgrund, du kommst ins Gefängnis und siehst Mildred nie wieder. Halt sie fest!

Bo warf sich nach vorn und packte Kees dünnen Arm, als ihr Körper über die Kante rutschte. Ein leises Knacken, gefolgt von gellenden Schreien, ließ darauf schließen, daß sich Kee die Schulter ausgerenkt hatte. Ihr Körper baumelte über dem Abgrund.

»Laß mich los!« schrie Kee. »Laß mich sterben!«

»Auf keinen Fall«, keuchte Bo, schlang ihr Bein um einen Geländerpfosten, damit sie von Kees Gewicht nicht hinuntergezogen wurde. »Ich habe eine Hündin, mit der ich spazierengehen muß, meine beste Freundin bekommt ein Kind, und in meinem Leben gibt es einen Mann, der Toffees macht. Ich töte niemanden!«

Sekunden später polterten Schritte über die Terrasse hinter Bo, und zwei langfingrige Hände packten Kee Terrells blassen Arm. Gleich darauf griffen noch zwei breite und kräftige Hände zu.

»Lassen Sie los, Bradley. Wir halten sie fest«, brüllte Detective Dar Reinert, der neben der schmalen Gestalt von Chris Joe Gavin kauerte. »Gehen Sie uns aus dem Weg.«

»Ich kann nicht«, antwortete Bo und mußte plötzlich wie verrückt kichern. »Ich kann sie nicht loslassen. Meine Finger sind völlig verkrampft.«

»Dann rutschen Sie wenigstens zur Seite. Wir holen sie rauf.«

»Wo ist die Polizei, wenn man sie braucht?« fragte Bo, nachdem Andrew LaMarche behutsam ihre Finger von Kees Arm gelöst hatte.

»*Madre de dios*«, flüsterte Estrella Benedict inbrünstig. »Ich hätte nie zulassen dürfen, daß du diesen Fall übernimmst. Das wußte ich von Anfang an. Diese Frau ist verrückt, Bo. Sie hätte dich beinahe umgebracht.«

Bo seufzte unter der kalten Kompresse, die ihr Andrew auf die Nase drückte. »Ich muß jetzt eine Zigarette rauchen«, sagte sie entschlossen. »Und Kee ist nicht verrückt, Estrella. Menschen wie Kee bringen uns Verrückte in Verruf. Sie ist nur eine niederträchtige, verwöhnte, egoistische Heulsuse, die mit allen Mitteln versucht hat zu bekommen, was sie haben wollte.«

Chris Joe Gavin beobachtete, wie Dar Reinert die jammernde Kee ins Haus zum Telefon führte, um einen Krankenwagen zu rufen. »Ich wünschte mir, Chac könnte das sehen«, sagte er traurig.

»Vielleicht kann sie das«, entgegnete Estrella.

39

Der Hüter des Schals

Andrew hatte verschiedene Antipasti und eine Riesenmenge mit Wurst gefüllter *manicotti* in Knoblauch-Parmesan-Soße in seine Wohnung liefern lassen, denn die überbackenen Austern hatten kaum als Vorspeise gereicht. Chris Joe Gavin bediente sich gerade zum dritten Mal, als sich Estrella strahlend in ihrem Stuhl zurücklehnte.

»Ich kann es einfach nicht fassen, daß wir es tatsächlich geschafft haben, Bo«, sagte sie und seufzte zufrieden. »Hättest du Reinert nicht dazu überredet, dir dieses Tonband anzukleben, um dann zu warten …«

»Das war am schwierigsten«, warf Chris Joe ein und fuhr sich mit seinen langen schmalen Fingern durchs blonde Haar. »Ich dachte schon, diese Frau würde Sie umbringen, Miss Bradley. Oh, Mann, ich konnte nicht schnell genug hinkommen.«

»Schnell?« fragte Bo mit falscher Freundlichkeit aus der Küche. »Du nennst das schnell? Dabei hast du doch draußen bei Reinert im Auto gesessen. Wie konntest du fünf Minuten brauchen, um fünfzehn Meter zu laufen? Ich sah mein Leben vor meinen Augen verlöschen.«

»Es hat nicht einmal eine Minute gedauert, Bo«, berichtigte Andrew und knüllte seine Serviette zusammen. »Obwohl in einer Minute sehr viel passieren kann.«

Bo rückte den Eisbeutel auf ihrem geschwollenen Gesicht zurecht und brachte noch eine Flasche Wein zum Tisch. Es wäre wohl am besten, dachte sie, überhaupt nichts von dem, was in dieser Minute passiert ist, zu erwähnen. Von ihrem Platz am Kamin schaute Mildred erwartungsvoll zu Andrews Eßecke hin. Die Aussicht auf ein paar Brocken vom Tisch verlieh ihrem pelzigen Gesicht einen lüsternen Ausdruck.

»Wenn du uns nicht angerufen hättest«, sagte Estrella zum fünften Mal zu Chris Joe, »wäre sie davongekommen. Und hätte auch noch Acito gekriegt.«

Der junge Gitarrist schob seinen Stuhl zurück und schlenderte zum Fenster. Er hatte seine langen Daumen in die Gürtelschlaufen seiner Levi's gehakt. »Das wäre nicht passiert«, sagte er wütend. »Ich wäre in der Nähe geblieben. Das hätte ich nicht zugelassen. Ich konnte ihr nicht beweisen, daß sie Chac getötet hat, aber ich wußte genug, um sie davon abzuhalten, das Kind zu bekommen.« Er drehte sich um und ließ den Blick über die versammelte Runde schweifen. »Das heißt, falls mir jemand geglaubt hätte.«

»Du hast recht«, stimmte Bo zu. »Deswegen bist du geflohen, nicht wahr? Nachdem Chac ... nach jenem Abend im Club.«

Schmerz trübte seine Augen.

»Ich wollte ihr nur helfen, mich um sie kümmern«, redete er mit gesenktem Kopf weiter, damit sein Haar das Gesicht verdeckte. »Sie war ... wissen Sie ... eine Prostituierte, ehe Terrell ihr eine Karriere als Sängerin ermöglichte. Sie hat erzählt, daß sie Singleton geheiratet habe, weil sie beide verlorene Seelen seien, aber dann ist er nach Louisiana zurückgegangen und hat sie nicht nachkommen lassen, was er ihr versprochen hatte. Als Terrell sie bat, ein Kind von ihm zur Welt zu bringen, konnte sie wohl nicht nein sagen, oder? Ich weiß, was es heißt, die Herumzieherei satt zu haben und nirgendwohin zu gehören und keinen Menschen zu haben. Sie wollte den beiden, wie vereinbart, das Kind geben, aber dann konnte sie es einfach nicht tun. Ich habe sie geliebt.«

Seine Stimme klang jetzt wie ein rauher Bariton. »Als ich erfuhr, daß sie tot war, habe ich nicht aufgehört, sie zu lieben, wußte aber nicht, was ich tun sollte. Also bin ich davongelaufen. Später habe ich mir überlegt, wenn Sie erfahren, daß Chac Geld für das Kind gespart hat, und ich Ihnen klarmache, daß sie versucht hat, Ihnen zu sagen, wer sie bedroht, würden Sie schon wissen, was zu tun ist, und etwas unternehmen.«

»Das war eine kluge Entscheidung«, lobte ihn Bo. »Am wichtigsten war jedoch, daß du heute morgen Estrella im Büro angerufen hast. Ohne dich wären uns nur Vermutungen geblieben, und wir hätten das Rätsel nicht gelöst. Du hattest die entscheidenden Informationen. Du wußtest von dem Deal, den Kee und Munson Terrell im Austausch für eine Karriere als Sängerin mit Chac geschlossen hatten. Kee wollte dafür ein perfektes Kind haben. Und du wußtest, daß Chac diese Abmachung nicht eingehalten hat.«

»Sie hat Acito geliebt«, sagte Chris Joe stolz. »Sie hätte ihn nie weggegeben. Sie wollte ihn bei sich behalten, sobald es ihr gelungen wäre, von Kee wegzukommen.«

Bo hörte in seiner Stimme die lebenslange Sehnsucht nach jemandem, der das Gegenteil getan hatte. Das Gegenteil von seiner eigenen Mutter, die ihn nicht geliebt hatte, aber auch niemand anderem diese Rolle zugestand. Jetzt war es zu spät, diese Trauer, die er in seiner Musik ausdrückte, ungeschehen zu machen. Aus diesem schlaksigen, aufsässigen Teenager, dachte Bo, wird einmal ein guter Mann.

»Was hast du jetzt vor?« fragte Andrew. »Wir helfen dir gern dabei, wenn du hierbleiben und wieder die Schule besuchen oder zum Militär willst. Du brauchst es nur zu sagen.«

»Danke«, antwortete Chris Joe und steckte seine Hände in die Taschen. »Im August werde ich achtzehn. Die Familie, bei der ich zuletzt war, die Springers, wollen, daß ich zu ihnen komme und wieder bei ihnen lebe. Dort kann ich die Abendschule besuchen und meinen Abschluß machen. Sie haben mir Geld geschickt. Sobald ich achtzehn bin und keine Behörde mehr über mich verfügen kann, gehe ich zu ihnen zurück. Deswegen bin ich nach Mexiko gegangen, damit mich keine Behörde mehr in ein Pflegeheim stecken kann. In ein paar Tagen fahre ich nach Ohio.« Er schüttelte den Kopf. »Wissen Sie, es ist schon komisch. Mundy Terrell wollte mir auch helfen. Er war kein schlechter Kerl. Er hat nur die falsche Frau geliebt.«

»Warum hat sie ihn getötet?« fragte Estrella. Sie stand auf und suchte in ihrer voluminösen Tasche nach den Autoschlüsseln.

»Als Reinert anrief, während du und Bo unterwegs wart, um Mildred zu holen«, antwortete Andrew, »sagte er, daß Kee der Polizei erzählt habe, ihr Mann habe sie verlassen wollen, und dann hätte sie das Kind nicht bekommen.« Er warf Bo einen Blick zu und lächelte zaghaft. »Reinert hat auch erzählt, daß Kees Anwalt wegen Unzurechnungsfähigkeit gegen eine Verurteilung seiner Mandantin plädieren will.«

»Unzurechnungsfähigkeit?« sagte Bo schrill. »Was ist das für eine Geisteskrankheit, die Indianer ausnützt und betrügt? Seit wann ist persönlicher Imperialismus ...«

Estrella grinste. »Ich bringe dich zu deinem Motel«, sagte sie zu Chris Joe. »Wir verschwinden besser hier, ehe das Feuerwerk losgeht.«

Bo blickte Estrellas Auto nach, dessen Scheinwerfer schmale Keile in die Dunkelheit schnitten. Dann legte sie den Kopf in den Nacken und betrachtete den Nachthimmel über dem Pazifik. Die Milchstraße sah wie eine neblige Straße aus, die gleichzeitig in die Vergangenheit und in die Zukunft führte.

»Andy?« sagte sie. »Würde es dir etwas ausmachen, mit mir kurz zu den Dooleys zu fahren? Ich habe etwas in meinem Auto, das Acito gehört.«

»Eine Spazierfahrt wäre schön«, stimmte er zu, ohne Fragen zu stellen.

Eine halbe Stunde später stand Bo in einem Kinderzimmer, das nur von einer Nachtlampe, die aus einer Meeresmuschel hergestellt worden war, beleuchtet wurde. In der Hand hielt sie einen verschlissenen, aus farbigem Garn gewebten Schal, der mit schwarzen Satinschleifen verziert war. In dem Gewebe hing der Geruch von Staub, warm und alt. Uralt.

»Ich male ein Porträt von Chac für ihn«, erzählte sie Davy und Connie Dooley, als alle vier das schlafende Kind mit der rosigen braunen Haut, der weißen Haarsträhne und der klassischen Maya-Nase betrachteten. »Jetzt soll er das hier haben. Es ist ein Geschenk der Maya.«

Als Bo den Schal über Acito legte, griff eine kleine Hand danach, und der Junge drückte ihn an sein Herz.

Knaur

Eiskalt und bittersüß

Hochspannung von Frauen – (nicht nur) für Frauen

(67080)

(67084)

(67039)

(67095)

(67038)